HEIMAT
GOLD

Andreas Lechner

HEIMAT
GOLD

Volk Verlag München

Die Deutsche Bibliothek verzeichnet diese Publikation in der Deutschen Nationalbibliografie; detaillierte bibliografische Daten sind im Internet über http: //dnb. ddb. de abrufbar.

Neumarkter Straße 23; 81673 München
Tel. 089 / 420 79 69 80; Fax: 089 / 420 79 69 86

Druck: Kösel Krugzell

ISBN 978-3-86222-300-8

www. volkverlag. de

»Das Kapital sucht neuen Raum –
es herrscht wieder Krieg im Land.«

PROLOG

Als alle tot waren, kündigte die Erbengemeinschaft mir die Mietwohnung und verkaufte das Haus an eine Investorengemeinschaft.

Langsam schreite ich durch meine Behausung, die eigentlich für einen allein zu groß ist. Aber wer bestimmt das?

In der Kammer stöbere ich in den Nachlasskisten und stoße auf wenige Dinge. Alte Fotos und Ausschnitte aus Zeitungen. Ein schwarzes, einfaches Holz-Kruzifix. Ein mit Brüsseler Spitze eingefasstes Taufkleidchen. Ein auf Holz gemaltes Ölbild - das Porträt meiner Mutter Frieda als Kind. Zwei Porzellanpuppen - Dorle und Fritzi. Ich klappe ein Etui mit einem Silberessbesteck auf. Darin eingraviert: Hotel Münchner Hof, Josef Straßberger, Olympiasieger 1928.

In einem Kuvert die Sterbebildchen des Großvaters und der Großmutter. Ein Daumenrosenkranz. Ich blättere in den Fotoalben mit den Schwarzweißfotografien. Die Kontraste sind verschwommen und die Ränder stark vergilbt.

In einer Schatulle finde ich alte Feldpostbriefe, mit einem Geschenkband und einer Schleife zusammengebunden. Fein geschwungen ist die Sütterlinschrift auf dünnem, fast schon zerfallendem Papier.

Ich stoße auf Großvaters Notizbücher und beginne, darin zu lesen. Am Kleiderständer hängt sein Borsalino - mein Erbe.

Es verschwimmt die Zeit und hervor tritt der kleine, kräftige Bub im Kolbermoor. Man schreibt das Jahr 1902.

1. KAPITEL

Auf einem kleinen Bauernhof, an der Landstraße zwischen Bad Aibling und Kolbermoor, bin ich am 20. August 1894 als Ältester geboren. Meine sechs nachgeborenen Geschwister sind getauft auf die Namen: Franz, André, Hans, Anna, Amalie und Babette. Zwei Fehlgeburten hat meine Mutter gehabt, was nichts Besonderes ist, ein Kindstod halt.

16 Kühe stehen im Stall, ein paar Ziegen, ein Ziegenbock und ein paar Sauen, etliche Hühner, Enten, Gänse. Letztere sind immer um die Weihnachtszeit und an Kirchweih verschwunden, ebenso fort ist der Ziegenbock, nachdem er die Tante Resi umgerannt hat und ihr Fuß deswegen eingegipst werden musste. Mei, das war eine Aufregung! Seitdem humpelt die Resi, weil der Knochen ein wenig scheps zusammengewachsen ist. Die Resi, die Schwester vom Großvater, der übergeben hat, nachdem die Großmutter vor zwei Jahren gestorben ist. Da hat der Großvater geweint und gestützt hat ihn die Resi, als die Familie und die Verwandtschaft am Kolbermoorer Friedhof am Grab standen und die Blasmusik den Trauermarsch von Chopin spielte. Schaurig schön war das.

Die Resi, das Jungfrauerl, wie die Leute im Dorf immer sagen – aber so ganz kann es nicht sein, denn im 70/71er-Krieg, wo es um Elsass und Lothringen ging, hat sie ihrer großen Liebe, dem Bertl, die ewige Treue versprochen wie dem Heiland und hat ihn im Feld lassen müssen. Und seitdem ist sie einschichtig geblieben, wie es im Volksmund so schön heißt.

Es ist ein kleiner Hof, an einem malerischen Bachlauf gelegen, der zur Mangfall hinführt und die Bauernfamilie so recht und schlecht ernährt. Nichts, um große Reichtümer anzuhäufen, eher etwas, wo immer am Rande der Existenz ums Überleben gearbeitet wird. Denn Bauer ist nicht gleich Bauer. Und so ist ein Zusatzerwerb von Vorteil, um die Familie satt zu bekommen. Unten am Bachlauf gehört noch eine kleine Sägemühle zum Hof, wo insbesondere im Winter, wenn die Feldarbeit ruht, die Bretter, Latten und Balken aus den Baumstämmen geschnitten werden, die im Herbst und Winter gefällt werden. Die Sägemühle ist voll und ganz das Refugium vom Großvater Alois.

Bei ihm bin ich am liebsten. Ihm helfe ich gerne und rolle die Baumstämme nach dem Schepsen auf den Frosch, der den Stamm am unteren Ende mit einer gusseisernen Klammer einzwängt und auf einer Schiene dem Gatter zuführt. Da werden die Sägeblätter eingespannt, gerade so viele, wie es jeweils braucht für die Balken, Latten oder Bretter, und rattern mit vielen Hüben auf und ab. Ein Wasserrad treibt das Schwungrad an, das eine Pleuelstange nach oben und unten mit rasender Geschwindigkeit mehrere hundert Male in der Minute bewegt. Fasziniert stehe ich oft neben dem Gatter und bestaune dieses Wunderwerk der Technik. Und kehre dann nach einer Zeit mit einem Besen das Sägemehl und die Holzspäne zusammen, die später im Stall zum Einstreuen hergenommen werden.

Der besondere Stolz vom Vater sind seine Rosse, die beiden Kaltblüter, die Wallache Flori und Beri, die im Sommer auf dem Acker und im Winter zum Holzrücken im Wald zu gebrauchen sind und auch vor die Chaisn gespannt werden. Flori, das Sattelpferd, ist ein Rotbrauner aus Frankreich, der mit hoch erhobenem Kopf wiehert und Feuer hat wie ein Hengst. Niemand Fremden lässt der an sich heran und beißt jeden weg. Vorsichtig muss man sein, wenn man bei ihm an der Hinterhand vorbeigeht, denn da schlägt er gerne aus. Daneben Beri, das Handpferd, ein alter Belgier, der ist das genaue Gegenteil vom Flori, ja fast ein Langweiler, bringt aber gerade dadurch die Ruhe ins Zweiergespann. Ihn darf ein jeder anfassen und zwischen den Ohren kraulen, lammfromm ist er.

•

Nach der Weltausstellung in Paris befand sich der Industrialisierungsprozess in vollem Gange und erreichte peu à peu auch die ländlichen Gegenden. Die ersten Umwälzungen kündigten sich an und veränderten die bäuerliche Arbeitswelt, ja das Leben.

Wenn es zu Lichtmess neue Schuhe gab, wussten die Knechte und die Mägde, dass sie für ein weiteres Jahr eine Arbeit am Hof hatten. Gab es keine, so mussten sie aufbrechen und in den umliegenden Höfen anfragen. Oft wurden sie nur eine Erntesaison lang gebraucht.

So kam auf den Straßberger'schen Hof ein Knecht und fragte, ob er zur Ernte dableiben könne, worauf Josefs Vater sagte: »Ich kann dir keine neuen Schuh' geben, so viel wirft der Hof nicht ab. Der Nachbarhof, der Huabahof, ist dreimal so groß und kann sich mehrere Knechte und Mägde leisten. Frag halt da nach.«

Und der Knecht antwortete ihm: »Ja, da komm ich grad her, der alte Huababauer braucht mich nicht mehr, hat er gsagt, des macht jetzt alles die neue Maschin'.«

Im Sommer zuvor hatte der Huababauer, der größte Bauer in der Gegend, als Erster im Landkreis einen Langmähdrescher bei der Ernte eingesetzt und so nach und nach die kraft-, zeit- und personalintensiven Arbeitsgänge eingespart. Die Zeit der Knechte und Mägde war vorbei. Wie ein Drache aus einer untergegangenen Zeit, der aus seinen Nüstern dampft und raucht, war das Monstrum über die Landstraße hinaus aufs Feld gerollt. Fast hatten die Leute gedacht, der Teufel käme leibhaftig damit aus der Hölle geritten, doch der Pfarrer hatte sie bei der Messe am Sonntag beruhigt: »Das ist die neue Zeit, die jetzt auch zu uns aufs Dorf kommt.« So hatte er von der Kanzel heruntergesprochen und alle hatten das Kreuzzeichen auf die Stirn gemacht. »Es wird schon nicht schlimmer kommen als es eh schon ist.«

Der abgewiesene Knecht jedoch hatte auch ein Auge auf die Resi geworfen. Und Resi hatte ihm die kalte Schulter gezeigt. Sonst wäre er vielleicht auch ohne neue Lichtmess-Schuhe geblieben.

So kann ein Treuschwur, und nicht zuletzt auch der Stolz darauf, zum Hemmschuh werden. Und Resi blieb weiter allein.

•

Die Dorfschule ist nicht unbedingt das Meine. Ich sitze im Klassenzimmer und blicke gedankenverloren aus dem Fenster und schaue den Vögeln zu, wie sie in der Baumkrone der Eiche auf dem Schulhof von Ast zu Ast hüpfen. In den Nestern wartet die frisch geschlüpfte Brut, die ihre Schnäbel weit aufreißt und in den Himmel reckt, wenn die Vogeleltern ihre Beute bringen.

Ich träume vom Wald, wo ich auf die Jagd mitgehen darf. Vom Ansitzen am frühen Morgen, kurz vor Sonnenaufgang. Und vom Ansitzen am frühen Abend, bis der feuerrote Mond am Himmel steht und die Lichtung in geheimnisvollen Dämmer taucht. Wenn das Reh- und Rotwild aus dem Dickicht heraus zur Äsung tritt, wie hingezaubert. Wenn der Fuchs sich leise von hinten an den Hochsitz anschleicht, weil der Großvater das Fiepen einer Maus täuschend echt imitiert und ihn so anlockt. Oder Großvater faltet ein Ahorn- oder Buchenblatt zur Brunftzeit und nimmt es *so* zwischen die Daumen und Zeigefinger und bläst an den gefalteten Blattenden vorbei, dass sie vibrieren und es wie der Angst- oder Lustschrei einer Rehgeiß klingt. Und plötzlich knacken ringsum die Äste. Und es raschelt im Laub. Und aus brechendem Gehölz springen die geifernden Rehböcke heran, um ihre Geiß zu verteidigen. Dann stehen sie still, wie vom Bildhauer in die Lichtung hineingemeißelt, wie Wiesenblumen, wie der Wald, angespannt und zum Sprung bereit. Scheu.

Ich träume von der Feldarbeit, wo ich beim Heumandlmachen helfe. Vom Hof daheim, von den Gerüchen und Geräuschen im Stall, wo der Stier seinen Hals am Gatter wetzt und die Kette klirrt.

Von der Kuh, die letzte Woche allein ihr Kalb in die Welt gepresst hat. Vom Kälberziehen, wenn ein Strick um die Läufe des Kalbs geschlungen und mit aller Kraft gezogen wird, wenn die Kuh die Kraft verlassen hat oder das Kalb verkehrt herum liegt und zu ersticken droht.

Von fremden Ländern, von Negern, von Chinesen. Von Elefanten und Giraffen.

Und ich male mit dem Radiergummi Kreise auf die zerkratzte Schulbank und stochere im Tintenfass herum und warte, dass die Uhr im Kirchturm zwölf Mal schlägt und der Unterricht vorbei ist.

Und dann nichts wie weg, hinaus in den Wald, wo der Großvater Alois zusammen mit dem Vater beim Holzrücken ist und eine helfende Hand gerne in Anspruch genommen wird.

Ich male mit dem Radiergummi auf der Landkarte der Träume.

Im Wald draußen habe ich einmal Tannenzapfen gesammelt und unter dem Bett in einem Obstkistl zum Trocknen gelagert, um sie an Weihnachten an den Christbaum zu hängen oder in die Krippe zu legen. So war der Plan. Und was ist das für eine Aufregung, als einen Monat später aus den Tannenzapfen hunderte, nein tausende Ohrwuzler aus den Ohrwuzlereiern schlüpfen, die in den Tannenzapfen verborgen waren, im ganzen Haus herumkrabbeln und sich in den Ritzen der Wände verstecken.

Nun werden die Hausmittel angewendet, denn Resi hat mit einer ähnlichen Plage schon einmal Bekanntschaft gemacht. Im ganzen Bauernhaus stehen auf einmal Blumentöpfe, die mit Holzwolle ausgestopft sind, und zwar verkehrt herum: jeder Topf mit der Öffnung nach unten und leicht angekippt. Über Nacht sollen sich die Tiere in dem Gefäß sammeln und am nächsten Morgen einfach nach draußen transportiert werden – so die Theorie. In den Töpfen finden sich am nächsten Tag zwar ein paar der Wuzler, aber die kann man an zwei Händen abzählen.

Die Mutter, die eh schon skeptisch war, ob die Blumentopfmethode funktioniert, greift nun doch zu ihrer Radikalkur. Jede Ritze und jedes Löchlein im Haus wird mit einer speziellen Tinktur aus Essig und Chlor eingesprüht und berieben. Und plötzlich sind ganze Armeen von Ohrwuzlern unterwegs, stürmen hinaus ins Freie.

Irgendwann einmal, da steht plötzlich der Sohn vom Huababauer, der Wimmerl, in der Mühle. »Helfts mir, ich weiß nicht, was ich machen soll!«

Und er bringt einen quietschenden Feldhasen mit, dem die neue Mähmaschine alle vier Pfoten weggeschnitten hat. Es ist unglaublich, wie dieses Geschöpf Gottes schreit, wie ein Kind in höchster Pein.

»Wie lang bist denn schon unterwegs mit deiner Kreatur?«, fragt ihn der Großvater.

»Ja, schon eine Zeit«, sagt darauf der Wimmerl.

Schon fast eine halbe Stunde lang muss das Geschöpf so leiden, weil der Wimmerl nicht weiß, wie das Feldhasenmartyrium beendet werden kann. Wimmerl ist kreidebleich im Gesicht. Der Großvater greift sich einen Haselnussstecken, schlägt dem Hasen kurz ins Genick und die Sache ist erledigt. Und Wimmerl staunt, wie friedvoll der Hase nun daliegt, fast schlafend.

»So, und jetzt nehmts den Hasen aus und ziehts ihm das Fell ab, dann gibt's ein Hasenragout am Sonntag nach dem Hochamt«, meint der Großvater verschmitzt und er wendet sich, in sich hineingrinsend, wieder seiner Gattersäge zu, um die Sägeblätter neu zu justieren.

Da stehen wir beide nun wie zwei begossene Pudel und wissen nicht, wie das zu bewerkstelligen ist. Zugeschaut haben wir des Öfteren auf der Jagd, wo wir als Treiber dabei sind. Mit einem »Huraxdax, huraxdax, pack's beim Hax« auf den Lippen und mit den Schlägen eines Steckens auf die Baumstämme und Stauden im Unterholz scheuchen wir das Niederwild auf und den Jägern vor die Flinte. Das erlegte Wild wird dann am Ende des Jagdtages ausgenommen. Die Innereien, der Bruch, wie das Herz, die Lungen, die Nieren und die Leber heißen, kommen in einen großen Topf, wo die Wildsuppe dann zusammen mit duftenden Kräutern dahinköchelt und mit Mehlstaub eingedickt wird. Später dann, wenn die Jagdgesellschaft beim Füglein-Wirt zu einem Trunk zusammensitzt, wird die dampfende Suppe aus original Hutschenreuther Maria-Theresia-Weißporzellan-Löwenkopfterrinen serviert.

Und der Großvater drückt mir sein Jagdmesser in die Hand und sagt: »So, und jetzt ans Werk.«

Und ich steche in die Bauchseite des Hasen, um die Innereien herauszunehmen. Gleich spritzt mir eine braungrüne Masse aus dem Schlitz entgegen, die vermengt ist mit gelbem Urin.

»Mei, stinkt dees«, meint darauf der Wimmerl und hält sich die Nase zu.

Und mit dem - im wahrsten Sinne - Mut der Verzweiflung mache ich weiter und beende das stinkende Werk.

Zwei wesentliche Schritte habe ich nicht ausgeführt. Zuallererst muss die Harnröhre geleert werden, indem man sie ausdrückt. Der Großvater lehrt mich: »Ausbrunzen musst ihn zuerst lassen und dann die Bauchdecke einen Zentimeter anheben. Und dann die Messerspitze zwischen Zeige- und Mittelfinger nehmen. Und unter der Bauchdecke einen Schlitz schneiden, um die Blase und die Därme nicht zu verletzen.«

Fürs nächste Mal weiß ich nun Bescheid, denn nur durch Fehler lernt man ja bekanntlich. Unten am Bach habe ich dann den Hasen ausgewaschen und die Decke abgezogen, wobei mir der Großvater mit Rat zur Seite gestanden hat.

Am Wochenende ist das Malheur dann vergessen, und der Großvater erzählt auch niemandem etwas davon, als das Hasenragout in der Küche im Kessel dampft und mit deftigen Knödeln auf den Tisch kommt. Und allen schmeckt's und niemand bemerkt etwas. Was der Großvater nämlich nicht verrät, ist, dass er heimlich ein paar Bisamratten mit der Falle gefangen und der Mutter für das Ragout gegeben hat. Der Bisam ist ein Nagetier, das vor einiger Zeit hier aufgetaucht ist und sich rasend vermehrt. Man sagt, wir haben's aus Amerika, wo alles Verwerfliche herkommt. Oder aus dem Osten. Am schlimmsten aber sind die Kommunisten und der Jud. So ist die vorherrschende Meinung. Die Bisamratten jedenfalls graben ihre Gänge in die Bachdämme, die vor dem Hochwasser im Frühling, wenn die Schneeschmelze ist, schützen sollen, und durchlöchern ihn wie einen Schweizer Käse, sodass es oft zu Dammbrüchen kommt. Darum hat der Großvater einen Hass auf den Bisam-Ratz. Und immer, wenn er einen findet, macht er kurzen Prozess.

Einmal fische ich ohne Köder im Weiher neben dem Hof, eher aus Langeweile. Der Großvater spottet: »Ja, da fängst ja nix, wennsd keinen Köder am Haken hast.«

Doch ich bleibe stur. »Wirst schon sehen«, sage ich.

Und auf einmal zuckt etwas an der Angelschnur und ein riesiger Frosch hängt am Haken. Der Frosch hat den Haken wohl mit einer Libelle oder einem anderen Insekt verwechselt. Die Notoperation, um den Haken zu entfernen, hat der Frosch jedenfalls nicht überlebt. Wie ein Ballon hängt ihm die Luftblase, die herausgehüpft ist, aus dem Maul heraus, sodass ich das Jagdmesser auf ihn herabfallen lasse, weil er so zappelt und weil ich den Haken retten will. Frosch oder Haken, das ist hier die Frage.

Ausgezappelt hat er jetzt. Warum muss er auch so gierig sein und einen Haken ohne Köder schlucken.

Und ein großes Quaken, ein Jammern, der Froschtrauerchor, setzt am Teich ein. Der Frosch muss wohl eine große Verwandtschaft haben.

Am Weißen Sonntag dann, nach Ostern, habe ich meine erste heilige Kommunion. Ich knie im Beichtstuhl, denn die Seele muss ja kniend reingewaschen werden.

Und der Pfarrer sagt: »Gelobt sei Jesus Christus« und macht ein Kreuzzeichen.

Darauf sage ich: »In Ewigkeit. Amen.«

Und darauf wieder der Pfarrer: »Gottes Liebe, Güte und Barmherzigkeit sei mit dir. Und nun bekenne deine Sünden.«

Darauf wieder ich: »In Demut und Reue bekenne ich meine Sünden.« Und wie ich es im Religionsunterricht gelernt habe, mühe ich mich nun mit den Geboten ab.

»Komm ruhig ein bissel näher, dass ich dich besser hören kann«, nuschelt der Pfarrer und hält sein Ohr ganz dicht an das Holzgitter des Beichtstuhls, vor dem ich ehrfürchtig knie.

Es ist ein harter Schemel ohne Polsterung. In der Hand hält der Pfarrer ein weißes Beichttuch, etwa taschentuchgroß, legt es sich über Mund und Nase und neigt den Kopf, während ich, das Beichtkind, meine Sünden abhake. Das Beichttuch dient als

Atemschutz. Wer will sich auch schon stundenlang ins Gesicht schnaufen lassen? Um den Hals hat er die violette Stola gehängt, die ganz schön dreckig und schmierig ist.

Und ich blicke unter dem verrutschten Beichttuch in den Mund des Pfarrers wie in den Abgrund der Hölle, der gesäumt ist von schwarzen, löchrigen Zähnen. Wie schiefe Grabsteine auf einem Friedhof. »Und wahrscheinlich nimmt er sein Beichttuch auch als Schneuztüchl her«, denk ich mir, denn denken ist ja erlaubt. Und weiter geht's mit dem Beichten auf dem Pfad der Zehn Gebote bis hin zur Absolution.

Als dann das fünfte Gebot - »Du sollst nicht töten« - an der Reihe ist, gerate ich ins Stocken und erzähle meine Geschichte vom Froschmord, aber so wenig ausgeschmückt wie nötig.

Und der Pfarrer kommt ins Schmunzeln und fragt, nachdem ich fertig bin: »Hast auch nichts vergessen?«

»Nein, nein«, sage ich, »das wär alles, mehr hab ich nicht verbrochen.«

»Na, dann gehe hin in Frieden. Und als Buße betest du mir drei Gegrüßet seiest Du, Maria und ein Vaterunser. Und nun spreche ich dich los von deinen Sünden. *Ego te absolvo a peccatis tuis, in nomine patris et filii et spiritus sancti.*«

Mit einem »Amen« bin ich nun zum ersten Mal alle meine Sünden los und alles ist paletti.

Eine feine Sache ist das, da haben es die Evangelischen nicht so leicht, denn die haben ja keine Beichte. Das weiß ich, weil in der Schulklasse ein Protestantenkind sitzt - ein Akatholischer. Seine Familie ist aus dem Zillertal ausgewandert und hat sich zunächst in Hall in Tirol und erst viel später in Kolbermoor angesiedelt, weil der Vater hier eine Anstellung in der Spinnerei bekommen hat.

Und wie das Protestantenkind dann bei uns in der Dorfschule saß, hat das Fräulein Herbst die Unterschiede zwischen den Evangelischen und den Christkatholischen erklärt. Die Evangelischen wollen das Gottesreich schon jetzt auf Erden verwirklichen, nicht erst im Paradies, und dürfen nicht beichten, um ihre Sünden loszuwerden. Deshalb möchte ich niemals ein Evangelischer sein. Der Protestant in der Schule ist fast schon ein Aussätziger. Fast wie ein Jud'.

•

Tatsächlich dachte Josef damals so. Alle dachten so. Denn es dauert seine Zeit, bis man das, was man ohne nachzudenken übernommen hat, durch Erfahrung und Bildung revidiert. Leider machen diesen Schritt zu wenige und deshalb ist die Welt so, wie sie ist. Das Katholische jedenfalls, darin waren sich Josef, seine Mitschüler und das ganze Dorf einig, würde es immer geben, denn es hatte ja auch schon 2.000 Jahre auf dem Buckel, das Evanglische nur 500. Und das wollte ja schon was heißen.

•

Daheim auf dem Hof ist die Eingangstür zur Erstkommunion mit Girlanden eingerahmt und der folgende Spruch ist zu lesen: »Bleibe, wie du heute bist / Der Himmel dir dann sicher ist.«

Alle Mädchen und Knaben sind an diesem Tag festlich angezogen. Die Knaben im dunklen Anzug, die Mädchen in weißen Kleidern mit einem Blumenkranz im Haar. Mir haben sie ein weißes Sträußchen ans Revers der Anzugjacke gesteckt. Auch neue Schnürschuhe hat der Dorfschuhmacher angefertigt, aus kräftigem Leder und mit dicken Sohlen. Nicht gerade elegant und sehr steif. Aber dafür halten sie ewig. In den Tagen danach werden sie zudem mit Eisen und Nägeln beschlagen. Und ich weiß keinen, der keine Blasen an den Füßen hat, weil die Schuhe noch nicht eingelaufen sind. Und jeder hält einen Rosenkranz in den Händen.

Die Mädchen sitzen links, die Buben rechts in der Kirchenbank, in der ersten Reihe, die für sie reserviert ist. Vor uns ist ein Kerzenhalter angeschraubt, in dem steckt die fast einen Meter lange und kinderarmdicke Kommunionkerze. Auf ihr ist ein Heiligenbild angebracht und alles ist reichhaltigst verziert mit Blumengirlanden und Ornamenten. Höllisch muss man aufpassen, dass das Wachs nicht auf den nigelnagelneuen Anzug tropft. Der Kommunionanzug muss auch noch für die Firmung herhalten und auch für den André, für den Hans und den Franz.

»Da schau her – und nicht bewegen«, sagt der Fotograf später, es blitzt und das Kommunionfoto ist gemacht. Stolz und auch ein wenig verlegen blinzele ich in die Kamera.

Nach der Zeremonie in der Kirche geht es in den Gasthof Füglein, wo ein Tisch reserviert ist. Da gibt's dann vom Vater eine Limonade und dazu Wiener Würstel mit Sauerkraut. Warum die gleichen Würstel woanders »Frankfurter« heißen, wird mir immer ein Rätsel bleiben, und warum gerade »Wiener«, auch. Im Schwäbischen heißen sie »Wienerle«, was dann schon eine ausgemachte Schmach gegenüber dem Wiener ist.

Die Mama ist an diesem Jubeltag daheimgeblieben, weil sie wieder ein Baby bekommt und in den Wehen liegt. Die Resi kümmert sich um sie und auch eine Hebamme.

In der Chaisn, die vom Flori und vom Beri gezogen wird, meint der Vater dann: »Für die Firmung in ein paar Jahr', da suchst dir einen reichen Paten, am besten gleich den Huababauer, der kann sich des leisten.«

Und als wir mit dem Gespann in den Hof einbiegen, schreit uns schon ein neugeborenes Bündel entgegen. Ein Schwesterlein. Die Mama ist gleich an den nächsten Tagen wieder im Stall, wie immer. In aller Früh melkt sie die Kühe, füttert die Schweine, die Hühner und Gänse. Danach steht sie in der Küche und hält das Haus rein. Und nebenbei säugt sie das Baby, fast in einem Aufwasch. An den Frauen hängt viel, an den Müttern. Ohne sie geht nichts voran. Fast nebenbei ziehen sie die Kinder groß.

Ein paar Monate später wird das Schwesterlein auf den Namen Anni getauft und sie scheut wie der Teufel das Weihwasser.

»Warum schreist du denn wie am Spieß? Es ist doch nur ein wenig Wasser«, versucht selbst der Pfarrer das Schwesterlein zu beruhigen.

»Wieder ein Maul zu stopfen«, stößt der Vater gepresst hervor, doch in seinen Augen ist ein glückliches Leuchten.

Der Gockel Hansi ist schon alt, er genießt sozusagen sein Gnadenbrot, wie der Großvater Alois immer zu sagen pflegt. »Das Gnadenbrot«, so sagt er, »ist der Vorläufer zur Wohltätigkeit, die das Recht aufs Leben im Mistloch der Gnade ersäuft.«

Und bevor Hansi heute Morgen kräht, bin ich schon auf, denn heute habe ich noch Großes vor. Deshalb bin ich so früh aus den Federn raus, um die Stallarbeit zu erledigen. Schnell ist das Heu bei den Kühen verteilt und auch Flori und Beri bekommen ihren Hafer, werden gestriegelt, gekämmt und die Stallgasse wird gekehrt.

»Bist aber heut schon früh auf, sonst muss man dich immer bitten und betteln«, frotzelt Tante Resi, die immer als erste am Herd steht und einschürt und das Wassergrandl mit frischem Wasser auffüllt. »Hast denn schon eine Freundin?«, stichelt sie weiter, was mir ein wenig die Röte ins Gesicht treibt.

»Jetzt hör halt auf und sei nicht so neugierig, ich hab was vor«, anworte ich.

»So, so« meint sie, »aber vorher schaust noch nach den Kühen im Stall.«

Und ich ganz stolz: »Ist alles schon gmacht.«

Und langsam füllt sich die Stube und es kommen auch die Geschwister hinzu, der Vater, die Mutter und der Großvater.

»Ich muss nach Kolbermoor, ich muss den Stumpenverschnitt vom Großvater beim Kramer holen«, antworte ich auf keine Frage und merke, wie der Großvater grinst.

»Ja, ja, dann mach dich bald auf den Weg, nicht dass der Tabak trocken wird«, meint er darauf.

Im ›Landboten‹ stand nämlich vor ein paar Wochen geschrieben, dass ein Wettlauf anlässlich der Gründung des »Athletikklubs Kolbermoor« ausgerichtet wird und aktive sowie passive Vereinsmitglieder für die Neugründung gesucht werden. »Da mache ich mit«, habe ich mir gedacht und den Großvater heimlich eingeweiht. Dass ich Zigarrenstumpenverschnitt für Großvaters Pfeife im Kolonialwarenladen holen will, ist nur ein Vorwand und unser Komplott.

Der Großvater, ja, der ist mir der Liebste. Auch er war beim 70/71er-Krieg dabei, der bei der Schlacht in Sedan sein Ende fand, wo Kaiser Napoleon III. verlor, kapitulierte, gefangen genommen wurde und das Reich endete.

Ein paar Jahre ist es her, als der Großvater plötzlich vor mir stand und sagte: »Kimmst mit, wir fahren nach Rosenheim, dort hat der Zirkus Herzog sein Zelt aufgeschlagen. Der Steyrer Hans, der stärkste Bayer, kommt. Beim Wirt in Kolbermoor ist ein Plakat angeschlagen.«

•

Der Steyrer Hans war der Sohn eines Münchner Metzgermeisters und Gastwirts, er hatte sein Schlachterhandwerk beim Vater gelernt und schon als Lehrling ohne Hilfe jedes Kalb und jedes Ochsenviertel auf den Haken gehoben und einen Hektoliterbanzen auf den Ganter gestellt. Und nun befand sich der bayerische Herkules quasi auf Tournee und trat als starker Mann auf. Alle Männer, die sich trauten, durften gegen ihn im Steinheben antreten. Aus dem ganzen bayerischen Oberland und selbst aus Wien reisten Gleichgesinnte an, um sich mit dem kräftigen Münchner Wirt zu messen.

So manch ein Landwirt trainierte monatelang mit gefüllten Milchkannen seinen Bizeps. Ansonsten konkurrierten auffallend robust gebaute Mannsbilder aus allerlei Berufen, in denen körperliche Arbeit eine Rolle spielte: Vom Bierfahrer bis zum Bauarbeiter reichte die Palette. Doch nur die wirklich Starken durften zum Steyrer Hans auf die Bühne.

Der Kraftsport erfreute sich Ende des 20. Jahrhunderts allgemein großer Beliebtheit. Man traf sich in sogenannten Klubs, um die Muskeln zu stählen, bevor sie auf den Jahrmärkten zur Schau gestellt wurden. In der Münchner Feilitzschstraße war das Ledergeschäft der Familie Weil eine beliebte Anlaufstelle, nicht nur für viele Schuster der Stadt, die ihr Leder sowie andere Utensilien, die ein Schuhmacher benötigt, dort kauften. Im Hinterzimmer des Ledergeschäfts Weil war ein Kraftraum eingerichtet, ein Klub für Leibesertüchtigung, wo auch der Steyrer Hans häufig anzutreffen war.

Der alte Weil war einer der Ersten, der Leistungstabellen für die Kraftsportler führte und bei dem die Athleten nach einem speziellen Plan trainierten. Peinlichst mussten sie diesen Plan einhalten und merkten bald, dass sie nach und nach höhere Leistungen erzielten. Darum waren auch bei den Schauwettkämpfen auf den Jahrmärkten und Volksfesten oft die Kraftsportler aus der Feilitzschstraße die Gewinner oder ganz weit vorne dabei. Auch für Verletzungen wie Überdehnungen oder Verrenkungen hielt Weil einige Haussalben bereit, die er selber herstellte. Je nach Trainingsschwerpunkt waren Schäden an bestimmten Gelenken, Muskeln und deren Sehnenansätzen am Knochen zu finden. Fast immer aber handelte es sich um Folgen von Fehl- oder Überbelastungen. Unfälle waren eher eine Seltenheit.

•

Mit dem Zug ging's dann damals mit dem Großvater zum Steyrer Hans nach Rosenheim.

Und zum Festplatz kommen wir, wo ein großes Zelt steht. In einem kleineren Vorzelt wird jeder Kandidat einem Krafttest unterzogen und so die Spreu vom Weizen getrennt. Bis zirka ein Dutzend lokale Muskelmänner übrigbleiben, die sich dann zum Gaudium aller im Festzelt mit dem Steyrer Hans im Steinlupfen messen. Und nach seinem Vorbild lupfen die starken Kerle einen zentnerschweren Stein in die Höhe oder versuchen es und scheitern.

Mit großen Augen verfolge ich das Geschehen auf der Bretterbühne und niemand hat natürlich den Steyrer Hans bezwungen, als der Großvater sagt: »Kimm mit, jetzt gehen wir zu ihm vor und lassen uns ein Autogramm geben.«

Spätestens nach dieser Begegnung ist es um mich geschehen. Der Steyrer Hans gibt mir ein Porträtfoto mit seiner Signatur und ich strecke ihm meine Hand hin, um mich zu bedanken, und denke mir, dass er sie hoffentlich nicht zerquetschen wird. Doch die Pranken des Steyrer Hans sind gar nicht so riesig, fast zierlich, aber mit einem festen Griff.

Eng umschließen sie meine Hand und er sagt zum Großvater hin: »Für die Gewichtheberei tät er schon passen, nicht zu groß, ein wenig untersetzt. Und keine zu langen Arme darf er haben, wegen der Umsetzung und der Hebelwirkung.«

Der Stachel ist gesetzt.

Gleich nach der Rückkehr richte ich mir unter dem Dach der Sägemühle einen kleinen Kraftraum ein, mein Muckikammerl, von dem zunächst niemand wissen darf. Dort stemme ich heimlich Mehlsäcke und aus übrigen Eisenteilen selbst zusammengeschraubte Gewichte und Hanteln. Beim Schmied habe ich mir auf alten Kanonenkugeln spezielle Griffe anbringen lassen für mein Muskeltraining und Eisenstifte einschmelzen lassen für weitere unterschiedliche Gewichte.

Mein Training beginnt immer mit einer Aufwärmrunde, dem Seilspringen. Da habe ich es zu einer wahren Meisterschaft gebracht. Aufrecht und schulterbreit stelle ich mich hin; die Oberarme und Unterarme eng am Oberkörper angelegt, springe ich gerade einmal so hoch, dass das Seil unter den Füßen hindurchpasst. So springe ich eine Stunde, bis ich schweißnass bin. Dann beginne ich mit den Hanteln und steigere langsam das Gewicht, bis die Muskeln brennen.

Irgendwann bin ich natürlich aufgeflogen mit meinem Muckikammerl. Der Vater hat sich nämlich schon länger gefragt, wo denn sein Erstgeborener wohl stecken mag, wenn man ihn braucht. Und so findet er mich oben in der kleinen Kammer in der Sägemühle und gerät derart in Rage, dass er mich am liebsten an den Ohren gepackt hätte. Wie ein wildgewordener Esel ist er hinter mir her und schreit mit hochrotem Kopf: »Ich nehm dir dein ganzes Hantelzeug weg und versenk's in der Odelgruben.«

Bald darauf hat er sich wieder beruhigt. Der Vater möchte halt gern, dass sein Ältester einmal den Hof übernimmt und sich nicht in anderen Dingen verzettelt. Vielleicht hat er aber schon eine Vorahnung, dass es mich einmal weg von der Heimat treiben wird. Dieser Gedanke ist ja nicht ganz unbegründet.

Und so mache ich mich heute auf den Weg nach Kolbermoor, zu meiner geheimen Mission. Vereinzelt gehen gebückte Gestalten ihrem Tagewerk im Torfstich nach. Hinter ihnen zeichnen sich die Felsmassive des Kaisergebirges in Richtung Tirol nach Innsbruck ab und auf der anderen Seite hinein ins Salzburgische. Vorbei beim ›Schmied am Kolber‹, um den herum sich im Laufe der Zeit der aus fünf Häusern bestehende Weiler Kolber gebildet hat. Entlang des Wegs zur Maschinenfabrik Riedlinger höre ich schon das leise Surren der Spindeln, die sich lustig zur Garnherstellung um die eigene Achse drehen. Die Fabrik ist der Grund, weshalb die Bahn hier eine Zughaltestelle mit einer Verladerampe eingeplant hat. Am Mangfallkanal entlang geht's an der Baumwollspinnerei vorbei.

Es zirpt. Es surrt. Es gurrt. Fast meint man, die Singvögel, Grillen und Wildtauben begrüßen mich und applaudieren meinem Entschluss, diesen, meinen Weg zu gehen.

•

16 Jahre war Josef alt und die letzten Monate hatte er jeden Tag mindestens drei Stunden in seinem »Muckikammerl« verbracht und geschwitzt, oft bis in die Nacht hinein. Aus dem eher schmächtigen, hageren Burschen war ein junger Mann von stattlicher Statur geworden, mit muskulösem Oberkörper und muskelbepackten Oberarmen.

Dabei machte ihm ein Handicap das Training nicht gerade leichter, fürs Gewichtheben hätte es sogar fatal sein können: Ihm fehlte nämlich an Mittel- und Zeigefinger der rechten Hand das jeweils erste Fingerglied. Beim Anschirren vom Flori hatte er sich die Fingerkuppen abgerissen. Zwischen den Deichselring und die Kette, die mit dem Kummet verbunden war, waren sie gekommen, als eine Hornisse haarscharf an Floris Kopf vorbeigeflogen war und die Mähne gestreift hatte. Und Flori war aufgeschreckt und hatte an der Kette der Deichsel gerissen.

Vor Schmerz hatte Josef aufgeschrien und war zum Kutschbock hingerannt, hatte die Geißel genommen und auf den Gaul eingeschlagen, der doch gar nichts dafür konnte. Aber es hatte nichts geholfen, die Finger waren gequetscht und vom herbeigerufenen Doktor amputiert worden.

Vor Wut hätte Josef schreien können. Er wusste, dass sich dies im beidhändigen Stoßen bemerkbar machen würde, einer der drei Disziplinen beim Gewichtheben neben dem beidhändigen Drücken und Reißen. Da war es noch wichtiger, die Stange fest mit der ganzen Hand zu umgreifen.

•

Zielgerichtet stapfe ich zum Marktplatz vor dem Gasthof Füglein, wo sich schon eine kleine Menschenmenge um einen Lkw drängt. Mit einem Stock wird die Startlinie für den Wettlauf in den Kieselsandboden gerissen, wo unzählige Ameisen herumwuseln. Auf der hölzernen Ladepritsche des Lastwagens steht breitbeinig der Bäckermeister Spiegel und wuchtet schwere Mehlsäcke auf die Schultern von vier kräftigen jungen Männern. Es herrscht eine große Aufregung im Weiler. Auch der Pfarrer ist gekommen, um dem Ereignis beizuwohnen. Und mittendrin steh nun auch ich und beobachte die Vorbereitungen für den Wettkampf.

»Na, Josef«, stichelt der Pfarrer und grinst fast zahnlos, »juckt's dich nicht, auch mitzumachen? Traust dich nicht?«

»Ich trau mich schon, aber die Konkurrenz ist mir zu schwach«, feixe ich zurück und denke mir insgeheim: »Wenn der Herr Pfarrer wüsste. Heut ist mein Tag, heut werd ich es allen zeigen. Unbedingt will ich Mitglied werden, deshalb bin ich da. Und gewinnen will ich auch.«

Füglein erklärt die Regeln: »Das Ziel ist der Prellbock am Torfverladegleis.« Und weiter: »Dem Ersten meine goldene Uhr!« Demonstrativ hebt er die Uhr in die Höhe. Der Sprungdeckel funkelt im hellen Sonnenlicht.

Spiegel, der immer noch auf der Ladepritsche steht, ruft herausfordernd in die Menge: »Und, wer traut sich noch?«

Wetten werden angeboten und angenommen.

»Sammas«, meint Füglein dann und zieht eine Pistole aus seiner Jackentasche. Er krümmt den Finger und ein Schuss kracht.

Unter lautem Anfeuern der Zuschauer rennen die Burschen mit den Mehlsäcken auf dem Buckel los.

Und die Zuschauer rufen aufgeregt durcheinander: »Ich setz auf den Wimmerl!« – »Ach geh, das schafft der nie!« – »Auf geht's!«

Ein wenig amüsiert beobachte ich die Szenerie und schlendere fast hochmütig an die Pritsche, um mir ebenfalls einen Mehlsack zu nehmen.

Spiegel lacht mich aus: »Geh, Bürscherl, der Mehlsack lauft ja mit dir spazieren.« Und die Zuschauer fallen in das Lachen ein.

Nur Marie, die junge Bedienung vom Gasthof Füglein, mustert mich neugierig. Sie ist die Tochter vom Frisörmeister Fuss, dem die Frau vor einigen Jahren gestorben ist. Fuss ist sozusagen ein Alleinerziehender und Marie sein Ein und Alles.

Marie ist beliebt im Dorf und jeder von den jungen Burschen möchte gern mit ihr anbandeln. Ein Mädchen zum Pferdestehlen. Das denkt sich außer mir sicher noch so mancher, wenn er ihr beim Servieren in der Gaststube oder im Wirtsgarten zusieht. Viele der jungen Männer, auch aus dem Umkreis, kommen ins Wirtshaus, wenn sie wissen, dass Marie bedient. Da hocken sie dann, bis der Füglein, der am Zapfhahn steht, zusperren wll, und niemand möchte heimgehen. So eine Bedienung ist immer auch eine Projektionsfläche.

»Sperrstunde!«, ruft Füglein am Schluss immer laut.

Und wenn der Wimmerl auf den letzten Drücker noch bettelt »Marie, nur ein Schluss-Quarterl«, erwidert die: »Wart lieber bis morgen, dann bring ich dir auch eine Halbe.«

Das größte Auge hat Wimmerl auf Marie geworfen. Als Sohn vom reichsten Bauern glaubt er, er kann alles haben, obwohl er außer seiner Geburt nichts dazugetan hat. Und Wimmerl ist nicht unattraktiv, man kann auch sagen, er kommt schön schneidig daher mit seinem Schnurrbart. Und er investiert so einiges in sein Gewand als Hoferbe vom reichsten Bauern der Gegend.

Ich habe genau hingehört, wie die Marie ihm letztens zugerufen hat: »Ach geh, such dir doch eine ledige Bauerntochter, die einen Hof daheim hat, dann könnts alles zammlegen. Ich hab doch kaum eine Aussteuer von daheim.«

Geschickt hat sie bisher jede seiner Avancen abgelehnt, ohne ihn allzu schwer zu verletzen. »Letztlich wär ich, wenn ich beim Huababauern einheiraten würd, doch nur so was wie eine bessere Magd und müsst dazu noch irgendwann die Kinder aufziehn.« Das sagt sie erst, wenn der Wimmerl nicht mehr dabei ist. »Und auf dem Hof versauern.«

Aber Wimmerl ist hartnäckig und hat ihr wieder einmal einen halben Antrag gemacht. »Ach geh, komm halt her, was willst denn hier in der Gaststubn versauern. Wärst doch die Bäuerin vom Huabahof!«

Doch so leicht lässt sich Marie nicht erobern. »Ich such mir den Meinen schon selber aus und mein Geld verdien ich mir lieber auch selber. Bei dir würd ich doch höchstens die Schlüssel für die Speiskammer bekommen.«

•

Kaiserzeit. Männerzeit. Noch an der Schwelle zum 20. Jahrhundert herrschte eine große Ungleichheit zwischen Mann und Frau. In den Städten mochten sich zwar einige Damen mit neuem Selbstverständnis und Selbstvertrauen finden, die Bildung und eigenes Recht forderten. Daneben gab es aber Dutzende von Frauen, die erst nach der Hochzeit erlebten, dass es zwei Geschlechter gab. Es wurde ja früh geheiratet. Und über Zeugung und Fortpflanzung wurde der Mantel des Schweigens gelegt. Auf dem Land war das ein wenig anders, denn da sah ja ein jeder, wie der Stier die Kuh besprang oder der Gockel auf die Henne Jagd machte.

Trotz der großen gesellschaftlichen Veränderungen um die Jahrhundertwende blieben die Rollen klar verteilt: Der Mann galt als alleiniger Versorger der Familie. Er war der strenge Vater und das Familienoberhaupt. Ihm wurden männliche Aktivität, Energie, Willenskraft und Stärke zugesprochen. Die Frau hingegen hatte sich um die »drei Ks« zu kümmern: Kirche, Küche, Kinder. Und war eine Frau nicht verheiratet, blieb sie das Fräulein, wie das Fräulein Herbst, das erst vor Kurzem verstorben war.

Fast ihr ganzes Leben hatte sie im Schulhaus neben dem Pfarrhaus unterrichtet und dort unter dem Dach in einer kleinen Lehrerwohnung logiert. Sogar mit 70 Jahren wurde sie immer noch mit »Fräulein« angesprochen und später auch so zu Grabe getragen. Bei der Beerdigung spielte die Blasmusik nicht den Trauermarsch von Chopin, nein, das Fräulein Herbst hatte alles verfügt, nämlich, dass der Kirchenchor am Grab stehen und den ›Lindenbaum‹ – »Am Brunnen vor dem Tore« – singen sollte. Auch hinterher, für die Totensuppe beim Wirt, war alles geregelt.

Die Aussicht auf so ein Ende war in Maries Augen keine Lösung. Die Heirat um der Tradition und Ehrbarkeit willen übte aber genauso wenig Reiz aus. »Raus aus dem Korsett« war ihre Devise. Aufgeschlossen war sie dem Neuen gegenüber und verkörperte schon den modernen Typus Frau.

»Bis zum Traualtar machen s' einem den Hof, dann versinkt die Liebenswürdigkeit im Alltag.«

Seit die Mutter gestorben war, lebte Marie mit ihrem Vater allein im Dorf und führte den Haushalt, während der Frisörmeister und Bader Fuss vorne im Ladengeschäft die Haare schnitt und auch sonst die kleinen Wehwehchen der Kunden linderte. Ein Bader war so etwas wie der Arzt der kleinen Leute, die sich keinen

Rat von den studierten, meist klerikalen Ärzten leisten konnten. Fuss war hochgeachtet im Weiler, so manchen faulen Zahn hatte er gezogen.

Seine Tochter hatte er zur Ausbildung in die Klosterküche der Benediktinerinnen-Abtei Frauenwörth im Chiemsee geschickt, neben dem Nonnenberg in Salzburg das älteste bestehende Frauenkloster nördlich der Alpen. Dort wurde sie Hauswirtschafterin. Die Priorin Plazida von Eischendorff hätte Marie gerne als Novizin übernehmen wollen, doch für ein Leben als Nonne, verheiratet mit dem Heiland, mochte Marie sich nicht entscheiden.

Als sie dann heimkam, machte sie für den Vater erst mal Speckknödel mit Sauerkraut, so wie sie es in der Klosterküche beim Zuschauen gelernt hatte. Während das Sauerkraut, in das sie ein Wammerl, ein Geselchtes, hineinlegte, so vor sich hinköchelte, knetete sie die vorher eingeweichten alten Semmeln, tat ein paar Eier hinzu und ließ den Speck aus, um Semmelwürfel darin zu rösten.

Milch mit Eiern versprudeln, salzen, über die Semmelwürfel gießen. Zwiebel in Butter rösten. Selchfleisch fein hacken, mit der Petersilie unter die Semmelmasse mengen und eine halbe Stunde ziehen lassen. Das Mehl über die Knödelmasse streuen, untermengen, mit feuchten Händen Knödel formen und in Salzwasser zum Kochen einlegen.

Und da stand Marie dann und schrie laut: »Vatter, Vatter!«

Denn die Knödel wurden immer größer und größer. Als wollten sie aus dem Topf hüpfen. Ja weil? Marie hatte unterschätzt, dass Knödel aufgehen. Und so groß wie Kindsköpfe wurden sie.

•

Mir ist die Marie an dem Tag vor dem Gasthof Füglein gleich aufgefallen. Hübsch trägt sie einen geblümten Rock, den sie sich selbst geschneidert hat, fast schon ein wenig extravagant. Daheim bei ihr im Frisörladen liegen nämlich jede Menge Modejournale herum, das weiß ich, obwohl ich noch nie drinnen war, die Mutter schneidet bei uns die Haare. Und ich stelle mir vor, wie Marie mit großen Augen in den Journalen blättert, bis alles ganz und gar zerfleddert ist.

Mitten in diesem rohen Männerhaufen sticht sie heute mit ihrem fröhlichen Wesen und mit ihrem natürlichen Lachen wohl heraus. Furchtbar können Männergruppen über drei Personen sein und bei entsprechender Konstellation leicht gewaltbereit. Das ist dann bei einer feminin dominierten Ansammlung doch etwas anderes. Der Großvater sagt, dass es aus diesem Grundverhalten heraus auch viel einfacher ist, Männer in den Krieg zu schicken. Freilich soll es so etwas wie Amazonenkriegerinnen gegeben haben, aber anscheinend hat sich durch die Jahrhunderte dieses Anwendungsmodell strategisch nicht bewährt.

Ich stehe immer noch beim Spiegel an der Pritsche, wie festgefroren.

»Lass dir nichts gefallen, ich setz auf dich«, ruft mir Marie zu und hebt resolut ein Geldstück in die Höhe.

Da läuft es mir gleich heiß den Rücken herunter und mein Ehrgeiz ist neu geweckt.

Ich greife zu und fast mühelos schultere ich den Mehlsack, laufe beherzt los und merke, wie ich meiner weiblichen Unterstützung imponieren will. So direkt hat mich noch kein Mädchen angesprochen und das beflügelt mich geradezu.

»Ich setz dagegen«, brummt der Spiegel und Füglein setzt nach: »Ich auch.«

»Wirst es nicht bereuen«, rufe ich Marie über die Schulter noch zu, so keck, dass ich fast erschrecke über meinen Mut und meine Schlagfertigkeit, mit der ich aber eher meine Unsicherheit überspiele, obwohl ich ganz rote Ohren dabei bekomme und meine Kehle sich zuschnürt.

Schon bin ich den Zuerstgestarteten, die gerade hinter einem Hauseck verschwinden, dicht auf den Fersen.

Und Spiegel brüllt und setzt sich in die Führerkabine des Lkw: »Aufsitzen und hinterher, schmeiß an!«

Rumpelnd setzt sich das rußende Ungetüm in Bewegung in Richtung Torfverladegleisrampe, die etwa 1.000 Meter weiter am

Ende der langen Dorfstraße, etwas außerhalb der Fabrik, zu erkennen ist.

Vorn am Eck sehe ich schon den Frisörsalon vom Bader Fuss, der schärft drinnen gerade fachmännisch das aufklappbare Rasiermesser an einem Lederriemen. Das laute Getöse lockt ihn aber durch die offene Tür hinaus. Auch sein Kunde steht auf und stellt sich Fuss zur Seite. Mit eingeschäumtem Gesicht beobachtet er staunend das Wettkampfgeschehen. Wie schweißnass vier Läufer die Straße entlanghetzen. Ich als Fünfter hintendrein.

Und ich höre, wie Fuss ihn aufklärt: »Des ist der Wimmerl, der Sohn vom Huababauer, der erbt einmal den Hof. Und der da hinten, des ist der Straßberger-Bua. Der Bua vom Kleinbauer gegen den Großbauernsohn.«

Die vier Sackläufer biegen um eine weitere Hausecke und sind damit aus dem Blickfeld hinaus. Ich meine aber noch gesehen zu haben, wie der Wimmerl ein kleines Messer aus dem Hosensack zieht.

Kurz darauf schnaufe ich um die Ecke und werde von einer weißen Mehlwolke empfangen. Wimmerl hat einem Konkurrenten den Sack aufgeschlitzt, der Sauhund. Schwer hustend laufe ich durch den feinen, weißen Staub und schon ein paar Meter weiter bin ich von einer Schicht aus Mehl bedeckt. Doch nichts kann mich im Moment aufhalten.

Schon überhole ich den ersten Ausgeschiedenen, der aufgegeben hat. Und kurz darauf die nächsten zwei.

Nur Wimmerl ist noch vor mir.

Mit jedem Schritt schmilzt sein Vorsprung. Die tobende Zuschauermenge verleiht mir zusätzliche Kraft.

Mit Mehlstaub am ganzen Körper und schweißverschmiertem Gesicht bin ich nun auf der gleichen Höhe mit Wimmerl. Der grinst unverschämt und will mich schwer schnaufend abdrängen. »Schleich dich, Bürscherl. Die Uhr gehört mir!«

»Das werden wir dann schon sehn«, grinse ich zurück.

Wimmerl erfasst die Furcht, seinen Kampf zu verlieren, und er versucht noch einmal, mit unsauberem Ellenbogenrempeln das Ruder herumzureißen. Doch das kann mich nicht aus der Bahn bringen. Auch ich versetze dem etwas Kleineren einen kräftigen Renner, was ich aber eher als eine Notwehr im besten Sinne verstehe.

An der Ziellinie nimmt Füglein ein Okular aus der Jackentasche und richtet es auf die Dorfstraße.

»Siehst was?«, fragt Spiegel.

Und Marie angespannt: »Wer führt?«

Verdutzt blickt Füglein durch sein Okular und sagt anerkennend: »Tatsächlich, der Straßberger.«

Und ich erreiche das Ziel und werfe elegant den Mehlsack auf das Pflaster. Und schon bin ich eine kleine Berühmtheit im Weiler Kolbermoor. Noch lange wird am Stammtisch von meinem ersten Streich erzählt werden.

Grinsend klopfe ich mir den Mehlstaub aus der Kleidung. »Da schauts, ha!« Und der Stolz steht mir ins Gesicht geschrieben.

Abgeschlagen torkeln auch die Verlierer ins Ziel. Als Erster erscheint Wimmerl und reicht mir die Hand, obwohl er natürlich enttäuscht ist. »Nichts für ungut«, sagt er, »im Eifer des Gefechts.«

Und ich: »Passt scho.«

Marie ist hocherfreut, mit geröteten Wangen vom Anfeuern: »Da hab ich auf den Richtigen gesetzt. Kommst auch zur Siegesfeier zum Füglein-Wirt? Zur Siegerehrung?«

»Freilich komm ich. Ich hab ja die goldene Uhr gewonnen.«

Dabei schauen sich Füglein und Spiegel so verschmitzt an, die haben anscheinend etwas ausgeheckt. Aber das kann mich gerade nicht schrecken.

Alle stehen dicht gedrängt um mich herum und klopfen dem stolzen Sieger auf die Schultern. Hände werden geschüttelt und Wetteinsätze ausbezahlt. Marie zupft triumphierend Füglein und Spiegel die Münzen aus der Hand. »Und die gehört auch noch mir«, freut sie sich.

»Auf zur Vereinsgründungsfeier, herein mit euch«, muntert Füglein die Herumstehenden auf.

Langsam tröpfeln die neuen Vereinsmitglieder in die Gaststube herein, wo Füglein eine Tafel mit der geschnitzten Aufschrift »Athletikklub Kolbermoor« präsentiert. Schon freue ich mich auf die Bekanntgabe meines Sieges. Verstohlen werfe ich einen Blick zu Marie hin, die mit großer Anmut die Bierkrüge durch die Menge balanciert. Alles gefällt mir an ihr.

Auch Marie bemerkt meine heimlichen Blicke und mir scheint es, als würde sie die Krüge danach noch eleganter verteilen. Sehr adrett, wie sie ihren Schopf zu einem kleinen Dutt gebändigt hat.

Und Füglein hebt zu seiner ersten pathetischen Ansprache an: »Im Namen auch von unserem geliebten Prinzregenten möchte ich als Erster Vorstand die heute Anwesenden zur Vereinsgründung des ›Athletikklubs Kolbermoor‹ in unserem Vereinslokal begrüßen. Mag die Monarchie in Portugal wackeln, wir bleiben unserem Königreich treu. Darauf trinken wir. Hebt die Gläser, hoch!«

Alle stoßen mit den Krügen an.

»Auch wir, das heißt ich, der Bäckermeister Spiegel und der Huababauer, haben uns in langen Sitzungen dazu entschlossen, mit der Gründung des ›Athletikklubs‹ einen Meilenstein in der Sportgeschichte des SV Kolbermoor zu legen. Auch, um alle Kraftsporttreibenden in der Region unter einem, nämlich unserem Dach zu vereinen. Wir möchten uns beim Huababauern, dem edlen Spender, für die Vereinstafel bedanken und auch für die Mass Bier für jedes Vereinsmitglied, gespendet von der Geschäftsleitung der Baumwollspinnerei Kolbermoor. Hebt die Gläser, hoch!«

Wieder krachen die Krüge.

»Und mit dem Vereinsspruch ›Griabig san mir! Und griabig bleim mir! Auf den Bergen und im Tal! Siegen tun wir überall! Prost, Sportkameraden! Athletikklub Kolbermoor!‹, beenden wir die erste Vereinssitzung.«

Allen im Raum ist natürlich schon aufgefallen, dass ich noch mit keinem Wort erwähnt worden bin und so erhebe ich die Stimme: »Und was ist mit meinem Preis, der goldenen Uhr?«

Drauf führt Füglein seine Rede fort, als ob er auf diesen Einwurf schon gewartet hätte: »Und natürlich ist das neue Mitglied Josef Straßberger einstimmig aufgenommen und wir gratulieren ihm herzlichst zur heutigen sportlichen Leistung. Die Vereinsleitung, das heißt der Bäcker Spiegel und ich, haben uns gesagt, dass das neue Mitglied zum Zeitpunkt des Wettkampfes aber noch kein Mitglied war und somit in der sogenannten ›Gästeklasse‹ gestartet ist. Wir haben also beschlossen, dass die Uhr ins Vereinsvermögen übergeht und bei einer anderen Gelegenheit zur Verfügung gestellt wird. Wir hoffen aber, dass unser neues Mitglied in zwei Wochen zum Kraftsporttag in Wörgl unseren Klub als unser neuer aktiver Athlet im Ausland würdig vertreten wird.«

Brüllendes Gelächter erhebt sich, als ich aufspringe und wütend aus der Gaststube laufe.

Nur Marie ergreift für mich Partei: »Ach geh, des könnts doch nicht machen, er hat doch gewonnen.«

»Dann lauf ihm doch nach, deinem Sieger«, erwidert Spiegel.

Und tatsächlich nimmt Marie meinen Krug vom Tisch und läuft mir hinterher. An der gebändigten Mangfall entlang, vorbei am sechsstöckigen Hauptgebäude der Baumwollspinnerei.

Am Werkskanal drehe ich mich um und sehe, wie sie mit fligendem Rock daherkommt und das Bier schwappt über den Krugrand. Die Luft ist erfüllt vom Sirren der Spindeln. »Josef!«, schreit sie mir nach.

Ich stocke, noch immer wütend über meine Schmach.

Und sie streckt mir den Krug hin. »Da, trink.«

Marie staunt nicht schlecht - nicht darüber, dass ich schlucke wie ein Ackergaul, sondern mit welcher naturgemäßen Kraft ich am Masskrug sauge und sich meine Halsmuskeln dabei aufpumpen.

»Bin die Tochter vom Bader Fuss. Du gefällst mir - Josef«, wirft sie lässig hin.

Und ich, ganz karg und überrascht: »Du mir auch - Marie.« Und schon werde ich mutiger: »Krieg ich wenigstens einen Siegerkuss?«

Marie lacht. » So schnell geht's auch nicht. Besuch mich halt bei meinem Vater im Frisörladen, dann stell ich dir auch Karlo vor.« Und als ich verdutzt schaue ob dieser Offenbarung, fügt sie an: »Mein liebster Verehrer, Kater Karlo. Da sollst du mal sehen, wie der pfaucht und zischt, wenn wer seinem Reich zu nahe kommt.«

Abrupt dreht sie sich um und drückt mir einen Schmatz auf die Wange. »Der Siegerkuss.«

Fast burschikos wirkt ihr ebenmäßiges Gesicht, das ich so nah bei mir fühle, Wange an Wange, kurz berühren sie sich. Es heißt ja auch, dass sich die Haut bei der Berührung vertragen muss. Ich traue mich nicht, zu blinzeln. Ihr braunes, seidiges Haar umspielt sanft ihre Züge, eine Sommersprosse direkt auf der Nasenspitze. Ihre braunen Mandelaugen, die fast ein wenig asiatisch anmuten. Und ich verstehe, warum sie so begehrt ist, und bin stolz, dass sich das hübscheste Mädchen für mich interessiert.

Und immer noch verdutzt blicke ich Marie hinterher, als sie schon hinter einem Holunderbusch verschwindet und zurück ins Dorf läuft. Ganz benommen bin ich.

Meine Füße berühren kaum den Boden, als ich die Mangfall weiter in Richtung unseres Hofes gehe, den Bachlauf entlang, der leicht durch die Landschaft vom Tegernsee her kommt, sich dahinschlängelt. Keinen Blick habe ich, weder für den Sonnenuntergang mit seinem betörenden und betäubenden Licht, noch für die in das Abendrot getauchten Wolken. Am liebsten möchte ich diesen Tag festhalten, möchte diesen Augenblick mit Marie festhalten. Ich möchte die Lust, die ich in mir verspürt habe, verewigen. Und es wird nur die Erinnerung bleiben, irgendwann, dieser Moment. Die Wolken über uns. Das Plätschern des Baches, der die Turbinen der Weberei antreibt. Das Rauschen der Trauerweiden, die den Bach säumen.

Und ich beginne zu laufen und zu laufen und möchte meine Freude hinausschreien und den Augenblick fangen. Und ich laufe und laufe und meine Lungen pumpen und mein Herz schlägt Purzelbäume.

•

»Heut hast es aber pressant!«, rief der Bader Fuss seiner Tochter hinterher, als sie heimkam und ohne ein Wort gleich in ihrer Kammer verschwand, hinter dem Laden in der Wohnung, die sich fast ebenerdig anschloss.

An der großen, messingbeschlagenen Registrierkasse vorbei, mit der großen Kurbel und dem Hämmerchen, das immer an eine kleine Glocke schlägt, wenn die Geldkassette unten rausgeschossen kommt. Wo der Fuss stand und die Tageseinnahmen zählte. Zwei Stufen waren zu erklimmen, um auf das leicht angehobene Niveau der Frisörswohnung zu gelangen. Ein Ladengeschäft halt.

Früh ging Marie an diesem Tag zu Bett und ihre Träume waren wirr und sprunghaft.

•

Mit dem Weiblichen an sich habe ich bisher noch keine große Erfahrung, obschon mir einige Mädchen gefallen hätten. Die Berta etwa - eine Magd am Hof und kugelrund -, die ich heimlich begehrt habe. Nächtens bin ich zu Bertas Kammer geschlichen und habe sie durch ein Astloch in der Holzwand beobachtet, wie sie sich vor dem Schlafen wusch. Einen Badeschwamm hat Berta in den Waschzuber getaucht und sich damit die Achseln, die Knie und den Schritt befeuchtet, bevor sie sich schlafen gelegt und das Kerzenlicht gelöscht hat. Da hat mich das Verlangen übermannt. Und wie mein Zipferl immer größer und größer wurde, war es das erste Mal, dass ich mein Häutchen über die Eichel schob und der sinnliche Schmerz sich in ein Wohlgefühl löste.

»Ich hab dich schon gesehen«, sagte Berta am nächsten Tag und: »Jetzt bist ja schon bald ein Mann, dann darfst mich besuchen.«

So einen Schreck hab ich bekommen, ich war ertappt. Und eine Zeit lang kam immer wieder dieses eine besondere Gefühl in mir hoch und machte sich in mir breit, wenn ich in der Nacht an die dicke Berta dachte.

Diese weichen Lippen und das braune, seidige Haar, das flüchtig meine Wangen streift. Ganz heiß ist mir. Etwas bemächtigt sich meiner. Etwas Starkes, das mich ganz wohlig einschnürt, vor dem ich auch Angst verspüre.

Glücklich schwebe ich, einem Engel gleich, wie auf Watte. Doch mit einem innerlichen Ruck schiebe ich alles beiseite. Am nächsten Tag gibt es viel Arbeit, Heu wird eingebracht, und ich lege mich schlafen und träume – von ihr.

Früh bin ich am nächsten Tag aufgestanden und esse meine Milchbrotsuppe, die ich mit ein paar Löffeln Zucker anreichere. Irgendwie schaut mich meine Mutter heute mit anderen Augen an. Die Mutter ist ja vielleicht immer die erste Frau, die begehrt wird, bis die zweite ins Leben tritt.

»Ist was mit dir?«, meint sie.

Sie wird ihre Mutterliebe loslassen müssen. Denn die Kinder sind geboren, um die Mütter zu verlassen. Und bei mir hat sich etwas verändert, etwas hat sich meiner bemächtigt. Ob ihr das bedrohlich erscheint?

Wie jeden Tag gehe ich gleich in mein Muckikammerl. Die Stallarbeit macht die Schwester Babette. Langsam gehe ich in die Hocke und stemme den schweren Mehlsack über den Kopf. Kniebeugen, immer wieder. Lange geht das so. Dann nehme ich die Stange. An deren Enden habe ich die zwei Eisenbahnräder montiert, die ich aus einem ausrangierten Zugwaggon ausgebaut habe. Ich vergesse die Zeit. Der Schweiß läuft mir in Sturzbächen an der Haut hinab, da höre ich an der Holztüre zur Tenne, die ich stets verschlossen halte, um nicht gestört zu werden, ein Klopfen.

Als ich den Riegel zurückschiebe, erschrecke ich und bin zugleich hocherfreut.

»Ja, ich bin's.«

Und gleich schießt mir das Blut in die Wangen, als Marie vor mir steht in ihrer vollkommenen Selbstverständlichkeit. Wirr hängt ihr eine Haarsträhne ins frische Gesicht und ihre kräftigen weißen Zähne blinken.

»Das hättst du nicht gedacht, dass du mich so schnell wiedersiehst«, sagt sie und lacht mir dabei ins Gesicht. Und wieder hat sie das selbstgeschneiderte Kleid mit dem geblümten Muster an, das mir schon am Startplatz des Mehlsacklaufes aufgefallen ist. Neu ist mir diesmal die weiße Bluse, geziert mit Schmetterlingsornamenten, die ihre Mandelaugen noch anmutiger erscheinen lässt. Vielleicht hat es ja ein mongolischer Reiternomade unter seinem Herrscher Dschingis Khan bis hierher in das Inntal geschafft und seine Jurte hier aufgestellt? Ein Tatar, der sich mit einer frühen Vorfahrin Maries zusammengetan hat, auf dass sein Gen ein paar 100 Jahre später zum Vorschein kommen kann? Ja, um mich ist es jetzt geschehen und schon überkommt mich ein Verlangen. Diese Mandelaugen!

»Lass dich durch mich nur nicht stören.«

Und sie setzt sich apart auf eine Getreidekiste, um mir bei meinen sportlichen Übungen zuzuschauen. Springt aber plötzlich wieder auf, läuft zu mir her und versucht, mit ihren Händen meine Oberarme zu umgreifen, so, dass die Fingerspitzen zusammenstoßen. Ganz nah kommt sie mir. Und wieder bin ich ganz betört. Sie riecht nach Zitrone, Orange, Bergamotte, Mandarine, Limette, Zeder, Pampelmuse und nach verschiedenen Kräutern. Marie hat sich vorher mit ein paar Spritzern »Kölnisch Wasser« benetzt. »Eau de Cologne« auf Französisch - oder »4711«.

Was wird sie wohl an mir finden? Eine Schönheit bin ich nicht, aber vielleicht hab ich ja doch etwas Besonderes an mir, wenn sich die Begehrteste der Begehrten zu mir hingezogen fühlt.

Und ich will mehr von ihr und sie sagt: »Hör auf, lass uns Zeit.« Sie zeigt auf einen Mehlsack in der Ecke: »Schaffst den auch?«

»Freilich!«

»Wie oft?«

»Zähl mit.«

Und eine Kniebeuge folgt der nächsten. Kniebeuge auf Kniebeuge. Das Zentnergewicht auf die Schultern gepackt.

Eine ganze Zeit geht das so, Marie zählt mit. Wir bemerken nicht, wie die Treppenbretter, die zur Tenne hinaufführen, knarzen, weil klobige Haferlschuhe sie hinunterdrücken. Es ist der Vater. Er ist verärgert.

»Ein Gewitter steht am Himmel!«, schreit er. »Heut muss das Heu herein. Wenn's nass wird, taugt's nix mehr. Das hier ist eine Bauernsach' und kein Kurort. Zuerst die Arbeit, dann das Vergnügen. Ich schmeiß dir deine Gewichte noch alle hinein in die Odelgruben, dann kannst sie raustauchen, die gstinkerten Eisen!«

Plötzlich haben wir es eilig, der Vater und der Sohn. Unser Ziel ist der Wiesengrund am Bach, wo das Heu hereingebracht werden muss.

»Ich schneid dir deine Haare. Besuch mich«, ruft Marie mir noch hinterher, als ich mit dem Vater aus der Mühle hinaus aufs Feld laufe.

Drohend und schwarz stehen am Himmel die Gewitterwolken, als wir den Wiesengrund erreichen. Die ganze Familie ist zusammengekommen. So oft kommt das auch nicht vor. Haben gemeinsam Feldarbeit gemacht auf der Wiese draußen und gerade am Mittag Brotzeit. Viele unstete Augenpaare. Auch die Rosse sind unruhig, sie spüren, dass sich ein Unwetter zusammenbraut.

»Schnell«, feuert der Vater an, »sonst ist das Heu nass und nicht mehr zu gebrauchen!«

Auf dem Feld sammeln die Mutter und die Schwester Babette hastig die letzten Heumandln ein und werfen sie auf einen Kutschanhänger, vor den die zwei Kaltblüter Flori und Beri gespannt sind. Die Luft ist schwül, alles scheint unter Spannung zu stehen. Donnergrollen und Windböen lassen goldgelbe Strohhalme in der Luft tanzen.

Auf dem Kutschbock sitzt der Großvater Alois. »Hüh, hüh!«, schreit er, kaum kann er die nervösen Pferde im Zaum halten. »Wiah, wiah, da bleibst. Steh hin!« Mit beiden Händen fasst er die Zügel enger. »O heiliger Sankt Josef! Hilf! Ich kann die Viecher nimmer halten.«

»Der heilige Josef wird dir da nicht helfen können«, entgegne ich ihm, während ich eins der Heumandl auf den Anhänger wuchte, »höchstens ich.«

Und Babette kniet schon nieder und schickt inbrünstig ein Stoßgebet zum Himmel: »Lieber Vater im Himmel droben, hilf, Vater, hilf, Vater, hilf! O heiliger Sankt Florian, schütz unser Haus, zünd andere an!« Denn bigott ist sie ja schon immer gewesen.

Ein Donnerschlag lässt den Boden erzittern und die Rosse sind nicht mehr zu bremsen. Ein Blitz. Noch ein Donnerschlag. Und sie gehen durch. Blind laufen sie los.

Behende schwinge ich mich auf Flori, das Sattelpferd. Und mit wohldosierter Kraft, Geschicklichkeit und Willen gelingt es mir, mich auf dem Rücken des Rosses zu halten. In gestrecktem Galopp geht es über das stoppelige Feld und es ist kaum zu glauben, mit welcher explosionsartigen Grazilität und Schnelligkeit sich die wuchtigen Ackergäule aus dem Stand herauskatapultieren und durchs Feld pflügen – ja fast zu fliegen scheinen. Mit einiger Mühe dirigiere ich das Gespann in Richtung des Straßberger-Hofs und mit ordentlichem Tempo jagen wir auf den Hofplatz zu, wo das Gespann dann endlich zur Ruhe kommt, als ich vom Flori herunterspringe und vorne in die Zügel greife. Weißer Schaum tropft aus ihren weichen Mäulern, so ist das Blut der Rösser in Wallung.

»Stehts hin. Stehts hin.«

Langsam beruhigen sich die Pferde.

In der Zwischenzeit kommen auch der Vater, die Mutter und Babette angelaufen.

»Schnell, nicht dass uns das Heu doch noch nass wird!«

Flori und Beri werden ausgeschirrt und laufen wie ferngesteuert in ihre Stallboxen und schütteln aufgeregt ihre Mähnen.

Hand in Hand geht nun geschwind das Abladen mit den Heugabeln. Die Heumandln werden durch eine Luke hinauf auf den Heuboden geworfen. Ein letzter gewaltiger Blitz, darauf ein Donnerschlag lassen alles noch einmal aufwallen, bevor ein warmer

Gewitterregen vom Himmel herabprasselt und sich auf der freien Fläche im Hof spiegelnde Pfützen bilden. Schon springen die ersten Laubfrösche im Regenmatsch umher und die Wasserflöhe hüpfen.

Und später blinzelt die Sonne zart durch die Wolkendecke und alles trocknet wieder langsam aus.

Tief atme ich die Luft ein, die duftet wie frisch geschnittenes Heublumengras, und jede Sekunde denke ich an Marie, an ihre Sommersprosse auf der Nase – es ist um mich geschehen.

Wie immer am Abend sitzen wir um den Stubentisch und der Vater bricht das Brot, dabei spricht er das Vaterunser, und verteilt es. Die Mutter schenkt jedem mit der Suppentasse den Teller mit einem Eintopf voll und spricht bedeutungsvoll: »Habts schon gehört? Vor ein paar Tagen hat ein verrückter Student den Erzherzog Franz Ferdinand mit seiner Gemahlin mitten in Sarajevo erschossen, so was. Die ganze Welt ist schon in Aufruhr.«

Und der Vater hebt seinen politischen Sermon an.

»Nicht schon wieder«, denk ich mir, »ich kann die alten Sprüch' nicht mehr hören.«

Abseits sitzt Großvater Alois in einem Baststuhl und stiert in das Licht einer Kerze. Langsam erhebt er sich, zieht das Schlagwerk der Standuhr auf, stellt die Zeiger nach und setzt sich wieder. Ich bringe ihm den selbstgebrannten Schnaps, setze mich fast andächtig zu ihm hin und horche, als der alte Mann zum Reden ansetzt, wie er es immer tut. »Höre, was der Weise sagt, tue nicht, was er tut.«

Das ist einer seiner Sinnsprüche. Und vom jungen Löwen erzählt er, der den alten bezwingen wird. »Vom einfachen Soldaten wird er zur Herrschaft gelangen. Ja, ja. Der zweite Antichrist wird einen Weltenbrand entfachen, der zerbrechen wird die Staaten Israels in einer Zeit, da ich zu Gott gegangen bin. Auf dem Globus Tod und Schreie durch Feuer, das vom Himmel fällt. Und du wirst in der großen Stadt sein, seit du über das große Wasser gefahren sein wirst.«

Mit einem Schluck trinkt der Großvater den Schnaps aus, zerdrückt das leere Glas in seiner Faust, schüttet dann zwei unterschiedlich große Pfützen aus der Flasche auf den Tisch. Er deutet auf die kleinere Schnapspfütze und macht eine bedeutungvolle Pause. – »Das ist der Chiemsee.«

Und mein Gesicht rückt näher und näher.

»Und das ist der Atlantik, wo du einmal rüberfährst in die neue Welt.« Großvater zeigt auf die etwas größere Lache.

Ungläubig blicke ich auf die größere Schnapspfütze.

Und plötzlich patscht der Großvater mit der flachen Hand in die Pfütze, dass es nur so spritzt.

»Und pass auf, dass du nicht reinfällst!«

Ich wische mir den Schnaps aus dem Gesicht und die Herumsitzenden brechen in schallendes Gelächter aus.

»Bis der übern Teich fährt, werd ich schon lang dort sein«, übernimmt Franz, der Bruder, das Tischgespräch.

»Ui, da fahr ich mit«, meldet sich auch Anni zu Wort. Die anderen Geschwister sind noch zu klein, um ihren Senf dazuzugeben, oder trauen sich nicht.

•

Amerika bedeutete zu dieser Zeit für viele die große Hoffnung auf ein besseres Leben. Zwar wussten die meisten nicht viel oder gar nichts über dieses Land, aber man glaubte die guten Nachrichten, die auch von den Schifffahrtsgesellschaften gesät wurden, weil die Auswanderung, insbesondere die Beförderung mit der Eisenbahn und mit dem Schiff, ein großes Geschäft war und die deutschen Seehäfen davon profitierten. Viele, auch betrügerische Anwerber waren unterwegs, die gefälschte Passagen verkauften.

Der Auswanderer-Franz wurde am meisten von seinem Spezl, dem Fischlinger Max, bestärkt. Der Fischlinger Max aus Rosenheim war ein wahrer Auswandererprofi, er hatte schon Kontakt zu professionell betriebenen Auswanderungsagenturen hergestellt und klärte Franz auf: »Die Auswanderung erfolgt jetzt größtenteils von Bremerhaven aus, nicht von Hamburg. Momentan aber schaut's mit Amerika schlecht aus, die haben einen Einwanderungsstopp verkündet, es herrscht Inflation. Jetzt emigrieren ganze Gruppen nach Argentinien und Südbrasilien, wo deutschsprachige Siedlungen entstehen.«

Und während Max den Franz weiter erhellte, spitzte auch Anni die Ohren.

»Zuerst müsste man als Durchgangsland Brasilien ansteuern, und zwar Blumenau, dort wird Deutsch gesprochen, das hat man mir gesagt, weil die ersten Kolonisten Deutsche waren. Deutsche Schulen, deutsche Vereine, deutsches Theater und ein Gebirgs-Trachtenverein sind zu erwarten. Wie in Kolbermoor gibt's viel Textilindustrie, die Eisenbahn-Brauerei produziert Bier, das nach dem deutschen Reinheitsgebot gebraut und in ganz Brasilien vertrieben wird. Porzellanindustrie gibt's auch, ein weiterer wichtiger Wirtschaftsbereich, und Glasbläser suchen sie, die in einem Werk für ganz Europa Gläser blasen sollen. Aber nicht ein oder zwei Glasbläser suchen die, nein, ein paar hundert sollen kommen.«

So versuchte Max, dem Franz das Auswandern noch schmackhafter zu machen.

»Überall ist es besser, nur nicht hier.«

•

»Letzte Woch' war wieder ein Anwerber im Gasthaus, da hättst ja gleich unterschreiben können«, frotzelt der Vater und schaut Franz scheel von der Seite an.

Darauf erwidert die Resi: »Na, na, bleibts nur da, ihr wissts doch gar nicht, was euch da erwartet bei den Wilden.«

Und der Vater: »Den Hof kriegt der Josef, er ist der Älteste, der Andrä soll die Sägmühl' haben, wenn der Auswanderer-Franz seinen Traum wahr macht. Und die Madln müssen sich halt um einen Bauern in der Gegend umschaun oder um einen Lehrer.«

»Und wenn der Franz doch nicht auswandert«, sagt zaudernd André, er ist ja erst zwölf, »dann muss er halt ein Pfarrer werden und ins Kloster gehn.«

Zwei Wochen sind vergangen, ich bin gerade im Holzschuppen beim Dengeln – eine Sense dengeln kann nämlich nicht ein jeder. Die Scharten durch das Treiben des Metalls mit einem Hammer ausklopfen. Es nützt nichts, die Sense nur mit dem Schleifstein zu schärfen, erst durch das Dengeln wird der Rand des Blattes dünn geklopft und dann erst geht's mit dem Wetzstein weiter. Da fährt ein kleiner Reisebus auf den Hof.

»Auf geht's nach Wörgl zum Kraftsportfest!«, schreit der Spiegel aus dem Seitenfenster.

Jeden Tag habe ich mich darauf vorbereitet – und eine Zeugin habe ich auch dafür – und habe gewartet. Nur der Vater zieht nicht so recht, ihm gefällt das gar nicht. Grimmig und finster schaut er drein, es ist noch viel zu tun auf dem Hof.

»Lass doch den Buam mit«, meint der Füglein. »Es geht ja auch um Ruhm und Ehre der Gemeinde. Ich spendier dir auch einen Doppelten, wenns d' am Sonntag nach dem Kirchgang ins Gasthaus kommst.«

»Den Schnaps zahl ich mir schon selber«, sagt darauf der Vater und: »In Gottes Namen, nehmts ihn mit. Er macht schon den ganzen Tag so ein grantigs Gesicht.«

Wie wenn ein Sonnenstrahl einen dunklen Schatten vertreibt, so verfliegt meine finstere Miene. Aus einem Holzverschlag hole ich den Kartoffelsack hervor, den ich dort versteckt habe – wo ich meine Sportkleidung eingepackt habe –, und springe in den Bus.

Da kommt auch die Mutter aus dem Haus gelaufen, sie hat nur darauf gewartet, und reicht durch das Seitenfenster des Daimler-Busses der bayerischen Post noch ein paar Auszogene hinein. »Dass ihr mir nur ja nicht vom Fleisch fallts auf der Fahrt nach Wörgl.«

Aus den Tüten tropft das heiße Butterschmalz, in dem die Hefeteigküchl noch vor ein paar Minuten geschwommen sind. Innendrin die Rosinen, die über Nacht in Schnaps getaucht waren. Und obendrauf der Puderzucker.

Mit dem Gebäck in den Händen sitzen die Männer kauend im Bus und das Fett läuft ihnen aus den Mundwinkeln. Es ist nur mehr ein Platz frei und der ist ausgerechnet neben dem Wimmerl, meinem alten Kontrahenten.

»Schad, dass die Marie nicht mitgekommen ist«, frotzelt er.

»Lass nur die Finger von ihr, sonst kriegst es mit mir zu tun.«

»Jetzt hörts halt auf«, mischt sich der Fuss mit ein, »meine Marie wird sich schon den Richtigen aussuchen.«

Und Füglein zu mir: »Heut wirst du vielleicht unsere Geheimwaffe.«

Ich habe keine Ahnung, was er meint, frage aber auch nicht nach.

Und weiter geht's und das Reisegefährt holpert über meist ungepflasterte Wege durch das Inntal. Nach Mitterhart, dann durch die Ortseinfahrt von Rosenheim, weiter nach Pfraundorf, Raubling, Reischenhart, nach Brannenburg, Flintsbach, durch Oberaudorf, über die deutsch-österreichische Grenze bei Kiefersfelden. Auf der Kufsteinerstraße geht's nach Kirchbichl in Tirol weiter und dann ist die Marktgemeinde Wörgl erreicht und der Festzeltplatz.

Auf einer Bühne, in der Mitte des Festzelts, ist eine zweite kleine Holztribüne aufgebaut, ähnlich wie damals in Rosenheim. Schade, dass der Großvater heute nicht dabei ist. Ihm ist die Reise zu anstrengend. Er ist jetzt ja auch schon fast 80.

Über der Bühne prangt eine große Tafel mit der Aufschrift »Kraftsportfest Wörgl«. Mittig darauf ein großer Stein zum Heben. Die Festzeltgäste starren zur Bühne, ein Wettkämpfer aus Tirol taucht gerade seine großen Hände in das Magnesium, klopft ab und tritt an den Stein heran, der mit einem kleinen Holzgerüst umrandet ist. Er bückt sich, ergreift die zwei im Stein verankerten Eisenringe und zieht. Und er zieht und zieht und der Stein hebt sich ein paar Zentimeter und er verharrt – zwei, drei Sekunden.

»Ob das reicht?«, meint einer der Zuschauer.

Und der nächste Wettkämpfer kommt und versucht sein Glück. Ein Raunen geht durchs Publikum, das auch immer ausgelassener wird, weil das Bier, das ausgeschenkt wird, seine Wirkung zeigt. Fast schon scheint es, dass hier im Wörgler Becken nochmals der Tiroler Freiheitskampf ausgefochten wird, wo Andreas Hofer gegen Napoleon verliert, der mit den bayerischen und sächsischen Soldaten angerückt ist, und alles dann in die Bergisel-Schlacht mündet.

Nun steht Wimmerl seinen Mann und versucht, den Stein hochzulupfen. Die Kolbermoorer haben sich mit ihrer Vereinstafel an ein paar Biertischen platziert und feuern ihn an. Am Nebentisch sitzen die Sechzger aus der großen Stadt mit ihrer Vereinstafel samt der Aufschrift »Kraftsportabteilung 1860 München« – sie sind aber heute nur Beobachter. Mittendrin erkenne ich den Trainer Ruppert Hartmann, Rupperl genannt, der gebannt den Wettkampf verfolgt.

Füglein formt die Hände vor seinem Mund zu einem Trichter: »Zieh! Zieh!«

Und der Saal stimmt mit ein, besonders vom Tisch der Kolbermoorer her. »Zieh! Zieh!«

Fürchterlich klingt das. Fehlt nur noch eine Trommel, die den Takt angibt. So wird es gewesen sein, als die Wikinger mit dem Schiff übers Meer sind und auf Raubzug gingen. Denn Menschen, wenn sie losgelassen ...

Und Wimmerl hebt den Stein und bringt ihn auch auf eine gewisse Höhe, die von einem Kampfrichter gemessen wird.

Auf einer schwarzen Schiefertafel steht mit Kreide geschrieben: »63 cm«. Das ist die Vorgabe.

Wimmerl lässt den Stein wieder zu Boden. Der Kampfrichter schreibt »61« auf die Tafel. Lange Gesichter bei den Kolbermoorern, Jubel bei den Tirolern.

»So steht also der Sieger im Steinheben fest«, meint der Kampfrichter. »Hat wer Einwände?«

Doch, der Füglein springt auf und hebt unsere Vereinstafel in die Höhe. »Laut Wettkampfsatzung beanspruchen wir die Außenseiterregel.«

Die Tiroler sind nicht erfreut, man kann es verstehen, aber Regel ist Regel, und so bin ich, der Wettkämpfer Josef Straßberger, aufgerufen, meinen Klub mit einem einmaligen Versuch zu verteidigen. »Unsere Geheimwaffe, jetzt weißt du's, jetzt liegt's an dir, das Ruder rumzureißen.«

Als wäre ich ein Schauspieler, merke ich, wie das Lampenfieber in mich hineinkriecht, als ich zur Bühne vorgehe und mich auf den Holzbock stelle. Nur jetzt keinen Fehler machen, ruhig atmen.

Und ich gehe in die Hocke. Ganz still ist's im Festsaal.

»Ein chancenloser Außenseiter, mein ich, wollen wir wetten?« Graf Maximilian von Stein, Brauereibesitzer und Sportmäzen, flüstert Rupperl ins Ohr.

»Die Wette gilt«, antwortet Rupperl.

Fast unbeeindruckt von alledem scheint das hübsche, etwas hochnäsige Fräulein Felicitas von Stein zu sein, die Tochter des Grafen. Alle nennen sie Feli – mit ihren seidigen, schwarzen Haaren, die sie hochgesteckt hat, wie es in Paris Mode ist.

Langsam umschließen meine Hände die beiden Eisengriffe im Stein. Konzentriert, so wie ich es in meinem Muckikammerl geübt habe, gehe ich noch mehr in die Hocke und hebe den Stein langsam, ruckweise, Zentimeter um Zentimeter höher – bis ich nicht mehr kann.

Alles hält den Atem an. Der Kampfrichter liegt am Boden und hält den Maßstock an die Außenkante des Steins, als der nicht mehr höher ruckt.

Und ohne eine Miene zu verziehen, geht der Kampfrichter, der sich seiner hervorgehobenen Position bewusst ist, dann an die Tafel und schreibt mit der Kreide die Zahl »72« an.

Schon spielt die Blasmusikgruppe einen dreifachen Tusch, der in ein »Heil Prosit der Gemütlichkeit« übergeht. Masskrüge scheppern aneinander.

Das ist mein zweiter Streich.

Wie jede Woche gibt es am Sonntag darauf Fleisch und so sitzen wir nach dem Hochamt am Küchentisch. Es gibt ein Geselchtes, das noch vom Schlachten einer Sau stammt, mit Sauerkraut und

Knödeln. Und wie immer wird am Tisch politisiert. Das heißt, der Vater und der Großvater kommen sich meist in die Haare, während der Rest der Familie dabeisitzt und isst und schweigt.

Es ist eine Qual, dieses sonntägliche Ritual, am liebsten möchte ich gehen. Mich zieht's zu Marie, bei ihr möchte ich sein, heimlich treffen wir uns jetzt fast schon regelmäßig, denn das Händchenhalten in der Öffentlichkeit ist nicht üblich. Alles in der Heimlichkeit - auch das Küssen.

Und während es am Tisch heiß hergeht, verschwimmt mir alles und eine andere Wirklichkeit übernimmt das Ruder und ich sitze mit Marie am Weiher und wir kommen uns näher. Schweigend nimmt sie meine Hand und führt sie zu den Elfenbeinknöpfen ihrer Bluse und ich knöpfe einen nach dem anderen auf. Ich stocke. Und wieder nimmt sie meine Hand und führt sie weiter unter das Gewand. Samtig weich ist ihre Haut, sie führt meine Hand tiefer und tiefer und ich streichele sie, ganz feucht ist es da. Und Marie öffnet meine Hose und berührt sanft mein Glied und bewegt das Häuchen vor und zurück, immer schneller und schneller und fester, bis ich komme; und auch sie.

»Einer der unheilvollsten Tage«, meint der Großvater, »sie werden die Welt in Brand setzen.«

Unsanft werde ich aus meiner Träumerei gerissen.

»Sie werden die Erde mit dem Blut der Söhne tränken ...« Und wie Nostradamus höchstpersönlich fährt der Großvater fort: »Ich sage euch, alles wird sein wie Kraut und Rüben untereinander. Und Feuer wird vom Himmel fallen. Dunkle Wolken ziehen am blauen Himmel auf und alles wird vernichtender und grausamer als alles andere vorher sein.«

Und ich sage mir: »Jetzt geht's los.«

Und schon erwidert der Vater: »Dass ein Krieg jetzt herghört! So geht's ja nicht, dass mit russischem Geld Attentate gemacht werden und der russische Bär bald in unserm Obstgarten sitzt und Kirschen frisst.«

Und der Großvater kontert: »Red doch nicht so einen Schmarrn, du, der du noch nie einen Krieg erlebt hast und auch nicht eingezogen wirst, weil du zu alt bist. Ich schon, ich war dabei, als es um Elsass-Lothringen gegangen ist, im Siebziger-Krieg gegen Napoleon III., wo wir Bayern uns auf die Seite der Preußen geschlagen haben. Ein jeder, der einmal im Krieg war, der wünscht sich den nicht mehr zurück, der will einen Frieden.«

Und dann kommt sein alles vernichtender Satz. Immer, wenn es etwas Wichtiges zu vermelden gibt, wird der Großvater förmlich und spricht reines Hochdeutsch. Wie in der Kirche, wo auch kein Dialekt gesprochen wird, zur Ehre des Allerhöchsten.

»Und immer grüßt das Amselfeld!«

Und er fährt fort: »Denn das Attentat in Sarajevo fand am Veitstag statt, dem Jahrestag der serbischen Niederlage gegen die Osmanen auf dem Amselfeld. Eine Provokation am nationalen Trauertag für die serbischen Patrioten! Der Jahrestag der blutigen Amselfeld-Schlacht, als der türkische Sultan den König von Serbien vernichtend geschlagen hat und die Schmach der Niederlage am nächsten Tag getilgt wurde, als ein Serbe den Sultan erdolchte.« Er hebt einen Finger. »Schon im Frühjahr ist die Visite des Thronfolgers Franz Ferdinand angekündigt worden. Und es hieß: Serben, ergreift alles, was ihr könnt – Messer, Gewehre, Bomben und Dynamit. Nehmet heilige Rache! Tod der Habsburgerdynastie! Mit dem Tod des Erzherzogs ist für die Attentäter nicht nur ein verhasster Despot aus dem Weg geräumt, sondern auch die alte Ordnung in Europa!«

»Über 500 Jahr' her«, meint der Vater. »Nie hätte Österreich Serbien sonst angegriffen und es wär Frieden. Was soll Österreich-Ungarn denn sonst tun? Wie soll denn der Habsburger sonst auf das Attentat reagiern?«

»Ach was«, darauf der Großvater, »Kaiser Franz Joseph in Wien ist von allem Anfang an eisern zum Krieg entschlossen.«

Und so geht es einige Zeit hin und her. Es werden alle Verschwörungstheorien durchgespielt. Und irgendwann ist gar nicht mehr so klar, wer dafür oder dagegen ist, wer jetzt der größte Kriegstreiber ist oder um was es eigentlich im Ganzen geht. Sind es die Freimaurer, die die Monarchie abschaffen wollen, oder doch die britische Krone, die den Bau der Berlin-Bagdad-Bahn verhindern und Deutschland in den Krieg stürzen will? Eine Frage der Weltherrschaft und insgesamt eine Frage der neuen Weltordnung? »Der Engländer, ja, der Engländer steckt dahinter, der Angst hat, dass Deutschland durch den wirtschaftlichen Aufschwung und die Industrialisierung zu groß wird.«

»Und immer grüßt das Amselfeld!« Mit diesem Einwurf des Großvaters ist der familiäre Disput beendet.

•

Es war, als würde die Welt den Atem anhalten, seit am 28. Juni 1914 das tödliche Attentat in Sarajevo auf den Erzherzog und seine Frau Sophie geschehen war, das Attentat auf den österreichischen Thronfolger Franz Ferdinand, das damit eingebrannt war in das Weltengedächtnis und ebenso das Gedächtnis an Sarajevo für immer veränderte. Eigentlich eine unbedeutende orientalische Kleinstadt im äußersten Süden der österreichisch-ungarischen Donaumonarchie, eine Stadt, die ehemals von den Türken besetzt gewesen war.

Als Nachspeise gab es an diesem Sonntag auf dem Straßberger-Hof ein Apfelkompott, das im Sommer schon in Weckgläser eingemacht worden war. Alles war gesagt worden und alle löffelten still dahin. Und nach jedem Löffel war das wenige Geld am Hof noch weniger wert, so schnell schien die Inflation voranzuschreiten, und immer mehr Geld wurde nachgedruckt und man konnte nichts mehr in Gold umtauschen, weil ein Ermächtigungsgesetz verabschiedet worden war; denn um die staatlichen Goldvorräte zu erhalten, musste die Goldwährung aufgehoben werden. Die Wechsel und Kriegsanleihen und sonst was konnten von nun an bei allen öffentlichen Kassen nicht mehr gegen Gold eingetauscht werden.

Für manche brachte diese Krise aber auch Vorteile. Für den Huababauern zum Beispiel, der das gewusst zu haben schien, denn sein Langdrescher war im Nu abbezahlt – wie es auch bei seinen anderen Investitionen, etwa dem Zukauf von Land, ging. Er hatte schnell noch ein paar Acker und Weiden von einem Nachbarn erworben, der unwissend war und sich verschuldet hatte. Der Huababauer hatte die Entwicklung der Inflation vorausgeahnt und auf Kredit seinen Hof modernisiert. Diese alten und neuen Schulden bezahlte er dann mit dem wertlosen Papiergeld und stieß sich gesund.

•

Präzise spaltet die Schneide der Axt das Buchenscheit. Ich schwitze, als der Postbote auf den Hof radelt. Zwei Briefe bringt er. Einer mit dem Poststempel München, der andere kommt aus Rosenheim.

Ich reiße den Brief aus München auf, der Aufdruck mit dem Absender des TSV 1860 reizt mich.

Ich lese und mein Gesicht hellt sich auf, als ich zum Schluss komme: »... möchten wir Dich in die bayerische Hauptstadt einladen, die Kraftsportabteilung des Turn- und Männersportvereins 1860 München zu verstärken. In Wörgl haben ich und Graf Maximilian von Stein, Brauereibesitzer, Dein außerordentliches Talent bemerkt, und deshalb ist es unser höchstliebstes Ansinnen und Anliegen, Dich nach München zu locken. Gez. Ruppert ›Rupperl‹ Hartmann, Trainer. PS: Für eine anständige Unterkunft und für ein Auskommen, für Wohnung und Arbeitsplatz wird gesorgt.«

Mit einem mulmigen Gefühl reiße ich den zweiten Brief auf. Ein Stempel von der Garnison Rosenheim erregt mein Misstrauen. Es ist die Einberufung an die Front als Richtkanonier im »1. Bayerischen Fußartillerie-Regiment«.

Jetzt hab ich den Dreck im Schachterl.

•

Zur gleichen Zeit etwa bewegte sich »Unter den Linden« in Berlin unter patriotischen Gesängen ein Tross von Menschen die Wilhelmstraße herab und machte vor dem Palais des Reichskanzlers halt. Der Kanzler erschien am Mittelfenster des Kongresssaales und wurde mit stürmischen Rufen begrüßt. Als Stille eintrat, sprach der Kanzler mit weithin schallender Stimme: »In ernster Stunde sind Sie, um Ihren patriotischen Gefühlen Ausdruck zu geben, vor das Haus Bismarcks gekommen, Bismarck, der uns mit Kaiser Wilhelm dem Großen und dem Feldmarschall Moltke das Deutsche Reich schmiedete. Wir wollten im Reiche, das wir in 44-jähriger Friedensarbeit aufgebaut haben, auch ferner im Frieden leben. Das ganze Wirken des Kaisers war der Erhaltung des Friedens gewidmet. Bis in die letzten Stunden wirkte er für den Frieden Europas und er wirkt noch für ihn. Sollte all sein Bemühen vergeblich sein und sollte uns das Schwert in die Hand gezwungen werden, werden wir in das Feld ziehen mit gutem Gewissen und dem Bewusstsein, dass nicht wir den Krieg wollten. Wir werden dann den Kampf um unsere Existenz und unsere nationale Ehre mit der Einsetzung des letzten Bluttropfens führen. Im Ernste dieser Stunde erinnere ich Sie an das Wort, das einst Prinz Friedrich Karl den Brandenburgern zurief: ›Lasst Eure Herzen schlagen zu Gott, Eure Fäuste auf den Feind.‹«

Mit begeisterten Hochrufen auf den Kaiser und den Kanzler und unter Absingen der Nationalhymne und der »Wacht am Rhein« setzte der Zug seinen Weg durch die Wilhelmstraße fort.

Auch in der Münchner Maxvorstadt war Mobilmachung. Am 1. August 1914 trat am Abend der greise König Ludwig III. auf den Balkon des Wittelsbacher Palais und wandte sich an seine Bayern: »Deutschland hat den Kampf nach zwei Fronten aufgenommen. Der Druck der Ungewissheit ist von uns gewichen, das deutsche Volk weiß, wer seine Gegner sind. In ruhigem Ernst, erfüllt von Gottvertrauen und Zuversicht, scharen sich unsere wehrhaften Männer um die Fahnen. Es ist kein Haus, das nicht teilhätte an diesem uns frevelhaft aufgedrungenen Kriege; gewissenhaft sehen wir unsere Truppen ins Feld ziehen. Der Kampf, der unser Heer erwartet, geht um die heiligsten Güter, um unsere Ehre und Existenz. Gott hat das deutsche Volk in vier Jahrzehnten rastloser Arbeit groß und stark gemacht. Er hat uns das Friedenswerk sichtbar gesegnet, er wird mit unserer Sache sein, die gut und gerecht ist. Wie unsere tapferen Soldaten draußen vor dem Feind, so stehe auch zuhause jeder seinen Mann, sollen wir jeder nach seiner Kraft dem eigenen Lande Helfer sein für die, die hinausgezogen sind, um mit starker Hand den Herd der Väter zu verteidigen. Tue jeder freudig die Pflicht, die sein vaterländisches Empfinden ihn übernehmen heißt. Unsere Frauen und Töchter sind dem Lande mit tatkräftigem Beispiele vorangegangen. Bayern! Es gilt, das Reich zu schützen, das wir in blutigen Kämpfen miterstritten haben. Wir kennen unsere Soldaten und wissen, was wir von ihrem Mut, ihrer Manneszucht und Opferwilligkeit zu erwarten haben. – Gott segne unser tapferes Heer, unsere machtvolle Flotte und unsere treuen österreichisch-ungarischen Brüder. – Er schütze den Kaiser und das große deutsche Vaterland, unser geliebtes Bayern.«

Die Münchner jubelten Hüte schwenkend begeistert ihrem König zu und feierten den Kriegsausbruch. Der versammelten Menschenmenge rief er noch zu, er sei zuversichtlich, dass sich seine Soldaten »im Verein mit ihren deutschen Bundesgenossen ebenso wie vor 44 Jahren tapfer schlagen werden«. Der fromme Wunsch, Gott möge sie ehrenvoll, mit Sieg gekrönt wieder in die Heimat zurückkehren lassen, verhallte im weiten Weiß-Blau des Himmels und war verloren.

Doch nur weil hier und dort Tausende durch die Straßen zogen, Kaiser und Vaterland hochleben ließen und »Heil dir im Siegerkranz« brüllten, hieß das noch nicht, dass die Begeisterung, in den Krieg zu ziehen, wirklich groß war. Die Stimmung war zwiespältig und widersprüchlich. Man war selbstverständlich schockiert über den Thronfolgermord, doch außerhalb von Österreich schaute die Sache anders aus. Der Lärm auf den Straßen von Berlin täuschte.

In München demolierten zwar ein paar Studenten ein Café, weil sie an der vaterländischen Gesinnung des Eigentümers zweifelten, ansonsten ging jedoch kaum wer für den Krieg auf die Straße, auch in keiner anderen Stadt. Die Polizei in Berlin sprach gar von Radaupatriotismus. In den meisten Fällen blieb es bei einem Sängerkrieg, die einen, die Hurrapatrioten, schmetterten »Heil dir im Siegerkranz«, während die SPD-Anhänger mit der Arbeiter-Marseillaise »Wohlan, wer Recht und Wahrheit achtet« antworteten. Die SPD-Anhänger demonstrierten gegen den Krieg, die SPD-Spitze führte im Hintergrund Gespräche mit der Reichsleitung und sicherte ihr grundsätzliche Loyalität im Kriegsfall zu.

Und Kaiser Wilhelm II. dröhnte: »Mit den Serben muss aufgeräumt werden, und zwar bald!« Und: »Man drückt uns das Schwert in die Hand, Russland ist der wahre Feind.«

Und ein Auruf aus der Kulturwelt folgte: Man werde »diesen Krieg zu Ende kämpfen als ein Kulturvolk, dem das Vermächtnis eines Goethe, eines Beethoven, eines Kant ebenso heilig ist wie sein Herd und seine Scholle«. Zugleich diffamierten die Vertreter des »Kulturvolkes« ihre Feinde: Frankreich und Großbritannien hätten sich mit Russland und Serbien verbündet und würden »Mongolen und Neger auf die weiße Rasse hetzen«.

Nur unter den Schriftstellern gab es eine kleine Reihe erklärter Kriegsgegner. Die Mehrzahl von ihnen stimmte jedoch ins nationalistische Geheul mit ein, allen voran Thomas Mann mit seinen »Gedanken im Kriege«. Selbstberufene Dichter reichten täglich tausende von Kriegsgedichten bei den Zeitungen ein und ein Feldzug gegen »feindliche Fremdwörter« begann. Es hieß jetzt nicht mehr »Adieu«, sondern »Lebewohl« oder schlicht »Auf Wiedersehen«. Lassen wir den Franzosen doch ihr »Papa« und »Mama«, lasst uns lieber von »Vater« und »Mutter« sprechen.

Und man kann es sich kaum vorstellen, wie sich bei der Mobilmachung über Nacht eine alte Ordnung aus den Angeln hob. Im ganzen Land wurden die Familien auseinandergerissen. Schon kam die Kiegserklärung von Österreich-Ungarn an Serbien und Kaiser Wilhelm II. sagte bedingungslose Unterstützung zu, zusammen mit Bulgarien und den Osmanen gegen fast die ganze Welt. Und schon wurden von der Reichsregierung beim Bankhaus Mendelssohn u. Co. und anderen hiesigen Firmen und Banken ruhende Guthaben der russischen Regierung eingefroren. »Man kann ja nie wissen.«

Seltsam aber war schon, dass der Wimmerl keine Einberufung bekommen hatte. Irgendwie hatte man ihn übersehen. Da hatten vielleicht höhere Mächte ihre Hände im Spiel gehabt oder eher die guten Kontakte des Huababauerns zur Reichsheeresleitung. »Der Wimmerl muss dableiben: An der Front werden ja auch Kartoffeln gebraucht« - und er hatte dabei gelacht.

Deshalb bekam sein Sohn ein »UK«, was »unabkömmlich« hieß. Der Füglein und auch der Fuss waren schon über 45, so blieb ihnen die Schlachtbank erspart. Aber den Bäcker Spiegel erwischte es, rein altersmäßig. »Dann müssen jetzt die Frau und die Kinder in der Backstuben ran«, war sein Kommentar.

Wieder andere schienen es kaum erwarten zu können, für »Kaiser, Volk und Vaterland« in die Schlacht zu ziehen. Obwohl erst ab 18 Jahren eingezogen wurde, meldeten sich viele junge Männer als Kriegsfreiwillige. Die meisten betrachteten den Krieg als von den Feinden aufgezwungen und waren davon überzeugt, mit dem Kriegsdienst ihre patriotische Pflicht zu erfüllen. Bewegt vom Ernst der Stunde und beseelt von patriotischen Gefühlen zogen sie in die Schlacht. Viele von ihnen kamen elend um und hinterließen schmerzhafte Lücken in ihren Familien.

•

Mit meiner Einberufung steht das zarte Band mit Marie in seiner ersten großen Zerreißprobe. In mir rumort es. Wie gern möchte ich mit Marie nach München gehen und meine Karriere als Kraftsportler beginnen, weg von Kolbermoor. Doch nun?

Und schon hetze ich den Kanal an der Weberei entlang, wo die Arbeiterinnen an den Textilmaschinen stehen und schon Hosen, Blusen und Mäntel aus dicker Baumwolle, gemischt mit Viskose, fürs Feld schneidern. Die Maschinen laufen auf Hochtouren. Und jeden Tag kommen die Armee-Lkws und transportieren die Uniformteile zu den verschiedenen Garnisonen im Reich.

Etwas Böses ist in mein Leben gedrungen und verdeckt den Frühling der vom Glück beflügelten Seele, den Frühling, der das Eis gebrochen hat. Denn wer weiß, dass er geliebt wird, der weiß, dass er gerettet ist. Aber auch, dass der Zustand des Glücks nicht ewig andauern und sich früher oder später eintrüben wird. Und früher als du denkst folgt dem Glück die Finsternis. Alles leuchtete und nun kommt das Dunkel.

Und nicht von Freude auf das Kommende getrieben laufe ich den Kanal entlang, sondern aus Angst, Angst vor dem, was über mich hereinbricht. Weggerissen werde ich von meiner ersten Liebe.

Dunkel ist es, als ich vor ihrem Fenster stehe und an die Scheibe klopfe.

»Komm rein«, sagt sie, »sei leise, dass der Vater nichts merkt.«

»Er weiß es doch längst«, entgegne ich, aber Marie will es so.

Stumm starren wir beide an die Decke. Ich streichele sie sanft zwischen den Beinen, spreize ihre Schenkel auseinander, lege mich über sie und dringe in sie ein, wobei sie leise stöhnt, immer mehr, bis sie laut aufschreit.

»Und jetzt du auch.«

Und während ich in ihr komme, liebkose ich ihre Brustknospen, die sich gleich verhärten. Ja, ich mag diese kleinen Brüste, ihren Körper. Seltsam, dass mir große Brüste nicht wichtig sind, so wie für viele andere Männer. Die Mutter, ja, die trägt ein ganz anderes Holz vor der Hütten. Im Gegensatz dazu die flachen Brüste, »wie ein Bügelbrett«, heißt es im Volksmund, oder eben »wie Schneewittchen«. Der Bader Fuss sagt immer über seine Tochter, dass sie ein Schneewittchen sei, »kein Arsch und keine Tittchen«, aber das meint er liebevoll.

Es ist unser erster Abschied, die Zukunft ist ungewiss. Denn in ein paar Tagen muss ich in den Krieg. Und ein Kinderlied kommt mir in den Sinn, das seit dem Deutsch-Französischen Krieg bekannt ist: »Wer will unter die Soldaten / Der muss haben ein Gewehr / Das muss er mit Pulver laden / Und mit einer Kugel schwer / Der muss an der rechten Seiten / Einen scharfen Säbel han / Dass er, wenn die Feinde streiten / Schießen und auch fechten kann / Einen Gaul zum Galoppieren / Und von Silber auch zwei Sporn' / Zaum und Zügel zum Regieren / Wenn er Sprünge macht im Zorn / Einen Schnurrbart an der Nasen / Auf die Köpfe einen Helm / Sonst, wenn die Trompeten blasen / Ist er nur ein armer Schelm.«

Und während wir ermattet daliegen, frag ich sie: »Bringst mich zum Zug?«

Und sie: »Ich möcht ein Kind.«

Und ich: »Dann hast ein lediges Bankert. Das geht nicht.«

Sie: »Vielleicht hast ja recht, aber ein Andenken hätt ich gern.«

Ich: »Sag so was nicht, ich komm wieder.«

»Ich wart auf dich.«

»Ich denk an dich. Ich versprech es. Wo immer ich auch bin. Und wenn ich zurückkomm, dann heiraten wir.«

Um alles zu besiegeln, stehen wir beide am nächsten Tag vor dem Altar in der Dreifaltigkeitskirche und zünden eine Kerze an. Wir schwören uns die ewige Treue und Marie beteuert, dass sie auf mich wartet, bis ich wieder aus dem Krieg zurückkehre.

•

Bevor die Männer als Soldaten zu ihren Einheiten eilten, wurden angesichts der Möglichkeit eines nahen Todes zahlreiche Ehen geschlossen. Obschon alle Hoffnungen auf einen nur kurzen, feldzugähnlichen Krieg illusorisch waren. Oder gerade deswegen. Wer weiß das schon so genau.

Und so manches Kind wurde neun Monate später geboren, das nie seinen Vater kennenlernen sollte.

•

»Hier, nimm das mit, für die Reise.« Marie reicht mir einen Korb, der gefüllt ist mit Naturalien.

Wir stehen am Bahnhof. Ich in der mausgrauen Uniform, die ich vor ein paar Tagen in der Garnison in Rosenheim in Empfang genommen habe. Der sie ein Blumensträußchen ins Knopfloch steckt. Es ist wie bei der ersten Kommunion. Nur, in diesem Fall, mit einer ungewissen Wiederkehr.

Die Gesichter sind ernst, der Abschied fällt schwer. Da stehen wir am Bahnsteig und umarmen uns ein letztes Mal für eine lange Zeit. Diesmal nicht heimlich.

Und als sich der Zug stampfend in Bewegung setzt, bleibt Marie allein am Bahnsteig zurück, umwallt von weißem Wasserdampf, der aus dem puffenden Kamin des Lokomotivdampfkessels steigt. Und ihr Umriss wird immer kleiner und kleiner, bis nur mehr ein Punkt zu sehen ist, der im Nichts verschwindet. Immer kleiner in meinen Augen und größer in meinem Herzen.

3. Kapitel

Vor der Abfahrt wird noch schnell vor der Monstranz stillgestanden. Und mit dem Segen der katholischen Kirche geht's mit dem Zug los und dann mit dem Lkw weiter an die Front. Zwischen meinen Beinen steht der vollgepackte Rucksack mit den zusätzlichen Socken, dem Feuerzeug, Zigaretten, Wurst, einer Kiste Zigarren vom Großvater und einer Kerze vom Pfarrer. In der Brusttasche verwahre ich eine Fotografie von Marie und mein Notizbuch.

Wir wissen noch nicht, wohin die Reise geht, und nur langsam sickern die Informationen zu uns einfachen Soldaten durch: Der Plan des Generalstabes ist einfach, kühn und wahnsinnig zugleich. Blitzartig will man Frankreich besiegen und dann mit denselben Truppen hopplahopp Russland besetzen. Also erst einmal vom Norden her in Richtung Paris vorstoßen, über das Territorium Belgiens. Es heißt, dass dies alles dem Völkerrecht widerspricht, aber auch: »Wir sind jetzt in der Notwehr und Not kennt kein Gebot.«

•

Da hat der Zöllner bei Gemmenich im deutsch-niederländisch-belgischen Dreiländerdreieck geschaut, als das Infanterieregiment aus dem benachbarten Aachen vorbeimarschierte.

»Das ist hier Belgien!«

Der Zöllner glaubte an einen Irrtum. Belgien war ein neutraler Staat und so nahm die Garantiemacht Großbritannien den deutschen Überfall als Anlass, in den Krieg einzutreten.

Und die Belgier leisteten erbitterten Widerstand und die Deutschen wüteten wie die Hunnen.

•

Es ruckelt und zuckelt im Mannschafts-Lkw, der in Schlangenlinien dahinfährt, um den Schlaglöchern auszuweichen, die oft so tief sind, dass ein Kind darin ertrinken kann. Wir werden mächtig durchgeschüttelt und der Kotzeimer wandert von Mann zu Mann, denn der Magen revoltiert. Der ganze Korso stoppt nur, wenn betankt wird, und da schlagen wir uns in die Büsche und verrichten unsere Notdurft. Und heimlich werden die Gemächte untereinander beim Urinieren verglichen. Der eine hat ein langes, der andere ein dickes, krummes oder dünnes Glied. Ich suche mir immer etwas abseits meinen Baum aus, denn in der Gruppe pinkeln, das will mir zu Beginn nicht gelingen. Das gibt sich aber auf der weiteren Fahrt und es wird aus mir ein Mann, der auch in der Gruppe urinieren kann.

Die meisten von uns sind gerade mal der Pubertät entronnen und der Krieg wird unser erster und bestimmendster Einschnitt im jungen Leben sein. Zotige Sprüche werden gerissen und je näher es an die Frontlinie geht, umso frauenfeindlicher werden die Zoten.

Am meisten tut sich unser junger Zugführer Mattheis aus Oberaudorf hervor und reißt einen anstößigen Spruch nach dem anderen. Sein Lieblingsvers ist der: »Wer A sagt, der sagt auch B / Und wer B sagt, der sagt auch C / Und wenn ihn die Franzmannfrau dringehabt hat / Tut's nimmer weh und sie findt's wunderschee.«

Eine etwas zarter besaitete Natur wie der Schneidermichl etwa, er kommt aus Oberpframmern, geht unter in so einerm dumpfen Männerhaufen – oder versucht mitzuschwimmen.

An der Front aber sind alle im Sterben gleich. Der Mattheis wie der Michl.

Aus allen Himmelsrichtungen setzen sich aus den Garnisonen Konvois wie der unsere in Bewegung. Und der Krieg zeigt sich in seiner ganzen Härte und Brutalität: Vorbei geht's an Verwundetentransporten und erstmals höre ich die Schmerzensschreie der Soldaten und sehe zugeschüttete Schützengräben, die zu Massengräbern geworden sind. Die meisten Häuser sind zerstört, doch in den Kellern leben immer noch Witwen mit ihren Kindern. Der Fahrer hält an. Eine Mutter mit drei Kindern blickt aus einem Kellerloch.

Wir kommen an ein Massengrab mit über 300 Zivilisten. Wegen angeblich hinterlistiger Hilfe für die Feinde der Deutschen sind sie standrechtlich erschossen worden. Als wir das sehen, steigt es uns faustdick zum Halse herauf und wir übergeben uns und müssen ein Gefühl des Kriegsekels hinunterwürgen.

•

Dennoch führten solche Erlebnisse keineswegs zu einer Ablehnung des Krieges. Ganz im Gegenteil: Viele der jungen Kämpfer waren getragen von einer blinden Vaterlandsliebe und der festen Überzeugung, dass Deutschland im Recht sei.

Und Monate später – Monate, die ihm zu Jahren wurden – schrieb Josef in sein Notizbüchlein:

Es ist furchtbar, dieser Krieg! Fünf Tage liegen wir nun in den Granatlöchern und sehen dem Tode ins Auge, ihn jeden Augenblick erwartend. Kein Tropfen Wasser und dazu der entsetzliche Leichengestank. Die eine Granate begräbt die Toten, die andere reißt sie wieder heraus. Will man sich eingraben, stößt man gleich auf Tote. Eine Granate rein, die andere raus. Rein und raus. Ständiges Sperrfeuer. Alles liegt voll Schwerverwundeter und es stinkt nach Tod.

Gestern hat ein Schrapnell Mattheis den Kopf weggerissen und heute hat es den Schneidermichl zerfetzt. Ein jeder betet für sich allein. Die Kerze des Pfarrers ist abgebrannt, die Zigarren sind geraucht.

Das Bataillon wird neu aufgestellt hinter der Linie im Lager. An jedem Tag, der vergeht, trifft es einige von uns. Ein reiner Zufall, dass es mich noch nicht erwischt hat. Von der Vorsehung erbitte ich nur folgende Gnade: Lieber gleich den Tod, als ein schreckliches Leiden!

Die letzten zwei Tage in eisigem Schlamm, unter furchtbarem Artilleriefeuer, mit keiner anderen Deckung als der Enge des Grabens. Hier mit

175 Mann angekommen und nun mit 34 ausharrend. Einige sind halb verrückt geworden. Sie antworten nicht mehr, wenn man sie anspricht. Ihr Blick wie ein stummer Schrei.

•

Wieder 15 Minuten im Schrapnellfeuer. Um uns herum ein finsterer, brauner Gürtel, ein Streifen gemordeter Natur. Wälder und Straßen sind verschwunden, von den Dörfern ist nichts geblieben als graue Flecken. Die Granaten, die Rollschuhläufer, fallen wie Regen und decken uns ein. Sie verschütten wieder und wieder den Graben bis zur Hälfte und drei Leute darunter in den Schutzlöchern. Wir machen uns gleich an die Rettung. Es ist schrecklich. Unter uns liegen die drei und wimmern, oben krepiert Schuss für Schuss schwere Artillerie. Auch neben uns ohrenbetäubendes Krachen.

Wir schaufeln, dass uns der Schweiß runterläuft und die Hände blutig werden.

Fast haben wir sie mit dem Spaten ausgegraben, da schlägt abermals ein Rollschuhläufer zwei Meter hinter uns ein und verschüttet auch uns beinahe ganz. Alles umsonst.

Wieder zerrinnen die Minuten bei angestrengtestem Schaufeln, immer wieder wird alles durch die Explosionen zugeworfen. Es sind schauderhafte Minuten, Stunden. Dann geben wir auf. Man hört diese Dinger immer auf sich zuheulen und kann nicht ausweichen vor ihnen.

Am Abend hüllt mich der Regenmantel ein, die Gasmaske griffbereit, den Brotbeutel in der Hand. Eine kleine Pause zum Schreiben. Ein einzelnes Schrapnell wirft mir einen Batzen Dreck ins Gesicht. Sauber – im selben Augenblick geht das feindliche schwere Artilleriefeuer los, mehr auf die hinter uns liegenden Batterien. Wieder werden wir mit einem Hagel von Schrapnells überschüttet. Alle sind erleichtert, keine schweren Kaliber mehr.

Und endlich gehen rechts und links die roten Leuchtkugeln hoch, also beiderseits Angriff.

Das Artilleriefeuer hört auf und sie stehen zum Empfang bereit, in der rechten Hand das Gewehr, links die Handgranate, genannt Apfelsine. Aber sie greifen nicht an. Plötzlich der Ruf: »Leuchtpatronen und Apfelsinen nach links!«

Feind ist links eingebrochen.

Die Westfront mal wieder durchbrochen. Die Toten können nicht begraben werden, sie türmen sich zu Bergen und stehen aufrecht da und liegen fünf-, sechsfach aufeinander.

Es hieß, dass wir hier vor Weihnachten wegkommen. Doch nun: Weihnachten an der Front. Es ist ein Freitag und es regnet in Strömen. Es liegen uns die Briten gegenüber. Aus der Heimat sind Geschenkpakete geschickt worden mit warmer Bekleidung, Essen, Alkohol und Tabak. Auf der britischen Seite erhält jeder Soldat ein Päckchen vom König. Eine Metalldose mit dem gravierten Profilbildnis von Princess Mary, der einzigen Tochter Georgs V.

Niemand in der Truppe ist sich sicher, was am Weihnachtstag wohl passieren wird. Alle sind geschwächt von den vorangegangenen Angriffen. Lange bleibt es ungewöhnlich ruhig, als plötzlich – aus einem der Schützengräben – ein Lied zu hören ist: ›Stille Nacht, heilige Nacht‹. Einer nach dem anderen stimmt in die erste Strophe ein, bis der Gesang aus vollen Kehlen fast über dem Schlachtfeld zu schweben scheint.

Dann ist wieder Ruhe, bis einer ruft: »Warum kommt ihr nicht rüber?«

»Weil wir euch nicht trauen. Ihr habt vier Monate lang nichts anderes gemacht, als auf uns zu schießen.«

»Hoch der Kaiser!«, tönt es den Briten entgegen.

»*Fuck the Kaiser*!«, schallt es zurück.

Trotzdem wird viel Schnaps auf beiden Seiten getrunken und die Truppe trällert noch die ganze Nacht hindurch ein Weihnachtslied nach dem anderen.

•

Später am Abend wagte sich doch noch ein betrunkener Soldat, ein Schotte, in das Niemandsland zwischen den Gräben. Er wurde von einem deutschen Grenadier am Stacheldraht in Gewahrsam genommen und wieder zurückgebracht. Offiziell gab es keinen Waffenstillstand – und keine Fraternisierung. Und so blieb es bei einem getrennten Weihnachtsfest zwischen Briten und Deutschen an diesem Frontabschnitt.

An einem anderen Abschnitt aber betraten Soldaten das etwa 80 Meter breite Niemandsland, um ihre Gefallenen zu bergen. Ein gemeinsamer Gottesdienst wurde gefeiert, zuerst auf Englisch vom Regimentspfarrer und dann auf Deutsch von einem englischen Studenten. Die Deutschen standen auf einer Seite, die Briten auf der anderen, alle hatten ihre Kopfbedeckungen abgelegt. Dann tauschten sie Tabak und unterhielten sich, soweit das möglich war.

An wieder einer anderen Stelle übergaben sächsische Soldaten ihren britischen Kontrahenten zwei Fässer Bier. Plötzlich stand ein halbes Dutzend Sachsen ohne Waffen auf dem Schützengraben, die Briten mit Gewehren im Anschlag ihnen gegenüber, und die Sachsen riefen: »*Don't shoot! We don't want to fight today. We will send you some beer.*« Dann wurde ein Fass von drei Deutschen in die Mitte des Niemandslandes gerollt.

Ein deutscher Offizier erschien und ging auf das Fass zu. Der Brite tat es ihm gleich, wobei sie sich förmlich grüßten. Der deutsche Offizier sprach kein Wort Englisch und sagte: »Ihr könnt euch ruhig von dem Bier was nehmen, es ist noch viel davon da.« Sie stießen an und gingen danach zu ihren Linien zurück.

Auf beiden Seiten wurde den ganzen Abend gesungen. Überall aber wurde am nächsten Tag wieder geschossen.

•

In unserer Kompanie erzählt ein Offizier, dass so etwas an Weihnachten eine gewisse Tradition hat: Im Siebenjährigen Krieg in Nordamerika saßen die Gegner am gemeinsamen Lagerfeuer und spielten Karten, im Krimkrieg teilten sie Verpflegung und

Tabak, im Amerikanischen Bürgerkrieg angelten sie am gleichen Fluss und sammelten gemeinsam Beeren.

Immer wieder nehme ich meinen Stift in die Hand und schreibe. Ich weiß meinem Herzen nicht weiter Luft zu machen, als mich ins Schreiben zu vertiefen. Maries Bild steht dabei vor mir und sooft ich es ansehe, denke ich an den letzten Abend in Kolbermoor und meine Abreise vom Bahnhof. Als Marie wie ein kleiner Punkt am Bahnsteig steht, immer kleiner wird, so klein wie ein Fliegenschiss, der sich im Nichts verliert.

Hier gibt es nichts mehr, nur Granatloch an Granatloch. Hier ist Elend wie nirgendwo anders, kein Schwerverwundeter kann zurückgeschafft werden, sie sterben. Und die offenen Wunden und das verwesende Fleisch locken die Fliegen an, die zu Tausenden herumschwirren. Wenn die Sonne scheint und eine Gluthitze herrscht, versuchen diese Plagegeister in die offenen Münder zu fliegen. Die meiste Zeit ist aber Regenwetter.

Die letzten paar Gräben, die wir noch hatten, sind nun vollends eingefallen. Wir müssen jetzt im Dreck und in Wasserlöchern herumliegen. Das sind dann lange, kalte Nächte. Hier geht wirklich alles zugrunde, die Leute mitsamt der Ausrüstung. Doch bei den Leuten, da ist das ja ganz gleich, da fragt kein Mensch danach. Und wenn sich einer krankmeldet, dann heißt es, die anderen dürfen sich erschießen lassen und du drückst dich hinten rum, und man bekommt ein Jahr keinen Urlaub mehr und wird hingestellt, dass es unglaublich ist.

Viele verlieren die Stiefel und müssen stunden-, tagelang barfuß laufen. Kommen sie dann nach hinten, wo die Herren sind, so werden sie recht zusammengestaucht, weil sie keine Stiefel mehr haben. Das ist dann der Dank für das so Übermenschliche, das sie leisten müssen. Mir ist es selber so gegangen, bin einen Tag im Schlamm und Wasser gestanden bis über die Knie, ohne Stiefel, denn wenn die einmal verloren sind, findet man sie nicht mehr. Es hat keiner hier eine andere Wahl, als mitzulaufen, bis er umfällt. Auch mit Schuhwerk sind die Füße geschwollen und angelaufen, denn das Leder ist nichts mehr, das Feuchte schlägt durch und durch. Die Stiefel sind ja von Haus aus viel zu kurz, da laufen das Wasser und der Dreck, alles, oben hinein und bei jedem Schritt quietscht und quakt es wie in einem Froschteich. Auch bin ich wie fast alle so heiser im Halse, dass ich kein lautes Wort sprechen kann. Aber man muss halt aushalten, das ist unser Los.

In der Stellung nur Dreck und Wasser. Es gibt hoffentlich bald bessere Zeiten.

Monate später liege ich neben meinem Artilleriegeschütz mit den Kameraden im Gras. Fast möchte man der trügerischen Stille trauen, wären da nicht die Gesichter um mich, die vom Krieg gezeichnet sind. Auch meine Züge sind nicht mehr so jung und frisch, wie sie es noch am Tag der Abreise aus der Heimat waren.

Es ist ein schöner Tag, fast friedlich. Und ich schreibe in mein Heft: »Wenn Nachtigallen singen: Über mir im Strauch eine Nachtigall / Wer ich bin, weiß ich nimmer / aber ich fühl' mich stark / dem Augenblick gegenüber / Über dem Feld steht die Sonne und / ich denke fest an Dich / an meinen süßen Traum.«

Ruhig ist der Nachmittag, auf dem Hügel das Château. Am steilen Hang liegen die Rebflächen des Orts in der Abendsonne. Drumherum nur verbrannte Erde. Wo einst Lavendelfelder waren. Olivenhaine. Tomatensträucher. In einer Senke ein kleiner Taubenturm, ein *pigeonier*. Dort hat sich ein Scharfschütze einquartiert. Nicht weit das alte Städtchen, umsäumt von zerschossenen Baracken, es ist wüst und öde geworden. Läden und Cafés sind geschlossen, die Gassen scheinen tot zu sein.

Von Weitem brandet das eintönige Rollen und Stampfen eines ungewöhnlich heftigen Artilleriefeuers her. Kommt wummernd immer näher.

Jeder weiß, dass wir nicht mehr siegen können. Aber der Gegner soll sehen, dass er gegen Männer mit Ehre kämpft. Und wieder und wieder werden Flugblätter abgeworfen, die die Truppe moralisch zersetzen, den Zerfall beschleunigen sollen. Eines der Gedichte ist von Schiller, vom freien Britannien. Recht klug vom Feind, das deutsche Gemüt mit Gedichten zu bombardieren. Pro Exemplar, das wir abgeben, bekommen wir 30 Pfennig Fundprämie. Das verrät, dass die Heeresleitung die Gefährlichkeit dieser vergifteten Waffen nicht gering schätzt. Die Kosten werden allerdings der Bevölkerung des besetzten Gebietes zur Last gelegt.

Heute habe ich es mir neben einem kleinen Ziegenstall unter einem Apfelbaum gemütlich gemacht. Urplötzlich pfeifende und explodierende Rollschuhläufer und das Rattern von Maschinengewehrsalven. Ein Zusammenfahren, ein Aufzucken. Das Geschoss braust heran wie herabstürzendes Wasser, ein grollendes Dampfgeräusch, das deutlicher wird, donnert, platzt. Es ist ein schwarzes Biest. Das Krachen ist fürchterlich. Man sieht den Splitterregen, der hochsteigt, sich ausbreitet, über den Bäumen zerspringt und dann auf unseren Unterstand fällt. Der Geruch von Pulver und Brand verpestet unsere Nasen, nimmt uns den Atem. Und dann herrscht nur mehr die Erschütterung der Elemente, ein Wälzen, ein speiendes Geschrei, ein Knattern; eine gewaltige Feuersbrunst, die von Blitz- und Donnerschlägen durchzogen ist. Die Brenn- und Aufschlagzünder zerplatzen auf der Erde. Sie wechseln einander in dieser höllischen Sturmglocke unter der erblichenen Flamme der Sonne ab. Heftige und zerreißende Detonationen.

Ich verstopfe mir meine Ohren mit Watte, hinter dem Geschütz ist der Lärm betäubend, infernalisch. Man sieht umherstreuende Feuer, wie flüchtige Garben. Die eigene Artillerie scheint keine Parteien mehr zu kennen. Ein langer Splitter zerschmettert eine Büchse voll Gurken, die gerade noch neben meinen Füßen lag.

Gärtnerwurst werden die eingelegten Gurken genannt, die Verpflegung ist miserabel. Jeden Tag gibt es Reissuppe. Auf das Gramm genau ist die die tägliche Ration durch Verordnung festgelegt. Aber schon ein Jahr nach Kriegsbeginn existierten die vorgeschriebenen Mengen nur noch auf dem Papier. Und wenn über mehrere Tage marschiert oder gekämpft wird, kommt die Feldküche nicht schnell genug hinterher oder wird selbst aufgerieben. Da greift das Prinzip der Selbstversorgung. Geschäfte und Feindeshäuser werden geplündert. Beute machen, heißt das. Frei herumlaufende Rinder, Schweine oder Gänse kommen sofort in den Topf.

Gestern hat sich ein Kälbchen in einem Stacheldraht verfangen und ist mit einem gezielten Schuss erlegt worden. Unsere zwei Köche, die uns jeden Mittag warmes Essen in einem Waschkessel in einem halb ausgebrannten Haus gekocht haben, wollen es sich nicht nehmen lassen und warten auf einen günstigen Moment in einer Feuerpause, um das Kälbchen zu holen, es auszunehmen und zu zerlegen. In der Zwischenzeit richten die guten Seelen das Wasser und die Kartoffeln und schüren den Kamin mit Feuer ein, dass es nur so raucht und ein hervorragendes Ziel für den Kanonier gibt. Wenige Minuten später schlägt auch schon eine Granate neben dem Haus ein, was die Köche veranlasst, schleunigst ihren Unterschlupf zu verlassen und zu uns in den Graben zu springen. Letzteres wird vom Feind auch beobachtet und die Stellung unseres Grabens ist verraten. Die beiden nächsten Granaten treffen dann das Haus. Die eine krepiert in der Küche und zerstört unsere ganze Kocheinrichtung. Die andere trifft das Kälbchen und reißt es in Fetzen.

So muss wieder die »eiserne Ration« im Tornister für den Hunger herhalten. Diese Notverpflegung ist auf zwei Tage angelegt und umfasst kleine Mengen an Eierzwieback, Salz und Kaffee sowie Gemüse und Fleischkonserven. Angebrochen werden darf sie nur auf besonderen Befehl des Zugführers, eines Hauptmanns - des Häuptlings. Und in jedem Tornister ist ein Sammelbild der Firma Liebig - »Liebig's Fleisch-Extrakt« -, worauf der Küchenchef abgebildet ist mit dem Zitat: »Ich taxiere, sogar ne jut jebratene Jans - is ne Jans Jottes.« Auf einem anderen Sammelbild werden in einer Feldbäckerei die Brote wie in einem Backhaus auf dem Bauernhof in den Ofen geschoben und nach kurzer Zeit knusprig und herrlich frisch duftend wieder herausgeholt. Alles unter Aufsicht eines Offiziers. Anschließend werden die Brote an die Front gefahren, um die kämpfende Truppe satt zu machen. So sieht es jedenfalls aus.

•

Nach den Vorstellungen der Firma Liebig war der in Südamerika produzierte Fleischextrakt vor allem für die ärmere Bevölkerung der Welt bestimmt. Er erwies sich jedoch auf dem europäischen Markt als viel zu teuer. Stattdessen wurde er als nährstoffreiche Zugabe bei der Truppenverpflegung in diversen Kriegen verwendet und diente als Teil der »eisernen Ration« der deutschen und britischen Soldaten.

Justus von Liebig hatte damit schon Mitte des 19. Jahrhunderts eines der ersten Fertigprodukte der modernen Küchengeschichte erfunden. Liebig war aber nicht der Einzige, der an Tütensuppen bastelte. In Heilbronn experimentierte Carl Heinrich Knorr mit Mehlen aus Grünkern, Erbsen, Linsen, Bohnen, Sago und Tapioka. Und in der Schweiz brachte Julius Maggi die ersten Fertigsuppen auf den Markt. Die Kriegsküche wurde zu einem Katalysator für Fertigprodukte. Gegen Ende des Ersten Weltkrieges wurde Fleisch zur Mangelware. Selbst das Brot wurde mit Holzspänen versetzt, um es zu strecken. Alkohol dagegen erhielten die Soldaten reichlich, manchmal mehr, als ihnen lieb war. Und regelmäßig kam ihr »Häuptling« und brachte einen Rachenputzer. Hochprozentigen Alkohol zur örtlichen Betäubung - und ein gutes Zielwasser.

•

Es ist nicht leicht, die Stellung zu halten. Allein stehe ich am Geschütz und feuere Granate um Granate gegen den Feind. Um mich herum fallen die Kameraden wie die Fliegen. Im Graben hinter der Barrikade eine unförmige Leichenmasse, die Überreste des Häuptlings. Er hat den Volltreffer einer eigenen Granate mitten ins Kreuz bekommen. Uniform- und Wäschefetzen, die ihm der Druck der Explosion vom Leib gerissen hat, hängen über ihm im zerhackten Gezweig einer Weißdornhecke. Gleich darauf werden an derselben Stelle noch drei Mann verwundet, einem von ihnen werden beide Hände am Gelenk durchschlagen. Er taumelt mit todbleichem Gesicht, die Arme auf die Schultern eines Krankenträgers gelegt, blutüberströmt zurück. Überall liegen

Hirn- und Fleischfetzen, auf denen sich Schwärme von Fliegen sammeln.

Und ein Franzmann hat sich herangeschlichen, springt zu mir in den Graben und hebt das Bajonett. Ich ducke mich weg. Der Stoß verfehlt mein Herz und bohrt sich in meinen Fuß. Ich schreie laut auf. Es schießt das Adrenalin durch meinen Körper. Wie im Rausch, wie in Trance, ziehe ich das Bajonett aus meinem Fuß und stoße es dem Angreifer direkt ins Herz. Der fällt röchelnd mit seinem ganzen Körpergewicht auf mich und drückt mich in den feuchten Sumpf des Schützengrabens.

Und wie ich den Sterbenden herumdrehe, blicke ich in das Gesicht eines Kindes, dessen tote Augen mich stumm fragend anstarren. Mir wird schwarz vor Augen.

Von weit her zieht ein Nebel auf und alles verschwimmt im milchigen Nichts. Ganz weit hinten sehe ich eine Gestalt, die näher kommt, auf mich zu. Es ist Marie mit einem Leiterwagen. Der Karren glänzt wie Gold. Um Maries Kopf ist ein Myrtenkranz gebunden. »Komm mit«, wispert sie engelsgleich. Sie bettet mich auf den Leiterwagen und zieht mich durch ein Schlachtfeld von Toten. Schreiende und jammernde Soldatenkinder.

Schweißgebadet wache ich auf einer Krankenpritsche im Feldlazarett auf. Am Fußende der Stabsoffizier, der mich mit dem Eisernen Kreuz Erster Klasse für Tapferkeit vor dem Feind auszeichnet. »Im Namen Seiner Majestät des Kaisers, im Namen der ganzen Division. Der Kanonier Straßberger hat in vorbildlicher Weise den Brückenkopf vor den angreifenden Franzosen gehalten und somit ein weiteres Vorrücken verhindert.«

Und da liege ich nun, für mich ist der Krieg erst mal verloren, eine Zäsur im Leben. Wie gerne hätte ich meine Karriere als Sportler begonnen. Jahre sind mir genommen. Wie gerne wäre ich jetzt bei Marie. Ob sie mich denn noch kennen wird? Denn der Krieg verändert nicht nur die Welt, sondern auch die Menschen. Vielleicht hat Marie auch längst einen anderen, verdenken könnte ich ihr das nicht. Diese Ungewissheit. Ich weiß noch nicht einmal, ob meine Feldpostbriefe angekommen sind. Einen Brief von ihr habe ich vor Monaten erhalten. Sie hat darin geschrieben, dass die Bevölkerung in der Heimat veranlasst wurde, sich durch den Kauf eines Eisen- oder Messingnagels finanziell am Krieg zu beteiligen. Die Nägel würden dann bei öffentlichen Feierlichkeiten in Holzfiguren, wie zum Beispiel ein Holzkreuz, eingeschlagen. Und dass der Füglein-Wirt zur Finanzierung des Krieges per Verordnung seine zinnernen Bierkrüge und zinnernen Deckelmonturen abliefern hat müssen. In den Brauereien wären die kupfernen Sudkessel demoniert worden, ja selbst die Kirchturmglocke von der Dreifaltigkeiktskirche wäre zum Einschmelzen gebracht worden. Auch die vielen Zinnpfeifen der Kirchenorgel und die alten Trompeten und Posaunen von der Trachtenkapelle sind nicht verschont geblieben. Und am Friedhof, hat Marie geschrieben, wurden schon bronzene Grabengel, Grabkreuze und andere metallene Grabausstattungen abmontiert. Alles, was nicht niet- und nagelfest ist, wandert in den Schmelztopf.

Es ist kaum zu glauben, denke ich, wie ich so im Lazarett liege. Aber ich lebe, ja, ich lebe.

Ein paar um mich herum hat es ärger getroffen. Es wird gesäbelt und amputiert. Es schreien die, die kein Morphium bekommen, weil es mit dem letzten Nachschub nicht angekommen ist. Sie erhalten dann stattdessen, wenn sie Glück haben, einen großen Schluck Schnaps, einen Rachenputzer. Meistens aber nur ein Stück Leder oder Holz zwischen die Zähne, dass sie sich nicht die Zunge abbeißen vor Schmerz. Und dann kommt der Arzt mit der Knochensäge, der Fakir, assistiert von einer Landsturmschwester, wie die älteren Krankenschwestern heißen, die nicht ohnmächtig werden wie die jungen, die Karbolmäuschen. Am liebsten aber sind mir die Roten Käfer, wie die Schwestern vom Roten Kreuz heißen.

Am Schluss ist es kein Karbolmäuschen, auch kein Roter Käfer, der mir die Kunde vom Fronturlaub bringt. Es ist die Nachttopf-Nachtigall. Die Nachttopf-Nachtigall ist eine Nachtschwester, die Operngesang studiert hat, als man sie zum Fronteinsatz schickte.

Und so erklingen dann nachts die lyrischen Gesangsarien aus »Carmen« von Georges Bizet, »Rigoletto« von Giuseppe Verdi und »Don Giovanni« von Wolfgang Amadeus Mozart wie der Gesang von fernen Erinnyen durch die wimmernden Reihen der Verwundeten und fast Toten. Die Nachttopf-Nachtigall als Rachegöttin des Krieges, aus dem Blut des Titanen Uranus geschaffen, als sein Sohn Kronos ihn kastrierte, um Rache für den Verlust seiner Geschwister zu nehmen. Keine grausame Kreatur mit schrecklichen Eigenschaften. Kein heißer Atem auf ihren Lippen, kein giftiges Blut tropft aus ihren Augen und um ihren Kopf ringeln sich keine Schlangen. Ihr göttlicher Gesang ist die Strafe für die grausige Fratze des Krieges.

Bluttriefend beieinander, hoch erhoben,
An Wuchs und Haltung Weibern gleich, so standen
Die höllischen drei Furien stracks dort oben.
Giftgrüne Hydern ihre Gürtel banden,
Als Haupthaar Nattern sich den Unholdinnen
Und Vipern um die Schläfen dräuend wanden.

4. KAPITEL

Das Ende des ersten großen Krieges, das auch das Ende der Monarchie in Bayern bedeutete, stand kurz bevor. Vom Krieg selber war in Kolbermoor nicht so viel zu spüren. Die jungen Männer fehlten, ja. Und die Weberei im Ort stellte Tag und Nacht immer mehr Stoff für die Kriegsverwendung her. Und die Versorgung war aufgrund der hohen Abgaben oft nicht gesichert. Aber auf dem Land, da wusste man sich zu helfen. Dann wurde halt im Stall eine Sau versteckt, sozusagen als eiserene Reserve.

Im Gasthof Füglein stand Marie hinter der Theke und zapfte Bier, das ein wenig dünner daherkam, für die, die daheimbleiben durften. Die ganze Zeit über war sie Josef treu geblieben, hatte seine Feldpost gelesen und ihm wieder geschrieben, auch wenn es ihr schwergefallen war. Das Gedicht mit der Nachtigall hatte sie unter dem Kopfkissen liegen.

Wimmerl, Füglein und der Pfarrer saßen am Stammtisch. Auch der Bäcker Spiegel, aber mit einem Arm und einem Auge weniger, drum trug er auch eine Augenklappe. Schon gleich im ersten Kriegsjahr hatte er beides nach einer Minenexplosion verloren. »Krieg macht blind, das sehe ich an mir«, pflegte er in gewissen Abständen von sich zu geben. Irgendetwas hatte sich bei ihm auch im Hirn verschoben.

Über ihnen hing die geschnitzte Vereinstafel der Kraftsportler, an der eine kleine Schafsglocke mit einem Draht besfestigt war. Wenn ein Gast sie betätigte, läutete der helle Glockenton eine Lokalrunde ein.

Wie an bayerischen Stammtischen oft üblich, saßen die Gäste fast schweigend am Tisch, man sprach nur, wenn man etwas wusste, das meiste hatte man sich eh schon erzählt. Und was verschwiegen bleiben sollte, war tabu. Ein stummes Zeugnis, vergraben in der Vergangenheit. Aber brodelnd, bereit für die Ausgrabung. Und die tritt mit einer zerstörerischen Kraft herein, oft abgeklärt und stumpf.

»Dem ghört der Zipfe' abgschnitten«, sagte der eine.

»Des is ja abnormal«, der andere.

»Aufghängt ghört der«, sagte der Dritte.

Eine heiße Diskussion war über einen Inzestfall entbrannt, der in der Landeshauptstadt vor Gericht verhandelt wurde. Und obwohl an der Front die eigenen Leute starben und niemand eigentlich so genau wusste, was ein Inzest ist, hatte diese Geschichte die Stammtischgemüter erhitzt. Ein Bauer hatte, ein paar Kilometer weiter, auf einem abgelegenen Einsiedlerhof mit seiner Frau und der 13-jährigen Tochter gelebt. Als dann die Frau gestorben war, hatte er mit der Tochter noch zwei Kinder gezeugt, wovon eines behindert zur Welt gekommen war. Und weil er seine Kinder nicht zur Schule schickte, war alles aufgeflogen. Da saß dann der alte Mann im Schwurgerichtssaal und verstand gar nicht, was da über ihn gesprochen wurde, so zurückgeblieben war er. Ein armes, elendes, gebeuteltes Männlein. Und am Stammtisch beim Füglein hieß es dann, dass das ja abnormal sei und dem was abgeschnitten gehöre.

Und fast völlig aus dem Zusammenhang gerissen kommentierte Spiegel: »Unter den Blinden ist der Einäugige der König.« Und hatte dabei gar nicht unrecht.

Mit am Tisch saß der Pfarrer und sagte gar nichts. Er war wohl der einzige, der wusste, was ein Inzest ist, aber er schwieg jesuitisch.

Doch da dräute noch ein zweites schwerwiegendes Thema am Stammtisch. Der Straßberger-Hof sollte versteigert werden. Bei einem Viehhändler aus Rosenheim hatte sich der Straßberger-Vater nach einem schweren Unwetter verschuldet. Im ersten Kriegsjahr hatte ein Blitz durch ein geöffnetes Stallfenster in einen Strohballen eingeschlagen, der sofort explosionsartig in Flammen aufging. Schnell war der Stall runtergebrannt. Zum Glück war das Feuer nicht auf das Wohnhaus und die Tenne übergesprungen. Zwei gute Milchkühe konnten nicht mehr rechtzeitig gerettet werden und waren verreckt. Ganz aufgedunsen waren ihre Leiber. Wie das Luftschiff vom Grafen Zeppelin. Darum musste ein neuer Stall her. Da hatte der Straßberger sich das Geld beim Viehhändler geliehen, die Bank hatte nichts gegeben. Und als dann die Ernte nichts einbrachte, konnte die Schuld nicht zurückgezahlt werden. Vor allem nicht mit wertlosen Papiergeldscheinen, die der Viehhändler Notscheingeld nannte. Mit Goldmark müsse der Straßberger-Vater die Schulden tilgen. Die aber hatte er nicht.

Nach einer Weile des Schweigens ergriff Bäcker Spiegel das Wort: »Nächste Woch', steigert wer mit? Ich geh schon mit, bis auf eine Summe.« Und er wandte sich dem Pfarrer zu: »Und, was meint Herr Hochwürden dazu? Das könnt doch auch für die Kirche ein Schnäppchen sein. Den Grundbesitz ein wenig mehren. Es sind auch ein paar Tagwerk Wald dabei.«

Und Hochwürden, diesmal nicht sehr salbungsvoll: »Ich halte euch nur an, Reue zu zeigen, und passe auf, dass ihr nicht sündigt, aber schauen sollten wir schon, dass alles bei der Gemeinde bleibt und keine Fremden sich hier breitmachen.«

»Na, dann sag ich nur: Amen«, fügte Spiegel hinzu. »Und was sagst du, Wimmerl?«

Der Einzige, der nur in sein Bier stierte, war der Wimmerl.

Keinem war es verborgen geblieben, dass er immer noch nur Augen für Marie hatte, denn was man nicht bekommt, das begehrt man. Und so verlor er im angetrunkenen Zustand leicht die Contenance, was Marie aber geschickt zu parieren wusste. Viele junge Frauen waren im Krieg allein. Und was vor dem Krieg versprochen worden war, war auch oft nicht zu halten. Und da Wimmerl ja nicht eingezogen worden und einer der wenigen jüngeren Männer war, die mehr oder weniger freie Auswahl hatten, kam er sich wie der Hahn im Korb mit Freifahrtschein vor.

»Ach, lassts mir doch mei Ruah.«

»Und was sagst du, Pfarrer, zur Causa Wimmerl?«, stichelte der Füglein weiter.

»Ja, viele Mädchen werden nach dem Krieg allein sein. Und was vor dem Krieg versprochen war, ist vorbei.« Und er orderte im gleichen Moment, in dem er seine fast kupplerhaften und schmusigen Gedanken von sich gab, noch eine Runde Obstbrand und patschte mit seiner Hand an die Schnapsglocke.

Der Status der Frau hatte sich während des Krieges verändert. Viel selbstbewusster waren sie geworden, sie verrichteten neben der Hausarbeit nun die Arbeit der Männer. Sie arbeiteten im Stall und kümmerten sich um den Hof. Auch die Buchhaltung musste gemacht werden und die Vermarktung.

In der Stadt, wo viele Geschäfte und Handwerksbetriebe geschlossen waren, war zunächst alles schwieriger. Dort wurde viel in Heimarbeit erledigt. Strickstellen wurden eingerichtet, wo die Frauen Socken für die Männer im Krieg anfertigten. Mit Näh-, Strick- und Wascharbeiten wurden auch einige von wohlhabenderen Damen beschäftigt. An der Kurbel der Straßenbahn saß dann plötzlich eine Schaffnerin und wo in der Küche eines Restaurants vorher ein Koch gestanden hatte, rührte nun eine Köchin in den Töpfen. Im Straßenleben der Stadt trat der weibliche Teil der Gesellschaft viel deutlicher in Erscheinung als in Friedenszeiten. Die Straßen durcheilte, ausgerüstet mit Brieftasche und Uniformmütze, der weibliche Briefträger. Auf den Bahnhöfen sorgten Bahnsteigschaffnerinnen für Ordnung und auf den Ämtern saßen auf den früher von Männern besetzten Plätzen Vertreterinnen des weiblichen Geschlechts.

Und Marie servierte immer noch das Bier beim Füglein und sorgte für sich allein.

»Marie wird schon wissen, was für sie richtig ist«, dachte sich der Bader Fuss, als sie, in einer Hand eine Halbe Bier, in der anderen ein Tablett mit Obstschnäpsen, durch den Gastraum marschierte, Wimmerl ihr aufdringlich ans Gesäß griff und Marie ihm die Hand wegschlug.

»Geh doch her, Marie, warum nimmst denn nicht mich, einen Bessren findst du nicht!«

Und während die beiden ihren Disput führten, bemerkten sie nicht, wie die Tür zur Gaststube aufging.

•

»Ja, kennts mich nimmer, oder was ist – ich bin's, kein Geist, ich bin wieder da!«

Fassungslos schaut alles auf.

»Noch humpel ich und mein grauer Rock ist zerschlissen, aber das wird schon wieder werden.«

Und Marie geht, taumelt, benommen von der Überraschung und wohl auch der Erwartung, wie es denn sein würde, wenn wir uns wieder gegenüberstehen, auf mich zu. Dann löst sich die Spannung. Und Marie stürzt zur Tür und fällt mir in die Arme.

»Wie ich mich freu, endlich bist da, aber einen guten Zeitpunkt für die Rückkehr hast dir nicht ausgesucht.«

Und auf meine Frage hin, warum der Zeitpunkt nicht günstig sein soll, wo es doch keinen besseren Zeitpunkt gibt für eine Rückkehr aus dem Krieg als die Rückkehr selbst, schaut Marie erst nur mit ernsten Augen.

Natürlich ist man ein anderer, wenn man zurückkommt. Und es wird seine Zeit dauern, bis ich wieder in ein Leben ohne Krieg hineinfinden werde.

Und ich erfahre von der Versteigerung und alles andere auch und niemand fragt, wie es war an der Front. Ich habe gedacht, ich muss berichten, und grad gut ist es, dass niemand fragt.

Und Marie spricht es aus: »Dein Blick sagt mir, dass du nicht reden willst über das, was du erlebt hast.«

Ja, jetzt verstehe ich, warum der Großvater niemals vom 70/71er-Krieg erzählt und das Erlebte in einer inneren Ecke versteckt hat. Es gibt welche, die werden ihr ganzes Leben lang nicht damit fertig und bis in ihren Tod hinein Verfolgte sein.

Und gemeinsam mit Marie beschließe ich, den Krieg zu beerdigen. Wir stecken das Eiserne Kreuz Erster Klasse, gestiftet von Kaiser und König Wilhelm II., in eine eiserne Schatulle und versenken sie im Weiher. Hoffentlich für ewige Zeiten.

»Gestern hat der Viehhändler aus Rosenheim die letzte Sau geholt, aber es wird schon weitergehn.«

Die Mutter sortiert das Besteck und wickelt es in Packpapier ein. Während der Vater auf den Viehhändler, die Banken, die Juden, den Kaiser und die ganze Welt schimpft und eine Flasche Obstbrand vor sich stehen hat. »Sein ganzes Leben war man redlich und dann das?«, sinniert er.

Der Großvater sitzt schon seit Tagen in der Mühle und hat seinen Blick ins Nirgendwo gerichtet. Als ob er seinen nahenden Tod erahnen würde. Diesmal grüßt kein Amselfeld.

»Die Oberland-Molkerei hat uns den Milchladen im Ort angeboten, schauen wir, was von der Versteigerung übrigbleibt.« Fast heiter scheint die Mutter in die Zukunft zu blicken, als ihre Stimmung plötzlich umschlägt und sie Rotz und Wasser heult.

Auch die Anni hat schon ihre Koffer gepackt und der Auswanderer-Franz, wie sie ihn jetzt alle nennen, sieht's eher pragmatisch: »Ich hab's ja immer gsagt, hier kommt man auf keinen grünen Zweig.«

Und Anni, die sonst kaum was sagt und immer ein wenig lispelt, wenn es um was Wichtiges geht: »Nimmst mich mit, wenn du nach Amerika gehst, der Fischlinger Max hat zu mir gsagt, was ich denn da noch soll. Und recht hat er. Ja, schauts nicht so, soll ich hier versauern?«

Und nun gibt auch Resi ihren Senf dazu: »So, so – der Fischlinger Max, was willst denn mit dem, der hat, was man so hört, den Krieg in der Etappe verbracht.«

»Ach, was redst denn daher, er war für die Logistik zuständig, für den Nachschub, verstehst?« Und weiter: »Was meinst, von wem wir die Konserven immer ghabt haben?«

Und Resi darauf: »Na, dann weiß ich, warum wir den Krieg verloren haben und unsern König gleich dazu.«

•

Denn mit dem Kriegsende und mit der Novemberrevolution war das Kaiserreich am Ende, genauso wie die bayerische Monarchie.

Und Kurt Eisner rief im Mathäserbräu den Freistaat aus und wurde der erste Ministerpräsident von Bayern. »Die Dynastie Wittelsbach ist abgesetzt! Bayern ist fortan ein Freistaat!«

Beendet war die Herrschaft der regierenden Fürstenhäuser in Deutschland. Diese sahen sich gezwungen abzudanken. Und taten sie dies angesichts der neuen politischen Gesamtsituation nicht freiwillig, wurden sie gegen ihren Willen entmachtet. Bayerns letzter König, Ludwig III., ging ins Exil nach Ungarn.

Für Josefs Geschwister kam dies alles zu überraschend, sie wussten gar nicht, was sich auf der großen politischen Bühne abspielte, denn erklärt wurde nichts in dieser Zeit und auf die Frage »Warum?« folgte ein knappes: »Darum, frag nicht so viel.«

•

Und schon ein paar Tage später kommen die Gaffer aus der Gegend, um dem Schauspiel der Versteigerung beizuwohnen, aber auch alle die, die von einem Unglück profitieren wollen. Denn so eine Versteigerung kommt in vielen Fällen immer dann, wenn kaum mehr was geht und der letzte Heller und Pfennig ausgegeben ist und der Versteigerer alles unter den Hammer bringen und schauen muss, was noch zusammenkommt. Ein vornehm gekleideter Herr aus München, ein Rechtsanwalt, ist unter den Anwesenden, er steht mit dem Viehhändler etwas abseits beisammen.

Von der Chaisn herunter eröffnet der vereidigte und vom Gericht bestellte Versteigerer die Auktion: »Kraft der Eigenschaft meines Amtes als vereidigter Sachverständiger ist also heute das Anwesen, der Straßberger-Hof, laut Beschluss des Amtsgerichtes Rosenheim an den Meistbietenden zu veräußern. Wer macht das erste Gebot? Der Zuschlag erfolgt nach dem dreimaligen Aufruf und ist in Goldmark zu begleichen.«

Als das Versteigern beginnt, wendet sich der Großvater ab. »Das bricht mir's Herz«, meint er und verschwindet in Richtung der Mühle, die auch aufgerufen wird.

Und Füglein beginnt fast mit einer Entschuldigung: »Einer muss ja anfangen. Verstehst mich, Straßberger«, sagt er, während seine Augen eine ganz andere Sprache sprechen, nämlich die der Habgier. »5.000.«

»10.000«, bietet Bäcker Spiegel und aus dem Hintergrund hebt nun der Münchner Anwalt seine Hand.

Ein Bieter: »12.000.«

Noch ein Bieter, den keiner kennt: »13.000.«

Füglein hält dagegen, auf dass alles in der Gemeinde bleibt. »14.000.« In Wirklichkeit hat ihm der Huababauer aufgetragen, dass er für ihn mitsteigern soll. Nicht, dass man ihm eine Ruchigkeit nachsagen kann.

»15.« Der Pfarrer nickt. Denn auch der Kirchenbesitz muss ja von irgendwoher kommen und ist nicht von Gott gegeben. Es ist in seinen Augen mehr oder weniger als Re-Säkularisierung zu sehen. Und vom Bischof aus hat er die Prokura.

Und um die Sache kurz zu machen: Der Münchner Anwalt macht das Rennen und bei »18.000« bleibt der Hammer hängen. Zum Ersten, zum Zweiten und zum Dritten.

So wechselt also der Straßberger-Hof nach drei Generationen seinen Besitzer.

Dann kommen noch weitere Gerätschaften unter den Hammer, auch für die Sensen ist ein Abnehmer da, der dazu den Dengelstock mitnimmt.

Wie verloren, fast abwesend, verfolge ich das Prozedere und der Vater weint und verbirgt sein Gesicht an der Schulter der Mutter – die erste Zärtlichkeit, die ich zwischen den Eltern je beobachtet habe. Daneben die blassen Geschwister, die einer ungewissen Zukunft entgegensehen. Auch Franz ist kreidebleich und Anni schluchzt. Daneben steht der Fischlinger Max und legt verstohlen die Hand um Annis Hüfte und flüstert ihr ins Ohr: »Ich hol dich nach, wenn wir in Amerika wissen, wie wir uns eine neue Existenz aufbauen. Lass mich erst einmal vorfahren.«

Ein letztes Mal schlendere ich durch das Haus meiner Kindheit. Ich suche den Großvater Alois. »Großvater! Großvater!«, rufe ich. Und als ich ihn nicht finde, denke ich, dass er vielleicht in der Mühle sein wird.

Auf dem Weg dorthin höre ich schon, dass die Bachschleusen offen sind, die das Wasserrad antreiben für die Gattersäge. Und ich laufe, so schnell ich kann, den kleinen Weg zum Bach, die knarzenden Bretterdielen hinauf in den Schneideraum. In voller Geschwindigkeit rattert die Gattersäge auf und ab und die Pleuelstangen machen einen höllischen Lärm. Bei Betrieb müssen sie ständig geölt werden.

Und wie ich auf der Suche nach dem Großvater hinauf zum Dachstuhl steige und die Tür zum Muckikammerl aufmache, da finde ich ihn. Den Großvater Alois, der für mich wie ein Vater war. Da hängt er an einem Strick, im Dachstuhl, wie ein gekreuzigter Jesus, in seiner Paradeuniform vom 70/71er-Krieg, die er sich zur Feier dieses historischen Tages angezogen hat. Noch während der Versteigerung hat er sich erhängt. Und seine Zunge hängt ihm raus. Das muss kein schöner Tod gewesen sein.

Und eine unglaubliche Trauer überfällt mich und ich kann meine Tränen nicht unterdrücken. Mich würgt es und ich heule wie ein Schlosshund.

Ich denke daran, wie ich nach der Schule mit dem Fahrrad zur Sägemühle fahre, um dem Großvater zur Hand zu gehen. Wie ich mit ihm Bäume ertaste und die Rinde von den Stämmen schepse. Und wie ich mit ihm auf die Jagd gehe. Wie gerne bin ich neben ihm gesessen und habe ihm zugeschaut, wie er seine Pfeife mit dem Stumpenverschnitt stopfte, wie er dann dasaß und rauchte und seinen Kräuterschnaps trank und wichtige Dinge verkündete wie ein weiser Indianer.

Und in der Jackentasche seiner Uniform finde ich sein Notizbuch, in das er immer hineingekritzelt hat, und lese:

Es ist so laut in der Stadt. Kein Ort, um das Fallen der Blätter zu hören im Herbst und kein Summen der Insekten im Frühling. Im Sommer nur Gestank in den Straßen. Das Geklappere der eisenbeschlagenen Hufe auf dem Asphalt scheint die Ohren zu beleidigen. Kein moosbedeckter Waldboden, der das Getrappel dämpft. Dann das Gekreische der Schienenmonster auf den Geleisen. Was gibt es Schöneres im Leben, als den einsamen Schrei des Bussards über den Moorwiesen zu hören oder das Gezänk der Frösche am Teich bei Nacht.

Ich bin nur ein einfacher alter Mann und verstehe die neue Zeit nicht. Ich mag das sanfte Geräusch des Windes in den Wipfeln der Bäume. Der Wind, der über unseren Weiher streicht – und der Geruch des Windes, gereinigt vom Mittagsregen oder schwer vom Duft der Kiefern und Tannen. Viele scheinen die Luft, die sie atmen, nicht mehr zu bemerken. Wie ein Mann, der seit vielen Tagen stirbt, sind sie abgestumpft gegen den Gestank der steinernen, roten Rüssel, die sich rauchspuckend gegen den Himmel strecken. Ich habe tausend verrottende Soldaten auf den Schlachtfeldern gesehen, zurückgelassen, nur mit ein wenig Erde und Steinen bedecktes, faulendes Fleisch und gebrochene Gebeine – erschossen und zerfetzt.

Ich kann nicht verstehen, warum ein toter Mensch wichtiger sein soll als ein lebender. Wie die qualmenden Fabriken wichtiger sein sollen als alle Tiere im Wald und auf dem Feld, die wir nur töten, um am Leben zu bleiben. Was ist der Mensch ohne die Tiere? Wären alle Tiere fort, so stürbe der Mensch an großer Einsamkeit. Was immer den Tieren geschieht, geschieht bald auch den Menschen. Alle Dinge sind miteinander verbunden. Was die Erde befällt, befällt auch die Söhne der Erde. Den Kindern will ich lehren, dass der Boden unter ihren Füßen die Asche unserer Großväter ist. Die Erde ist unsere Mutter. Was sie befällt, befällt auch ihre Söhne. Wenn Menschen auf die Erde spucken, bespeien sie sich selbst. Denn das wissen wir: Die Erde gehört nicht den Menschen, der Mensch gehört zur Erde. Alles ist miteinander verbunden, wie das Blut, das eine Familie vereint. Alles ist verbunden. Was die Erde befällt, befällt auch die Söhne der Erde.

Ich frage mich, wo er das wohl her hat, und finde in einem Schrank ein paar Bücher, unter anderem auch von Karl May.

Und ich erinnere mich, wie der Großvater mir einmal ein Stamperl Kräuterschnaps hingestellt hat mit den Worten: »Jetzt bist ja auch schon ganz schön hergwachsen, jetzt darfst probieren.« Und ein Stamperl folgt dem anderen, bis ich nicht mehr weiß, wo oben und unten ist. Irgendwann ist mir so schlecht, dass ich mich übergebe und mich im Klohäusel einsperre. Und mühsam bringe ich noch über die Lippen, dass mich die Berta ins Bett bringen muss, ja, die Berta, die ich immer heimlich beobachte, wenn sie sich schlafen legt, die ich in Gedanken so begehre.

Die Berta muss aus ihrer Kammer geholt werden, denn in sie habe ich mich unsterblich verliebt. Heimlich habe ich ihr von Verlangen geprägte Liebesgedichte geschrieben und sie ihr zum Glück nicht gegeben. Denn eine weitere Schmach hätte ich kaum überlebt oder mich endgültig dem Kräuterschnaps ergeben. Und wäre nicht ihr, sondern dem Kräuterschnaps für immer und ewig verfallen.

Fast apathisch, mit dem Blick in die Ferne gerichtet, nehme ich ein paar Hanteln auf und stemme sie wie in der Zeit vor dem Krieg.

Erst jetzt bemerke ich Marie, die mir gefolgt ist: »Marie – komm, ganz nah, jetzt hab ich zwar nichts mehr, aber ich weiß, was ich machen werd. Willst du mich trotzdem noch? Ich hätt den Hof übernehmen sollen, aber jetzt ...«

Und sie, ganz pathetisch: »Josef, ich halt zu dir. Mein ganzes Leben.«

Und ich: »Dann lass uns nicht mehr warten, Marie.«

Obwohl der Großvater als Selbstmörder gilt, wird sein Körper gewaschen und fein gemacht für die Aufbahrung im Haus vor dem Beerdigen. Und der Pfarrer sagt, dass einem Selbstmörder normalerweise kein kirchliches Begräbnis zuteilwird, in diesem Fall aber will er eine Ausnahme machen, und er sagt weiter, dass das auch viele in der Gemeinde begrüßen würden. Und viele Leute kommen schon vor der Beerdigung zur Aufbahrung, zur Beerdigung dann noch mehr. Ich merke zum ersten Mal, wie beliebt der Großvater war, so viele Trauergäste kommen, obwohl er sich immer aus allem herausgehalten hat. Still machen sie ein Kreuzerl auf der Stirn, verabschieden sich von ihm und gehen wieder ihres Weges.

Der Großvater Alois war anders als die Leute im Dorf. Geredet hat er wenig und ins Wirtshaus ist er auch nicht gegangen. Allem öffentlichen Wesen blieb er fern. Stattdessen erzählt man sich, dass viele im Verborgenen zu ihm gekommen sind, um sich einen Rat zu holen. Und wo einem Armen das Haus abgebrannt war, da hat er beim Aufbau mit Holz aus seiner Mühle geholfen, ohne lang um die Bezahlung zu fragen.

Ein paar Tage später sitze ich beim Bader Fuss vor dem Spiegel im Frisörsalon und die Rasur ist nur ein Vorwand.

»Ich bin hier« - und ein wenig komme ich doch ins Stocken - »Fuss, gibst mir deine Tochter zur Frau?«

Und während der Fuss das Rasiermesser am Lederriemen wetzt und an den Bartstoppeln am Hals ansetzt, spricht er eindringlich zu mir: »Und du versprichst mir, dass du zu meiner einzigen Tochter gut sein wirst. Sie ist mein Ein und Alles, nachdem ihre Mutter, Gott hab sie selig, schon zu früh von uns gehn musste.«

Und mir läuft buchstäblich der kalte Angstschweiß hinunter bis in die Arschfalte, als der zukünftige Schwiegervater die Rasierklinge an meinem Hals ansetzt.

»Fuss, ich versprech es dir. Ich werde die Marie immer ehren.« Und ich versuche dabei, meiner Stimme ein sicheres Fundament zu geben, da ich fast ins Stammeln gerate, ob dieser gewissen Furcht, die mich beschleicht, falls, wenn der Fuss doch mit seinem Raiermesser ausrutschen würde ...

Verschmitzt zieht Fuss aus seiner Westentasche die goldene Uhr hervor, die mir beim Mehlsacklauf vor dem Krieg vorenthalten wurde. Der Sprungdeckel trägt eine eingravierte Widmung: ›Unserem Vereinsmitglied Josef Straßberger zur Hochzeit‹.

»Kennst du die Uhr noch? Sozusagen ein verfrühtes Hochzeitsgeschenk vom ›Kraftsportklub Kolbermoor‹ und eine Wiedergutmachung.«

Und in der Gemeinde freuen sich alle auf die Hochzeit von Maria Philomena Fuss und Josef Straßberger.

Marie ginge wohl ganz gerne in einem festlichen Dirndl vor den Traualtar. Zusammen mit mir in der Lederhose. Aber ich lege dem einen Riegel vor: »So ein Kasperlgwand zieh ich nicht an, auch wenn hundert König' und Kaiser das anders sehn, die Monarchie ist abgschafft und der Krieg ist vorbei.«

•

Erst zu Beginn des 19. Jahrhunderts war es am bayerischen Hof und in Wien zu einer regelrechten Trachtenbegeisterung gekommen. Bald schon schossen die Gebirgstrachtenvereine aus dem Boden. Einer der prominentesten Trachtenpfleger war Prinzregent Luitpold von Bayern, der Nachfolger von Ludwig II. Er war ebenso wie der österreichische Kaiser Franz Joseph I. bei der Jagd oft in der kurzen Lederhose anzutreffen. Bei Kälte waren dann die weißen Knie und die dürren Haxen mit einer langen weißen Unterhose bedeckt zu sehen. »Ja Pfiadigod.«

Und so stand denn das Brautpaar nach der Trauung inmitten der Hochzeitsgesellschaft ohne inneres Nationalgefühl und Fantasiegewand zum Gruppenbild bereit. Es dauerte eine geraume Zeit, denn der Fotograf musste jeden an den richtigen Platz stellen, bis er hinter der Plattenkamera verschwand und den Auslöser drückte. Ein greller Blitz, und alles war für die Nachwelt auf Celluloid festgehalten.

Unter den Kastanienbäumen im Wirtsgarten beim Füglein fand die Hochzeitsfeier statt. Die Blasmusikkapelle saß auf einer Bühne und spielte den Hochzeitswalzer, nachdem die Kalbshaxn verdrückt und das vom Wirt gespendete Fassl Bier angezapft war. Vorher hatte der Bürgermeister es sich nicht nehmen lassen, eine Rede zu schwingen. Vor allem auch, weil ein Sohn Kolbermoors vom Krieg zurückgekehrt war. Viele waren im Feld geblieben oder wurden noch vermisst. Und mit einem Spendenaufruf für die neue Glocke der Dreifaltigkeitskrirche – die alte war ja bei der Metallsammlung für den Krieg eingeschmolzen worden, sogar das eiserene Kirchturmkreuz – endete er: »Und nun einen Tusch zur Ehre unseres Brautpaares: Musikanten, lasset eure Instrumente hören – und vergesst nicht die Spende für unsere neue Glocke!«

Die Blasmusik legte los und das Brautpaar drehte sich im Walzertakt. Und wie es beim Brauttanz so üblich ist, durfte man die Braut abklatschen. Nach dem einarmigen und einäuigen Spiegel war der Wimmerl an der Reihe, der es verwunden hatte, dass er als wohlhabender Großbauernsohn bei Marie abgeblitzt war. Nach dem Motto: »Muss ich um eine andere schaun, eine andere Mutter hat auch ein schönes Kind« drehte er sich mit Marie im Kreis, als ein schweres Automobil mit Chauffeur aufkreuzte.

Ein Ereignis! Alles schaute gespannt auf die vornehmen Besucher aus der Stadt, die der motorbetriebenen Kutsche entstiegen, einem luxuriösen Nautilus, der von der Schweizer Firma Tribelhorn erst vor Kurzem in geringer Stückzahl auf den Markt gebracht worden war. Im letzten Jahr des Ersten Weltkriegs war wenig Neues auf dem Gebiet der Autoerzeugung geschehen, da hauptsächlich Fahrzeuge für das Militär wie Lastwagen und Rettungswagen produziert wurden. Wer aber dem Luxuswagen entstieg, das waren Graf Max von Stein mit Tochter Felicitas und Ruppert Hartmann, der Kraftsporttrainer des TSV 1860 München.

Gleich nach der Rückkehr aus dem Krieg hatte Josef Kontakt mit den Sechzgern und mit Rupperl persönlich aufgenommen und ihn gemeinsam mit dem Mäzen Max von Stein zu seiner Hochzeit eingeladen. Heimlich wurde bereits der Umzug des Paars nach München organisiert. Für ein Auskommen und eine Unterkunft war gesorgt. Der Brauereibesitzer Max von Stein, der die Kraftsportabteilung des TSV 1860 München zu verstärken beabsichtigte, setzte große Hoffnungen in den jungen Josef Straßberger.

Nur der Papa Fuss saß ein wenig abseits und dachte bei sich ein wenig betrübt: »So gehen die Zeiten dahin.«

•

Ungezwungen springt die Brauereitochter Felicitas unter die Tänzer und klatscht bei der Riederinger Martha ab, die sich gerade mit mir im Kreis dreht. »Gestatten! Felicitas von Stein. Ich habe gar nicht gewusst, wie lustig so eine Bauernhochzeit auf dem Land ist.«

Ich schaue, lange, und sage dann: »Ja, ein bisschen ungezwungener vielleicht als bei den Städtern.«

Und sie darauf mit einem aufreizenden Lächeln: »Wir sehen uns ja schon bald in München.«

Und sie bringt mich zum Tisch, wo der Graf und der Rupperl sitzen, ich hole Marie dazu. »Marie, da geh her, Graf von Stein ermöglicht es uns, nach München zu kommen, wir sollten wirklich dankbar sein für die große Chance. Ich spür, dass etwas Großes daraus entstehen wird.«

Marie wiegelt ab: »Jetzt hörts auf mit dem Zukunftverplanen an unserem Hochzeitstag. Kümmern wir uns um unsere Gäste, heut feiern wir und du kommst jetzt mit auf die Tanzfläche und tanzt mit mir.«

Der Besuch aus München bezieht im Gasthof Füglein Quartier für die Nacht, fährt aber in aller Früh wieder nach München.

In der Brautnacht bekommt Marie dann ihr Hochzeitsgeschenk von mir. »Komm, mach's auf.«

Ein riesiges Paket steht in der Schlafkammer, dass fast kein Platz mehr ist. Als Marie alle Schnüre und Schleifen aufgemacht hat, schaut aus der Holzkiste eine Nähmaschine von Singer heraus. Aus Wittenberge, wo die Singer Company ein Zweigwerk in Betrieb genommen hat, habe ich die Maschine mit einem Ratenvertrag und der Bürgschaft von Maximilian von Stein liefern und sie heimlich in das Frisörgeschäft tragen lassen.

Marie strahlt: »Da hast du mir eine besondere Freude gemacht.«

Und dann baut sie die Maschine gleich auf und legt los. Das war's dann mit der Hochzeitsnacht.

Es ist ein grauer Herbsttag und die Koffer sind gepackt. Von den Bäumen fallen die Blätter und dem Bader Fuss aus den Augen die Tränen, als der Zug mit der einzigen Tochter abfährt.

Es sind nicht viel mehr als 50 Kilometer, aber für uns beide Frischvermählten ist diese Zugfahrt ein Neuanfang, eine Abnabelung von der Heimat, von der Familie und vom ländlichen Leben. Heimweh haben wir, wie sich der Blick durchs Zugfenster hinaus immer mehr verengt. Es prägt nicht mehr die Weite und das Hügelige der oberbayerischen Landschaft den Blick, sondern bald schon säumen die ersten Siedlungen den Bahndamm. Durch Bad Aibling geht es, Bruckmühl, Holzkirchen, Deisenhofen, Mittersendling. Und wir erblicken die Hinterhöfe der Kleinhäusler, wo man Federvieh hält oder eine Eisenbahnerkuh, wie die Ziege auch heißt.

Und schließlich pfaucht das eiserne Ungetüm durch die Höllenpforte, durch das Maul der gusseisernen Hackerbrücke, hinein in den Schlund des Münchner Hauptbahnhofs, und es verschluckt uns der Bauch der Stadt.

Für Marie ist es ein Erschrecken, als wir aus dem Zug steigen, als sie die Not in der Stadt nach dem Krieg sieht und in die strengen und ausgemergelten Gesichter der Menschen blickt. »Schau hin, da liegt ein Krüppel und streckt seine Hand raus.«

Und ich sage: »Ein Kriegsheimkehrer, den linken Fuß hat er gelassen, vielleicht in Verdun oder sonstwo an der Front.«

Und Marie: »Da weiß man kaum, was besser ist, einen Haxn oder einen Arm verliern, wie beim Spiegel.«

•

Nach dem Steckrübenwinter und der Hungersnot war die Bettelei für manche die einzige Möglichkeit der Existenzsicherung. Keine Nation war bei Kriegsausbruch wirtschaftlich auf einen langanhaltenden Kampf vorbereitet gewesen. Es mangelte an allem. Alle Kräfte waren ja für die Front gebündelt worden. Den wenigen, denen es besser ging, sah man dies an der Kleidung an. Grau in grau war alles, die Hauswände fast schwarz. Denn in der Stadt wurde mit Kohle geheizt und feiner schwarzer Staub wurde durch die Kamine in die Luft geblasen. Selbst der berühmte weiß-blaue Himmel mit seinen Kumuluswolken war meist grau und dunstig.

•

»Schau her, ich hab schon ganz schwarze Fingernägel.« Marie gruselt es, es ist dunkel, keine Straßenlampe brannt, als wir mit dem geliehenen Handkarren unser Hab und Gut durch die Straßen schieben. Die schönen Plumeaudecken mit den feinen Entendaunen, die Marie als Hochzeitsgeschenk bekommen hat, sind fest verpackt. In den Koffern die Schuhe und die Kleidung, das Küchengeschirr und sonst noch alles, was in einem Zweipersonenhaushalt gebraucht wird. Am wichtigsten ist Marie aber, dass das Hochzeitsgeschenk mitgekommen ist, die Singer-Nähmaschine.

Unser Ziel ist eine kleine Arbeiterwohnung in Giesing, die zum Immobilienbesitz der Stein-Brauerei gehört. Zwei Zimmer, ein Schlafzimmer und die Küche mit dem typischen Münchner Sesselherd. In Arbeitshöhe ist dieser zweistufige Ofen ein Herd zum Kochen mit einem Wasserschiff für warmes Wasser. Darüber hinaus dient er zum Heizen des Raums, ein klassischer Grundofen – und eine Backröhre und oben ein Wärmefach hat er auch. Die Küche ist der einzige Raum, der geheizt wird, wie in fast allen Wohnungen hier. Ein eisernes Waschbecken mit Wasser befindet sich auf dem Hausgang.

Maries Gemüt hellt sich auf, als sie die Gemeinschaftstoilette mit Spülung in der Etage begutachtet. »Sehr modern.«

»Wir werden uns schon einleben.«

»Kommt Zeit, kommt Rat. Und wenn dann in den nächsten Tagen unsere Möbel nachkommen, sieht alles schon besser aus.«

Zum Glück ist Maries Großonkel, der Biermeier, nicht weit. Der Biermeier ist Enten- und Ganshändler in der Au. Er hat am Viktualienmarkt einen Stand. Und wenn er von den Bauern das Federvieh kauft, dann treibt er die Viecher vom Giesinger Bahnhof bis in die Mohnstraße, wo die Stallungen sind. Dort werden sie geschlachtet und danach am Viktualienmarkt verkauft. Da hilft Marie die erste Zeit mit.

Und trotzdem sehnt sie sich zurück nach Kolbermoor, wo für sie alles überschaubar war. Das sehe ich jeden Tag. Und einen Brief, den sie geschrieben hat, habe ich auch gefunden.

Lieber Vater, wir sind gut in München angekommen. Alles ist anders hier. Niemanden kenne ich hier. Josef geht früh aus dem Haus und in die Arbeit. Beim E-Werk hat er, durch die Vermittlung vom Grafen Stein, vorerst Arbeit gefunden. Ich helfe dem Onkel Biermeier mit dem Federvieh, solange ich nichts anderes habe.

Heute habe ich die Tante Biermeier zum Hoflieferanten Eduard Meier begleitet. Es gibt kaum Arbeit in der Stadt, doch laufen manche herum wie die Pfauen und tragen feinste Lederschuhe. Die Tante Biermeier hat ein nützliches Geschenk für den Geburtstag vom Onkel gesucht. Dort haben wir dann erfahren, was einen guten Schuh ausmacht: Wenn die Schuhe vor dir stehen, darfst du nicht sehen, welches der rechte und welches der linke ist. Der braune Schuh ist im Winter, wenn überhaupt braune Schuhe getragen werden müssen, aus schwerem Leder und braune Schuhe ohne Absatz und mit Gummisohle sind schon wieder aus der Mode.

Die meiste Zeit bin ich allein. Spät am Abend kommt Josef dann heim und ist müde. Er kommt vom Abendtraining. Nächstes Wochenende gehe ich mit auf ein Turnfest, das ist wenigstens eine Abwechslung.

Gleich ums Eck ist ein Frisörladen. Immer, wenn ich daran vorbeigehe, denke ich an Dich. Die Frisuren der Herren sind jetzt streng nach hinten gekämmt, häufig mit Seitenscheitel. Und die Frauen tragen keine Schnecken mehr und keine Haarnadeln.

Gerne hätte ich Kater Karlo mit hierhergenommen, aber er hat es bei Dir viel besser. Es ist für ihn auch sicherer. Es gibt hier keine Katzen. Die sind alle im Kochtopf gelandet. Auch die Kaninchenställe in den Hinterhöfen sind leer.

Dies schreibt Dir aus der Fremde
Deine Tochter Marie.

Und wir erleben die politischen Wirren der Zeit hautnah mit, als die Räteregierung ausgerufen wird. Es ist für uns nicht leicht, uns politisch zu orientieren. In Kolbermoor war das recht einfach. Man war katholisch und regiert hat ein König. Aber jetzt? Den einen wäre es am liebsten, die Monarchie käme wieder zurück, die anderen rufen die Weltrevolution aus. Ich versuche, so gut es geht, keine klare Position einzunehmen, es ist ja alles verwirrend und scheint kompliziert.

Marie hält sich sowieso aus allem Politischen heraus. Sie häkelt. Sie strickt. Zunächst einen dicken Pullover für mich, denn der Winter steht ja vor der Tür. Und am liebsten ist ihr die Singer-Nähmaschine und die schönste Zeit des Tages zwischen Mitternacht und zwei Uhr nachts. Wenn alles dunkel und still ist, schneidert sie. Steckt Schleifen zusammen, stickt Verzierungen auf Kleider, lässt die Maschine rattern. Sie schneidert den Großteil ihrer Kleidung selbst, sogar die Unterwäsche. Für sie ist das, was es zu kaufen gibt, nicht gut genug. Jede Naht muss bei ihr stimmen und alles muss wie angepasst sitzen, sonst fühlt sie sich nicht wohl. Eine Hose, wie sie das Fräulein Gräfin neuerdings trägt, käme ihr nie in den Sinn. Sie trägt keine Hosen, sondern nur Röcke und Kleider.

•

Als es dann in München zu den ersten Massendemonstrationen von Arbeitslosen und zu blutigen Straßenschlachten mit Todesopfern kam und die Freikorps in die Arbeiterviertel zogen, wurde es auch dem jungen Paar mulmig. Das paramilitärische Freikorps ›Werdenfels‹ aus der Gegend um Garmisch und Partenkirchen, ein Volksheer aus Bauern und kleinen Geschäftsleuten, zog sich die Lederhosen und Lodenjoppen an, um der Landeshauptstadt zu Hilfe zu eilen, um sie von der roten Revoluzzerbrut zu befreien, die den König ins Exil gejagt hatte. In Giesing durchsuchte das Freikorps Häuser und Fabriken nach Waffen und versteckten Personen. Beim Biermeier sogar den Enten- und Gänsestall. Und geschossen wurde. Auf der einen Seite die »Weißen«, die mit weißen Armbinden gekennzeichneten Soldaten, die sich der ›Republikanischen Schutztruppe‹ zur Verfügung gestellt hatten, auf der anderen die »Roten«. Morde an Gefangenen und an führenden Repräsentanten der Räterepublik waren an der Tagesordnung.

»Dieser Freikorps Werdenfels ist ein besoffener Sauhaufen ohne jegliche Disziplin.« Biermeier konnte sich vor Wut kaum zähmen, als Marie ihm im Stall beim Zusammenräumen half. »Und gstohlen haben s' auch, die Lumpen.«

Trotz alledem war zu Beginn des Jahrhunderts der Aufbruch nicht aufzuhalten, der als die »Goldenen Zwanziger« in die Geschichtsbücher eingehen würde. Und als Marie ganz aufgeregt einmal heimkam: »Stell dir vor, die Tochter vom Biermeier hat sich einen Bubikopf scheren lassen. Und ins Café geht sie allein, raucht Zigaretten mit einer ganz langen Zigarettenspitze, das soll der neue Schick sein. Da sitzt sie dann ganz mondän, um den Hals eine Perlenkette und eine Federboa, wie ein Pfau im Tierpark, und trägt ein Stirnband wie eine Indianerbraut ...« – so ging es eine Zeit lang weiter, bis der Hausherr sagte: »Mei, bei den Männern gehörn Zylinder und Gehrock auch der Vergangenheit an, das ist der Wandel der Zeit.«

Die Biermeiers hatten auch einen Sohn, den Girgl, der des Öfteren an Maries Küchentisch saß, wenn sie ihn ausnahmsweise aus der Kaserne herausließen. Er war der neu gegründeten Bayerischen Landespolizei beigetreten, die aus der Sicherheitspolizei, der Sipo, hervorgegangen war, und befand sich dort in der Ausbildung. Wenn es bei politischen Versammlungen etwas rauer herging, dann rückte die ehemalige Sipo mit einer Hundertschaft aus, die durchaus militärisch daherkam. Dann wurden keine süßen Worte geraspelt wie an Maries Küchentisch, nein, da ging es hart zur Sache, wobei mit »de roden Deife», wie Girgl die Anhänger der Räterepublik nannte, die ja ohne Gewalt ihre Regierung gebildet hatten, härter umgesprungen wurde als mit »de Guadn«. Da floss Blut und es hieß: »Kein Pardon!« Ab und zu gab's ein paar Tote.

Der Girgl war ganz etwas Platonisches für Marie, sie war oft allein, wo dann ein Verehrer guttat. Wobei der Girgl schon anderes herbeiträumte, aber Marie war verheiratet und das bedeutete in dieser Zeit durchaus etwas.

Eigentlich war der Girgl ein unscheinbares Männchen und nur, wenn er in seiner grünen Uniform daherkam, hatte er plötzlich Figur. Schon in der Schule war er gehänselt worden, denn bei den Rangeleien auf dem Pausenhof hatte er immer den Kürzeren gezogen. Zudem gehörte er zu den pubertierenden jungen Männern, denen man das auch ansah - übersät mit eitrigen Pusteln. In der Klasse hatte es oft geheißen: »Was ist der Unterschied zwischen einem Gendarmen und dem Girgl? Der Gendarm hat eine Pickelhauben, der Girgl ein Pickelgesicht.«

Unattraktiv war er deswegen eigentlich nicht, trotzdem trug er, quasi als Gegenwehr, ein Kleidungsstück, um sich abzuheben: eine kurze Lederhose - was ihm aber wieder einigen Spott einbrachte, denn in der Stadt lief keiner in Tracht herum, nicht einmal auf dem Oktoberfest. »Bist vom Land, ha?«

Später hieß es dann: »Girgl, host heit deine Hitlerhosn an?« Weil ein gewisser Adolf Hitler von sich reden machte und sich in der kurzen Lederhose von seinem Leibfotografen Hofmann porträtieren ließ. Dazu machte er sich gern gemein mit dem Landvolk und hielt im Sternecker Bräu flammende sozialistische Reden, die sehr nationalistisch gefärbt waren. Antijüdisch und antikommunistisch!

Am liebsten wäre Girgl da gleich in die Deutsche Abeiterpartei eingetreten, doch noch war er nicht reif dafür, später dann schon, aber da hatte sich die Partei schon umbenannt in NSDAP. Und es tauchte das Gerücht auf, dass der Hitler putschen wollte. Und als am 9. November 1923 Ministerpräsident Ritter Gustav von Kahr eine programmatische Rede zur Weimarer Republik im mit 3.000 Leuten überfüllten Bürgersaal halten wollte, stürmte Hitler wenige Minuten nach Beginn der Rede im langen, schwarzen Gehrock, das Eiserne Kreuz erster Klasse an der Brust, an der Spitze eines schwerbewaffneten Trupps Hakenkreuzler mit Erich Ludendorff und Hermann Göring in den Saal, feuerte, um sich Gehör zu verschaffen, einen Schuss unter die Decke und verkündete den Ausbruch der nationalen Revolution. Die ›Münchner Zeitung‹, als Teil der ›Gebr. Huck und Verlagsgesellschaft Huck GmbH' in Berlin, titelte tags drauf: »Die Stadt ist wie elektrisiert«, »Zusammenrottungen in München«, »Ziel ist es, nach Berlin zu marschieren und die nationale Diktatur gegen Marxisten und Juden zu errichten«.

Und da stand der Girgl dann am 9. November faktisch auf der falschen Seite. Mit der Bayerischen Landespolizei rückte er an und vereitelte den Marsch auf die Feldherrnhalle. Geschossen wurde. Auch Girgl schoss, so wie ihm befohlen wurde. Die Putschisten warfen sich zu Boden. Der Zusammenstoß dauerte weniger als eine Minute. Vier Polizisten und ein Passant waren tot. 15 Putschisten erschossen. Girgl hatte den Putsch vereitelt und kam so im Nachhinein ungewollt zu demokratischer Ehre.

•

Ich ziehe Marie gern mit Girgl auf. Wenn ich abends nach Hause komme, klopfe ich dann an die Türe und frage ganz scheinheilig: »Darf ich reinkommen oder ist der Verehrer noch da?«

Was natürlich ein Schmarren ist, da jeder weiß, dass für die Sipo eine strikte Kasernierung gilt, dass höchstens für einen Verheirateten oder einen Hauptmann eine Ausnahme gemacht wird und er ein Heimschläfer sein darf.

Marie freut sich auf Weihnachten, denn da kommt der Vater über die Feiertage nach München. Und extra holt sie aus einer Holzkiste die säuberlich in Wachspapier verpackte Krippe hervor und stellt sie in das weihnachtlich mit Tannenzweigen dekorierte Fenster auf die handbestickte Weihnachtsdecke. Sie stellt die holzgeschnitzten Figuren auf, die Maria, den Josef und das Jesuskind. Der Ochs wird so hindrapiert, dass er das Jesuskind mit dem Atem aus seinem Maul wärmt - natürlich in Maries Fantasie -, und überall stehen in kleinen Gruppen und auch einzeln kleine, geschnitzte Schafe. Und in den Zweigen hängen selbstgemachte Modeln und Engerl mit Flöte, Harfe und Schalmei.

In einem kleinen Kisterl hinter dem Kripperl sind die Heiligen Drei Könige verwahrt, die erst am Dreikönigstag dazukommen dürfen. Ordnung muss sein. Über dem Kripperl prangt dafür von Anfang an natürlich der Stern von Bethlehem, er bildet das Zentrum über dem Jesuskind und ist extra mit einer kleinen Glühbirne beleuchtet und der Strom dafür kommt aus einer Batterie.

Am Weihnachtsabend dann, bei der Weihnachtsgans, die wir vom Biermeier bekommen haben, erzählt der Schwiegervater, dass mein Bruder Franz es nun wahr gemacht hat und zusammen mit dem Fischlinger Max nach Amerika ausgewandert ist, um das Glück in der Neuen Welt zu suchen.

»Der Max ist ein Deutschnationaler durch und durch«, erzählt er weiter, »und ein Amerikafreund. Zunächst sind s' nach Cordoba in Argentinien und warten dort ab, bis der Einreisestopp vorbei ist. Die Schwester Anni soll nachziehen und der Fischlinger Max hat für sie gebürgt und hat ihr gleich Geld geschickt, dass sie nachkommen kann. Wo der das so schnell her hat? Aber wie die Anni ist, hat sie das ganze Reisegeld für neue Schuhe und neue Kleider und einen Pelzmantel ausgegeben, dass der Max ihr neues Geld schicken hat müssen.«

So geht die Unterhaltung weiter und zur Feier des Tages öffne ich eine Flasche Gumboldskirchner und wir trinken vom selbstgebrannten Schnaps, den der Schwiegervater mitgebracht hat. Ein wenig rauschig sind wir dann schon, als wir zu Bett gehen. Auf dem Sofa haben wir ihm ein Nachtlager gemacht und schön war es. Am nächsten Tag ist er dann wieder zurück ins Inntal.

•

»Eisner, du Bolschewist, du Jude, du Landesverräter!« Der das schrie, war Graf Arco. Und schon trafen den ersten bayerischen Ministerpräsidenten die Schüsse, in den Rücken und den Kopf.

Eisner war mit seiner Rede zum Rücktritt der Regierung auf dem Weg zum Landtagsgebäude. Da schrie ihn Arco vor dem Palais Montgelas an und erschoss ihn hinterrücks. Es gab nicht wenige Münchner, besonders im Bürgertum, die nicht nur eine klammheimliche Freude über den Tod des Anführers der Novemberrevolution hegten, sie applaudierten und tanzten sogar, während in der Arbeiterschaft das Entsetzen überwog.

Ein Dreivierteljahr später wurde Arco zum Tode verurteilt – und gleich am nächsten Tag von der bayerischen Landesregierung, dem zweiten Kabinett Hoffmann, zu lebenslanger Festungshaft in Landsberg am Lech begnadigt. Mit der großen Amnestierungswelle kam er 1924 bereits wieder frei, der feige Mörder, dem man im braven Prozess »glühende Liebe zum Vaterland« bescheinigt hatte. Noch später, als endgültig Gras über die Sache gewachsen war, wurde er vollumfänglich begnadigt.

•

»Die gesamte Promenadestraße ist dicht. Hunderte sind dort. Den Eisner haben s' erschossen.« Ganz aufgeregt komme ich heim und verkünde die Botschaft.

Als wir dann gemeinsam am Tisch sitzen bei einer heißen Tasse Muckefuckkaffee und gedeckten Apfelkuchen dazu essen, werden die Vorkommnisse besprochen.

»Dann ist auch der Arco von den Leibwächtern niedergestreckt und lebensgefährlich verletzt worden. Festgenommen haben s' ihn.«

Maries Augen sind groß.

»Aus der Politik am besten raushalten«, ist meine Devise, »man weiß ja nie, mit wem man's einmal zu tun bekommt.«

Und Marie pflichtet mir bei: »Ja, da hast recht. Sollen sich die Roten und die Weißen doch selber die Köpf' zammhaun.«

So versuchen wir, uns nicht den Weg in die Zukunft zu verbauen, um auch etwas vom guten Kuchen des Fortschritts abzubekommen. Für viele verschlechtert sich die soziale Lage nämlich dramatisch.

»Die einen werden immer reicher, die anderen immer ärmer. So ist es halt, aber wir halten uns da lieber raus.«

Der ganze politische Kram ficht mich im Grunde nicht an. Jeden Abend nach der Arbeit ziehe ich aus meinem Spind die Sporttasche hervor und fahre mit dem Fahrrad in die Auenstraße, wo der Turn- und Sportverein 1860 München e. V. seine Adresse hat. Seit Wochen habe ich mein Pensum verschärft. Hart wird trainiert – die Deutsche Meisterschaft steht bevor. Wie immer hat Rupperl zusammen mit dem Lederhändler Weil einen genauen Trainingsplan erstellt, der strikt eingehalten werden muss.

Alles sollte eigentlich auf die Olympiade 1920 in Antwerpen ausgerichtet sein, doch Deutschland ist von der Teilnahme ausgeschlossen worden. Das wurmt mich gewaltig, wie gerne hätte ich es endlich auf der internationalen Bühne versucht, aber da kann ich halt nix machen, ein verlorener Krieg ist doch eine schwere Last, vor allem, wenn man ihn auch noch angefangen hat.

Gerade erst habe ich bei meiner ersten Deutschen Meisterschaft den dritten Platz belegt. Nicht schlecht für den Anfang. Im Wettbewerb waren beidarmiges Drücken, Reißen und Stoßen und einarmigen Reißen und Stoßen verlangt. Insgesamt stolze 502,5 Kilogramm. 85 Kilo habe ich da von Kopf bis Fuß auf die Waage gebracht und bin im Schwergewicht gestartet.

Zu den Wettkämpfen bringe ich für meine Mannschaftskameraden manchmal eine Fleischsuppe mit, vor dem Kampf muss jeder eine Tasse trinken. Und freilich hat's geholfen. Die Einbildung hat Kräfte freigesetzt. Beim Saufen halten wir Gewichtheber uns dagegen zurück, da geht nicht so viel, wie man vermuten mag, wir legen Wert auf Disziplin und strukturiertes Training. Und daneben schaffe ich mir ein neues Auskommen, ich habe den Schützenhof in der Bayerstraße am Bahnhof gepachtet und werde Wirt. Das verträgt sich ganz hervorragend mit dem Sport und finanziell läuft auch alles bestens, weil sich im Schützenhof immer schon die trinkfreudige, zahlkräftige Münchner Gesellschaft trifft.

Zum ersten Mal gewinne ich dann in Stuttgart die Deutsche Meisterschaft mit 467,5 Kilogramm und zwar im Halbschwergewicht. Bis 82,5 Kilo Körpergewicht habe ich da vorher abtrainiert. Kein Zuckerschlecken. Vor allem am Ende muss man höllisch aufpassen, dass man nicht aus Versehen Muskelmasse mitverliert.

Und dann geht's nach Wien, wo ich mit mit 415 Kilogramm Weltmeister werde. Und die Gewichtheber der Löwen werden eine Attraktion und ich das Aushängeschild des Vereins.

Vor dem Vereinsgebäude stelle ich mein Fahrrad ab und gehe in den Trainingsraum. Die Mannschaftskollegen Endres, Wölpert,

Schuster, Ross, Gietl, Zimmermann und Bäumler sind schon feste dabei. Die Löwen sind die Rekordmeister in allen Kraftsportdisziplinen. Über 100 Kilo bringe ich jetzt schon auf die Waage. Ich werde ab jetzt in der Schwergewichtsklasse starten, in der Königsdisziplin. Die anderen bewegen sich im Feder-, Leicht- und Mittelgewicht. Erst arbeite ich an der Langhantel und bin dabei, die Last in die Höhe zu stoßen – ich schaffe es nicht. Krachend schlagen die Gewichtscheiben auf den Holzbohlenboden.

»Bist heute nicht bei der Sach'. Es ist der Kopf«, meint Rupperl. »Probier's nochmal mit weniger Gewicht.«

Auf jeder Seite wird nun eine Gewichtscheibe heruntergenommen. Und ich hole mir meine kleine Flasche Cognac aus dem Spind. Und gerade, wie ich mir einen Schluck zum Aufwärmen nehme, um mich in Stimmung zu bringen, betritt Felicitias von Stein den Trainingsraum. Gekleidet, wie immer, nach der neuesten französischen Mode und der Duft ihres Parfums mischt sich mit dem kalten Schweißgeruch, der in der Luft liegt.

Schon seit einiger Zeit besucht sie, sozusagen offiziell als Beobachterin, das Training der Sportler, um dann dem Grafen über die Fortschritte zu berichten. Es ist mir nicht entgangen, dass sie ein gewisses Interesse an mir hat und dies auch unverfroren zeigt, wenn sie meinen muskulösen Oberarm umgreift und mich nicht aus den Augen lässt. Nicht zur Freude von Rupperl, der der Ansicht ist, dass die Ablenkung dieser attraktiven Erscheinung das Training bremst – auf keinen Fall aber fördert.

Das Stoßen besteht aus zwei Abschnitten, hat mich Rupperl von Anfang an instruiert. Und jetzt sagt er: »Zuerst mit einem Zug auf die Brust und richtig umsetzen. Dann entweder aus der Hocke heraus oder mit einem Ausfallschritt über den Kopf mit ausgestreckten Armen in den Himmel – und zwei Sekunden fixieren.«

Durch die Anwesenheit von Feli aufgeputscht umfasse ich die Hantelstangen, gehe in die Hocke, konzentriere mich. Meine Muskeln spannen sich und ich setze alles so um, wie es Rupperl beschrieben hat. Mit einem animalischen Schrei stoße ich das Gewicht in die Höhe.

»Bravo! Bravo!« Feli patscht in die Hände.

Und Rupperl erregt: »Nicht nachdrücken. Nicht nachdrücken! Gut so, ich sag's doch. Es geht doch. Beim nächsten Mal genauso, aber mit zehn Kilo mehr, und du gewinnst die Deutsche Meisterschaft.«

Krachend fallen die Gewichte auf den Bretterboden.

»Und weiter geht's«, treibt Rupperl an, »nicht nachlassen, eine Runde Seilspringen, abwechselnd mit Liegestützen und Kniebeugen, zehn Einheiten!«

In Sturzbächen wird hinausgeschwitzt, dass sich kleine Schweißpfützen auf dem Boden bilden. Und immer wieder Seilspringen, Liegestützen und Kniebeugen mit den leichteren Gewichten, bis die Muskeln brennen. Und Rupperl treibt seine Mannen an.

Heute schaffe ich nicht so viel, ich bin irgendwie schlapp. Statt der angepeilten zwölf Wiederholungen gebe ich schon bei zehn auf, weil mir alles zu schwer vorkommt und die Muskeln brennen.

Und Rupperl hält seine Predigt: »Der Sieger unterscheidet sich vom Verlierer in der Höhe der Schmerzen, die er in Kauf nimmt. Du musst bereit sein, über deine Grenzen hinauszugehen. Klar, es ist einfacher gesagt als getan, doch du musst es versuchen. Allein im Versuch wirst du stärker. Du musst dich verbessern, egal, ob es die eine Wiederholung mehr ist oder ein paar Kilogramm mehr an Gewicht. Nicht kurzfristige, heftige Erfolge werden dich langfristig zum Ziel führen, nein. Es ist der langsame Prozess. Kurzfristige Erfolge werden dich zwar motivieren, Gas zu geben, jedoch fällst du dann in ein tiefes Loch, wenn du stagnierst und nicht weißt, warum.«

Er klatscht in die Hände. »Die Kniebeuge ist die Übung schlechthin. Quadrizeps, unterer Rücken, Beinbizeps, Gesäß, Waden, Bauch, Brust, Latissimus und viele kleinere Muskeln mehr, alles bekommt mehr Masse. Die wichtigste Übung für jeden Athleten. Dann die Beinbizepse, die Wadeln, Bankdrücken für die Brust, Schulterdrücken. Erst dann die Langhantel.«

Und wie in jeder Woche vor einem Wettkampf hat Lederhändler Weil neue Salben und Tinkturen mitgebracht, die sofort ausprobiert werden müssen. Darunter wärmende und kühlende Pasten.

»Und reibts diesmal den Wölpert Hans nicht ein, der hat einen Ausschlag bekommen.«

Irgendetwas ist in der Salbe, was die Haut vom Wölpert nicht verträgt. »Gejuckt hat's die ganze Nacht, dass ich mich aufgekratzt hab.«

Aufgeregt wird eine Neuerung diskutiert, die Rupperl einfordert. Für jeden Athleten wird für diese letzte Woche ein eigener Trainingsplan aufgestellt und die Ergebnisse werden in Listen eingetragen. Auch ein Ruhetag ist eingebaut, auf den sich die meisten freuen.

»Und jetzt Schluss für heute. Zuvor aber noch rauf auf die Waage!«

Und ich steige auf das Trittbrett und die Nadel zittert und pendelt sich bei der 100-Kilo-Marke ein.

»Da müssen schon noch ein paar Kilos rauf, um ganz oben in der Schwergewichtsklasse mitzumischen.«

War ich bis dato teils noch als Halbschwergewichtler unterwegs, soll die Schwergewichtsklasse als Heber meine neue Heimat werden. Mein Zuhause, das ich mit Gold krönen will. Olympia. Ja, das wäre schon was gewesen. Nächstes Mal.

Mit der Grandezza einer Filmdiva steigt Feli zu mir auf die Waage. Um nicht runterzufallen, hält sie sich dicht angeschmiegt an mich und umarmt mich dabei. Und sagt: »Und, was meint der Herr Cheftrainer nun, reicht das vom Gewicht her?«

Und Rupperl drauf: »Was soll man da machen, ewig lockt das Weib.«

Und sie: »Ja, das ewig Weibliche, das zieht die Männer an.«

Nach dem Training sitzen wir dann – eingeladen von Feli, auch Rupperl ist mitgegangen – zu dritt an einem weißgedeckten Tisch im Augustiner. Neben der Bierschwemme gibt es ein Restaurant, wo sich die feinere Gesellschaft der Stadt trifft. Da gesellen sich die Geschäftsleute zu den Beamten, den höheren und den mittleren, der Ober sitzt beim Unter. Da lässt sich dann dies und das leichter anbahnen, denn mit Vitamin B geht alles besser.

Noch bin ich nicht in der feineren Münchner Gesellschaft angekommen, aber dass ich mich in Begleitung der Brauereitochter Felicitas von Stein befinde, zählt schon ein wenig.

•

Mögen in anderen Städten vielleicht andere Berufsstände wichtig sein - in Bremen die Zigarrendreher, in Hamburg der Pirat Störtebeker -, so wird in München alles, was mit dem Brauwesen zusammenhängt, vom Braumeister bis zum Wirt eines kleinen Eckbeisels, geschätzt. Meist überschätzt. Über all dem thronen die Dynastien der Bierbrauer. Infolge der Industrialisierung befanden sich inzwischen weitere neue Dynastien im Aufbau, nämlich aus der metallverarbeitenden Branche, wie die Autobauer zum Beispiel. Geheiratet wurde untereinander und wichtige Geschäftszweige wurden, wenn möglich, fusioniert.

Am Nachbartisch saß an jenem Tag im Augustiner unter anderem der lebenslustige Unternehmer Meiller, der gerade mit einer von Thyssen anbandelte und eine Flasche Mumm bestellte, nach dem Motto: »Adel fusioniert mit Wirtschaft«.

Meiller, ein Pionier der Innovation. Etabliert hatte er sich als Schmied und Besitzer von drei Werkzeugschmieden im Münchner Umland. In Menzing hatte er dann seine Fabrik gegründet und innerhalb weniger Jahre avancierte er mit geschmiedeten Bauwerkzeugen und Winden zum Lieferanten für Straßenbau und Bauwirtschaft. Mit einigen Patententwicklungen seiner Ingenieure beeindruckte er auch Prinzregent Luitpold von Bayern, der ihm den Titel königlich bayerischer Hof-Werkzeugfabrikant verlieh und ihn mit dem Titel eines Kommerzienrats auszeichnete. Außerdem schanzte er ihm einige Aufträge in der Rüstungsindustrie zu, die dem Wachstum des Unternehmens förderlich waren. Gerade erst hatte er ein Gelände erworben und ein weiteres Werk gebaut und fuhr so durchgehend auf Erfolgskurs. Mit am Tisch die Architekten von der Deutschen Hallenbau AG und der Tief- und Betonbaugesellschaft Tibet. Gerade erst hatten sie im Sechzger-Stadion die Stehhalle auf der Gegengeraden fertiggestellt und nahmen die Sitztribüne ins Visier. Nach und nach wurde der Ausbauplan in Angriff genommen, nachdem 1860 München das bislang von der Stadt gepachtete Grundstück für 700.000 Mark gekauft hatte. Nach einem weiteren Ausbau fanden 40.000 Zuschauer Platz, die dichtgedrängt um das Spielfeld standen. Im Unterbau der Stahlbetontribüne befanden sich eine Platzwartwohnung, die Umkleiden und die Stadionwirtschaft.

Und jetzt kam auf einmal der Straßberger Josef ins Spiel, denn die Stadiongastronomie, die sollte er mit seiner Frau übernehmen, da war man sich einig. Gefragt hatte man ihn offiziell zwar noch nicht, aber Graf Maximilian von Stein hatte alles schon eingefädelt. Feli, das Unschuldslamm, tat so, als ob sie von nichts wüsste, obwohl schon gewisse Spatzen etwas von den Dächern pfiffen. Sie sollte alles ganz diplomatisch einfädeln.

•

»Einen Wirt für die Wirtschaft im Stadion an der Grünwalder Straße suchen wir, das wär doch was für den Herr Straßberger?«, meint der Kommerzienrat Meiller und prostet zu uns herüber.

»Zuerst kommt jetzt die Deutsche Meisterschaft, aber dann wär das schon ein gutes Standbein, zusammen mit meiner Marie, sie ist ja auch in Kolbermoor beim Füglein-Wirt die beste Servierin gwesen. Die schmeißt den Laden, auch wenn ich mal nicht da sein sollt.«

Und Rupperl meint: »Es ist nicht schlecht, Vorsorge für die Zeit nach dem Sport zu treffen.«

Inzwischen ist der Kellner an unserem Tisch angelangt. »Bringen S' mir zehn Rühreier mit Zucker und eine Mass Zuckerwasser. Und zum Neutralisieren hinterher ein paar Stamperl Zwetschgenwasser – meine Aufbaukur.«

Ohne mit einer oder zwei Wimpern zu zucken, notiert der Kellner alles, wie ein Wiener Kaffeehausober. Der Wiener Kaffeehausober ist nämlich etwas Besonderes. Er ist souverän und vor allem diskret. Nicht so wie ein Münchner Kellner, der geschwätzig ist und ein Gschaftler. Wenn du in München regelmäßig eine Lokalität besuchst, weiß es die ganze Stadt. In Wien weiß sie erst davon, wenn du gestorben bist. Weil sich dann der Wiener Ober fragt, wo du abgeblieben bist.

Feli bestellt das sogenannte Bayerische Menü: »Grießnockerlsuppe, Tafelspitz mit Rahmwirsing und Bratkartoffeln und als Nachspeise Apfelkücherl mit Zimteis. Und was nimmt der Herr Rupperl?«

Und da Rupperl, der selten zum Essen in ein Gasthaus geht, zögert, bestellt Feli schon für ihn: »Für den Herrn Hartmann nehmen wir zumindest eine Grießnockerlsuppe, dass es besser ausschaut.«

»Aber ich mag doch gar keine Grießnockerlsuppe«, meint Rupperl.

»Keine Widerrede.«

Und mit einem »Wie die Herrschaften wünschen«, in hart antrainiertem österreichischem Dialekt, entschwindet der Kellner in die Küche. Sein Beruf gehört zu den schlechtbezahltesten, hinzu kommt aber das Trinkgeld, das teilweise mehr als fünf Prozent des Umsatzes beträgt, das ist die Rettung.

Später, als Rupperl gegangen ist, bestellt das Fräulein Gräfin eine Flasche Rotwein und je mehr wir zwei trinken, umso mehr löst der Alkohol nicht nur die Zunge, sondern auch die Barrieren fallen – und die Konventionen.

Und so kommen wir beide uns immer näher, das heißt, das Fräulein Gräfin beginnt, unter dem Tisch zu füßeln. Traditionell macht sie das mit ausgezogenen Schuhen, ihre Pumps streift sie ab, und die Heimlichkeit dieser Praktik ist schon ein besonderer Kitzel. Niemand bemerkt etwas, da die Tischdecken fast bis zum Fußboden reichen.

»Ein schlechtes Gewissen hab ich schon, Fräulein Gräfin, aber machen S' ruhig weiter, denn meine Libido lässt mir keine Chance.«

Und Feli: »Wissen Sie, mit dem Füßeln ist das ja so eine Sache, aber es lässt sich damit durchaus eine ersehnte Zweisamkeit mit einem Schwarm auf die nächste Stufe bringen. Eine erste Berührung beim Füßeln und schon sind die Weichen gestellt. Es muss natürlich immer das richtige Ziel sein. Eine anfängliche Verwirrung über die ungewohnte Berührung ist ganz natürlich. Auch über dem Tisch sollte man nicht schüchtern sein. Durch ein aufreizendes Lächeln sollte man durchaus klarmachen, dass man interessiert ist. Das Wichtigste aber ist, dass es den beiden Beteiligten gefällt. Und vor allem – ist das nicht herrlich – das Aufregende ist, dass niemand aus der Runde etwas vom Füßeln unterm Tisch mitbekommt. Diese Erfahrung bleibt ganz unser kleines Geheimnis.«

Und ich antworte ihr: »Ach, wissen S', diese Beschäftigung unter dem Tisch ist durchaus durchblutungsfördernd, machen S' nur ruhig weiter, aber bitte nur von der Wade aufwärts und nicht höher wie bis zum Knie, denn falls Sie weitergehn, werd ich für nichts garantieren können.«

Feli ist eine andere Welt. Marie ist die Heimat, das Bodenständige, das Geerdete. Und Feli ist die ganze große Weite, die ich nicht kenne, die ich kennenlernen will, zu der ich gehören will.

•

Sportlicher Erfolg konnte zu allen Zeiten ein Türöffner sein. Anfang des 20. Jahrhunderts konnte er einem Eintritt in das gehobene Bürgertum und sogar den alten Adel verschaffen. Doch war es nicht so, ein Provinzler bleibt ein Provinzler, wo immer er auch ist – ein Bauer ein Bauer, ein Fuhrknecht ein Fuhrknecht. Kleider machen Leute, aber ein Arschloch bleibt ein Arschloch, auch im Anzug und nach Maß.

An einem weiteren Nachbartisch im Augustiner saß Gunther Kater, ein Gesellschaftsreporter, und spitzte insgeheim seinen Bleistift.

•

»Komm noch mit in den Bayerischen Hof.« Feli reißt mich aus meinen Gedanken.

Sie ist ein Kind der Boheme, sehr locker in der Wahl ihrer Liebhaber, sie kann es sich leisten, nicht nur weil sie vermögend ist, sie ist attraktiv. Mit rot geschminktem Schmollmund, einer Diva gleich, setzt sie im Modetrend der Zeit ihren Körper perfekt in Szene. Sie trägt ein Kleid, dessen Träger um ihren Hals geschlungen sind. Das gewährt Einblicke auf die nackte Schulter- und Nackenpartie und wirkt deshalb umso verführerischer. Ein leuchtendes Seidentuch, das ihre schwarzen Locken bändigt, hat sie locker um den Kopf gebunden.

In mir zerrt es mal in die eine, dann in die andere Richtung. Einerseits will ich treu sein, andererseits ist es eine schier unbrechbare Verlockung. Feli becirct mich so, dass ich schwach werde. Ich rieche ihr Parfum und als sie mir ins Ohr säuselt, dass sie sich neuerdings ihre Duftwässerchen in der Provence eigens von einem Parfumier zusammenstellen lässt, tut sie das mit einer charmanten Umarmung, ja gar Aufforderung, die in mir Wünsche erwachsen lässt, deren ich mich kaum erwehren kann.

Und ich fange an mir einzureden, dass es auch sehr nützlich für meinen weiteren Weg sei, wenn ich noch tiefer in die feine Gesellschaft eindringen kann, und das im wahrsten Sinne des Wortes – so meinen Aufstieg zementieren kann. Was bringt es mir, Feli abzuweisen, ihre Avancen hart abzulehnen? Durchaus nützlich kann so eine Affäre sein und so gehe ich mit ihr aus dem Augustiner hinaus, durch den Hinterausgang, der gleich auf die Herzogspitalstraße führt, wo schon der Taxipionier Friedrich Kring aus Pasing wartet, der seine Pferdekutsche verkauft und sich ein Automobil angeschafft hat und fast eine Berühmtheit ist.

»Steigen S' nur ein, meine Herrschaften, gestern hab ich die Frau Karlstadt und den Herrn Valentin chauffiert und letzte Woche Heinz Rühmann nach Geiselgasteig, wo soll es denn hingehen?«

Und Feli nennt ihm das Ziel: »Nur in den Bayerischen Hof, ich hab nicht die richtigen Schuh' zum Laufen an.«

»Selbstverständlich, Fräulein Gräfin, eine Kurzstrecke quisi-quasi«, versucht er zu scherzen und mir fällt auf, dass auch nach der Abschaffung des Adelsstandes alle noch mit ihren Titeln angesprochen werden. Und im Fond des Wagens nehme ich Felis Hand, ziehe sie zu mir und küsse ihren Hals.

Und zum ersten Mal bin ich da, wo König Ludwig I., weil er in seiner Residenz keine Badewanne hatte, zweimal im Monat zum Baden hinging - im Bayerischen Hof. Ob da auch seine Affäre mit der Lola Montez begann, entzieht sich meiner Kenntnis. Auf jeden Fall logierte sie hier am Promenadeplatz, als sie aus Paris kam - und ist dann später der Grund für die Abdankung des Monarchen, wo die Münchner sie aus der Stadt gejagt haben.

An der großen Drehtüre steht der Portier mit seinem Zylinder in der Livree, ein Page führt uns hinauf zum Zimmer, das innen einem Palast gleicht. Ein glitzernder Kristalllüster an der Decke mit polierten Prismen wirft einen diskreten Lichtschein auf das Bett mit doppelter Matratze und vielen Kissen. Italienische Seidentapeten. Ein Perserteppich bedeckt den Parkettboden. Ein Beistelltischchen mit einem Strauß Nelken, in einem Kühler aus Silber wartet eine Flasche Schaumwein. Und ich komme mir wie der König höchstselbst vor, als ich mit meiner Lola in der großen Marmorwanne mit den silbernen Armaturen liege. Aus einem Fläschchen hat sie zuvor eine wohlriechende Essenz dem Badewasser hinzugegeben und alles duftet wie in einem Rosengarten.

Ihre Haut ist weiß wie Marmor und ihr schwarzes Haar fällt bis zum Po, als sie die Haarspange öffnet. Und ich gleite mit meinen Fingern immer tiefer und erschrecke, als ich in die Nähe der Scham komme, denn sie ist rasiert. So was kenne ich nicht.

Und sie lacht: »Ich rasiere mich an meinen besten Stellen, denn Frauen sollten keinen Bart tragen, schau.« Und sie zeigt mir die Revolution im Intimbereich von King Gilette. »Ein Rasierer, speziell für Frauen. Die gepflegte Frau entfernt ihren Pelz.«

Ich, der Bauernbub aus dem Inntal, bin in der Boheme angekommen, ja, da möchte ich dazugehören. Obwohl ich schon spüre, dass mir diese Schuhe zu groß sein könnten, doch wer will mir das verdenken, höher, immer höher geht es hinauf auf den Berg, auch wenn die Luft dünner wird. Und ich beschließe, dass ich unbedingt einmal so eine Badewanne haben muss, in einfacherer Ausführung reicht.

Wie schnell das Wochenende kommt! Aber ich habe mein Ziel vor Augen. Ich will es schaffen. Die Deutsche Meisterschaft. Der Wettkampf findet in der Turnhalle des MTV 1879 in der Isarvorstadt statt. Und die Kraftsportler stecken hinter dem Vorhang auf der Bühne die Köpfe zusammen und schaurig klingt es, als wir uns im Kreis zusammenstellen und unseren Vereinsspruch anstimmen: »Zickezacke Zickezacke. Hoi hoi hoi. Stark wie noch nie. Bei meiner Treu. Bei meiner Treu. Heil Heil Heil.«

Und dann bin ich an der Reihe. Ich starte im leichten Schwergewicht. Noch warte ich hinter dem Vorhang inmitten meiner Mannschaftskollegen. Mittig auf der Bühne die Langhantel mit den Gewichtscheiben an den Enden der Hebestange. Dahinter, wie ein Wandteppich, die deutsche Fahne. Viele im Saal haben den typisch gestutzten Oberlippenbart, eine Mode scheinbar. Unter den Zuschauern Feli, Maximilian von Stein. Es ist mein letzter Versuch im Drücken – Gewicht 120 Kilogramm.

Auch der Schwiegervater Fuss ist extra aus Kolbermoor angereist und sitzt mit Marie gleich in der ersten Reihe und beide drücken die Daumen. Daneben die Schwester Anni im vermeintlichen Nerz-Pelzmantel, den sie sich von Fischlingers Amerikageld gekauft hat und den sie trotz der Hitze im Saal anbehält. Wahrscheinlich ist's ein umetikettierter Hase oder Bisamratz. Schwester Babette hat Anni extra 50 Ausgezogene mit viel Puderzucker mitgegeben, die sie uns zur Stärkung vor dem Wettkampf in die Umkleide gebracht hat.

»Vergiss nicht. Richtig umsetzen und Hände rauf in den Himmel und ja nicht nachdrücken. Zwei Sekunden«, instruiert Rupperl mich abermals.

Ich nehme einen Schluck Cognac aus meinem Flachmann und gehe auf die Stange zu. Schwer ruhen die Gewichtscheiben auf dem Boden. Hinter dem Vorhang lugen die Mannschaftskameraden hervor.

Konzentriert mache ich das, was mich Rupperl im Training gelehrt hat. Alles geht, ohne zu überlegen, automatisch. Denn das Hirn soll in diesem Moment ausgeschaltet sein. Ein letzter Ausfallschritt. Ein Stoß in die Höhe. Die Langhantel steht leicht zitternd in der Luft und bewegt sich nicht mehr. Eine Sekunde. Zwei Sekunden.

Mucksmäuschenstill ist es im Saal. Fast wie im Auditorium eines Theaters.

Dann ein Aufschrei im Publikum. Tosender Applaus. Die Spannung löst sich. Meine schwere Last kracht laut auf die Holzbohlen. Ich reiße die Arme zur Siegerpose empor! Feli, die mit einem kleinen Operngucker das Geschehen verfolgt, hält es nicht mehr auf dem Sitzplatz und sie klatscht begeistert. Und Vater Max von Stein, der neben ihr sitzt, tut es ihr gleich. »Bravo dem Sieger! Bravo! Bravissimo. Dem Deutschen Meister!«

Und zur Bühne stürmt ein Fotograf, der den »Straßberger Sepp« für die ›Neuesten Sportnachrichten‹ ablichtet.

Ich bin nun berühmt.

•

Später, bei der Siegesfeier, saß man dann am Tisch des Grafen und war als Sportprominenz angekommen in der Münchner Gesellschaft. Wobei diese sich dem bayerischen Kraftmenschen ebenso begeistert zuneigte wie der französischen Raffinesse. Felicitas von Stein liebte den französischen Lebensstil und die französische Kultur. Sie gab französischem Personal den Vorzug. Sie pflegte in ihre Korrespondenz französische Begriffe einzuführen wie »mon amie«, »mon Dieu« oder »très chic«. Sie verbrachte ihre Tage in Cafés mit unterschiedlichen Begleitern, die ihr den Hof machen. Und während hohe Arbeitslosigkeit in Europa und Nordamerika und sinkende Einkommen der Beschäftigten allerorten eher zum Nachdenken über existenzielle Fragen als über den neuesten Pariser Chic zwangen, wurden ihre

Pumps trotz Weltwirtschaftskrise bei Madame Nina Ricci in der Rue Capucines unweit des Place Vendôme handgenäht. Dazu trug Feli die von Madame entworfenen luxuriösen Gewänder im romantischen, betont femininen Stil, aus leichten, eleganten Stoffen mit aufwändigen Verzierungen und Stickereien. Gerne setzte sie sich raffinierte Hüte von Coco aufs Köpfchen und bestäubte sich mit dem Duft aus dem Flakon N° 5 aus dem Hause Chanel und unterstrich damit ihre Eleganz.

Die Galane blieben bei solchem Aufwand natürlich nicht aus, reihenweise fielen sie ihr zu Füßen. Aber nicht, dass Feli mit jedem von ihnen ein erotisches Abenteuer eingegangen wäre, nein, eher genoss sie es, angehimmelt zu werden, badete im Reiz der möglichen Affäre. Sie war sich bewusst, dass sie in der Stadt als eine gute Partie galt, die Ehe bedeutete ihr aber nicht viel, eher die flexible Liebschaft – als Pakt, der verlängert oder verkürzt werden konnte. Sie ging spätabends aus, lebte ein unkonventionelles und frivoles Leben. Auch zum weiblichen Geschlecht fühlte sie sich hingezogen.

Immer wieder veranstaltete Felicitas von Stein Salonabende, zu denen sich die Münchner Boheme die Ehre gab – eine intellektuelle, vermögende Randgruppe, die sich vorwiegend mit Literaten, Malern und Dichtern schmückte. Gerne auch mit Musikern, die dann bei jeder Gelegenheit in die Tasten greifen mussten. Bevorzugt fiel man mit betont un- oder gegenbürgerlichen Einstellungen und Verhaltensweisen auf. Töchter und Söhne aus gutem Hause begehrten gegen die bürgerlichen Normen ihres Elternhauses und ihrer Klasse auf, wollten aber zugleich dieser Klasse und ihrem Geldbeutel treu bleiben. Der wahre Künstler versucht ja, seine Klasse zu wechseln. Ihr beliebtestes Motiv waren dagegen sie selbst.

Ihren erfolgreichen Kraftsportler nahm Feli durchaus gern zu derartigen Veranstaltungen mit, ein wenig zeigte sie ihn auch her. Und der amüsierte sich, denn diese gesellschaftlichen Ereignisse in den Salons zogen sich bis in die frühen Morgenstunden hin und es ging sehr freizügig zu. Einmal verschwand ein bekannter Schauspieler von den Kammerspielen mit einer Nymphe, die gerade den Gesellschaftsreporter Gunther Kater hatte abblitzen lassen, im Ankleidezimmer und kroch nach einer Viertelstunde, auf den Knien und mit ihrer Unterwäsche zwischen den Zähnen, triumphierend wieder hervor und machte: »Wau, wau!« Das zierliche Geschöpf, eine ehemalige Internatsschülerin, sehr streng erzogen, erzählte später, dass der Schauspieler über sie hergefallen sei und sie vergewaltigt habe. An Kater weitergegeben, machte der eine schöne Geschichte daraus und die Münchner Gesellschaft hatte ihren neuesten Klatsch.

Und während Josef seine Sportkarriere vorantrieb und in jeder Gesellschaft ein gern gesehener Gast war, bemerkte er immer seltener, dass da ja noch wer in seinem Leben war, der ihm das alles ermöglichte, der ihm den Rücken freihielt.

•

Längst sind Marie und ich aus der engen Giesinger Wohnung in eine größere gezogen, in der Ludwigsvorstadt am Beethovenplatz, sogar mit eigenem Bad. Denn tatsächlich bewirtschaften wir neben dem Schützenhof jetzt noch die Gastronomie im Stadion an der Grünwalder Straße. Da bleibt schon was übrig.

Eigentlich sollte alles gut sein. Ob Marie fühlt, dass etwas nicht stimmt? Seit einigen Tagen schleicht sie so seltsam durch die Wohnung und hat einen Blick – ich kann nicht sagen, wie. Irgendwie haben die Stadt und der Erfolg alles verändert zwischen uns. Die dörfliche Welt hat, so scheint es, stets für einen gewissen Schutz gesorgt. Das eigentümliche Ineinander des Elternhauses. Eine kleine Welt, durchaus eine Enge.

Und als ich einmal frühmorgens, es hat wieder wo etwas zu feiern gegeben, die Treppen zur neuen Wohnung hinaufsteige, plagen mich Gewissensbisse. Die Wohnungstür fällt ins Schloss. Und im Schlafzimmer wartet Marie.

»Ich hab mir Sorgen gemacht. Die ganze Nacht bin ich wach.«

»Du bist die Einzigste. Ich brauch dich doch. Was würd ich ohne dich machen.«

Marie schaut, als ob sie mich nicht hören könnte, ihr entgeht nicht, dass etwas Grundsätzliches aus den Angeln ist. »Irgendwas ist anders bei dir, verändert.«

Und obwohl ich beteuere, dass alles ist, wie es sein soll, fixiert mich Marie, sieht mir in die Augen, will in den Grund meines Herzens hineinschauen und findet nicht mehr das, was sie sucht. »Vergiss das nie: Die Herkunft lässt sich nicht verleugnen. Ein Bauernbub bleibt ein Bauernbub, ein Schneider ein Schneider, ein Metzger ein Metzger.«

Wortlos legen wir uns ins Bett und schlafen miteinander. Zaghaft, stumm. Es ist der misslungene Versuch, die Uhrzeiger zurück zu drehen, auf der Suche nach dem Glück unseres ersten Zusammenseins.

Dann die Katastrophe: Auch 1924 werden wir von den Spielen in Paris ausgeschlossen. Und bis 1928 in Amsterdam ist es noch eine Zeit lang hin. Ich bin drauf und dran hinzuschmeißen, denn '28 – da bin ich ja schon weit über 30 Jahre alt und die jugendliche Kraft wird dahin sein. Lange sitze ich mit Rupperl zusammen und der redet mir gut zu. Auch die Manschaftskollegen und Max von Stein beknien mich, dass ich unbedingt weitermachen soll, ich wäre doch die größte Hoffnung für Deutschland im Gewichthebersport, auch international.

Schnell wird vom Athletikverband in Offenbach am Main eine Europameisterschaft organisiert, die vor allem als Ersatz für die deutschen Gewichtheber gedacht ist. Natürlich nehmen wir Sechzger teil. Und ich gewinne.

Vor der Abreise kaufe ich mir in der für Lederwaren berühmten Stadt, in einem Spezialgeschäft, noch schnell einen braunen Lederkoffer und für Marie eine Damentasche, hübsch vergoldet.

•

Und weiter eilte der Straßberger Sepp von Erfolg zu Erfolg. Mit dem Verein wurde in den folgenen Jahren ganze zehnmal der Deutsche Mannschaftsmeistertitel errungen, dazu kamen Weltrekord um Weltrekord, die Straßberger aufstellte, nur um sie im neuen Jahr selbst wieder zu brechen. Fast schon wurde es zur Gewohnheit.

Selbstbewusst flanierte die Gewichtheberabteilung dann im weißen Trikot mit dem Löwen auf der Brust durch die Ludwigstraße, vorne dran der Rupperl mit der Vereinsfahne aus dem Gründungsjahr 1860. Unter dem Getöse ihrer Anhängerschaft verschafften sich die Sechzger deutschlandweit Respekt. Der Löwe, der Gewichte drückende, reißende, stoßende, der war was. Insbesondere der Straßberger mit seiner Riesenseele. Vor dem, wenn er etwas sagte, alle parierten. Der mit dem großen Herz, der immer in seine Tasche griff und etwas springen ließ, denn Geld, das hatte er mittlerweile.

•

Eines frühen Nachmittags stehe ich vor einem Altstadthaus im Zentrum von München. Graf von Stein hat zum Tee geladen, Feli wird auch da sein.

Das alte Barockhaus schmiegt sich in eine Häuserfront, die herrschaftlich anmutet, die Fassaden reich verziert mit allerlei Gesimsen, Girlanden und italienisch anmutenden Reliefs. Eine Muttergottes ziert die Hauswand und zeugt von der christkatholischen Gesinnung der Bewohner. An der Straßenkreuzung, am Eckhaus, ist der mit Pfeilen gespickte heilige Sebastian angebracht, der gegen Pest und andere Seuchen angerufen wird und als Schutzpatron für so manchen Berufsstand vom Bürstenbinder bis zum Leichenträger herhalten muss. An der Ecke eine Wein- und Bierschenke, die gerade von einem Pferdefuhrwerk mit Bier, Wein und Limonade beliefert wird. Kleinere Einzelhandelsgeschäfte mit unterschiedlichem Warenangebot ziehen sich wie an einer Glasperlenschnur durch die Straße, die eigentlich eine Gasse ist. Vom Metzger, Weinhändler, Kolonialwarenhändler bis hin zum Geigenbauer ist alles zu finden. Es sind ja viele Geigenbauer in der Stadt, weil das Musikleben so lebendig ist. Zum hiesigen kommen viele Musiker, auch weil er ein spezielles Kolophonium für die Geigen- und Kontrabassbögen nach seinem Geheimrezept herstellt, das besonders gut für die Erzeugung des Saitenklanges sein soll und auch nicht so staubt.

Auch rein äußerlich habe ich mich in den letzten Jahren verändert. Den neuen vornehmen Anzug mit Hut, den habe ich mir beim Schneider anmessen lassen, nach dem Motto: »Kleider machen Leute«. Aus dem Sportsmann ist auch der Geschäftsmann geworden, ja, ich achte auf meine Erscheinung und auf meine Garnitur edler Kleider. Ich bin ja mittlerweile eine Berühmtheit, was sich so zeigt, dass mich wildfremde Menschen auf der Straße grüßen und eine Autogrammkarte wollen, die ich selbstverständlich habe machen lassen.

Und ein kleiner Junge kommt schüchtern zu mir her. Ich greife in meine Manteltasche und überreiche ihm die Autogramm-Postkarte fast förmlich. Auf der Karte bin ich in Siegerpose abgelichtet und sie ist von mir mit Vor- und Nachnamen signiert.

»Was willst denn mal werden?«, frage ich den Buben.

Und dem schießt die Röte ins Gesicht, als er stammelt: »Fußballer!«

Der Fußballsport erfreut sich einer immer größer werdenden Beliebtheit und viele blicken mit besonderer Aufmerksamkeit auf das nächste Lokalderby zwischen den Sechzgern und den Bayern. Na, mir soll's egal sein, da ist der Bierumsatz hoch und das Stadion voll und auch der Graf freut sich, denn ich schenke ja sein Bier aus.

Aufgeregt bin ich schon, als ich die knarzenden Treppen hinauf in das Belvedere steige.

Die von Steins entstammen einer alten Adelsfamilie, ihr Stammbaum geht zurück bis ins neunte Jahrhundert. Schon vor mehreren Generationen haben sie von den Benediktinern ein Braurecht erworben und eine Landbrauerei begründet. Trotz dieser Tüchtigkeit hat das Leben auch für den Grafen große Härten bereitgehalten, fielen doch sein erster Sohn Adolf und sein zweiter Sohn Wilhelm dem Weltkrieg zum Opfer, sodass Feli nun sein Ein und Alles ist, sein Augenstern.

Leise knarzen die frisch gebohnerten Stufenbretter. Der Treppenaufgang führt durch ein altes Kreuzgewölbe hinauf an eine Flügeltüre, wo die Haushälterin schon wartet und mich in den Salon führt. Auch dort blitzblankes Parkett mit orientalischen Intarsien. In der Ecke steht ein vom Boden bis an die Decke reichender Jugendstil-Kachelofen. In der Mitte des fast vier Meter hohen Plafonds, der mit altem, schlichtem Stuck eingefasst ist, hängt ein Respekt einflößender Kristalllüster, darunter ein langer Eichentisch, auf dem Kristallleuchter mit aufgesteckten Honigkerzen stehen. In den Prismen brechen sich die Sonnenstrahlen, die durch die Butzenscheiben – von der Mayer'schen Hofkunstanstalt – fallen. An einem Buffet, vor einem mit Blattgold verzierten Spiegel, steht schon der Obstkuchen bereit. Der Messinghahn eines alten, silbernen Samowars tropft und dampft ein wenig. Von Stein, so erzählt er mir später, hat den Samowar von einem Romanow überlassen bekommen, den dieser auf seiner Flucht während der Russischen Revolution, als er auf dem Weg in sein Exil nach Nizza war, zurückgelassen hatte. Auf einem Tablett stehen Nymphenburg-Porzellantässchen, das Zuckerdöschen, die Silberlöffelchen.

In einem Erker steht ein chinesisches Tischchen, flankiert von zwei mit Samt und Goldbrokat bezogenen Stühlen. Daneben der Humidor mit den feinen Sumatrazigarren und dem Besteck zum Anschneiden der Rauchwaren, wuchtig der schwere Marmoraschenbecher.

So lässt es sich leben, denk ich mir, und schon werde ich von Feli und vom Grafen begrüßt, der etwas schmunzelt, weil er von meiner andauernden Affäre mit Feli weiß oder ahnt. Aber solange es nicht öffentlich ist, juckt es ihn nicht. Und wir nehmen Platz und der Graf skizziert seine Pläne für meine Zukunft.

»Ist es nicht so, dass, wenn etwas Entscheidendes geschieht, die Zeit stillzustehen scheint, einen Bruchteil nur, einen winzigen Moment? Wie ein Zeitloch, nicht weiter als die Stärke eines unbeschriebenen Blatt Papiers. Das dann beschrieben wird! Ja, das ist der bestimmte Kitzel; um ihn zu erleben, lohnt es sich, zu leben. Um ihn zu bewahren.« Graf von Stein ist ganz ergriffen von seinen Worten, ja, er hört sich auch gerne zu. Wie er salbungsvoll den abermaligen Sieg der Deutschen Meisterschaft schmückt.

Feli ist seltsam still, schenkt Tee nach und betrachtet mich aus reglosen braunen Augen. Sie wendet den Blick nicht von mir ab und nicht das leiseste Zucken in ihrem Gesicht verrät, was sie denkt. Sie hat heute ein zart geblümtes Kleid an, es passt zur Einrichtung des Zimmers. Ihr Vater in einem Tweedsakko mit gelbem Einstecktuch, handgemachten Schuhen und blauer Breecheshose.

»Gehen wir es an. Die Zukunft wartet nicht. Herr Straßberger, Sie haben mich nicht enttäuscht, wir sollten beide davon profitieren.« Und er fährt fort: »Am Beginn der Dachauer Straße habe ich ein Haus erworben, es ist ein heruntergekommenes Gebäude, ein ehemaliges Stundenhotel, daneben ein weiteres Haus, das Apollotheater, das schon seit einiger Zeit geschlossen ist. Dem Komplex soll neues Leben eingehaucht werden. Und ich habe mir gedacht, dass dies eine Aufgabe für den Straßberger sein müsste.«

Und als ich heimkomme und Marie von der Neuigkeit berichten will, erzählt sie mir, dass ein Kind unterwegs ist. Und alles andere ist sofort wie weggewischt. Meine Augen leuchten, ich kann es kaum glauben. Fest nehmen wir uns in die Arme, für ewig sind wir nun zusammengeschweißt.

Marie ist Feuer und Flamme, als ich endlich dazukomme, ihr vom Treffen beim Grafen zu erzählen, und die bevorstehende Schwangerschaft bremst sie nicht im Geringsten. Es ist wie bei meiner Mutter, die schon einen Tag nach der Geburt wieder im Stall stand und den Hof neben der Erziehung und Aufzucht der Kinder fast nebenbei umgetrieben hat.

Gleich werden in der Dachauer Straße die Umbauarbeiten in Angriff genommen und die Neuigkeit verbreitete sich – wie sich immer in dieser Stadt alles verbreitet, was noch kaum spruchreif ist – wie ein Lauffeuer. Ein Hotel, fünf Stockwerke hoch mit fünf Rückgebäuden. Alles wird renoviert, auch der Saal. Und das

Apollotheater ersteht wieder auf, mit der Bauernbühne. Die Renovierungskosten übernimmt die Brauerei. Die große Chance im Leben, die meiner Familie auch nach der aktiven Sportlerlaufbahn ein ausreichendes Auskommen bieten wird.

Marie wird runder und runder und ist trotzdem das Zentrum aller Aktivität. Sie überwacht und leitet die Arbeiten, prüft die Rechnungen der Firmen, plant den Ablauf zusammen mit den Handwerkern. Sie ist die gute Seele des Hauses, aber ebenso die starke Hand, wenn es Probleme zu lösen gibt.

Und dann geht es mit einem Mal schnell. Marie bekommt Wehen und Frieda wird am 1. Mai geboren. Draußen auf den Straßen wird geschossen. Und im Trainigsraum der Kraftsportler bei den Sechzgern knallen die Korken. Der überschäumende Perlwein wird von mir in die Sektschalen gegossen und an die Mannschaftskameraden verteilt. »Auf die Geburt!«

Für die kleine Frieda kommt die Schwester Amalie aus Kolbermoor, sie übernimmt den Posten der Kindsmagd, so kann Marie bald wieder auf ihren Platz als Chefin von Haus und Hof. Amalie hat ein lediges Kind, einen Buben, kaum älter als unsere Frieda, da geht alles in einem Aufwasch. Außerdem ist es besser für die Schwester, in der Stadt ein Kind ohne Vater aufziehen als auf dem Land.

Alles wird straff organisiert. Fast schon militärisch. Und eine neue Küche, mit einem modernen Wamslergasherd, wird eingebaut. Dazu erhalten 120 Hotelzimmer den letzten Schliff, werden modernisiert, ausgestattet mit neuen Möbeln und neuen Federkern-Matratzen, alles neu. Und wie wir fertig sind, meint Marie: »Überall in der Küche war vielleicht ein Gekrabbel, als wir das erste Mal rein sind, nur Russen und Schwaben. Mei, wenn man da gekocht hätt, hätt man alles zudecken müssen, weil die Viecher in die Töpf' gefallen wären.«

•

Der Münchner Hof wurde rasch zu einer Institution. Und Persönlichkeiten aus Kultur, Sport, Unternehmertum und Politik logierten in dem Haus und speisten im Restaurant. Das Apollotheater öffnete wieder seine Pforten und wurde mit dem »Firmling« von Karl Valentin und Liesl Karlstadt eingeweiht. Bald schon verschaffte das Apollo dem Theater am Platzl am Hofbräuhaus echte Konkurrenz als urbayerische Vergnügungsstätte in Almenkulisse mit Jodeln, Schuhplatteln und Kuhglockenspiel. Im Platzl war der aus Altötting stammende Humorist und Volkssänger Ferdinand Weisheitinger Direktor, nur saßen beim Weiß Ferdl unten im Parkett bald die Braunen und schlugen sich bei so manchem derbem Scherz lachend auf die Schenkel. Doch auch sie bekamen ihr Fett weg.

Der Weiß Ferdl war längst schon so berühmt, dass sich die nationalsozialistischen Machthaber nicht an ihn heranwagten, auch wenn er über sie herzog. Ihn mundtot zu machen, zu beseitigen, umzubringen – das hätte glatt zum Aufruhr geführt. Er büßte seinen Mut also immer nur mit einigen Wochen Gefängnis.

Nach dem Freikommen nahm er den Stein des Anstoßes dann in leichtester Verschleierung wieder in sein Witzrepertoire auf und das Ganze ging von vorne los. Einmal kam er zum Beispiel mit drei lebenden Schweinen auf die Bühne, einem Ferkel, einer mittleren und einer schweren Sau.

Und er sagte: »Das ist die Familie Mann, das Ferkel ist der junge Mann, das mittlere Schwein die Frau Mann und die fette Sau ist Hermann.«

Tobender Beifall.

Daraufhin wurde der Weiß Ferdl geholt.

Gleich nach seiner Freilassung trat er wieder mit den drei Schweinen auf und rief ins Publikum: »Wer ist das? Und das?«

Die jubelnde Antwort: »Die Familie Mann! Der junge Mann, die Frau Mann –«

»Na, und die fette Sau?«

Schweigen.

»Ach, Ihr meint wohl, ich soll's euch sagen? Naa, ich bin ja eben erst aus Dachau heraus!«

Und weil, wenn man was hat, man es auch herzeigt, wurde am Münchner Hof eine Wanderer-Limousine angeschafft, genauso wie beim Konditor Hölzl gegenüber, der die Straßbergers mit Semmeln, Brezen und Kuchen belieferte. Nur wenige in der Stadt konnten sich diese Luxuslimousinen mit dem großen Innenraum leisten. Der Konditor Hölzl war dazu auch ein Förderer der Sechzger und so stellten Straßbergers und Hölzls für die Auswärtsspiele der Fußballer die Limousinen zur Verfügung.

Nach dem Spiel heißt vor dem Spiel. Und ob es etwas zu feiern oder zu betrauen gab - die Mannschaft wurde zum Essen in den Münchner Hof oder Schützenhof eingeladen. Da gab's dann einen Braten und eine Mass, nach gewonnenen Spielen zwei und auch ein paar Runden Schnaps dazu. Auch die Kraftsportler wurden versorgt und hatten ihren eigenen Stammtisch. Außerdem profitierten auch sie von der guten Beziehung zum Konditor. Brachten zum Beispiel die Ringer oder Gewichtheber für einen Wettkampf zu viel Gewicht auf die Wage, so stellte Hölzl seinen Backraum zum Abschwitzen zur Verfügung. Da saßen sie dann auf dem Backofen und schwitzten. Umgekehrt gab's zum Gewichtaufbauen die übriggebliebenen süßen Backwaren und Plätzchen und außerdem war da ja noch die Straßberger-Aufbaudiät mit gezuckertem Rührei und der Mass Zuckerwasser im Angebot.

•

Jeden Tag ist Visite. Da kann man schon fast die Uhr danach stellen, wenn »der Herr« die Treppe von der Wirtewohnung, die sich eine Etage über der Hotellobby befindet, heruntersteigt und sich auf seinen täglichen Rundgang begibt. Das ist mir wichtig.

Unter dem großen Kristalllüster in der Hotellhalle sitzt der Max, der Hotelpage, auf einer hohen Leiter und wechselt die Glühbirnen aus.

»Max, da links fehlen noch zwei. Da rechts auch. Und fall mir nicht runter. Und hol dir gleich noch einen Putzlappen. Die Kristalle sollen glänzen. Blitzblank soll alles strahlen. Ich will das erste Haus sein in der Stadt.« Der Ehrgeiz hat mich gepackt, überall will ich immer der Erste sein.

»Der Bayerische Hof und das Vierjahreszeiten müssen sich hinten anstellen«, frotzelt Portier Hugo mit seinem österreichischen Dialekt hinter der Rezeption hervor. Er kommt vom Traunsee und ist, seit er vor ein paar Jahren wegen einem Gspusi nach München gekommen ist, hängen geblieben. Das Gspusi ist längst weg, aber er ist ist noch da. Da steht er in seinem grünen Trachtenjopperl mit den Hirschhornknöpfen. Ein unscheinbares, grauhaariges Männchen mit hellwachen Augen und einem Rotzbremser. Ein wenig transpiriert er, deshalb nimmt er immer ein wenig zu viel Eau de Toilette, aber er weiß auch, dass er der Dreh- und Angelpunkt im Betreib ist.

»Bevor wer was weiß im Haus, weiß ich's schon lang«, betont er häufig, »wenn es was gibt.« Und darauf ist er stolz.

Es kommt schon vor, dass ihm ein Gast bei der Abreise ein Kuvert mit pekuniärem Inhalt zusteckt, als Dank für einen individuellen Service oder eine Aufmerksamkeit, die Hugo ihm hat zukommen lassen. Etwa die Besorgung von Premieren- oder regulären Eintrittsbilletts bei den Kammerspielen oder der Oper, die diskrete Überbringung eines Blumenstraußes an eine vielleicht verheiratete Dame oder gar die heimliche Eskortierung eines leichteren Fräuleins an die Zimmertüre des Hotelgasts. Gerade in der gehobenen Hotellerie ist dies ja eine der einfacheren Übungen.

Und weiter führt mich mein Rundgang, die gewundene Treppe hinunter in die Küche, die sich im Keller befindet. Dort sind fünf Metzger gerade dabei, die Weiß- und Stockwürste, Pfälzer, Regensburger und Wiener Würste für die ersten Gäste zu brühen. Um zehn Uhr vormittags kommen die Angestellten und die Hausmeister, um in ihrer Pause eine kleine Zwischenmahlzeit einzunehmen. Wenn die Angestellten dann wieder bei der Arbeit sind, kommen die Geschäftsleute und nehmen ihrerseits einen Imbiss ein. Mittags kommen sie nochmals, um dann richtig zu essen. Betriebskantinen gibt es nicht, nein, höchstens holt man sich beim Metzger eine Leberkässemmel oder beim Bäcker eine Brezen. Und es färbt auf die ganze Stimmung im Haus sehr förderlich ab, wenn das Haus bis auf den letzten Platz ausgebucht ist, auch die Suite, wo eine Flasche Schaumwein bereitgestellt wird, wenn Persönlichkeiten kommen - wie Herr von Oppenheim aus Köln letzte Woche.

Zurück zur Rezeption geht es und von da aus in einen Nebenraum. Dort sitzt Marie über den Büchern und rechnet, dahinter der Tresor. Marie weiß ganz genau, dass ohne sie nix läuft.

Sanft massiere ich ihren Nacken. »Dich, wenn ich dich nicht hätt. Das Hotel läuft gut. Sehr gut. Wer hätt das gedacht, als wir hier angfangen haben.«

»Hast ja schon recht. Hast eben mich, die dir den Rücken freihält und die Buchhaltung macht«, setzt Marie nach.

Und ich: » Sonntag ist Muttertag. Da machen wir auf jeden Fall eine Landpartie. Alle zusammen - der Graf, die Gräfin und auch du mit unsrer Tochter. Wir haben ihnen viel zu verdanken.«

»Ja«, sagt Marie, »aber ich kriech niemand in den Allerwertesten, ich bin, wie ich bin. Das Abhängigsein ist mir nie gelungen, es ist ja doch immer was, was nicht passt, wenn der eine was von Haus aus hat und der andere nicht. Schau dir doch das Fräulein Gräfin an, die Hochwohlgeborne. Sie hat gewiss noch nicht ein einziges Mal in ihrem Leben ihre Finger krumm gmacht und ihren Rücken gebeugt. Am Tag treibt sie sich in den Cafés mit irgendeinem Galan rum und macht ihm schöne Augen und was sonst noch.«

Und um sie zu beruhigen, sage ich: »So schön soll es unsere Frieda auch haben.«

»Ja, aber sie soll vorher auf die Hotelfachschul' in Heidelberg gehn und schaun, ob ihr die Hotellerie Spaß macht. Wir wollen sie zu nichts drängen, aber sie soll was glernt haben. Aber da ist ja noch eine Zeit lang hin.«

Am Muttertag geht es dann durch eine Pappelallee auf der staubigen Schotterlandstraße Richtung Wolfratshausen. Wie eine auf die Windschutzscheibe aufgepappte Postkarte liegt die oberbayerische Vorgebirgslandschaft vor uns. Die Alpen, dahinter Italien. Würde man die Berge einreißen, könnte man das Meer sehen. Freier Blick zum Mittelmeer! Die Fußgänger und Radlfahrer machen große Augen, als sie den Wanderer mit offenem Verdeck und den honorigen Insassen sehen.

Ich spiele den Chauffeur und habe mir extra die Portiersmütze von Hugo ausgeliehen. Rupperl ist auch mitgekommen. Marie und die kleine Frieda, die schon zwei Jahre alt ist und in den Armen des Kindermädchens Amalie liegt. Amalie, die so ein Auskommen hat und ein Zimmer im Trakt bei den Angestellten in einem der Rückgebäude. Maximilian von Stein ist gut gelaunt, Feli ist nach neuester französischer Mode gekleidet und Frieda im weißen Kleidchen. Ihre zarten, kleinen Händchen in weißen Spitzenhandschuhen aus Seide.

Es geht ihr gar nicht gut, käseweiß ist ihr Gesicht, sie weint, sie ist diese Schaukelei im Auto nicht gewohnt. Um es genauer zu sagen, es ist ihr speiübel, als ich den Wanderer unter einer weit ausladenden, Schatten spendenen Buche parke.

»Lasst uns den Picknickkorb begutachten«, sagt der Graf. »Hier ist ein schöner Platz neben der Allee und dahinter, wunderschön, die Gipfel des Kaisergebirges.«

Schnell ist eine karierte Decke ausgebreitet, auf der alle Platz nehmen. Unterdessen poliere ich am Auto den Außenspiegel. Ich merke, dass die beiden Frauen sich aus den Augenwinkeln heraus beobachten und taxieren.

Aus dem Kofferraum hole ich den Picknickkorb hervor. »Zur Feier des Tages!«

Auf einem Tischtuch werden Würste, Geräuchertes, Käse, Brot und süße Trauben ausgebreitet. Eine Flasche Wein wird aufgemacht und jeder bekommt ein Glas in die Hand.

»Ein Leben – wie Gott in Frankreich.«

Es dauert nicht allzu lange und wir kommen auf die bevorstehenden Olympischen Spiele in Amsterdam zu sprechen. Diesen Sommer darf Deutschland zum ersten Mal wieder teilnehmen. In

Paris 1924 hatte man uns ja noch ausgeschlossen, Verdun ist nicht vergessen.

Erstmals dürfen auch Frauen in unterschiedlichen Disziplinen antreten. »Grandios«, meint Feli dazu.

Und Rupperl, mich taxierend: »Eine Medaille müsste schon drin sein. Auch eine goldene. Straßberger ist ja immer noch der stärkste Mann der Welt, seit er die Weltmeisterschaft 1920 in Wien gewonnen hat. Aber Olympia ist eine Ausnahmesituation.«

»Ja, oft kommt es anders, als man denkt«, sagt Marie nachdenklich. Und zu Feli: »Passt alles gut zu Ihrem Hut. Alles französisch.« Mit einem Ton in der Stimme, der mir gar nicht gefällt.

»Um die Stimmung zu heben?« Ich hole aus dem Korb eine Flasche Champagner und öffne sie mit einem satten Knall. »Auf die Mütter! Heut soll es uns gut gehn. Eigentlich ja eine englische Sitte, das Picknick, mein ich.«

Und darauf Feli als hätte sie mich nicht gehört: »Ja, den habe ich direkt aus Paris. Ebenso das Kostüm. Neuester Chic.«

Zwischen den beiden Frauen entspinnt sich nun ein Disput, in dem Marie den Standpunkt vertritt, dass diese Mode auch von gewissen Damen bevorzugt wird, die sich von Männern einladen und aushalten lassen, wo es doch reicht, sich von der Hausschneiderin alles nähen zu lassen. »Außerdem – in dieser Zeit, wo viele nicht wissen, wie sie die Teller für die Familie füllen sollen.«

Zwei Welten prallen aufeinander, als wir mit den Gläsern anstoßen und der eigentliche Anlass zur Nebensache wird.

Das Fass zum Überlaufen bringt Marie, als sie es für sich auf den Punkt bringen will: »Reiches Flittchen halt, mit einer Vorliebe fürs Anrüchige.« Und schneidet Schinken und Brot und reicht beides seelenruhig in die vertraute Runde.

»Also, was ist denn los mit unseren Damen? Jetzt vertragt euch halt. Es ist so ein schöner Tag«, versucht Max von Stein den Streit zu beenden.

Und Marie, immer noch mit glühend roten Wangen, erwidert: »Dann soll Ihre Frau Tochter halt auch nicht so mit meinem

Mann kokettieren. Auch wenn wir der Familie von Stein viel zu verdanken haben.«

Und somit ist nun das ausgesprochen, was die ganze Zeit so drückend in der Luft lag, und ich versuche ebenfalls zu schlichten: »Aber Marie, ich bitt dich. Bitte vertragt euch halt. Das ist jetzt doch auch übertrieben. Lasst uns lieber drauf trinken, dass alles gut läuft. Alle Welt steigt im Münchner Hof ab. Die ganzen internationalen Sportler. Der Nurmi, der Läufer, zum Beispiel. Fünf Goldmedaillen hat er in Paris gewonnen.«

Rupperl Hartmann, der sich bis jetzt fein herausgehalten hat aus dem innerfamiliären Zwist, meldet sich zu Wort: »Paavo Nurmi, der ›fliegende Finne‹ genannt, dem bei den Olympischen Spielen 1920 der große Durchbruch gelungen ist. In Helsinki hat er für die Spiele in Paris geübt und innerhalb einer Stunde zwei Weltrekorde gebrochen, nämlich im 1.500-Meter-Lauf und im 5.000-Meter-Lauf. Auf beiden Strecken ist er in Paris Olympiasieger geworden. Aus ganz einfachen Verhältnissen stammt der, so heißt es immer. Und er soll sein Herz auf der rechten Seite haben – hier.«

»Nein, das gibt es doch nicht.«

»Doch, gibt es. Das Herz ist normalerweise mittig-links, zwischen den Lungenflügeln. Es kann aber auch, obzwar selten, mittig-rechts sein. Das hat allerdings keinerlei Auswirkungen auf irgendwas.«

Das Picknick ist damit beendet und weiter geht die Fahrt. Leicht angeheitert rumpelt unsere Runde mit hoher Geschwindigkeit durch eine Kurve den Wolfratshausener Berg hinunter.

Und der Graf: »Runter geht's immer schneller, darum aufgepasst.« Und er schmunzelt über seine Doppeldeutigkeit, die ihm erst hinterher bewusst wird.

Auf der anderen Straßenseite fahren kleinere Autos den Berg rückwärts herauf, weil sie es im Vorwärtsgang nicht schaffen.

Als wir zurück in München sind, winkt schon Page Max mit den ›Neuesten Sportnachrichten‹. Die Kraftsportler der Sechzger, alle, die demnächst nach Amsterdam fahren, sind abgelichtet, auf dem Foto stehe ich in der Mitte der Athleten.

Da sitzen wir nun gemeinsam am Stammtisch, alle Zeitungen vor uns ausgebreitet, und trinken Kaffee und essen Apfelkuchen. Überall ist groß das Foto abgedruckt.

Olympische Spiele 1928 in Amsterdam. Josef Straßberger – eine deutsche Hoffnung: Straßberger, geboren 1894, Deutscher Meister im Schwergewicht, wird nach dem Ausschluss 1920 in Antwerpen und 1924 in Paris das erste Mal am Austragungsort Amsterdam unser Deutsches Reich vertreten. Das Olympische Kommittee hofft, dass Deutschland so wieder an seine sportlichen Erfolge anknüpfen kann und die freiheitliche Idee des olympischen Feuers im Weltenbund weitergetragen wird. Wir wünschen ihm dafür viel Erfolg!

Im Hintergrund steht der große Vitrinenschrank mit den Trophäen, die sich in den letzten Jahren angesammelt haben. Amalie, sie ist neben Marie die gute Seele im Haus, putzt die Pokale, Teller, Siegerfiguren und unzähligen Medaillen, die hinter den facettierten Glasscheiben gut sichtbar aufgereiht stehen. Seit 1919 hat sich einiges angesammelt, 13 Mal Deutscher Meister und Weltmeister in Wien. Mit dem Verein noch zehn Mal den Deutschen Mannschaftsmeistertitel geholt. International schaut es eher schlecht aus, da Deutschland wegen seiner Rolle im Krieg nirgendwo hat teilnehmen dürfen. Aus dem gleichen Grund blieben auch Österreich, Ungarn, Bulgarien und die Türkei ausgeschlossen. Aber das soll sich ja jetzt in Amsterdam ändern.

Und eine junge Serviererin putzt Silberbesteck.

Und ein Kellner und eine andere Bedienung decken die Tische für den Abend.

Marie instruiert die Belegschaft: »Heut Abend kommen die Fußballer vom Spiel in Nürnberg: Gebts ihnen einen Schweinsbraten und eine Mass Bier. Wenn s' unentschieden gespielt haben, zwei, wenn s' gewonnen haben, drei Mass Bier und einen Schnaps.«

Und der Kellner: »Die Fußballer werden immer unverschämter und ein Trinkgeld gibt's auch keins. Wenn das so weitergeht, verlangen s' bald Geld für das Spielen. Für Ruhm und Ehre geht schon nichts mehr. Aus ist's bald mit dem Amateurstatus. Aber es ist doch auch wahr«, sagt er, während er weiter beim Herrichten hilft, »eine Aufwandsentschädigung ist ja in Ordnung, aber es wird geschmiert auf Teufel komm raus und Spieler von anderen Vereinen abgeworben. Verdeckt werden Gehälter bezahlt, das ist schon gängige Praxis.«

Auch im Fußball gilt es, die Meisterschaft zu gewinnen. Das ist das Ziel. Als Wirt ist man selbstverständlich beim FC Bayern wie bei den Löwen Mitglied. Nach den Spielen geht es zuerst zu den Sechzgern zum Feiern, weil da das Herz hängt, und dann zu den Roten, ins Restaurant Bürgerbräu in der Kaufingerstraße. Da fließt schon auch mal der Sekt oder Champagner, nur wird der im Keferloher Masskrug serviert, dass niemand etwas merkt.

Später treffen sich dann noch die Gewichtheber beim Hölzl über dem Backofen, wo der Lattenrost ausgelegt ist, und schwitzen für Amsterdam ihre überflüssigen Pfunde ab, die sie für ihre jeweilige Gewichtsklasse zu viel auf die Waage bringen. Die Sechzger-Athleten wie die Hennen auf der Stange beim Eierlegen, auf dem Ofen der Feinbäckerei und Konditorei, der immer noch genügend Hitze abgibt zum Schwitzen.

Die Hölzls haben vor Kurzem ein weiteres Haus in der Dachauer Straße gekauft und eine zweite Bäckerei und ein Café hineingebaut. Die Angestellten haben Blechschüsserl und Blechlöffel. Und die alte Hölzl hat an jeden Schlüssel lange Stecken drangemacht, dass man sie nicht in die Hosentaschen einschieben kann. Wenn die Lehrlinge Kirschen entkernen, müssen sie pfeifen, dass sie sich ja keine einzige der Kirschen in den Mund schieben können. So weiß man dann schon, wie die Hölzls zu Reichtum gekommen sind und jetzt eine Bäckerei nach der anderen eröffnen. Aber das nur nebenbei.

5. Kapitel

Mit der Deutschen Reichsbahngesellschaft geht's nach Amsterdam. Ein wenig mulmig ist es allen, als wir die Donnersberger Brücke passieren. Schwarz sind die verkohlten Eisenteile zu sehen, vor einer Woche hat es hier ein Zugunglück gegeben.

Die ›Allgemeine Zeitung‹ hat am 16. Juli 1928 groß darüber berichtet.

Um 3.10 Uhr früh gibt die Reichsbahndirektion München folgenden amtlichen Bericht über das Eisenbahnunglück am Hauptbahnhof aus: Am 15. kam der Sportsonderzug 52841 München-Augsburg-Nürnberg etwa 21 1/2 Uhr bei der Ausfahrt aus München-Hauptbahnhof zwischen Hackerbrücke und Donnersbergerbrücke infolge Ziehens der Notbremse in einem Abteil des Zuges zum Halten. Während Lokomotivführer und Zugführer zur Feststellung der Ursache der Bremsung den Zug entlang gingen, fuhr der nachfolgende Stammzug 52841 auf das Zugende auf und schob dessen beide letzte Wagen ineinander. Auf die um 21.37 Uhr eingegangene Meldung des Unfalls traf der Hilfszug um 21.50 Uhr an der Unfallstelle ein und es wurden sofort Versuche unternommen, unter Einsetzen von Schneidbrennern eingeklemmte Reisende zu befreien.

Was da nicht stand, ist, dass auslaufendes Petroleum der Beleuchtung in Brand geriet und die Trümmer der Züge entzündete. Zehn Menschen starben, mindestens 25 wurden darüber hinaus verletzt. Verbrannt sei allerdings niemand. Sieben Beamte werden wegen des Unfalls angeklagt.

»Tja, mit der Erfindung des Zuges wurde gleich das Zugunglück miterfunden«, meint Rupperl, »genauso verhält es sich mit dem Flugzeug.«

Und als wir im Bahnhof Amsterdam Centraal einfahren, der auf drei künstlichen Inseln gebaut ist und wegen des sandigen, feuchten Untergrunds auf rund 9.000 Holzpfählen steht, verspüre ich ein Verlangen, die Goldmedaille mit nach Hause zu nehmen, das mich schier zerreißt. Aber so wird es auch allen anderen 290 Frauen und 2.724 Männern gehen, die in insgesamt 109 Wettbewerben und in 15 Sportarten konkurrieren. Ich habe alles über die Spiele gelesen, was mir zuvor in die Hände gefallen ist. Wir sind mit 224 Athleten angereist, darunter 32 Frauen, die vor allem in der Leichtathletik, im Turnen und im Fechten starten. Nach erzwungener 16-jähriger Pause haben uns die jungen Sportfunktionäre Karl Ritter von Halt und Carl Diem vom Olympischen Ausschuss nach Holland geschickt. Also quasi auf neutralen Boden.

Mit dem Tschechoslowaken Jaroslav Skobla und Arnold Luhaäär aus Tallinn habe ich sehr starke Gegner. Fünf Wettbewerbe im Gewichtheben finden statt. Austragungsort ist das ›Krachtsportgebouw‹, eine Halle neben dem Olympiastadion. Wir werden schon einen Tag nach der Eröffungsfeier zum Einsatz kommen.

•

Prinz Hendrik der Niederlande war es, der in Amsterdam, in der Stadt der Grachten, die IX. Olympischen Spiele eröffnete. Das olymypische Feuer wurde entzündet und es stiegen Tauben auf. Zum ersten Mal in der olympischen Geschichte durften Frauen in der Leichtathletik und im Turnen starten. Damit war die bislang umstrittene weibliche Teilnahme zementiert. In der Antike war den Frauen bei Androhung der Todesstrafe nicht einmal das Zuschauen erlaubt gewesen.

46 Nationen waren angetreten, um sich beim Wettkampf sportlich zu messen. Die Gewichtheber traten im Dreikampf gegeneinander an. Dieser umfasst neben den Disziplinen Reißen und Stoßen noch das Drücken. Dabei muss der Heber das Gewicht zuerst umsetzen und dann ohne Beineinsatz zur Hochstrecke bringen. Die Kampfrichterentscheidungen bezüglich der

durchgedrückten Knie waren allerdings oft umstritten – und sind es heute noch.

•

Meine Stärke ist das beidarmige Drücken. Im beidarmigen Stoßen habe ich Schwierigkeiten, da bin ich gehandicapt durch den alten Unfall mit den Ackergäulen. Um die Hantelstange komme ich mit den verkürzten Fingern einfach nicht fest genug herum. Den Nachteil kann ich aber meist durch die starken Leistungen im beidarmigen Drücken ausgleichen.

Meine härtesten Rivalen nehme ich mir zusammen mit Rupperl noch einmal zur Brust. Arnold Luhaäär ist einer der bekanntesten estnischen Sportler, sein Geld verdient er aber als Eisenbahn-Telegrafist, und Jaroslav Skobla gehört zum Sportverein Polizei SV Prag. 1923 ist Skobla bei den Weltmeisterschaften in Wien gestartet, die allerdings schwach besetzt waren, ich bin gar nicht erst angetreten. Den Titel im Halbschwergewicht hat er sich damals geholt und ist deshalb als amtierender Weltmeister nach Amsterdam gefahren. Er war auch bei den Olympischen Spielen 1924 in Paris am Start, auch wenn er's da nicht in die Medaillenränge geschafft hat. Die letzten Jahre fanden keine internationalen Meisterschaften statt, aber man hört, dass Skobla im Training gewaltig aufgebaut hat. Mit ihm ist zu rechnen.

•

Als dann, nach einigen Wettkämpfen, der deutsche Leichtgewichtler Kurt Helbig sich den ersten Platz mit dem Wiener Hans Haas teilte, da beide mit 322,5 Kilogramm die exakt gleiche Leistung im olympischen Dreikampf erbrachten und auch auf das Hundertstel das gleiche Leibesgewicht auf die Waage stellten, wurden bei der Siegerehrung dann an derselben Stange beide Fahnen aufgezogen. Die deutsche und die österreichische.

Was bildhaft dem Anschluss wenige Jahre später entsprach. Eine böse Zeit warf ihre Schatten voraus und in der Berichterstattung in Berlin und Wien, wo ein gewisser Geist längst Einzug gehalten hatte, wurde das Ereignis genüsslich ausgebreitet und viel zwischen den Zeilen geschrieben.

»Der Österreicher an sich sieht eh die Grenzziehung als Willkür der Sieger und kann sich nur sehr langsam mit einer unabhängigen Republik anfreunden«, meinte daraufhin der in der Heimat verbliebene Maximilian von Stein. »Hoffentlich versäumt es der Straßberger nicht, mir ein paar Flascherl Heineken Bier mitzubringen, wie ich ihm aufgetragen hab.«

»Ganz bestimmt«, darauf Feli.

Beide durchforsteten die Zeitungen und verfolgten alles, was in Amsterdam gerade passierte.

»Ein vergleichsweise kleines Land mit so einem riesigen Bierausstoß. Fast 200.000 Hektoliter pro Jahr, was natürlich auch der Niederländer nicht allein wegtrinken kann. Und sei er noch so trinkfest. Mit ihren Kolonien in Ostindien, auf Java und in Sumatra werden sie wohl bald Weltmarktführer sein.«

Und Feli: »Da kommen mir ja alle Brauereien in München zusammengenommen wie Ameisen vor.«

Aber auch den Fußballsport verfolgte von Stein mit Argusaugen. Die deutsche Mannschaft war leider schon im Viertelfinale ausgeschieden. Hatten sie im Achtelfinale noch gegen die Schweiz mit 4:0 gewonnen, mussten sie sich gegen Uruguay mit 4:1 geschlagen geben. Das Fußballturnier fand acht Wochen vor der offiziellen Eröffnung der Olympischen Spiele statt. Olympiasieger wurde, wie bereits vier Jahre zuvor, Uruguay, wobei es gegen Argentinien zum ersten rein südamerikanischen Endspiel kam.

»Mit den deutschen Fußballern ist jedenfalls noch kein Blumentopf zu gewinnen«, stellte von Stein süffisant fest.

•

Ich meine, dass letztlich die Versöhnung der Nationen neben dem Sport eher im Bier liegt, wenn wir uns in den unzähligen Bierkneipen, den ›braunen Bars‹ treffen, so heißen sie wegen ihrer immer dunklen Einrichtung, die es seit Jahrhunderten zu geben scheint. Wände und Decken sind von Alter und Tabakrauch verfärbt, die einzigen Geräusche sind das Gemurmel der Gäste und das Klirren der Gläser beim Abwasch. Da sitzen wir dann alle beisammen, verteilt in der Stadt, aber bunt gemischt. Der Deutsche, der Franzose, der Pole, der Grieche, der Italiener, der Finne, der Engländer, der Afrikaner, der Amerikaner, der Japaner und der Inder. Alle Nationen und Religionen scheinen die Gassen und Straßen neben den Grachten überflutet zu haben. Ob Jude, Christ, Hindu oder Muselmane. Es wird mit Händen und Füßen in allen Dialekten und Sprachen gesprochen.

Aus der Sowjetunion ist wiederum niemand vertreten. Kompliziert und feindselig sind die Beziehungen mit der Welt und beeinflussen auch den Sport. Das Land wird entweder vom Internationalen Olympischen Komitee ignoriert oder die Spiele aus verschiedenen politischen und ideologischen Gründen boykottiert. Die Sowjetunion hat dafür ihre eigenen Spiele geplant, die Spartakiade, die am selben Tag beginnen soll, an dem die Olympischen Spiele in Amsterdam enden. Die Weltrevolution muss so noch ein wenig warten.

Beim Niederländer scheint, wie beim Münchner, die Geselligkeit großgeschrieben zu sein, sogar wenn man kein Wort Niederländisch versteht. Der Amsterdamer spricht sogar gerne Deutsch mit uns. Das liegt natürlich auch an den vielen Auswanderern: Der starke Gulden übt eine hohe Anziehungskraft aus. Die Niederlande, ein »Guldenparadies«. Tausende von deutschen Mädchen und jungen Frauen sind zu Beginn der 20er Jahre in die Niederlande geströmt, um hier als Hausmädchen, Dienstmagd oder Küchenhelferin in Privathaushalten oder im Hotel- und Gaststättengewerbe gutes Geld zu verdienen. Auch die Arbeitsplätze in der Industrie sind hier viel attraktiver, weil man bei geregelten Arbeitszeiten mehr Lohn bekommt und dabei noch unabhängiger von den Arbeitgebern ist. Die jungen Frauen haben die Chance ergriffen, die sich ihnen bot. Ihr eigener Herr sein. Oder besser Herrin. Zum Motiv der wirtschaftlichen Notwendigkeit kam nämlich oft genug auch die Abenteuerlust. Neues wollten sie sehen, ein unabhängiges Leben führen.

Und wir freuen uns, wenn vor uns ein deutsches Mädel am Zapfhahn steht. Schon im 12. Jahrhundert soll die erste Bierwirtschaft von zwei Männern eröffnet worden sein, die laut der Legende in einem kleinen Boot am sumpfigen Ufer des IJ angespült wurden, wo heute die großen Schiffswerften stehen und die Kräne ihre Gusseisenfinger in den Himmel strecken. Jahrhundertealte Biertradition. Keinen wundert es da, dass der Eskimo vielleicht zehn unterschiedliche Wörter für Schnee kennt, der Amsterdamer aber über ein weitaus größeres Vokabular verfügt, um ein Glas Genever oder ein Bier zu bestellen.

Uns ist ja der Alkohol vor dem Wettkampf verboten, doch viele können nicht widerstehen und wanken schon nach der Eröffnungsfeier, nach erfolgreichem Besuch der unzähligen Amsterdamer Schankstuben, zu ihren Schlafstellen, zumal ja auch die erste Teilnahme von Frauen an den Spielen gefeiert werden muss und bestimmt in spätestens neun Monaten ein paar Sportlerehen geschlossen werden.

»Gar mancher Olympionike fliegt am nächsten Tag, noch vom leichten Rausche beflügelt, zu höchstem sportlichen Erfolg.«

•

Daheim saßen Marie und Amalie in der Wirtewohnung vor dem Volksempfänger und drehten an den Knöpfen.

Telefunken baute preiswerte Kopfhörer, die bei Besuch noch auseinandergeschraubt werden konnten, zum Mithören für jeden. Normalerweise hörten sie ab und zu lustige Hörspiele. Politische Sendungen waren hingegen weitgehend tabu. Ursprünglich hatte ein Kriegskamerad von Josef, ein ehemaliger Militärfunker, quasi eine private Empfangsstation mittels eines Detektorempfängers im Hotel installiert. Die Bausätze konnte man sich besorgen. Ein Radiogerät, mit dem man hören konnte, was auf den verschiedenen Rundfunkwellen der verlassenen Militärfunkstationen so gesendet wurde, war fast unerschwinglich.

»So ein Teufelszeug«, hätte der Straßberger-Großvater wohl gesagt, »so was kommt mir nicht ins Haus.« Nicht, weil er gegen moderne Entwicklungen gewesen wäre, sondern weil die Menschen noch nicht in der Lage seien, solche Neuerungen zu verstehen. Schon die Azteken vor hunderten von Jahren hätten lieber ihre eckigen Räder behalten, obwohl das kreisrunde Rad schon erfunden war. Widerspruch hätte Großvater Alois nicht geduldet; er pflegte zu sagen: »Weil die Zeit noch nicht reif ist – Äpfe!«

Im Vorfeld von Olympia hatte es noch geheißen, es gebe keine Radioberichterstattung, da keine Gelder dafür übrig seien. Jetzt rauschte und pfiff es, doch langsam pegelte sich der Sucher auf die Stimme des Kommentators ein, die schneidend aus dem Äther knarzte.

Und Straßberger schnallt sich den breiten Ledergürtel fester um die Lenden, um die Wirbelsäule zu stabilisieren. Reichstrainer Hartmann sprüht ihm etwas in die Nase. Er pumpt seine Muskeln auf, fasst in die Holzkiste, die mit weißem Mehl aufgefüllt zu sein scheint. Es ist das Magnesium, das gut ist gegen schwitzende Hände.

Ein Signal ertönt, ein Ton wie in einer Röntgenkabine. Und Josef Straßberger betritt nun die Arena, 142,5 Kilogramm im beidarmigen Stoßen hat er sich auflegen lassen, es ist sein dritter Versuch. Drei Versuche hat ein Heber, aber nicht etwa wie ein Hochspringer pro aufgelegter Höhe, sondern für den gesamten Wettkampf. Wie er sich die einteilt, ist die hohe Wissenschaft der Taktik. Bringen mehrere Kämpfer dieselbe Last zur Hochstrecke, wird der zum Sieger ausgerufen, der weniger wiegt.

Und er umgreift mit den magnesiumweißen Fingern den kalten Stahl der Hantelstange. Allein ist er nun und erdreistet sich, das zu tun, was schon Schiller uns verbietet: Der Mensch versuche die Götter nicht, die ihm hier in Form der Schwerkraft gegenübertreten.

Alle Kraft und aller Wille ist in die Sekunde zu fokussieren, wo er die Hantel vom Boden reißt. Sie ist sein großer Feind. Und er pumpt noch einmal Sauerstoff in die Lunge und die Anstrengung scheint ihn schier zu zerreißen, als er das gewaltige Gewicht nun über Kopf und Schultern wuchtet und mühsam noch in der Hocke fixiert. Wie dicke Stahlseile formen sich seine Muskeln unter dem trainierten Körper. O Gott, die

Knie! Da müssen alle Bänder reißen. Sie tun es nicht – und er kommt aus der Hocke hoch, die Hantel zur Hallendecke gestreckt.

Noch ist er nicht am Ziel, er stemmt das Gewicht in die Höhe über seinen Kopf und steht still wie aus Granit gemeißelt.

Und die drei Lampen leuchten auf. Er hat es geschafft!

Und krachend lässt er die Langhantel auf die Bodenbretter fallen.

Mit einem Urschrei springt Josef Straßberger in die Luft und strampelt vor Freude mit den Beinen. Dann sinkt er zu Boden und liegt schwer atmend auf dem Rücken, alle Viere von sich gestreckt: Gold für Deutschland! Wer hätte das gedacht! Die erste Goldmedaille für einen Bayern. 142,5 Kilogramm mit großem Vorsprung vor Arnold Luhaäär aus Estland und Jaroslav Skobla aus der Tschechoslowakei im Schwergewicht. Auch in der Trainerecke fallen sich alle in die Arme.

Und als dann bei der Siegerehrung die deutsche Nationalhymne gespielt werden sollte, war der Eklat perfekt. Keine Noten. Aber es konnte keine bewusste Provokation gewesen sein, denn die deutsch-niederländischen Beziehungen waren nicht getrübt, ja sogar der aus dem Land gejagte Kaiser Wilhelm II. hatte hier seine Zuflucht gefunden. Man hatte schlicht nicht damit gerechnet, dass Deutschland eine Medaille gewinnen würde, zu lange schon hatten die Deutschen keine Rolle auf dem internationalen Sportparkett gespielt. Niemand hatte geglaubt, dass sie den Anschluss an die Elite schaffen würden.

Und die Musiker wühlten in ihren Noten, während sie spielten, und das kann bekanntlich nicht gut gehen. Ein Katzenmarsch frei nach Josef Haydn erklang. Zum Glück wurde dadurch keine internationale Krise ausgelöst.

•

Ich stehe auf dem Siegertreppchen. Und ein blonder Engel streift mir die Goldmedaille, die an einem Stoffband hängt über mein Haupt und legt den Myrtenkranz obenauf und ich höre nicht die falschen Töne, nein, ich spüre, tief drinnen, etwas sich regen, etwas Erhabenes – und Erhebendes. Ist dieses Gefühl nun der völkerverbindende Geist, so wie ihn Pierre de Coubertin beschworen hat, der olympische Geist, der die Nationen und Völker sich als eins empfinden lassen soll, oder doch etwas zutiefst im Menschen steckendes Dumpfes, das mit der Scholle zu tun hat, mit der Erziehung, der Geschichte, der Herkunft, der Heimat, der Schichtung – das Nationalgefühl.

•

Das Nationalgefühl, das Antisemitische? Doch das sollte man ihm, dem frischgebackenen Olympiasieger nicht unterstellen, obwohl er schon diese ungeheure nationale Kraft in sich verspürte.

Und daheim ließ Marie aus dem Keller ein paar Flaschen Schaumwein holen und hinunter ging es in die Küche, wo die Köche, der Empfangschef Edwin und die Bedienungen ebenfalls am Volksempfänger lauschten, der extra, nur für diese Rundfunkübertragung, installiert worden war. Auch Frieda durfte ein wenig am Glas nippen. Frieda, die einzige Tochter vom Olympiasieger, an einem 1. Mai geboren.

»Nix wia gschossn is da worden«, pflegte der Herr Papa, oder einfach nur »der Herr«, wie ihn die Angestellten nannten, immer zu sagen, wenn die Rede auf Friedas Geburtstag kam.

Zu ihrem letzten hatte Frieda von der Familie Grünbaum, die im Hinterhaus wohnte und eine kleine Kürschnerei am Reichenbachplatz betrieb, zwei Porzellanpuppen, den Fritzi und die Dorle, bekommen.

Frieda wuchs quasi mit Amalie auf, die auch die Brust mit der Muttermilch hinhielt, weil sie ja parallel ihren Sohn Ludwig aufzog, von dem niemand den Vater wusste. Den hielt sie geheim. Für Frieda war sie die Amme, wie es bei Adeligen, reichen Bürgern und erfolgreichen Geschäftsleuten eben Usus war. Usus war es auch, dass deshalb oft die Beziehung zu den eigentlichen Eltern nicht zu innig geriet.

Trotzdem verlebte Frieda in Amalies Obhut eine unbeschwerte Kindheit, obschon die Erziehung noch recht streng ausfiel. Die

Eltern lasen ihr jeden Wunsch von den Lippen ab. Große körperliche Liebesbekundungen gab es dagegen nicht. Das war nicht üblich. Vielen schadete eine solche Erziehung nicht, manchen schon. Und überhaupt: die Zeit – Marie musste ja den gastronomischen Betrieb schmeißen, wenn der Herr beim Tainieren war oder an einem Wettkampf teilnahm. Oder mit den Mannschaftskollegen beim Schwitzen in Hölzls Backstube saß. So war das.

•

Nach meinem Sieg sind die weiteren Spiele für mich ein einziges Fest. Ich gehe zu einigen Wettkämpfen, verfolge das Geschehen, freue mich mit den erfolgreichen Athleten, vor allem mit meinen Mannschaftskameraden. Und ich lasse mir gratulieren, immer wieder. Die erste olympische Goldmedaille, die nach dem Krieg am Hals eines deutschen Sportlers baumelt. Es ist ein Fest.

Am meisten beeindruckt mich wieder Paavo Nurmi, der in Amsterdam seine 9. Goldmedaille über 10.000 Meter gewinnt. Außerdem noch seine 3. Silberne beim 3.000-Meter-Hindernislauf. Auch Johann Peter Weißmüller, getauft János Péter und genannt Johnny, reißt das Publikum zu großem Jubel hin: Weißmüllers Eltern, die Donauschwaben, sind schon 1904 aus Österreich-Ungarn in die USA ausgewandert, wo sie in Chicago landeten. Johnny wuchs gemeinsam mit seinem Bruder in einem Viertel der Banater Schwaben auf, nahm regelmäßig an diversen Jodelwettbewerben teil und gewann. Als Kind sehr kränklich, gaben ihm die Ärzte kaum eine Chance, seinen 30. Geburtstag zu erleben. Mit dem Schwimmen hat er erst auf das Anraten eines Mediziners begonnen. Und siehe da!

Ein toller Kerl, der Weißmüller, mit 17 Jahren wurde er zum ersten Mal U.S.-Meister über 50 yards Freistil und schwamm seinen ersten Weltrekord. Als fünffacher Goldmedaillengewinner von 1924 ist er nach Amsterdam gekommen und stellt weiter Weltrekord um Weltrekord auf. Wie viele er genau schwimmt, ist unbekannt, weil er es versäumt, die Rekordprotokolle einzureichen. Dafür liegt ihm die gesamte Amsterdamer Frauenwelt zu

Füßen, dem umschwärmten Helden. Zwei Goldmedaillen nimmt er wieder mit nach Hause.

Und dann macht mein Augenstern, die junge Helene Mayer vom Fechtclub Offenbach, auch noch eine Goldmedaille. Zuhause geht sie noch auf die Schule und paukt sich durch Natur- und Geisteswissenschaften. Wir haben uns im letzten Waggon des Olympioniken-Zuges kennengelernt und angefreundet, waren uns gleich sympathisch. Fast fühle ich mich seitdem als Beschützer des jungen Mädels.

Am Abend, bei der Siegesfeier der Fechterinnen, lassen wir die Schaumweinflaschen kreisen, Heineken hat diesmal keine Chance.

•

Da stand nun die kleine Frieda mit der Frau Mama am Bahnsteig des Münchner Hauptbahnhofes, als der Zug mit den Olympioniken aus Amsterdam einfuhr. Begeisterte Menschen säumten den Bahndamm und ein offizielles Empfangskomitee mit Reichspräsident Hindenburg stand bereit. Natürlich auch Maximilian von Stein und Feli, die ihre heimliche Affäre mit Josef nun schon seit einigen Jahren, mit beider Einverständnis mal mehr, mal weniger intensiv, am Laufen hielt, oder wie sie immer gerne sagte: »*Comme un secret entre nous.*«

Und die Augen von Feli leuchteten, ja, und sie zappelte fast vor Aufregung, nicht unbeobachtet von Marie.

Eine Stadt hat Augen und Ohren. Und egal, wie lange man die eigenen vor der Wahrheit verschließt, kann man der Erkenntnis doch nicht bis in alle Ewigkeit davonlaufen. Marie hatte Wind bekommen von der langjährigen Nähe der Gräfin zu ihrem Josef, genauer von einem neuen leidenschaftlichen Aufflammen dieser Nähe. Dem Gesellschaftsschreiberling Kater hatte sie schon längst eine gewisse Summe bezahlt, auf dass er nicht über Josefs Seitensprung berichtete. Geschäftsschädigend wäre so ein Artikel gewesen. Josef Straßberger war eine Vorzeigefigur, ein Vorbild in einer zerrütteten Zeit, wo alles durcheinanderging. Nach dem

Motto: »Politisch bin ich zwar ein Trottel, aber privat, da kenn ich mich aus.«

Laut der Definition des Reporters Kater existierten mehrere Varianten des Zusammenlebens. Entweder waren Menschen einander fremd, bekannt, befreundet, hatten Beischlaf miteinander oder liebten sich. Letzteres interessierte ihn nicht so. Beim Beischlaf aber wurde er hellhörig, da wurde es für ihn spannend. Da konnte es auch lukrativ werden, wenn die Affäre geheim bleiben sollte, die Beziehung ohne Liebe, die Sexbeziehung oder Aber-nicht-mehr-Beziehung, wie Kater es gerne ausschmückte. Kater war käuflich, dass wusste Marie.

Für sich aber kam sie schwer ins Grübeln: Dass es doch eine Beziehung ohne Gefühle gar nicht geben konnte – und sie bekam eine Wut. Da schenkte sie alles her, alles, und hielt dem Herrn Olympiasieger den Rücken frei und das Resultat war hinterher, dass sie die Angschmierte war, und sie stellte sich natürlich vor, wie so ein amouröses Stelldichein vonstattenging. Nein, lieben würde ihn das gräfliche Fräulein nicht, aber lieb würde sie schon sein; und alles wurde obendrauf zu einer Standes- und Geldfrage und der Verstand saß dabei im Hinterteil.

Und sie dachte sich weiter: »Wie klein alles doch ist.« Sie konnte es beurteilen, weil sie ja kein Bonzenkind war. Marie war klar, dass man nur in den Himmel hinaufschauen musste, um zu sehen wie winzig man war, im Ganzen gesehen. Wo die Sterne hoch oben ewig glühten, was waren sie alle dagegen hier unten? Da wurde doch alles nebensächlich und relativ.

Sie hatte so ein Gefühl, das mit normalem und logischem Denken nicht festzunageln war. Ihr Josef. Ein Prinz würde er nicht werden, nur weil er meinte, eine Prinzessin zu haben.

»Noch bin ich es«, sagte sie sich.

Die Ehe sollte ja keine Zwangsjacke sein, aber es sollte auch nicht jeder so dürfen, wie er gerade mochte, da war sich Marie sicher. Sie hätte ja den Wimmerl nehmen können, den Sohn vom Huababauern. Gute Lust hatte sie, alles hinzuschmeißen und dahin zurückzugehen, wo sie herkam. Der Wimmerl würde sie immer noch mit Kusshand nehmen. So ganz behagte ihr die Münchner Gesellschaft eh nicht. Dieses protzige Getue. Es zählte nur, wer was hatte. Und Bauernfuchzger waren sie trotzdem alle, hechelten und griaselten nach oben und vor jedem Halbadeligen und Beamten wurde gebuckelt, aber hintenrum versuchten sie, ihn zu pratteln. Die Schwaben, ja, die waren am schlimmsten, solange der Bayer dreimal hin- und herüberlegte, hatten die ihn schon dreimal beschissen. Und da meinte der Bayer immer, er sei ein guter Händler. Der Münchner war halt doch nur eine Kreuzung aus einem Affen und einem Tiroler.

In der Gastronomie, da sah man am besten, wie eine Gesellschaft tickte - aber man war schon wer in dieser Stadt als Wirt. Wahrscheinlich nirgendwo anders mehr. Doch wenn ein gewisser Kreis beschloss, da gehen wir nicht mehr hin, war es schnell aus mit der Liebe. Da hieß es dann nicht mehr »Leben und leben lassen«, was ja eher meint: Mach dein Sach und lass den anderen das seine machen und lass ihn sein mit all seinen Ecken und Kanten. Ja, als Wirtin hatte sie einen Stand, einen gewissen, aber eines würde der Wirt in München bei all seinem Gewicht immer bleiben, ein Unterschichtler, der ein wenig in die Oberschicht hineinschmecken darf. Marie schaute in den Himmel.

In diesem Moment sehnte sie sich zurück in den Frisörladen vom Vater, mit dem Geruch von Rosenwasser und frisch geschnittenem Haar, dem Geräusch der Rasierklinge, die vorsichtig-gekonnt kratzend das Barthaar von den Backen der Männer schabte, mit dem Schmatzen des Rasierpinsels in der kleinen Porzellanschale, in der der Vater den weißen Seifenschaum schlug, und dem feinen Schleifen am Lederband zum Schärfen der Klinge.

Und während Marie mit allem haderte, pfiff und stampfte dampfend der Zug heran. Die Athleten winkten und strahlten aus den Fenstern.

Zischend und quietschend bremste die Lok wie ein großer schnaubender Drache, dass Frieda gleich Angst bekam und weinte. Blumenmädchen standen bereit. Und Marie stand mit der weinenden Frieda im Arm in der jubelnden Menschenmenge, die drängelte und drückte. Es ist ja ein Phänomen, dass der Mensch die Masse sucht, egal wie unangenehm das oft ausgeht. Da kann er sich verstecken und gleichsam geheim agieren.

»Was weinst du denn?«, fragte die besorgte Mutter. »Wo ist der Herr Papa, ich kann ihn gar nicht sehn. So viele Menschen.«

•

Ich halte die Goldmedaille in die Höhe, als ich aus dem Waggon steige, und die Menge jubelt mir zu. Feli würde sich mir gleich an den Hals werfen, aber so viel Anstand und Feingefühl hat ihr die feine Erziehung doch mitgegeben, dass sie das unterlässt. Neben mir die Florettfechterin Helene Mayer, die ebenfalls eine Goldmedaille um den Hals trägt, und Hans Wölpert, der eine silberne Medaille im Gewichtheben errungen hat, im Federgewicht. Und ganz vorne Polizisten in Pickelhauben, die halten die Menge zurück und haben um Hindenburg, den Bürgermeister und die Sportfunktionäre einen Schutzwall gebildet. Fotografen sind postiert und blitzen für das Extrablatt den Reichspräsidenten Hindenburg, der aus Berlin angereist ist und für die Zeitung zusammen mit den deutschen olympischen Helden posiert.

»Herr Straßberger. Es ist eine große Ehre für mich und für unser Deutsches Reich und Vaterland, Ihnen, dem stärksten Mann der Welt, für die Leistungen bei der Olympiade in Amsterdam 1928 zu danken und auch dafür zu gratulieren, dass die erste Goldmedaille nach dem schmählich verlorenen Kriege für Deutschland errungen wurde. Ein Hoch auf unser Vaterland. Auch Ihnen, Frau Helene Mayer, möchte ich für die Goldmedaille im ...« Hindenburg stockt. »Was war das nochmal?«

Und der Adjudant flüstert ihm ins Ohr: »Florettfechten.«

Und Hindenburg fährt fort: »... Florettfechten im Namen des Vaterlandes danken.«

Der Federgewichtler Wölpert wird fast ein wenig an die Seite gedrückt, aber auch er bekommt eine Urkunde und es wird ihm gratuliert. Weitere Urkunden und Blumen werden überreicht.

Und die Menge setzt sich zum Ausgang des Bahnhofs in Bewegung, von wo es in einem Corso in offenen Limousinen durch die Münchner Straßen gehen soll. Hunderte säumen schon den Straßenrand.

Marie hat Frieda fest an sich gedrückt und kämpft sich durch die gaffende Menge, drückt sich zu mir durch.

Bevor wir in die Autos steigen, muss aber noch der Empfang im Südbau des Hauptbahnhofs absolviert werden. Wir bewegen uns also in den Kaisersaal, zum mehr oder weniger offiziellen Teil, wo nochmals Reden geschwungen werden. Marie habe ich schon wieder aus den Augen verloren, sie muss zurückgeblieben sein, als ich durch die Menge nach vorne geschoben wurde. Feli steht keine zwei Meter von mir entfernt. Niemand traut sich, das gräfliche Fräulein zu verdrängen.

Hinterher geht's dann in den Münchner Hof zum Nachfeiern. Eine große, eisgekühlte Balthasar, aus der Champagne, ist antransportiert worden, sie wird geöffnet und in bereitstehende Kristallschalen geschenkt, die wie ein Turm aufgebaut sind. Auch eine große Torte mit einem Gewichtheber aus Marzipan, gespendet von der Konditorei Hölzl, wird präsentiert.

So viele Menschen. Es wird nicht leicht, ein Olympiasieger zu sein. Später. Jetzt genieße ich das ganze Licht der Öffentlichkeit. Und diesen Erfolg gilt es, zu bewahren, quasi zu konservieren.

Maximilian von Stein hält eine Rede, dass nach Olympia vor Olympia ist, der Konditor Hölzl, von dem ja die Torte ist, kann es immer noch kaum fassen und die ganze Gesellschaft feiert ausgelassen.

Mittendrin Feli, die es, später und dank der steigenden Wirkung des Alkohols, krachen lässt. Fast in Trance und in ausdrucksstarken, erotischen Bewegungen lässt sie ihre Hüften kreisen, als wäre sie Leni Riefenstahl persönlich, die sie in der Tonhalle bei ihrem Bühnendebüt als Tänzerin »Diotima« in München bewundert hat. Wenige Tage später hat Max Reinhardt die Riefenstahl dann schon nach Berlin geholt, wo sie im Blüthner-Saal in der Lützowstraße berühmt wird.

Es scheint, dass Feli etwas Bewusstseinserweiterndes konsumiert hat, so enthemmt ist sie. Gerne, wäre auch sie Tänzerin geworden, lässt ihren Körper vor mir wie eine Schönheit aus dem Harem des Maharadschas zucken, beben, sich winden, sinkt vor mir nieder und wälzt sich am Boden. Sie ist in Ekstase, zerrt mich zu sich herunter und wirft sich in eindeutiger Weise auf mich. Die auserwählte Menge johlt und applaudiert.

Währenddessen hat Marie sich zurückgezogen in die Wirtewohnung. Bis zu sich herauf muss sie aber das Juchzen und die spitzen Schreie von Feli gehört haben. Denn urplötzlich rennt sie die Treppen hinunter.

Einer Revolution kommt es gleich, wie Marie wie von Furien gehetzt in den Saal stürmt, sich eine Vase mit Blumen vom Buffet schnappt und sie mir vor die Füße knallt, dass die herumfliegenden Porzellanscherben wie Schrapnelle haarscharf an den Hälsen der Feierlaunigen vorbeifliegen. Und laut, fast hysterisch, schreit sie, dass »der Herr Olympiasieger« das nicht mit ihr machen kann: »Denkst, dass die Herren immer noch die Herren sind? Und die Frauen die Putzen und die Kocherl in der Küch'? Die Zeiten sind vorbei! Du musst entscheiden, wie du leben willst, nur darauf kommt es an!«

So findet die rauschende Siegesfeier früh am Morgen im Salon des Hotels ein jähes Ende und die letzten späten Gäste werden im Morgengrauen nach dem Skandal vom Vogelgezwitscher begrüßt.

Durch eine Nebentüre gelange ich über das Treppenhaus in die Wohnung. Und aus Marie, die nach ihrer Wutrede auf mich gewartet hat, platzt es heraus: »Während du deine Sportkarriere machst, sitz ich hier im Hotel und schmeiß den Laden. Hast du dir das nicht überlegt? Ich ermögliche dir alles und du vergnügst dich mit deiner Mätress'. Dieser adeligen Schlampen! Was würdst denn machen ohne mich? Am liebsten möcht ich wieder heim. Nach Hause, zurück zum Vater.«

Tja, was soll ich darauf antworten, sie hat ja recht. Halbherzig versuche ich, mich da rauszuwinden: »Für Frieda mach ich das, die es einmal besser haben soll, als wir es gehabt haben.«

Und Marie: »Uns ist es nicht schlecht gangen. Du bist egoistisch gworden. Schau dich doch an. Du bist ein anderer als der, den ich kennenglernt hab und an den ich geglaubt hab. Ich hab nicht dacht, dass du mich je verletzen könntst. Was ist nur aus dir gworden! Schau dich doch an! Ein Bauernbub in einem zu großen Mantel.«

Und ich gehe zu einem der Wandspiegel. Auf dem Sekretär davor steht eine kleine Bronzestatue, die als Briefbeschwerer dient. Meine Hände umgreifen die Statue.

»Ich bin der stärkste Mann der Welt! Ich bin nicht mehr der Bauernbub aus dem Inntal, ich repräsentiere das Deutsche Reich. In vier Jahren steht Olympia in Los Angeles an, dort werd ich wieder antreten und meine Goldmedaille verteidigen.«

Und wütend werfe ich die Statue in den Spiegel, der in Scherben springt.

Und Marie weint und schreit mich an: »Der Ruhm kommt und dann geht er weg!« Wütend läuft sie hinaus – und im Wegrennen: »Du weißt schon, dass ich dich lieb!«

Nach einer Zeit höre ich das Rattern der Nähmaschine und es herrscht wieder Frieden. Denke ich mir.

•

Auch Helene Mayer feierte in diesen Tagen ihren Triumph in ihrer Heimatstadt. Ganz Offenbach war auf den Beinen, als sie aus Amsterdam zurückkehrte, und empfing sie gebührend am Hauptbahnhof. Der Olympiasieg von Helene Mayer zog jedoch weitere Kreise. In einem Brief teilte ihr der preußische Innenminister Carl Severing Folgendes mit: »In Anbetracht der hervorragenden Leistungen auf sportlichem Gebiet, die Sie insbesondere bei den Olympischen Spielen in Amsterdam gezeigt haben, verleihe ich Ihnen als Ehrenpreis der Reichsregierung eine Plakette, die als höchste Auszeichnung des Reiches für bedeutsame turnerische Leistungen bestimmt ist. Der Herr Reichspräsident wird, um der Anerkennung Ihrer Erfolge auch seinerseits Ausdruck zu geben, Ihnen die Plakette gelegentlich eines am 13. Oktober zu veranstaltenden Tees persönlich überreichen.«

Reichspräsident Hindenburg wandte sich daraufhin mit einem Schreiben an die Schillerschule Frankfurt mit der Bitte, der Direktor möge die Schülerin Helene Mayer anlässlich der Plakettenübergabe vom Schulunterricht befreien. Und Direktor Dr. Klaudius Bojunga gewährte »schulfrei« und Helene Mayer durfte nach Berlin fahren. Sie war nun so populär, dass man überall in Deutschland kleine Gipsfiguren kaufen konnte, die sie als Fechterin zeigten. Das Glück und der Erfolg von Helene Mayer schienen ungebrochen zu sein, doch gab es schon erste Hinweise, dass die jüdische Fechterin im weiteren Verlauf ihres Lebens mit vielen Hindernissen zu kämpfen haben sollte.

•

Bei mir schaut nach einer halben Flasche Cognac die Welt immer noch nicht besser aus. Und je mehr ich über alles nachdenke, umso mehr verfange ich mich in einem Gestrüpp aus Gedachtem und Nichtgedachtem. Woher komme ich, wohin geht es eigentlich? War es das jetzt? Ist es das, was mir aufgetragen ist, oder gibt es noch mehr? Kann ich dem entrinnen oder bin ich in einem wirbelden Strudel verfangen, der mich hinunterzieht auf den Grund, wo die Raubfische warten, die dem Wurm an der Angel misstrauen und gleichzeitig danach gieren, nach ihm zu schnappen? Gefangen vom Angler, der um den Köder weiß, der dich überlisten will. Und du hängst am Haken und du willst dich befreien, er zerrt dich aber nach oben, ans Licht, und du verglühst, schnappst nach Luft, stirbst. Wenn du Glück hast, wirft der Menschenfänger dich zurück in die Fluten und du schwimmst weiter und weiter. Tiefer und tiefer.

Irgendwie geht das Leben am nächsten Tag wieder weiter und seinen geschäftlichen Gang. Ich sitze mit Feli im Café Reber und erzähle vom Streit mit Marie.

»Das wird sich schon wieder einrenken«, meint Feli und: »Vielleicht ist es besser, wenn wir uns in der nächsten Zeit etwas spärlicher sehen, in dieser Stadt bleit auch nichts *entre nous*, ich glaube, ich muss mal eine Zeit lang nach Paris, London oder Marrakesch. Ja, weg aus Europa, es spielt sich ein Leben auch woanders ab.«

Und damit ist auch alles gesagt, wir flanieren noch ein wenig in den Straßen und ich gehe dann zum Training.

Auch Marie hat sich wieder beruhigt: Sie kontrolliert die Ausgaben und Einnahmen und führt die Bücher.

Erst kürzlich ist ein weiteres Gastronomieobjekt hinzugekommen, wir haben in der Schützenstraße, unweit vom Hauptbahnhof, die Gaststätte ›Bayerische Krone‹ übernommen. Und immer noch ist neben dem Münchner Hof mit dem Apollotheater das Stadion an der Grünwalder Straße zu führen, drei Gastronomien mit unterschiedlicher Kundschaft. Im Stadion das Volk, in der Krone der Bürger und im Münchner Hof die feineren Leut' oder die, die sich dafür halten. Unterm Strich trinken sie aber alle Bier und das will ja verkauft sein.

Das Leben geht also weiter und die Welt dreht sich, seit die Aktienkurse an der Börse in den Keller purzelten, immer schlimmer.

Die Weltwirtschaftskrise lässt die Arbeitslosenzahlen stetig wachsen. In der Thalkirchner Straße, wo das Arbeitsamt ist, stehen die arbeitslosen Männer bis zum Sendlinger Tor um Arbeit an. Und in der Grünanlage am Sendlinger Tor liegen sie dann den Tag über auf der Wiese, weil es auch sonst keine Arbeit gibt.

Letztens kam es, dass Amalie mit Frieda und Ludwig, ihrem Sohn, der auch herangewachsen war, durch die Grünanlage spaziert ist. Beide Kinder hatte sie herausgeputzt, Ludwig im feinen Anzug, Frieda im hübschen Kleidchen.

Als sie bei den herumlungernden Arbeitslosen vorbeigekommen sind, hat einer geschrien: »Da schauts eich des Bonzenkind o, unsere Kinder haben nix, keine Schuh', nix, und de rennt rum wie eine Madam'.«

Amalie hat es mit der Angst bekommen, hat die Kinder an der Hand gepackt und ist davongelaufen, weil sich die Stimmung immer mehr aufzuheizen schien, und hat sich in einem Hausgang versteckt.

Das ganze Personal im Hotel war danach so aufgeregt und besorgt, dass von diesem Tag an mittags 200 Liter Gemüsesuppe gekocht und jeden Tag umsonst für Bedürftige ausgeschenkt werden.

•

Und nicht nur eine einfache Rumfordsuppe, die lediglich aus Graupen und Erbsen und viel Mehl besteht, was alles in Wasser über Stunden gekocht wird, bis eine sämige, dicke Brühe entsteht und nahezu jedes Vitamin verdampft ist; gewürzt mit Salz und Wein- oder Bieressig. Benjamin Thompson, Reichsgraf von Rumford, hatte die Rumfordsuppe erfunden – für die Soldaten der Armee seines Dienstherrn, des bayerischen Kurfürsten Karl Theodor von der Pfalz, und für die festgenommenen Bettler und Arbeitslosen in seinem militärischen Arbeitshaus in der Münchner Au –, um die Armen der Stadt sparsam und dennoch nahrhaft zu versorgen. Dieser Suppenstampf konnte im Arbeitshaus für drei Pfennig pro Portion hergestellt werden. Zur Kostenersparnis wurde bald ein Teil der Graupen durch Kartoffeln ersetzt, was etwa einen Pfennig pro Portion einsparte.

Nein, im Münchner Hof wurde die warme Mahlzeit schon ein wenig reichhaltiger serviert und das Rumford-Rezept ergänzt mit Zwiebeln, Karotten, Knollensellerie, Steckrüben, Lauch, Kohlrabi, Weißkohl oder Sauerkraut. Das Wasser wurde durch langsam ausgekochte Knochenbrühe ersetzt, angereichert sogar mit etwas Fleisch, etwa frischem oder gepökeltem Schweine- oder Rindfleisch, Speck oder Innereien. Einige Gewürze und Kräuter wie Pfeffer, Majoran oder Thymian gaben dieser Suppe vollen Geschmack, auf den Essig verzichtete man.

Und die Arbeitslosen standen vom Münchner Hof bis zum Kaufhaus Dietz um einen Schöpfer und ein Stück Brot an.

Bis sie dann zu Jammern anfingen, weil es »jeden Tag nur eine Suppen« gab, und die Radl der Angestellten gestohlen wurden.

Da hat auch der Straßberger Sepp nicht mehr mögen: »Jetzt könnts mich gern haben. Dann gibt's halt keine Suppen mehr.«

Zu dieser Zeit erhielt der Braunauer Rabensohn immer mehr Zulauf. Schnell hatte sich seine Partei nach dem Putsch wieder neu formiert, noch während er in Landsberg einsaß, dort zum »Schriftsteller« wurde, seinen Bestseller vefasste und damit Millionen verdiente.

Hätte dieser Unglücksbote doch nur einen anderen Nachnamen gehabt, wie Karl Valentin meinte: »Wie gut ist es doch, dass der Führer nicht Kräuter heißt. Heil ... heil ... heil ...! Ja, wie heißt er denn nur – ich kann mir einfach den Namen nicht merken: Kräuter, ja genau, so heißt er.« »Heil Kräuter!« hätten sie dann im Berliner Sportpalast schreien müssen, wo er nach der Aufhebung seines Redeverbots das erste Mal elektroakustisch verstärkt sprach und das Auditorium vor Begeisterung johlte.

Da gingen die Leute hin, schauten und manche traten in die Partei ein, denn es ging doch so: »Da gehst zur Partei dazu, kriegst jeden Tag was zum Essen. Kriegst ein bisserl ein Taschengeld. Kriegst eine braune Hosen, Stiefel und ein braunes Hemd und ein Kappi.« Und er wollte die Autobahn bauen, die aber schon in der Weimarer Republik beschlossene Sache gewesen war.

So war das in der großen Wirtschaftskrise.

Und im Hinterhof des Straßberger-Hotels stand eine Tonne, da wurden die Knochen gesammelt, und drei Kinder spielten da unschuldig, als der Lumpenmann mit seiner Handglocke zu hören war, dass es durch die Hinterhöfe schallte. Da sprangen die Kinder um ihn herum und verspotteten ihn: »Altes Eisen, Lumpen, Knochen und Papier, ausgefallne Zähne sammeln wir, der Lumpenmann ist hier!«

Für sie stand der Lumpensammler am Rand der Gesellschaft. Doch je größer der Mangel wurde, umso wichtiger wurde der Lumpenmann und auch das, was er sammelte. Insbesondere die leinenen Stoffreste waren ein gefragtes Sekundärmaterial für die Herstellung hochwertiger Papiere. Und schnell stopfte Marie alte

Zeitungen in einen Sack und sagte: »Frieda, bring alles hinunter und lass dir dafür ein paar Bleistifte oder sonst was geben.«

In die Papier- oder Knochenmühle brachte der Haderer dann sein Sammelgut und bekam dafür Geld, mit dem er die bei den Herstellern seines Tauschguts auf Kommission gekaufte Ware bezahlte.

Jahraus, jahrein fährt er mit seinem Wagen,
Jahraus, jahrein bei uns von Tür zu Tür.
Jahraus, jahrein hört man ihn singend fragen:
Haben S' Eisen, Lumpen, Knochen und Papier,
Haben S' Eisen, Lumpen, Knochen und Papier?
|: *Sein altes Lied hat jeder schon gehört,*
Doch hat er nie damit ein Mädchenherz betört. :|
Ein Leben lang voll Sorge, Müh' und Plagen,
Ein Leben lang oft ohne Nachtquartier,
Und dennoch hört man stets ihn freundlich fragen:
Haben S' Eisen, Lumpen, Knochen und Papier,
Haben S' Eisen, Lumpen, Knochen und Papier?
|: *Sein altes Lied hat jeder schon gehört,*
Doch hat er nie damit ein Mädchenherz betört. :|

•

In aller Herrgottsfrühe tut's einen großen Knall. Alle reißt es aus den Betten heraus im Münchner Hof. Wir stürmem hinauf aufs Dach, wo sich auch die große Warnsirene befindet. Und da stehen nun alle, in der warmen, sommerlichen Dämmerung, und schauen. Doch keine Sonnenfinsternis oder ein anderes meteorologisches Schauspiel ist zu sehen – wie vor ein paar Monaten, als die Sonne hinter leichten Dunstschleiern, die in Wirklichkeit Eiskristalle waren, mit den umgekehrten Regenbogenfarben leuchtete und den bekannten Sonnenring erzeugte. Ein roter Feuerball lodert auf und die Nacht ist erfüllt von Sirenengeheul und dem Bimmeln der Feuerwehr, vom Zerplatzen von Glas und dem in den Knochen nachhallenden Geräusch berstender Stahlträger. Der Glaspalast im Botanischen Garten steht in Flammen.

•

Da, wo Werke deutscher Romantiker von Caspar David Friedrich bis Moritz von Schwind ausgestellt waren, wütete ein Großbrand. 3.000 Gemälde wurden unwiederbringlich zerstört. Nur etwa 80 Bilder konnten in den nächsten Tagen gerettet werden, war später in den ›Münchner Neuesten Nachrichten‹ zu lesen: »Am Morgen danach – nur noch rauchende Trümmer, geschmolzenes Glas und verbogene Stahlträger. Der Münchner Glaspalast am Botanischen Garten vollständig zerstört.« Als Ursache wurde zunächst die Selbstentzündung ölgetränkter Putzwolle vermutet, später sprach jedoch ein Gutachten von Brandstiftung. Ein junger Künstler, der an der Akademie abgelehnt worden war, sollte der Brandstifter sein.

Es wurde hin und her überlegt, ob wiederaufgebaut werden sollte und wo. Das Kulturministerium lobte eine Ausschreibung für ein neues Ausstellungsgebäude aus. Und bald keimte die Idee auf, dass eine Fläche am Südrand des Englischen Gartens an der Prinzregentenstraße doch am besten für ein Haus der deutschen Kunst auserkoren werden sollte. Nur wie das Ganze bei der insgesamt katastrophalen Weltwirtschaftslage finanzierbar sein sollte, war allen ein Rätsel.

Das war natürlich, ebenso wie die Ursache des Brandes, ein großes Thema an den Münchner Stammtischen. Im späten Herbst war aus dem abgelehnten Künstler längst ein armer, verzweifelter, hungernder Künstler geworden und jeder meinte, dass er was zu meinen hatte. Der hungernde Künstler, der der Brandstifter sein sollte, habe, so hieß es, dagegen protestieren wollen, dass die Armenspeisung abgeschafft worden war, und so auf den Hunger in der Welt hinweisen wollen. Das ganze Geld war halt in den falschen Händen. Wo genau, war nicht so klar, aber irgendwo musste es sich ja versteckt haben, wenn sogar Schwalben mit dem

Flugzeug nach Italien geflogen wurden, weil der Wintereinbruch zu früh kam – dafür war ein Geld da. Das Reich war umgeben von Feinden, darum war der Süden das Glück. Einen Staudamm in der Straße von Gibraltar sollte es geben, damit hätte man das Mittelmeer vom Atlantik abriegeln und langsam austrocknen können. Neben dem enormen Landgewinn, so deklamierten die Befürworter derartiger Pläne, würden mithilfe des über 30 Kilometer langen Staudamms gewaltige Energiemengen produziert werden. So wären die Probleme Hunger, Energieknappheit und Überbevölkerung auf einen Schlag gelöst! Aber ein Stammtisch kann genauso wenig wie ein Parlament die Probleme in einer Sitzung lösen und so wurde vertagt bis zur nächsten Zusammenkunft.

Bedrückte Gesichter und eine schlechte Stimmung auch bei der Vereinssitzung der Sechzger. Die Jahre seit Amsterdam waren auch im Sport mager ausgefallen. »Die Vereinskasse ist leer und die Olympischen Spiele in Los Angeles stehen bevor.«

Jeder Teilnehmer musste die Reisekosten selbst aufbringen, was für die meisten Amateursportler ein Akt der Unmöglichkeit war. Wegen der Weltwirtschaftskrise wurden nicht nur in Deutschland die Mannschaften stark verkleinert.

»Dann vertagen wir bis nach Weihnachten, vielleicht taucht ja noch ein edler Spender auf und legt einen Sack Geld unter den Christbaum.«

Vor Los Angeles fanden die Winterspiele im amerikanischen Lake Placid statt und entwickelten sich zu einem finanziellen und sportlichen Fiasko. Das Wetter war schlecht, bei wenig Schnee und hohen Temperaturen. Die Bobbahn war lebensgefährlich, tagelang wurde mit unzähligen Militärlastwagen Schnee herbeigeschafft, der aber schnell wegschmolz. Beide deutschen Bobs verunglückten so schwer, dass es Veletzte gab, und es musste aus den beiden Mannschaften eine gebildet werden. Als wäre das noch nicht genug, warfen Zuschauer Steine und Äste auf die Bahn, um noch mehr Stürze zu sehen.

Lake Placid drohte, ein herber Rückschlag für die Idee der Olympischen Winterspiele zu werden. Die Organisatoren beteuerten, dass so ein Fiasko bei den Sommerspielen nicht geschehen werde. Man wollte die finanziellen Möglichkeiten, die bislang noch verborgen in den Spielen schlummerten, ausloten. Dem getreu wurde 1932 in Los Angeles das bislang größte Werbespektakel veranstaltet: Sogar die Girls aus Hollywood machten Reklame für die Spiele, die mit einer gewaltigen Parade eröffnet werden sollten. Für die männlichen Sportler wurde extra ein olympisches Dorf erbaut. Die Wettkämpferinnen sollten alle in einem sehr guten Hotel untergebracht werden.

•

In den Monaten vor der Abreise wächst der Druck immer mehr und wir sitzen bei mir in der Bayerischen Krone mit Rupperl zusammen: der Gietl Toni, der Schuster Sepp und der Wölpert Hans. Der Ismayr Rudi kommt auch noch dazu. Er glänzt mit guten Leistungen, seit er sich fürs Training ein paar neue Methoden ausgeguckt hat. Bei der Europameisterschaft in Luxemburg hat er im letzten Jahr den ersten Platz im Mittelgewicht belegt. Wahrscheinlich auch beflügelt durch seine Liebschaft mit der Schaupielerin Christa Caporicci. Im Januar ist er Vater geworden, ein Töchterlein, das gerade auf den Namen Christina Cäcilia Maximiliana getauft worden ist.

Seit bekannt wurde, wie Nurmi seine sagenhaften Erfolge durch ein spezielles Intervalltraining erreicht hat, will man das auch auf den Gewichthebersport übertragen, worüber nicht jeder Athlet erfreut ist. Heimlich wird auch mit einem Medikament experimentiert, von dem Nurmi behauptet hat: »Ich war verblüfft und kann es Athleten mit einer anstrengenden Wettkampfsaison wärmstens empfehlen.« Ich lasse lieber die Finger davon und bleibe bei meiner Aufbaudiät: Rühreier mit Zucker und eine Mass Zuckerwasser dazu oder Tee mit einem Schuss Cognac.

Gerade jagen sie uns schon frühmorgens durch die Isarauen, sodass der Gietl Toni flucht, weil er zu spät zur Arbeit bei der

Kriminalpolizei kommt. Seine Paradedisziplin ist das einarmige Reißen, im beidarmigen Drücken liegt er auch weit vorne. Zum Glück heißt es mittlerweile auch, dass die Ruhepausen wichtig sind, sodass sich der Muskel wieder entspannen kann. Auf zwei oder drei Trainigstage folgen also gezielte Ruhetage, auch soll eine Woche vor dem Wettkampf eine Pause eingehalten werden. Ein Professor wurde dazu konsultiert, der nach eingehenden Untersuchungen herausgefunden hat, dass ein Sportler durch falsches und zu viel Training über einen gewissen Zeitraum leistungsmäßig nicht mehr der alte sein wird und seine Möglichkeiten nie mehr maximal ausschöpfen kann. Knorpel, Sehnen und Gelenke benötigen nach intensiven Belastungen wesentlich längere Zeit zur Erholung als die Mukulatur.

Dass die Russen auch diesmal in Los Angeles nicht eingeladen werden, macht uns keinen Kummer, denn aus dem Osten kommt ja bekanntlich alles Schlimme. Über die Auslandsgeheimdienste hat man erfahren, dass die Sowjets, speziell die Gewichtheber, bei ihren eigenen Spartakiaden immer höhere Ergebnisse erzielen als der Rest der Welt und schon mehrere internationale Rekorde gebrochen haben, die aber nicht anerkannt werden, da sie nicht dem Internationalen Gewichthebververband angehören. Schon in der Schule sollen dort drüben die Kraftsportarten Bestandteil im Sportunterricht sein und neue Trainingsmethoden werden streng wissenschaftlich begleitet. Letztens hat uns der Geheimdienst eine übersetzte sowjetische Abhandlung zugespielt, die sich wahrlich abenteuerlich liest.

Die Ausführung unterschiedlichster Bewegungen ist häufig mit nachgebender Muskelarbeit verbunden. Besonders hohe Spannungen im Muskelapparat entstehen, wenn der Sportler gezwungen ist, die kinetische Energie des eigenen Körpers, des Gerätes oder des Systems Sportler-Gerät auszugleichen (z. B. bei Vollendung der vorbereitenden Kniebeuge beim Übergang zum Stoßen der Hantel von der Brust). Es ist festgestellt worden, dass bei Sprüngen aus einer Höhe von 0,8 bis 0,6 m die Kraft der Beinmuskulatur erfolgreich entwickelt werden kann.

Kombinierte Methode. Untersuchungen sprechen von einer hohen Effektivität des Trainings, bei dem man die pliometrische, die isometrische und miometrisehe Methode kombiniert. Tests mit Personen werden durchführt, um die optimalen Parameter für die einzelnen Arbeitsweisen festzustellen. Als effektiv erwies sich das Training mit folgender Belastungsverteilung: 75% überwindende Arbeit, 15% nachgebende und 10% isometrische.

Die Bestimmung einer optimalen Trainingsbelastung ist für die Leistungssteigerung von größter Bedeutung und sollte von Trainer und Sportler stets als eine vorrangige Aufgabe erachtet werden. Das durchschnittliche Trainingsgewicht steht in einer bestimmten mathematischen Abhängigkeit zur sportlichen Leistung, die im Intensitätskoeffizienten zum Ausdruck kommt (Medwedjew): wobei KjM – Koeffizient der monatlichen Belastungsintensität, CDM – durchschnittliches Trainingsgewicht im Monat, E2K = Ergebnis im Zweikampf. Beispiel: die Intensität entspricht 156 kg, Summe im Zweikampf 390 kg, dann ist 156 - 100 Km - ——— = 40%.

Der optimale Intensitätskoeffizient bewegt sich bei verschiedenen Sportlern zwischen 39 und 41%. Ein großer Koeffizient entspricht einem größeren Verhältnis des mittleren Trainingsgewichts zur Zweikampfsumme. Jeder Sportler verfügt über einen individuellen Koeffizienten, mit dem er erfahrungsgemäß hohe Leistungen bringt. Der optimale Koeffizient wird empirisch bestimmt: Man plant die Belastung so, dass KiM = 39 bis 41% entspricht. Man belässt die Trainingsbedingungen unverändert, vergrößert oder mindert jedoch dabei das durchschnittliche Trainingsgewicht und kann dann anhand von Wettkampfergebnissen die Effektivität solcher Programme überprüfen. In der Regel ist der Intensitätskoeffizient bei qualifizierten Athleten eine stabile Größe, die sich lediglich um 0,1 bis 0,3% verändert. Wenn man den optimalen individuellen Intensitätskoeffizienten kennt, ist es nicht schwer, das mittlere Gewicht zur Erreichung bestimmter Leistungen zu finden.

Sportfeste werden in der Prawda groß beschrieben, da ziehen wir weitere Erkenntnisse über die Schattenkonkurrenten an Land, auch der Ablaufplan eines Gebietssportfestes wurde schon publiziert. Von einer sagenhaften Großveranstaltung mit einer Teilnehmerzahl von 30.000 war da die Rede und von den grandiosen Schauveranstaltungen der turkmenischen und burjatischen Mannschaften am Abend im Stadion. Nach dem Ende eines anderen Sportfestes im Ural wurde Bilanz gezogen, die neuen Rekorde und Rekordhalter wurden aufgeführt, sowie darüber informiert, dass die besten 120 des Sportfestes zur Moskauer Spartikiade fahren würden. In den Beiträgen der ›Komsomol-Zeitung‹ wird häufig Kritik am immer weiter in neue Höhen zu treibenden Sport geübt. Man beklagt die schwachen Ergebnisse der Schießwettbewerbe und nimmt diese als symptomatisch für den Zustand der gesamten militärischen Disziplin. Das Land hat 1928 den ersten Fünfjahresplan von Stalin in Angriff genommen, der 1932 abgschlossen sein soll, da darf kein Aspekt hinterherhinken. Der sowjetische Sport muss sich der Aufgabe stellen, das Leistungsniveau der ausländischen Sportler zu erreichen und zu übertreffen.

Ein bisschen Mitleid habe ich mit den Kollegen im Osten. Der Druck, der auf ihnen lastet – so einen Druck verspüre ich jetzt, kurz vor Los Angeles, auch. Alle Hoffnungen liegen auf mir, ich soll alles reißen. Dabei gibt es doch gar nichts Höheres als Gold, da kommt kein Platin. Sie fordern nur mehr vom Gleichen.

In Amsterdam haben noch 372,5 Kilo zum Sieg gereicht. Zur Stimmung beim Treff in meiner Bayerischen Krone trage ich gerade nichts bei.

Da geht die Türe auf und der Wiesheu Hermann kommt herein, er ist 16 Jahre alt, sein Vater ist Bierbrauer und der Bub so was wie mein Leihsohn, der mit uns mittrainieren und schon im Fliegengewicht heben darf. Mit 14 Jahren ist er von der Leichtathletik zum Kraftsport gewechselt, nachdem Rupperl ihm ein großes Talent und Potenzial attestiert hat. Er verkörpert schon die neue Generation, aber zu einem Stemmer im Schwergewicht wird er's nicht bringen können, schon rein körperlich, von der Größe her, er ist einfach zu klein. Da haben auch wieder die Sowjets mit ihren Theorien recht.

Alle Sportler, ausgenommen das Superschwergewicht, sind durch ihre Gewichtsklasse eingeschränkt, denn das Gesamtgewicht ihrer Muskulatur kann eine bestimmte Größe nicht übersteigen. Somit bilden die Sportler vorzugsweise jene Muskelgruppen aus, von denen im Wesentlichen die Effektivität der Ausführung klassischer Übungen abhängt. Diese vorzugsweise Entwicklung der Kraft von Muskeln, die die Hauptarbeit beim Heben von Gewichten leisten, ist damit verbunden, dass man zunächst bestrebt ist, die Leistungen bei klassischen Übungen zu verbessern, und damit, dass mit der Stärkung der Beuger ihre Masse anwächst.

Aber mit dem Herumsinnieren allein werde ich keine neue Goldene machen.

Hart trainieren wir, wiederholen unsere Übungen im Kraftraum, immer und immer wieder:

Stoßen von der Brust
Stoßen ab Ständer
Stoßen aus dem Nacken
Schwungstoßen aus dem Nacken
Stoßen mit Ausfallschritt
Schwungstoßen ab Ständer
Mit Ausfallschritten Anstoßen
Aufstehen aus dem Sitz mit der Hantel auf der Brust
Standstoßen
Reißen mit Ausfallschritt
Reißen mit Hocke
Stoßen von der Brust mit breitem Griff
Halbe Hocke mit der Hantel auf den Schultern
Ziehen mit breitem Griff
Reißen mit halber Hocke
Reißen mit halber Hocke aus dem Hang
Reißen mit Ausfallschritt aus dem Hang
Reißen mit Ausfallschritt

Reißkniebeuge
Kniebeuge ab Ständer mit der Hantel auf den Schultern

Dann kommt die schmerzhafte Massage, die Sauna und das Ruhen. Die Prophezeiung vom Großvater tritt ein, ich werde über den großen Teich fahren. Nur mit der Motivation tue ich mich schwer. Alles ist erreicht.

Und als mich Hermann, unser Küken, anschaut – so, als wäre es das Einfachste, als Weltmeister gleich wieder die nächste Goldene zu holen –, sage ich zu ihm: »Weißt, es ist wie in der Schiffsschaukel am Oktoberfest. Man kommt irgendwann nicht höher hinauf.«

Und Rupperl wirft ein, etwas ärgerlich: »Mehr als Gold geht nicht, aber du könntst schon noch eine 5-Kilo-Scheibe auflegen, denn da ist vom Ergebnis her noch einiges an Luft nach oben.«

Und darauf läuft es hinaus, die Gewichte werden immer schwerer und der Körper kommt an seine Grenze, drum wird mit neuen Methoden nachgeholfen, um ihn zu überlisten.

Schon die olympischen Sportler der Antike, die mit Kräutern und Pilzen experimentierten oder Stierhoden aßen, haben geglaubt, so bessere Leistungen zu erzielen. Von den Inkas wird berichtet, dass die Läufer, die in diesem Riesenreich für den Austausch von Nachrichten zuständig waren, Kokablätter gekaut haben, um lange Strecken bewältigen zu können. Ich habe mich schlau gemacht. Der psychoaktive Pflanzenstoff stammt aus den Blättern des Kokastrauchs, der vor allem an den Hängen der Anden wächst, wo das Kauen der Blätter seit mindestens 5.000 Jahren verbreitet ist. Das Grünzeug wird dort gegen alles erdenkliche Unwohlsein eingesetzt, was ihm den Namen »Anden-Aspirin« eingetragen hat. Doch um die Leistungen eines Nurmis zu erreichen, müsste ich wahrscheinlich kiloweise Koka kauen.

Bald geht ein Gerücht um, dass die Leistung dank eines weißen Pulvers, gewonnen aus der Koka-Pflanze und kurz vor dem Wettkampf eingeschnupft, spontan nach oben schnellen soll. Dazu soll es zum Abnehmen taugen, das Hungergefühl bekämpfen und die Schmerzen betäuben, wenn bei der Erhöhung der Gewichte die Muskeln fast bis zum Zerreißen angespannt und gequält wurden. Scherzhaft heißt das weiße Pülferchen dann bei uns »Anden-Schmalzler«. Und wenn einer fragt »Host an Schmalzler?«, dann bedeutet das etwas ganz anderes als in der Wirtschaft daheim auf dem Dorf.

•

Mit der Industrialisierung hatte das Zeitalter der leistungssteigernden Wundermittel begonnen und die neuen Möglichkeiten blieben nicht ohne Konsequenzen. 1886 gab es den ersten Toten: Der Fahrer Arthur Lynton starb während eines Radrennens von Bordeaux nach Paris, vermutlich an einer Überdosis Koffein. Spätestens mit der Einführung der Sechs-Tage-Rennen und der starken Kommerzialisierung dieses Sports ging die Geschichte der verbotenen Sustanzen in ihr zweites Kapitel.

Man nutzte Strychnin zur Muskel-, Atmungs- und Kreislaufstimulanz und es war Cognac erforderlich, um den bitteren Geschmack des Strychnins zu übertünchen, sodass es überhaupt eingenommen werden konnte. Die ›Deutsche Tierärztliche Wochenschrift‹ berichtete in einem Beitrag über einen Prozess, in dem ein Düsseldorfer Rennstallbesitzer verurteilt wurde, weil er seinen Pferden eine elektrische Batterie umgeschnallt hatte. Die Menschen trieben es an sich selbst aber nicht weniger arg. Bei den Olympischen Spielen 1908 in London war es ein Marathonläufer, der, wie sich später herausstellte, Atropin und Strychnin konsumiert hatte und nach einer schier übermenschlichen Beschleunigung des Tempos nach über 30 gelaufenen Kilometern wenige Meter vor dem Ziel zusammenbrach.

Heimlich mussten diese ganzen Wundermittel angewendet werden, die alle schon 1928 in Amsterdam verboten waren, wo eigens ein Testverfahren zum Nachweiß von Verbotenem im Pferdespeichel eingeführt worden war.

•

Auch ich habe natürlich alles ausprobiert. Denn: »Probieren geht über Studieren«. Aber hinterher war ich immer so uneins mit der Welt, erschöpft und traurig, dass ich doch bei meinem kleinen Schlückerl Cognac kurz vor dem Wettkampf bleibe, der mich von innen her aufwärmt und locker macht. Aber ohne Strychnin. Das schwöre ich.

Spät komme ich aus dem Kraftraum nach Hause, Kater Karlo schnurrt mir entgegen. Alle Katzen im Hause Straßberger heißen Karlo: »Dass man sich nicht auch noch für jede Katz' einen Namen überlegen muss«, pflege ich dazu zu sagen.

Es wird immer ein Rätsel bleiben, wie und wo dieser Karlo später im Jahr sein Auge verliert, worauf ihm doch ein neuer Name verpasst wird: Eines Morgens kommt er nämlich von einem seiner nächtlichen Streifzüge zurück und sein linkes Auge hängt herunter. Ich will den Kater am liebsten gleich wegtun, denn ein Kater ist ja da, um mit uneingeschränkter Sicht die Mäuse zu fangen, falls welche auftauchen. Ganz zu schweigen davon, wenn ganz andere Viecher daherkommen. Da benzt Frieda so lange in mich hinein, dass ich mit dem Tier Mitleid bekomme und den Arzt kommen lasse. Der operiert und seitdem wird Karlo gehätschelt und wird fetter und fetter, weil auch in der Küche immer was für ihn abfällt, und genannt wird er nur mehr »Graf Knox, der Einäugige«, obwohl er kein Monokel trägt.

An Silvester ist das Restaurant immer bis auf den letzten Platz reserviert. »Ein sicheres Geschäft«, wie Marie meint. »Da wär man blöd, wenn man zusperrn tät.«

Und gerade dieses Jahr, da gibt es eine Stromsperre. Vielleicht ist auch nur eine Sicherung durchgebrannt, weil der Wamsler Ofen zu heiß wurde. Aber so kommt es, dass der Hauptgang des Menüs erst kurz vor Mitternacht serviert werden kann. Punkt Mitternacht spielt die Kapelle vom Schießl einen Tusch und die ganze Gästeschar rennt hinaus auf die Straße, um das neue Jahr mit Böllerschüssen und Raketen zu begrüßen. Die Pärchen fallen sich in die Arme und schwören sich ewige Treue. Der ganze Speisesaal ist leer und die festlich dekorierten Tische mit den vollen Tellern verwaist. Da schlurft Graf Knox erhobenen Hauptes schmatzend über die Festtafel und lässt es sich gutgehen. An jedem Teller wählt er sich die feinsten Teile - ein wahrer Katerschmaus.

Schon vor Weihnachten hat man mich gefragt, ob ich wegen Olympia und der Finanzierungsprobleme Rat wüsste, und so ist mein erster Auftrag im neuen Jahr, bei der Reisegeldbeschaffung behilflich zu sein, und ich bettele bei den Münchner Unternehmern das Geld zusammen. Bäcker Hölzl gibt, natürlich die Brauerei Stein, aber auch Kommerzienrat Meiller. So kann es gehen.

Es fehlen auch die Reisekosten für Helene Mayer. Also treffe ich den Sportfunktionär Karl Ritter von Halt, um ihn zu bitten, in die Bresche zu springen. Von Halt stammt aus einfachen Verhältnissen, ist mehrfacher deutscher Zehnkampfmeister und Ritterkreuzträger. Er hat als Kriegsfreiwilliger mit der bayerischen Armee in der zwölften Isonzoschlacht den Monte Madlessena eingenommen. Heute ist von Halt für das jüdische Bankhaus H. Aufhäuser tätig und dazu Mitglied des Olympischen Komitees und so von großer Wichtigkeit.

»Na, mein lieber Straßberger, so will ich Ihnen dies Ansuchen in diesem Falle nicht abschlagen, aber auf Wettkämpfe sollten die Frauen verzichten: Der Kampf verzerrt das Mädchenantlitz. Der Kampf gebührt dem Manne, der Natur des Weibes ist er wesensfremd. Ich verurteile keinesfalls die Damenleichtathletik als solche. Denn wir brauchen ein starkes Geschlecht, eine gesunde deutsche Rasse, dann schenkt uns die Zukunft Siegfriednaturen. Gesund, kräftig, ausdauernd und leistungsfähig machen uns die Leibesübungen. Die Griechen haben wir uns dabei zum Vorbild genommen. Dann unsere Ahnen, jene blonden Germanenrecken, vor deren Kraft im riesenstarken Leib das große, weltbeherrschende Rom zitterte. So übten unsere Väter ihren Körper. Darum waren sie auch das Herrenvolk Europas. Und wir sollten es ihnen gleichtun.« Und plötzlich lacht er lauthals. »Nicht erschrecken, lieber Straßberger, wir sind moderner als Sie denken.«

Und wir vereinbaren, dass die Überfahrt mit der ›Europa‹ nach New York übernommen wird. Wie glücklich ist Helene, als ich ihr die Nachricht der Sponsorenschaft überbringe, sonst hätte sie daheimbleiben müssen, unsere »blonde He«, wie sie seit Amsterdam liebevoll genannt wird.

Wie jedes Jahr ist der Faschingsball im Münchner Hof ein Gesellschaftsereignis und verspricht eine erst disziplinierte, dann ausufernde Unterhaltung. Der Saal ist mit Girlanden geschmückt. Ein Höhepunkt ist die Ballonschlacht. Da heißt es: »An alle! Jeder Ballon, der Ihnen zugeworfen wird, muss im Interesse der Stimmung weitergeworfen werden. Das Einstecken und Mitnehmen von Ballons ist Diebstahl.« Dann kommt der Wettbewerb »Wer hat den schönsten Bubikopf?« und »Lache, lache, bis du zerspringst«, eine Possenrevue. Dann spielt die Blasmusik-Combo vom Schießl eine Polonaise, die von Marie und mir angeführt wird.

Alles ist kostümiert zum Kehraus. Ich und Marie gehen als Miesbacher Trachtlerpaar, beide mit roter Pappnase. Ansonsten ist die Faschingsgesellschaft angerückt als Cowboy, Indianerhäuptling mit Squaw, Funkenmariechen, Charlie Chaplin, Schiffskapitän, Matrose, Störtebeker, Prinzessin auf der Erbse, König Ludwig II., Lola Montez, Isarnixe, Ritter Siegfried und Isolde.

Der Nachbar Grünbaum wird gefragt, was er denn darstellt.

Da sagt er: »Ich gehe als Österreicher.«

Ja, was denn das Besonderes ist, wird er gefragt, und als er dann ein kleines, viereckiges Bärtchen auf seine Oberlippe klebt, ist alles erzählt.

Ganz hinten an einem runden Tisch sitzen sechs Männer in braunen Uniformen und das sind keine Kostüme. Sie haben schon einiges an Bier und Schnaps intus und schauen finster drein. Irgendetwas Bedrohliches geht von ihnen aus, obwohl sie nichts machen außer saufen und stieren. Ihr Blick hat etwas Stechendes, Verklärtes. Etwas, das einem Angst macht, man kann es nicht richtig beschreiben. Dem man nichts entgegenzusetzen vermag. In ihren Köpfen hat sich etwas eingenistet, das einen zurückwirft auf einen Punkt, der überwunden geglaubt schien. Sie huldigen einer fortschreitenden, modernenen Entwicklung in der Technik, in der Forschung, die aber nicht der Fortentwicklung des Geistes, der Menschlichkeit und des Mitfühlens dient.

Und bei der Münchner Française bilde ich mit Marie ein Tor, durch das die Faschingspärchen hindurch schlüpfen müssen, die dann ein weiteres Tor bilden und so fort. Und weiter geht's. Gespielt wird quer durch den Gemüsegarten, alles vom französischen Musettewalzer bis hin zur Operettenschmonzette.

»Oans, zwoa, drei, jetzt kommt was Schmissiges!« Schießl, der Kapellmeister, sagt das »Lied vom blauen Ludwig« an. In Wirklichkeit handelt es sich um den »St. Louis Blues«. Schießl begegnet dem oft swingfeindlichen Klima der Zeit mit eigener Kreativität und gibt den amerikanischen Jazznummern einfach deutsche Titel. Der Swing ist leichte Kost und sogleich springt das Tanzvolk drauf an.

Mit Argwohn beobachte ich den Tisch mit den Braunhemden, wo plötzlich einer der Gehirnamputierten die Faust reckt und laut deklamiert: »Des is a Negermusi, so a Negermusi beleidigt die deutsche Kultur und unsern Führer!«

Und auf der Tanzfläche wirbelt alles wie zum Trotz wild durcheinander. Charlie Chaplin schnappt sich die Prinzessin, der Cowboy die Gräfin, Störtebeker malt mit seinem Piratensäbel vor den Braunen Kreise in die Luft, ja, die ganze Belegschaft des Hotels lässt enthemmt die Hüften kreisen. Auch eine Mischung aus Geist und Scheich flattert durch den Saal. Und im Getümmel, im ganzen Durcheinander ist der Österreicher mit dem Funkenmariechen am Hüpfen und fällt mit ihr der Länge nach auf den Tisch der Braunhemden und ihre Bierkrüge scheppern zu Boden. Und die Braunen, die das als Provokation empfinden, brüllen los, während der Indianerhäuptling, fest umschlungen mit seiner Squaw, knutschend in der Mitte der Tanzfläche steht.

»Sturm, Sturm, Sturm, Sturm, Sturm, Sturm!«, fängt einer von den Braunen mit verzerrtem Gesicht an und seine Begleiter fallen ein und schreien mit geschwollenen Hälsen mehr als dass sie singen: »Läutet die Glocken von Turm zu Turm! / Läutet, dass Funken zu sprühen beginnen, / Judas erscheint, das Reich zu gewinnen. / Läutet, dass blutig die Seile sich röten, / Rings lauter Brennen und Martern und Töten. / Läutet Sturm, dass die Erde sich bäumt / Unter dem Donner der rettenden Rache! / Wehe dem Volk, das heute noch träumt! / Deutschland, erwache, erwache!«

Die Musiker jedenfalls lassen sich durch das Veto nicht aus dem Takt bringen und spielen einfach weiter.

»Zammhalten, weiterspielen!«, schreit Schießl, der Kapellmeister, seinen Musikerkollegen zu, doch die Braunhemden werden nur noch gereizter und stimmen eine weitere Strophe des Liedes »Deutschland, erwache« an.

Alles schaukelt sich in etwas hinein, was nichts Gutes erahnen lässt – und ein Schuss kracht.

Heimlich habe ich meinen Armeerevolver aus der Kassenschublade geholt und in die Luft geschossen.

Alles steht still.

Verstörte Blicke, Charlie Chaplin kratzt sich am Kopf und seine Prinzessin klammert sich noch fester an ihn. Angst. Und niemand weiß so recht, wie er sich verhalten soll. Ein Abgrund tut sich auf, der gesellschaftliche Riss geht durch den Festsaal der Masken. Stumm schauen sie sich an. Jetzt zeigt es sich, wo jeder steht. Stumm. Stumm. Stumm.

•

Noch war dies eher ein gemäßigtes Stimmungsbild der Münchner Gesellschaft, in der es zwar brodelte, aber noch nicht dampfend, durchdringend pfiff. Wegschieben und totschweigen ließ sich allerdings nichts mehr. Jetzt hieß es, Farbe bekennen. Doch, wie immer waren es nur einige wenige, die Courage zeigten. Die meisten warteten ab, versuchten, ihr Erreichtes zu erhalten und zu vermehren und fürchteten, alles zu verlieren. Ja, sie duckten sich weg, warteten ab. Der Spießbürger rottete sich zusammen und versteckte sich in der Masse, wo er glaubte, nicht aufzufallen.

Der Mitmacher, der Opportunist und Mitläufer, die Beamtenschaft und Verwaltung – sie alle standen fest und schwiegen still, ein Rückgrat, das sich viel zu leicht in verschiedenste Richtungen biegen ließ. Auch die Kirche hielt still, es ging um ihre Privilegien.

Die Gesellschaft war gespalten und das würde auch weiter so bleiben.

•

Und ein Stammgast rezitiert Mathias Claudius: »Der Mond ist aufgegangen / Die goldnen Sternlein prangen / Am Himmel hell und klar. / Der Wald steht schwarz und schweiget / Und aus den Wiesen steiget / Der weiße Nebel wunderbar. / Wie ist die Welt so stille / Und in der Dämmrung Hülle / So traulich und so hold! / Als eine stille Kammer, / Wo ihr des Tages Jammer / Verschlafen und vergessen sollt.«

Diese Kunstdarbietung entbindet aber nicht von der Verantwortung. Sie zeigt nur, wie groß die Spaltung ist.

Und mit einem »Kemmts, de pack ma!« interveniert plötzlich Bene, der in der Combo die Trommel rührt, und springt mit einem Kampfschrei auf die Braunhemden los. Auch seine Musikerkollegen legen ihre Instrumente beiseite und springen ins Getümmel. »Auf geht's beim Schichtl, lasst die Köpfe rollen!«

Und es entsteht eine große Keilerei, bei der auch Blut fließt. Bene ist nämlich Mitglied der Auer Garde in der Ortsgruppe »Reichsbanner Schwarz-Rot-Gold«, der sozialdemokratischen Selbstschutzorganisation, die der Polizei gegen das braune Gesindel helfen will und sich vor nicht allzu langer Zeit in den Kolosseums-Bierhallen zur »Münchner Eisernen Front« formiert hat. Ihre wichtigste Aufgabe besteht darin, politische Veranstaltungen gegen Störungen zu sichern. Außerdem werben sie mit Aufmärschen und Kundgebungen offensiv für ein Bekenntnis zur Weimarer Republik. Erst vor ein paar Tagen ist es in Sendling zu einem Zusammenstoß zwischen den Nationalsozialisten und Reichsbannerleuten gekommen, wobei Zaunlatten, Stuhlbeine, Gummiknüppel und sonstige Schlagwerkzeuge ihren Einsatz hatten.

Und während die Faschingskeilerei immer noch kein Ende gefunden hat, gehe ich hinter die Schänke, mache die Türe eines Verschlags unter der Treppe auf und hole Max und Moritz, unsere beiden Dobermänner, hervor. Beide sind ebenfalls maskiert. Max trägt einen roten, Moritz einen grünen Tirolerhut mit einer Feder obendrauf. Knurrend, mit angelegten Ohren und gefletschten Zähnen, springen sie in die raufende Menge und unterscheiden kaum zwischen einem Roten oder Braunen. Erst als sich einer der Hunde, wie es ja passt, im Arm von einem Braunhemd verbeißt, kehrt wieder Ruhe ein, und so schnell, wie er begonnen hat, ist der braune Spuk vorbei und die Hunde werden wieder in ihr Kammerl gebracht.

Im Stillen denke ich mir: »Ich lass mir von niemand mein Gschäft kaputtmachen. Egal, welche Farb' ihre Hemd' und ihre Schädel haben!«

Und zur Bedienung sage ich: »So, jetzt bringst allen ein Stamperl Schnaps vorbei und sagst, die Runde geht aufs Haus, schnell!«

So recht kommt nach dieser Einlage der Kehraus nicht mehr in Gang. Gibt aber dafür viel Gesprächsstoff her für die nächsten Tage.

Irgendwann gehen dann auch die letzten Gäste vom Stammtisch heim. Und zur Belohnung bekommen der Max und der Moritz ein paar Fetzen Fleisch für ihren Befriedungseinsatz spendiert. Gierig schnappen sie danach, als ich sie in den Schankraum zum Aufpassen entlasse, wie zu jeder Sperrstunde in letzter Zeit.

Denn zwischen Roten und Braunen geht es schon länger nicht mehr zimperlich zu. Da wird nicht lang gefackelt mit dem Zuschlagen. Und, wenn sich die Gelegenheit ergibt, auch scharf geschossen. Auf ein vorzugsweise von Nationalsozialisten besuchtes Lokal haben die Roten erst vor Kurzem einen ungewöhnlichen Anschlag verübt: Die Hauswand des Cafés ›Zur braunen Front‹ in der Ludwigstraße wurde über Nacht von oben bis unten mit dunkelroter Farbe angestrichen. Komplett. Eine ganze Kolonne muss da an der Arbeit gewesen sein. Von den Tätern aber keine Spur.

»Das soll sich einer trauen bei mir. Das kann mir nicht passieren«, denke ich mir. »Vorsicht ist besser als Nachsicht.«

Und steige die Treppe hinauf in die Wohnung im ersten Stock, lege eine Schallplatte mit etwas Langsamem, ein Adagio von Beethoven, auf und gehe leise in Friedas Kinderzimmer. Dort hängt ein kleines Holzschiff von der Decke an einer Schaukel. Frieda schläft noch nicht, schaut, den Daumen im Mund. Zart stupse ich das Schiff an, das hin und her schwingt. Sein Schattenspiel zeichnet sich an der Wand ab. Hin und her.

6. Kapitel

Marie saß, allein, den Blick zur Wand gerichtet, im Schlafzimmer der Wirtewohnung, daneben der zerbrochene, nur notdürftig reparierte Spiegel. Es waren ein paar gerahmte Familienfotos dazugekommen, an einem Dutzend Nägeln an der Wand. Und sie fasste einen Entschluss, den sie schon seit Langem hegte. Sie ging an den Sekretär, nahm Briefpapier aus einer Schatulle, setzte sich hin und schrieb.

Mein lieber Josef!

Traurig bin ich, wo ich Dir den Brief schreibe. Weißt Du noch, wie Du mich gefragt hast, ob ich Dich nehmen will, und ich habe ja gesagt. Du hast wirklich alles geschafft, was Du Dir vorgenommen hast und was Du versprochen hast. Unsere Frieda wird auch jeden Tag ein Stückchen größer. Und das Hotel rentiert sich und die Arbeit geht gut von der Hand. Doch nun möcht ich nicht mehr schweigen.

Ich weiß schon lange, dass du mit dem Fräulein Gräfin nicht nur eine Freundschaft pflegst und dass da mehr ist. Ich habe das immer zu tolerieren versucht, um Deine Karriere nicht zu behindern. Schon damals bei der Hochzeit ist mir aufgefallen, wie sie Dich angeschaut hat. Und bei der Siegesfeier zu Deinem Olympiasieg ist sie zu weit gegangen.

Ich kann nicht mehr. Ich will nicht Deine bessere Hausangestellte sein und die Geschäfte führen, während Du Dich in einer anderen, höheren Welt besser aufgehoben fühlst. Ich hege keinen Zorn, wenn Du lieber das Fräulein Gräfin willst, obwohl Du vor Gott mir die Ehe und Treue geschworen hast. Ich gehe zurück nach Kolbermoor und Frieda nehme ich mit. Ich habe den Brief dem Rupperl mitgegeben, der ihn Dir auf dem Schniff überreichen soll. Ich hätte es nicht übers Herz gebracht, ihn Dir vor Deiner Abreise nach Amerika zu geben.

Deine Marie.

•

Auf dem Schiffsdeck haben wir uns alle eingefunden: die deutschen Sportelite kurz vor der Überfahrt nach Amerika. Diesmal sind's nur knapp 200 Aktive, zusammen mit den Österreichern, die mit gerade einmal 19 Athleten angetreten sind. Hat das Deutsche Reich 1928 noch 296 und Österreich 73 Leute gestellt, so kann man sich diesmal leicht zusammentun und das Geld für die Reisepassagen zusammenlegen. Seit dem Schwarzen Freitag an der New Yorker Börse geht es mit der Welt nur noch bergab, ein Aufwärts gibt's nicht mehr. Und geht's der Welt schlecht, gibt's Krieg.

Da, wo die Auswanderer normalerweise massenhaft das Land verlassen, an der Mole in Bremerhaven, spielt die Matrosenkapelle »Muss i denn, muss i denn zum Städtele hinaus, Städtele hinaus«. Die ›Bremen‹, ein turbinenbetriebener 4-Schrauben-Schnelldampfer der Reederei ›Norddeutscher Lloyd‹, das schnellste Schiff auf der Transatlantikroute von Bremerhaven nach New York, liegt hier vertäut und die deutschen und österreichischen Athleten gehen langsam an Bord. Das Schiff ist beliebt, es bietet einen gewissen Luxus und dazu die hohe Geschwindigkeit. Daneben das Schwesterschiff ›Europa‹, baugleich. Gute vier Tage soll die Reise über den Teich dauern. Wie die ›Bremen‹ hat auch die ›Europa‹ auf dem oberen Deck zwischen den beiden Schornsteinen ein Katapult mit einem Schwimmerflugzeug, einer Junkers Ju 46. Einige Stunden vor der Ankunft im Zielhafen New York soll das Wasserflugzeug von Bord gestartet werden und mit einem Spruchband von der Ankunft der Germanen in der Neuen Welt künden.

Die Schiffsschrauben wirbeln das Wasser am Heck zu einem unruhigen Strudel auf.

Zusammen mit meinen Kameraden von der Gewichtheberabteilung, mit dem Ismayr Rudi, Mittelgewicht, dem Wölpert Hansi und dem Schäfer Helmut, beide Federgewicht, bleibe ich lange an Deck und wir genießen den Ausblick auf das ausgelassene Treiben der Olympioniken, vor allem der Leichtathletinnen.

Maximilian von Stein ist mit Feli an Bord gekommen. Kaum haben sich unsere Wege in den letzten Monaten gekreuzt, jeder war für sich in sein Leben verflochten. Neben ihnen steht der Funktionär und Equipechef Fürst von Liechtenberg, der für die Reisekasse zuständig ist. Irgendwo auf dem Schiff sind auch Heli, auf der einige Medaillenhoffnungen ruhen, und natürlich Rupperl, der mir über die Jahre ein treuer Freund geworden ist.

Nach Stunden auf hoher Seee wird das Wetter schlecht und ein paar Mann von der Besatzung sichern die Ju zusätzlich mit ein paar Leinen. Schon gibt's auch die ersten Seekranken. Zum Glück habe ich - in der Kabine, in meinem Reisekoffer - mein besonderes Flascherl dabei, eine Medizin, die universell einsetzbar ist. Ich öffne das Geheimfach im Koffer und nehme einen großen Schluck Cognac, den ich nach wie vor auch zum Aufwärmen vor dem Wettkampf brauche. Und schon geht's mir gut, ich lege mich in die Koje und schlafe, wenn auch unruhig, da Poseidon heftig grollt und unser Passagierschiff fast nussschalengleich auf den Bugwellen hüpfen lässt - und natürlich wächst in der Nacht auch die innere Unruhe.

Am Morgen hat sich die stürmische See beruhigt und schon verwandelt sich das Oberdeck in eine Sportanlage. Uns rinnt der Schweiß in Bächen vom Körper. Unser Platz neben dem Heizraum gleicht einer Freiluftsauna. Andere Sportler spielen Tischtennis, stemmen Hanteln oder springen Seil. Man will die Kondition halten. Später haben wir uns noch zum Schwitzen im Maschinenraum verabredet, Heber und Ringer, wie daheim beim Hölzl.

Am Abend kommen alle im Speisesaal zusammen und nehmen zum Essen Platz. Das heißt, alle versuchen es. Das Schiff rollt bedrohlich von einer Seite zur anderen. Das Buffet macht die Bewegungen zeitversetzt mit. Die Schiffscrew ist bemüht, die ganzen hübsch drapierten Speisen immer wieder neu appetitlich zu positionieren. Große Schüsseln und Schalen mit Eis, auf denen die Meeresfrüchte tanzen. Eine gewaltige Welle klatscht an die Bordwand und mit einem Ruck rutschen die gefüllten Tabletts scheppernd auf den Schiffsboden. Im Nu tauchen Kellner und Küchenpersonal mit neuen Platten auf. Und der Fisch- und Salattellertanz am kalten Buffett beginnt von vorne.

Soweit es der eigene Magen zulässt, ist es ein Vergnügen, bei diesem Seegang alle im Speisesaal zu beobachten, wie sie versuchen, ihre Teller am Buffet zu bestücken, um dann damit wie betrunkene Balletttänzer, den Platz im Visier, zu den Tischen zu trippeln. Vorausgesetzt, man hat schon seinen sicheren Platz. Wölpert und Ismayr sind in der Kabine geblieben, weil ihnen schlecht ist, Schäfer ist irgendwo, das Schiff ist groß, doch ich, Rupperl und Heli wollen uns die frischen Meeresfrüchte nicht entgehen lassen.

Die Schillerlocken haben es Heli am meisten angetan und der Hering in Mayonnaise-Gurken-Tunke und der Matjessalat. Ich stehe vor den Platten und je länger ich mir den Fisch beschaue, desto mehr kommt trotz Appetit die Skepsis. Am Schluss begnüge ich mich doch lieber mit einem Käseteller, Früchten und Apfelstrudel, denn eine mögliche Fischvergiftung wäre das Letzte, was ich mir aufhalsen möchte. Rupperl hat sich eine Fischsuppe geben lassen. Ob er die aber sicher zu seinem Platz bringt, ist ungewiss. Schwankend kommen wir zu unserer Tischrunde mit Fürst von Liechtenberg, Graf von Stein und Feli, die sich angeregt über das Geschehen in Deutschland unterhalten. Helene ist nicht auf den Mund gefallen, sie, die in Amsterdam die Goldmedaille holte und sechs nationale Meistertitel hält. Dazu hat sie die Europameisterschaft in Neapel gewonnen und gerade erst in Wien den Weltmeistertitel im Florettfechten geholt. Mit der Schule ist sie längst fertig und studiert mittlerweile internationales Recht, erst in Frankfurt am Main, seit zwei Jahren ist sie an der Sorbonne in Paris.

Fürst von Liechtenberg kann sich einige Anspielungen gegenüber Heli, sie hat einen jüdischen Vater, nicht verkneifen. Liechtenberg, neben seinem Posten als olympischer Reisekassenverantwortlicher der deutschen Delegation Mäzen und offizieller Begleiter der österreichischen Nationalmannschaft, versucht, sie in breitem Wienerisch aus der Fassung zu bringen: »Ah, die junge

Fechterin, das Fräulein Helene Mayer! Auch wieder dabei. Zum Glück haben wir ein freies Plätzchen fürs Abendmahl.«

Helene: »Ach, der Herr von Liechtenberg.«

Und Liechtenberg, kaum zu bremsen: »Von den Anlagen her perfekt, um unserem baldigen Führer einen strammen Arier zur Welt zu bringen: ein blaues Aug', ein deutscher Schädel - aber ein jüdischer Vater. Gestatten! Fürst von und zu Liechtenberg, Financier. Ich habe sozusagen die Reisekasse. Ganz bezaubernd schaun Sie aus - und nicht zu viel essen, gell. In Form bleiben.«

Und Helene überrascht: »Ich hatte ja nicht damit gerechnet, dass meine Abstammung zum Thema wird, aber in diesen Zeiten ... Ich bin auch in keinem rein jüdischen Sportverband, ich bin immer noch in der Turnerschaft, obwohl die jüdischen Sportverbände es sehr gene hätten, wenn ich beitreten würde.«

Liechtenberg: »Ja, davon habe ich gehört, von diesem Werben. Der Makkabi-Weltverband bemüht sich scheint's sehr um die erfolgreichen Sportler. Makkabi, seltsamer Name für einen Verband.« Und er lächelt maliziös in sich hinein.

Der sehr belesene von Stein wirft ein: »Zur Namensgebung, da kann ich ein wenig Aufschluss geben: Yehuda Makkabi war der Initiator eines Aufstandes gegen die Besatzungstruppen des syrischen Königs. Sie propagieren im Verband mehr oder weniger auch die zionistische Idee, einen eigenen Staat in Palästina zu gründen, wozu die Juden zur Auswanderung ermuntert werden sollen, doch den meisten der jüdischen Sportler ist die Politik egal, sie wollen Sport treiben.«

Da schaltet sich Liechtenberg fast schon aggressiv dazwischen: »Gegründet wurde der Makkabi-Verband übrigens im August 1921 auf dem 12. Zionistischen Kongress in Karlsbad als Nachfolger der Jüdischen Turnerschaft.«

Und Helene: »Die Frage meiner Abstammung hat jedenfalls in meinem Leben bis zu diesem Jahr nie eine Rolle gespielt. Von meinen Eltern bin ich in strengstem Sinne national aufgezogen. Ich habe nie anders als deutsch gefühlt, gelebt und gehandelt. Und mit dem sogenannten Judentum hatte ich nie im engeren

Sinne zu tun, wenn Sie es genau wissen wollen, Herr von Liechtenberg.«

Und Liechtenberg darauf: »Wir gehen davon aus, dass bald der Führer die Geschicke des Reiches lenken wird. Der Arisierungsgedanke wird natürlich auch von Ausnahmen bestimmt sein: zum Beipiel, dass alle männlichen und weiblichen Mitglieder der Deutschen Turnerschaft, die jüdischer Abstammung sind – diese bis zu den Großeltern gerechnet –, aus der Turnerschaft nicht ausscheiden müssen. Vor allem, wenn sie im letzten Krieg unser Reich verteidigt haben.«

Von Stein hört den Ausführungen von Liechtenbergs sehr genau zu und wirft ein: »Aber Sie müssen doch zugeben, dass einflussreiche jüdische Geschäftsleute als Mäzene sehr viel für den Vereinsgedanken leisten, ohne sie wäre diese Reise nicht finanzierbar gewesen für so manchen Athleten. Ohne die Schuhfabrik J.&C.A. Schneider wäre beispielsweise Eintracht Frankfurt kaum existent – die Fabrik wird von den sogenannten ›Judenbuwwem‹, den Brüdern Fritz und Lothar Adler und Walter Neumann geleitet. In München hat der FC Bayern schon 1901 vom Kochherd- und Ofenfabrikanten Friedrich Wamsler senior ein Grundstück an der Clemensstraße in Schwabing erhalten, sonst würden sie immer noch an der Schyrenwiese an der Isar spielen. Was wäre der Club ohne den jüdischen Präsidenten Kurt Landauer und den österreichisch-ungarischen Trainer Richard ›Little Dombi‹ Kohn! Die haben die Roten in die Endrunde der Deutschen Meisterschaft geführt, übrigens gegen Eintracht Frankfurt. 1860 ist ja zunehmend ein Arbeiter- und Handwerkerverein, zugegebenermaßen.«

Und Liechtenberg: »Da haben Sie durchaus die guten Argumente auf Ihrer Seite, aber genau diese Unterwanderung unserer arischen Idee durch jüdisches Kapital ist uns ein Dorn im Auge.« Und er versucht nun, Feli für den Disput zu interessieren: »Wir Nationalsozialisten müssen den europäischen Raum neu ordnen. Europa kann in der Zukunft nur in einer neuen sozialen und nationalen Lebensform existieren. Und wer in seinen Anfängen nicht radikal ist, ist ein Esel. Was meinen S' denn, Fräulein Felicitas? Auf welche Seite möchten Sie sich einmal schlagen?«

Und Feli sagt darauf: »Ach, wie langweilig doch diese Männergespräche sind. Ich bin für das Starke, das Schwache vergeht. Und einen Österreicher aus Braunau – als Mann finde ich ihn unheimlich, aber den wird wohl niemand aufhalten. Er wird der Aristokratie gute Dienste leisten und den Geist aus Moskau besiegen. Lieber eine starke Hand als eine schwache. Ihr gebe ich mich hin.«

Helene wieder: »Was reden Sie da nur daher? Die ganze monarchistische Bewegung in Deutschland wäre nie etwas geworden ohne das Judentum.«

Und Liechtenberg: »Da sehen wir es wieder! Das Weibliche ist nun einfach in kultureller Hinsicht minderbegabt.«

Maximilian von Stein, eher belustigt, mischt sich wieder ins Gespräch: »Ressentiments! Mein lieber Liechtenberg. Die vermeintlich philosophisch-psychologische Theorie der Geschlechter ist ein Mythos, nachdem sich der Österreicher Weininger 1903, erst 23-jährig, in Beethovens Sterbehaus das Leben nahm. Ein Mythos nur!«

Und Liechtenberg, unbeeindruckt, zieht eine Braue in die Höhe und wechselt das Thema: »Hoffentlich werden wir ein wenig Spaß haben auf der Überfahrt zu den Indianern. Gibt's da eigentlich noch ein paar?«

Helene, die ja durchaus nicht auf den Mund gefallen ist und den Liechtenberg immer kritischer beäugt, darauf: »Aber Herr von Liechtenberg, soll das ein Witz sein?«

Liechtenberg: »Durchaus nicht.«

Und als Heli antwortet, ufert alles langsam aus: »Die besten Witze kommen nämlich von den Juden und die, die nicht von Juden stammen, sind einfach nicht komisch.«

Den Liechtenberg kratzt auch das nicht an. Ganz im Gegenteil, er sucht sich noch eine neue Herausforderung dazu: »Was meinen Sie, Herr Straßberger?«

Und von Stein wirft ein: »Mein lieber Straßberger, lassen S' Ihnen nur ja nicht provozieren.«

Und ich erwidere: »Nein, nein, das macht mir nix, wenn ich Liechtenberg so zuhöre, sind mir die Indianer jedenfalls allemal am Arsch lieber als der Österreicher. Ansonsten halt ich mich aus der Politik heraus. Ich verkauf mein Bier an die Roten und an die Braunen und ich hab eine Mitgliedschaft beim FC Bayern und bei 1860 München, aber keine bei den Braunen, aber auch keine bei den Roten.«

Und Liechtenberg plötzlich zu Rupperl: »Und haben Sie auch eine Meinung? Als Trainer haben Sie doch eine große Einwirkungskraft auf die jungen Athleten.«

Rupperl zögert kaum: »Wissen S', ich bin in einem Arbeiterviertel in Giesing aufgwachsen, war dann beim MTV 1879 Riegenführer bei den Turnern und bin dann zu den Ringern und jetzt Trainer bei den Sechzgern. Und ich find, dass in den Sport viel zu viel Politik hineinspielt, und das wird immer mehr und mir zu viel. Das war früher anders, da ist die Gemeinschaft eine andere gewesen. Und ich meine, der Straßberger Sepp kann sein Bier hinverkaufen, wohin er will.«

Und der Graf von Stein: »Der Sport sollte frei sein von allen politischen Ränkespielen, ich habe nur für mich erkannt, dass sich mein Mäzenatentum auch günstig auf die Geschäfte mit der Brauerei auswirkt. Und der Herr Straßberger ist meine Investition. Es ist ein Geben und Nehmen. Und es bringt außerdem noch Spaß und Freude.«

Liechtenberg nimmt den Ball auf: »Ein Geschäftsmann durch und durch, unser Olympiasieger, und Herr von Stein weiß das als Mäzen für seinen Bierabsatz gut zu nutzen. Aber irgendwann muss man sich entscheiden.« Und er provoziert mich weiter: »Wahrscheinlich sympathisiert der Herr Olympiasieger auch mit dem Neger?«

Und langsam wird mir dieses Gespräch einfach zuwider. »In der Schul', bei uns auf dem Land im Inntal, hat es zwar geheißen, dass wir Weißen kulturell und zivilisatorisch über dem Neger stehen, vielleicht stimmt das auch, aber die Neger sind doch Menschen.«

»Und der Neger darf deswegen ein ahnungsloses Mädchen mit seinem Blut schänden, ebenso wie ein schwarzhaariger Judenbengel, der stundenlang auf das deutsche Mädel lauert mit dem Ziel, durch die zwangslos eintretende Bastardisierung die ihm verhasste weiße Rasse zu zerstören und von ihrer kulturellen und politischen Höhe zu stürzen und selber zu ihrem Herrn aufzusteigen. So weit kommt es noch mit der Verweichlichung der Volksseele!« Liechtenberg ist fast außer sich.

»Da hat sich wohl einer die Literatur aus der Festungshaft zu Landsberg sehr zu Herzen genommen. Gemach, das führt zu nichts«, versucht von Stein die Situation zu entschärfen.

Doch auch ich gebe jetzt nicht nach: »Ach was, die Volksseele, da lach ich doch. Sie müssen bloß raus aufs Pissoir gehn in einer Bierhalle! Und da sehen S' dann, wie weit es mit der Volksseele ist. Zuerst sind's nur fackige und erotische Sprüch', die an die Wänd' gschrieben sind, im Krieg dann lauter patriotische und jetzt halt lauter politische. Glauben S' mir, Herr Graf, bevor's nicht wieder erotisch wird, haben wir den Dreck im Schachterl.«

Und Liechtenberg: »Mit dem Erotischen, da scheint ein Gastwirt ja eine besondere Fortune zu besitzen. Doch eher wird ein Kamel durch ein Nadelöhr gehen, als dass durch Beischlaf der Adelsstand erworben wird.«

Das ist zu viel. Feli ist sehr interessiert, wie ich darauf reagiere, aber jetzt ist meine Geduld am Ende.

Maximilian von Stein versucht noch einmal, beruhigend auf uns einzuwirken: »Aber meine Herren, bitte Contenance.«

Und Rupperl zieht mehr oder weniger den Kopf ein.

Und ich stehe vom Tisch auf und gehe auf Liechtenberg zu. »Ja, dann ist ja wohl alles gesagt. Ich werd mich zurückziehn, wenn's gestattet ist.«

Mit Mühe halte ich mich ruhig, verabschiede mich von allen mit einem Händedruck und wünsche eine gute Nacht. Auch Liechtenberg kommt an die Reihe. Und ich nehme seine Hand – und drücke und drücke. Liechtenberg wird bleicher und bleicher. Lächelnd sage ich ihm: »Sehen S', das ist der erste Gang. Und das ist der zweite.« Liechtenberg schreit auf. »Und wenn S' noch amal so daherreden, dann schalt ich auf den dritten Gang.«

•

Ein Reporter, Dr. Eugen Staudinger, begleitete die deutsche Delegation und saß bei dieser Begebenheit am Nachbartisch. Den ganzen Disput hatte er natürlich mit Gusto verfolgt. Und schon verschwand er in Richtung Funkraum, zum Telegraphen.

Am nächsten Tag war der Zwischenfall im Speisesaal in den ›Neuesten Sportnachrichten‹ ein Thema für eine lustige Glosse, ohne dass aber von den vorangegangenen Tischgesprächen berichtet wurde. In der ›Rosenheimer Zeitung‹, die auch zu Marie durchdrang, war zu lesen:

Auf der mehrtägigen Dampferschifffahrt saßen abends deutsche und österreichische Olympiateilnehmer und Funktionäre gemütlich beisammen und unterhielten sich über die bevorstehenden Ereignisse. Dem österreichischen Delegationsführer, Fürst von X., fiel es dabei ein, den Kolbermoorer Gewichtheber und Gastwirt Josef Straßberger etwas aufzuziehen. Dieser ließ sich dies auch zunächst gutmütig gefallen, umso mehr, als er dem weltgewandten Aristokraten hier in keiner Weise gewachsen war. Als dieser aber nicht abließ, Straßberger zu hänseln, und die Lacher auf seiner Seite sah, wurde es dem starken Mann zu viel. Er schützte Müdigkeit vor und verabschiedete sich von den Anwesenden.

Zuletzt ging er auf Fürst von X. zu und gab ihm die Hand. Dieser schlug lächelnd ein, aber sein Lächeln verging ihm bald. Straßberger drückte zu.

Das zunächst höfliche Gesicht des österreichischen Adeligen ging in eine schmerzvolle Grimasse über. Kurz bevor ein Schmerzensschrei ertönte, löste Straßberger den Griff und sagte trocken: ›Des war der erste Gang, Herr Graf; wenn S' noch amal so saudumm daherreden, dann schalt i den dritten ei.‹ Von da ab soll Fürst von X. den Gastwirt mit ausgesuchter Höflichkeit behandelt haben.

•

Als ich in der Kabine bin, klopft es an der Türe, Rupperl ist es: »Auf einen Schluck.«

Und während ich ihm vom Cognac einschenke: »Rück raus, Rupperl, war ich zu hart zu unserem Grafen? Sag's nur.«

»Nein, nein, das ist es nicht.« Und er gibt mir Maries Brief.

Als ich ihn durchlese, sinke ich in mich zusammen. »... Das sind ja schöne Nachrichten.«

Aber Rupperl hat sich bereits still und heimlich aus der Kabine gestohlen.

Nur das monotone Stampfen der schweren Schiffsdiesel, die mit 24 Dampfkesseln, vier Dampfturbinen und 130.000 Pferdestärken den 50.000-Tonner mit über 20 Knoten durch den Ozean schieben. Und das leise Klatschen der Wellen an den eisernen Schiffsrumpf. Silbrig glitzern die Wellenberge am weiten Horizont, als ich, in Gedanken, vor die Kajüte der ersten Klasse trete und mich an die Reling lehne. Ich nehme mir eine Zigarette aus meinem Silberetui, ein Erbstück vom Großvater – ja, Alois, der mir diese Reise über den Teich vorausgesagt hat.

»So eine Welle«, denk ich mir, »hat auch eine ganz schöne Reise hinter sich, bis sie von Ufer zu Ufer gerollt ist und sich dann bricht in einer Gischt«, aber ich habe andere Probleme. Diese Reise wird entscheidend für mein weiteres Leben sein, das spüre ich, dafür habe ich nicht einmal Maries Brief gebraucht.

Zusammen mit der frischen Meerbrise ziehe ich den Rauch der Filterlosen durch meine Lungen. So ist das Rauchen am schönsten. Ich habe ihr Kommen nicht bemerkt, als Feli plötzlich hinter mir steht. Wir teilen uns die Zigarette und atmen den Rauch tief ein. Immer wieder werde ich in Felis Gegenwart unsicher und bin zugleich von ihr gefesselt.

Seit unserer Aussprache im Café Reber waren die heimlichen Treffen spärlich, erkaltet das frühere Lodern unserer Liaison. Meist musste man Feli jenseits der deutschen Grenzen suchen. Aber jetzt, langsam, entzündet sich in der leichten Prise des Abendwindes aus der noch vorhandenen Glut eine kleine, züngelnde Flamme, die rasch zu einem Feuer wächst. Aus dem hübschen, etwas hochnäsigen Fräulein Felicitas in Wörgl, aus der bei meiner Ankunft in München die fröhliche, ungezwungene junge Frau geschlüpft war, ist die attraktive und elegante Gräfin Felicitas von Stein geworden. Die Weitgereiste. Fließend Englisch, Französisch und ein paar Brocken Russisch spricht sie. Unser beider Zuneigung war nie geprägt von einer tiefen Liebe. Aber diese immer wieder hell auflodernde Lust füreinander – die Lust ist doch die eigentliche Kraft, nicht die Liebe, sie treibt die Menschen zueinander. Die Liebe kommt vielleicht einmal später, falls man sie zulassen will, im Glücksfall beidseitig.

Es ist schon seltsam, diese Unruhe, die mich befällt in den Momenten des Zusammenseins mit ihr. Ruhe ich doch sonst in mir, fast wie ein Buddha. Kaum kommt sie in meine Nähe, ist es aus. Eine seltsame Anziehung, jetzt, hier an die Reling gelehnt, gleichzeitig aber auch etwas, was mich zaudern lässt – eine innere Scheu. Da steht Feli und beobachtet mich. Es hat ihr schon imponiert, wie ich dem Herrn von Liechtenberg auf meine Art Bescheid gegeben habe. Kreidebleich ist der nach dem Händedruck gewesen.

»Du hast Liechtenberg lächerlich gemacht. Das wird er dir nicht vergessen.«

»Ach was«, sage ich darauf, »dieser geleckte Österreicher hat nichts anderes verdient. Und weißt auch, warum? Wegen dir.«

Und sie: »Wegen mir?«

Ganz nahe tritt sie an mich heran und ich sauge den Duft ihres französischen Parfums förmlich in mich ein, bin fast benommen davon. Wie gerne möchte ich diesen Augenblick wie einen zarten Parfumhauch in einem Glasflakon konservieren, für immer bei mir behalten. Die klare Mondnacht, das Vibrieren des Schiffskörpers, das leichte Beben, die dumpf wummernden Motoren, die zitternden Planken.

»Ich meine, wie er dich angschaut hat, so, ich weiß nicht, wie ich es sagen soll – besitzergreifend.«

Und sie lacht, irgendwie künstlich: »Ach was, das glaubst du doch nicht im Ernst, dieser kleine impertinente Österreicher. Du bist eifersüchtig, das ist ja fantastisch. Gib's zu. Aber ich bin doch bei dir. Jetzt. Das müsste dir doch ein Zeichen sein.«

Und während ich sie umarme, sage ich: »Weißt du, dass ich oft nicht weiß, für wen ich alles mache. Für mich, für meine Familie, oder bist es du, die meine Triebfeder ist?«

Und Feli, ganz klar: »Tu es für dich.«

Langsam gleite ich mit meiner Hand ihren Rücken hinauf und umschließe ihren Nacken, streife zum lockeren Knoten, zu dem sie ihre Haare gebunden hat, öffne ihn, sodass die Haare sanft auf ihre Schultern herabfallen, und führe meine Hand weiter, über ihre Brüste und tiefer, tiefer. Feli stöhnt leicht, als ich durch den dünnen Stoff ihres Kleids nach ihr fasse, zwischen den Schenkeln ihren Kitzler suche, und ich streichele sie leicht mit zwei Fingern, massiere sie, hin und her bewege ich meine Hand, schneller, heftiger, fester. Auch sie hat ihre Hand langsam in meinen Hosenschlitz geschoben, beide stöhnen wir und bewegen uns dabei in Richtung Kabinentüre und fallen übereinander her. Vergessen alles um uns herum, und wir kommen beide fast gleichzeitig zum Höhepunkt. Ihr zarter, elfenbeinfarbener Körper bäumt sich auf, fest umschließen mich ihre Beine und sie erzittert in kleinen Schüben. Mit einem Aufschrei ergießt sich auch mein Bauernsamen in das adelige Geschlecht und vermengt sich tief im Jungbrunnen der menschlichen Bestimmung.

Und für einen winzigen Moment scheinen alle Unterschiede überwunden. Ich spüre wieder so eine Kraft in mir. Ein Brennen von innen heraus. Fast verbrennt mich dieses Feuer. Ihr Feuer.

Als ob Feli ahnen könnte, was in mir vorgeht, umfasst sie mit beiden Händen meinen Kopf, fest, fixiert ihn. »Nutze dein Feuer. Gewinne! Ich will nur den Sieger. Den stärksten Mann der Welt. Hörst du! Nur dem Stärksten gebe ich mich hin.«

Und wieder lieben wir uns. Felis Hände umkrallen das Laken.

Am vierten Tag der Schiffsreise, in der 17. Stunde, taucht im frühen Morgendunst, wie eine Geisterhand aus dem Nebel, der gestreckte Arm der Freiheitsstatue im New Yorker Hafen auf. Alle strömen wir aufs Deck. Staunend bewundern wir die in Roben gehüllte Figur der Libertas, der römischen Göttin der Freiheit und unbegrenzten Möglichkeiten. Mit der rechten Hand reckt sie die vergoldete Fackel hoch und hält in der linken eine Tafel mit dem Datum der amerikanischen Unabhängigkeitserklärung. Zu ihren Füßen eine zerbrochene Kette. Und da die Junkers ja schon Stunden vorher mit dem Spruchband das Einlaufen der ›Europa‹ und der ›Bremen‹ angekündigt hat, steht an der Mole ein Empfangskomitee mit Musikkapelle bereit. Liechtenberg zahlt für jeden der Reisenden eine Taxe. Und schon sind wir da, wo so viele hinwollen.

•

Hinter den Olympioniken, im Hudson, lag Ellis Island, die Durchgangsstation für alle Einwanderer. Die Träneninsel wurde sie auch genannt, weil viele Immigranten an den Einreisebestimmungen scheiterten und wieder zurück mussten. Oder Familien wurden getrennt, weil die eine Hälfte, krankheitsgebeutelt, lange Wochen und Monate in Quarantäne verbringen musste. Streng war das Einwanderungsreglement. Zwei Minuten dauerte die Befragung und nach der medizinischen Untersuchung war das weitere Schicksal entschieden: Die Einwanderer mussten gleich zu Beginn die 50-stufige steile Treppe zum Registrierraum emporsteigen, wobei die Ärzte sie beobachteten. Hatte jemand Probleme, so deutete das nach damaliger Erkenntnis auf ein Herzleiden hin und derjenige wurde genauer untersucht. Die Mediziner prüften anschließend auf Infektionskrankheiten, schauten sich Hände, Gesicht und Haare an, und falls einer verdächtig war, bekam er ein Kreidezeichen auf die rechte Schulter gemalt. Ein »S« stand für Senilität, ein »Ct« für die Augenkrankheit Trachom und ein »X« für eine psychische Erkrankung. Die Unmarkierten gingen durch eine Tür mit der Aufschrift »*Push to New York*« und waren aufgenommen.

Weltweit herrschte nach wie vor die Rezession, die Staaten waren pleite, sodass sich manche Olympischen Komitees die Überfahrt nach Amerika nicht leisten konnten und einige Nationen fehlten. Die Brasilianer kamen und wollten mangels Devisen die Hafengebühr mit Kaffee bezahlen. Sie wurden abgewiesen und weiter zu einem anderen Handelshafen geschickt, wo sie zuerst ihre Fracht verkauften. Die Kubaner fanden Los Angeles gar nicht erst. Sie fuhren mit dem Bus zu einem anderen Los Angeles, einem Siedlungsgebiet im Süden von Texas mit kaum zwei Dutzend weit verstreut lebenden Einwohnern.

Und daheim in München sagte Marie ein paar Tage später zu Frieda: »Komm, jetzt gehen wir rüber ins ›Gabriel‹, in der Wochenschau ist heute dein Herr Papa ganz groß zu sehen.«

Das musste man Frieda nicht zweimal sagen und sie fragte: »Darf ich die Dorle mitnehmen?«

Und Marie darauf: »Nimm s' nur mit.«

Also nahm Frieda ihre Puppe Dorle und schon waren die drei auf dem Weg zur anderen Seite der Dachauer Straße hinüber, wo das Gabriel-Lichtspieltheater war. Da saßen sie dann, das Kino war gut besucht, auch weil sich viele Arbeitslose dort aufhielten. Denn mit dem Kauf des erschwinglichen Eintrittsbilletts war der unbegrenzte Aufenthalt möglich. So schauten sich die Leute eben den Hauptfilm und die Wochenschau mehrmals hintereinander an. Und an der Lehne des Vordersitzes war ein Drahtkorb befestigt, wo man sich seine Mass Bier hineinstellte, die man beim Einlass kaufen konnte. Die trank man dann und aß dazu Leberkässemmeln.

Als die Bilder von der Ankunft der Olympiamannschaft in New York über die Leinwand liefen, sagte Frieda laut: »Der Herr Papa. Das ist mein Papa!«

Und Marie zu ihr: »Psst, sei leise, sonst hören die Leute ja nichts, wenn du reinredest.«

Die Fangemeinde lauschte und staunte begeistert. Wie die Olympioniken die Gangway herunterkamen und winkten.

Der Sprecher: »Sie sehen nun die Ankunft unserer Olympioniken im New Yorker Hafen. Von Neu York geht es mit dem Zug weiter, über drei Tage lang wird diese Reise dauern, in das Olympische Dorf in Los Angeles, wo sie schon freudig erwartet werden. Wollen wir ihnen Glück wünschen, unser Deutsches Reich würdig zu vertreten. An der Gangway sehen wir hier winkend die Olympiamedaillengewinner der letzten Spiele in Amsterdam, die Fechterin Helene Mayer und den Gewichtheber Josef Straßberger.«

•

Weil die Weiterfahrt nach Los Angeles erst für den Abend angesagt ist, geht es vom Schiff aus gleich auf eine Sightseeingtour, wie sie es hier nennen. Im Doppeldeckerbus, mit offenem Verdeck oben, fahren wir vom Hafen aus über die Brooklyn Bridge nach Manhattan. Vorbei an der großen Baustelle des Rockefeller Center. Maximilian von Stein gibt den Reiseführer: »Erbaut 1883, eine der ältesten Hängebrücken des Lands. 486 Meter lang zwischen den Masten. Länge der Fahrbahn insgesamt 1.091 Meter. Und zu unserer Linken das Empire State Building, 381 Meter hoch, 1931 fertiggestellt. Höchstes Gebäude der Welt. Da wollen wir hinauf zur Aussichtsplattform.«

Und Liechtenberg kann es nicht lassen und versucht, mich in ein provokantes Gespräch zu verwickeln: »Wissen S', Herr Straßberger, dass viele Stahlarbeiter, die New Yorks Skyline gebaut haben, zum Stamme der nordamerikanischen Mohawk-Indianer gehören? Sie nennen sie die Hochhaus-Indianer, sie sollen komplett schwindelfrei sein. Entdeckt haben s' das im Zuge der Arbeiten an einer Eisenbahnbrücke am Sankt-Lorenz-Strom, der mitten durch ihr Reservat fließt. Da hat man sie um Mithilfe gefragt und die Ingenieure sahen, wie die jungen Indianer mühelos auf den Eisenkonstruktionen in schwindelnder Höhe herumkraxelten. Seitdem sind die Mohawk gefragte Arbeiter auf Hochhausbaustellen überall in Amerika. Die Legende, dass die Mohawk kein Schwindelgefühl kennen, ist eine Frage des Mutes, aber auch der Indianer kennt die Angst vorm Fallen. Bis zum Ende des Amerikanischen Unabhängigkeitskrieges waren sie übrigens mit den Briten verbandelt – erst gegen die Franzosen, dann gegen die US-Amerikaner, darum mussten sie auch aus dem Staat New York fliehen, aber jetzt sind sie wieder da.«

Diesmal gehe ich der Konfrontation lieber aus dem Weg: »Ach wissen S', Herr von Liechtenberg, Sie wollen mich gwiss wieder reizen mit Ihren Indianergschichten, aber diesmal möcht ich Ihnen nicht auf den Leim gehn.«

Und auch Feli greift listig ein: »Rauchen wir eine Friedenspfeife.«

Und Liechtenberg wird plötzlich versöhnlich: »Wissen S' was, Herr Straßberger, wo die Frauen recht haben, soll man ihnen lieber nachgeben. Vergessen wir unseren kleinen Disput neulich im Speisesaal, sogar die ›Neuesten Sportnachrichten‹ haben darüber berichtet. In Rosenheim. Schwamm drüber!« Und er streckt mir die Hand entgegen. »Aber bitte diesmal nicht so fest.«

Ich greife zu und drücke diesmal auch wirklich eher leicht: »Also gut, Schwamm drüber, aber vergessen ist's nicht.«

Und der selbsternannte Reiseführer von Stein: »Genießen wir diese Tour fast um den Erdball. Gleich können wir ihn von oben sehen! Zum Glück müssen wir uns nicht in die Schlange einreihen, denn alle wollen natürlich da rauf auf das Empire State Building. Wir dürfen gleich vorbei, alles ist organisiert.«

Auch Helene hat den Twist an Bord gut weggesteckt: »Es scheint, so wie hier wird bald die gesamte Welt durchorganisiert sein, jeder Quadratzentimeter ist anscheinend verwaltet, bebaut und vermietet. Oder was meinen Sie, Fräulein Feli? Kommen Sie auch mit auf das Empire?«

»Ach, da lasse ich mir lieber hinterher berichten, wie es dort oben war, ich bekomme da Höhenangst, ich gehe lieber in die Fifth Avenue einkaufen. Und ich brauche unbedingt einen Beschützer. Wollen Sie mich nicht begleiten, Herr von Liechtenberg – und beschützen vor den Indianern?«

»Wie soll man einem so schönen Fräulein den Wunsch abschlagen können, aber ich glaube, Fräulein von Stein braucht mich eher als Ersatz für einen Packesel, eher zum Schleppen der Einkaufstüten?«

Und Feli: »Auch das, mein lieber Liechtenberg, aber ich schätze natürlich Ihre fürsorgliche und charmante Begleitung umso mehr.«

Und Liechtenberg: »Ich bin dabei, da vorne ist ein Taxi.«

Schon springen die beiden vom Bus und schnappen sich den Wagen.

»Liechtenberg, mein Packesel, wo bleiben Sie denn?« Feli kann es gar nicht erwarten. »Wir müssen unbedingt ins Bloomingdale's, Macy's, Bergdorf Goodman und vor allem ins Saks. Ich sage nur, ahoi, wir kommen!«

Im Nu sind wir anderen mit dem Hochgeschwindigkeitsaufzug oben, wir kriegen fast keine Luft, so schnell geht es aufwärts, und wir treten hinaus auf die Plattform. Und Rupperl, noch ganz wackelig auf den Beinen: »Zum Glück ist der Aufzug nicht abgestürzt.«

Darauf von Stein, bestens informiert: »Ein Hoch auf Elisha Otis! Elisha Graves Otis hat Maschinen für eine Bettgestellfirma installiert und bekam den Auftrag, einen Lastenaufzug zu konstruieren. Und er begann, über die Absicherung gegen einen möglichen Abriss des Stahlseiles nachzusinnen. So erfand er eine Sicherheitsfangvorrichtung für Aufzüge, die einen Absturz der Kabine verhindert. Dank seiner Erfindung können seitdem immer höhere Häuser gebaut werden. Kommen S', mein lieber Herr Straßberger! Schauen S' am besten durch das Fernrohr, überall wird gebaut und immer höher hinaus. Was für eine Fernsicht! An klaren Tagen über 80 Kilometer.«

Max von Stein, noch immer in seinem Element, hat vorausschauend Centstücke besorgt, die man in die Geldschlitze der großen Standferngläser werfen kann. An alles hat er gedacht, der Herr Graf.

Doch so richtig kann ich mich im Moment nicht freuen, denn die räumliche Entfernung von Marie lässt gerade meine Zuneigung zu ihr wieder wachsen. Oder ist's mehr das schlechte Gewissen? Das regelmäßige und gewohnheitsmäßige Zusammensein hat mein Gefühl für sie erkalten lassen. Und jede fremde Frau erschien mir anziehender. Und ich merke auch, dass diese Gemeinschaft hier, falls sie sich denn überhaupt fortsetzt, nicht dieselbe Qualität hätte. Gerade die Abwesenheit von Marie lässt meine Sehnsucht nach ihr steigen. Und trotzdem zieht das Verlangen nach Feli an mir.

Das ist das Seltsame, diese Gleichzeitigkeit des Hingezogenseins zu den beiden Frauen. Vielleicht muss man sich gar nicht entscheiden?

Und dann sehe ich Feli, als ich durch die Sucherlinse des Fernrohrs schaue. Nicht der Hafen und die Weite der Straßenschluchten interessieren mich, nein, ich suche die Fifth Avenue ab. Rauf und runter, runter und rauf. Und eigentlich weiß ich es nicht genau – sehe ich sie wirklich oder spielt sich alles nur in meinem Kopf ab? Nein. Ich entdecke Feli und Liechtenberg, wie sie feixend vor der Auslage eines Geschäfts stehen. Das ist kein Hirngespinst. Wie die Eifersucht in mich hineinkriecht und sich meiner bemächtigt – seltsam, dieses Gefühl kenne ich so noch gar nicht. Und insgeheim verfluche ich mich nun, hätte ich nur fester zugedrückt, als ich Liechtenbergs Hand in meinem Schraubstock hatte, um ihm einen Schmerz zuzufügen. Ja, langsam beginne ich, diesen adeligen Österreicher zu hassen, ja gleich alle Österreicher mit ihm.

Und in Gedanken erscheint mir Feli, wie sie sich dem Österreicher hingibt. Und das Geschlechtsteil des Österreichers bohrt sich in mein Hirn und füllt es aus. Fast kann ich an gar nichts anderes mehr denken, es lähmt mich. Und auch das hasse ich.

Wie schnell wächst doch aus einem Verlangen heraus das Gegenteil.

Was wäre sie denn ohne den Vater mit seiner Brauerei und den Immobilien in der Hinterhand, ohne den ganzen Reichtum, da würde der Österreicher sich nicht so bemühen. Die Reichen werden immer siegen, so viel habe ich gelernt vom Leben. Es steht in der Bibel, dass eher ein Kamel durch ein Nadelöhr geht, denn dass ein Reicher in den Himmel kommt. Aber wahrscheinlich haben sie da irgendeinen Ablass und schon ist er drin. Und selbst wenn man einem den Reichtum wegnimmt, wird es eben andere Reiche geben, die regieren. Und wer das nicht glaubt, kann sich ruhig was vorlügen, das ist sein gutes Recht. Aber die Österreicher sind die niederträchtigeren und die gewissenloseren unter uns Brüdern.

Wie ein verlorener Sohn laufe ich nachts kreuz und quer durch die Straßen von New York, wo die Häuser so hoch sind wie die Alpen und München und Kolbermoor weit weg. Und als wähnte ich mich auf einer Alm, wo der Senner von einer Hochwiese zur anderen jodelt oder pfeift, forme ich meine Hände zu einem Trichter. Als wäre heute schon morgen, schreie ich laut hinaus, möchte mir die Erde untertan machen und Jerichos Mauern einstürzen lassen, so laut, dass sich meine Worte an den Hochhauswänden brechen und ich sie zurückschallen höre wie an der Echowand am Königssee: »Das werden wir schon schaukeln. Ich, der Olympiasieger von Amsterdam, der Weltmeister – der stärkste Mann der Welt – der stärkste Mann der Weeeelt!«

Und da Orte dieser Art ja nicht unbewacht sind, reitet ein Polizist auf seinem großen Pferd auf mich zu, schaut grinsend auf mich herunter, hebt den Daumen in die Höhe und sagt: »*Hey man, good luck and take care*« – und reitet einfach weiter.

Vor knapp einem Monat hat hier in New York Max Schmeling seinen Weltmeistertitel verteidigt und verloren. Eine Blamage für ganz Deutschland. Eine Schmach, denn der Kampf wurde geschoben. Ein bisschen aber freut es mich, denn die Boxer kann ich nicht leiden. Die nehmen sich noch wichtiger als die Fußballer. So darf es mir nicht ergehen. Die Boxer und Fußballer, einfach überschätzt. Die einen laufen wie blöd einem Ball nach, die anderen lassen sich blaue Augen schlagen.

Ja, heiß ist es an diesem Abend in der Stadt, doch der Wind, der durch die Häuserschluchten vom Hudson River her pfeift, kühlt die Haut. Imposant streckt sich das Empire State Building in den Himmel wie der Turm zu Babel. Und unten wuseln die Menschenzwerge. Die Ober und die Unter. Und ich laufe über die

Brooklyn Bridge und bestaune die Eisenkonstruktion mit den faustgroßen Nieten, die die Stahlplatten und armdicken Eisenseile festquetschen. Und als ich in Brooklyn stehe, blicke ich über den Hudson und auf die grandiose Skyline und auf die Passanten, Männer mit großen Hüten und elegante Frauen, die sich im Gegenlicht abheben.

Unter einem Brückenpfeiler liegt ein Obdachloser, eingehüllt in fünf dicke Mäntel mitten im Sommer. Ist das der amerikanische Traum? Vom Tellerwäscher zum Odachlosen. Da sitzt er wie eine Sphinx, eingesunken, betrunken. Hätte er halt nicht so viel saufen sollen, selber schuld. Komisch, obwohl doch Prohibition ist, kommen mir viele wie besoffen vor.

An einem Hauseingang höre ich leise Musik aus einem Keller und gehe dem Klang nach. Ich lande in einem Klub, dunkle, vollgekritzelte Wände, eine improvisierte Bar mit einem Kellner, fast alle Besucher sind Schwarze, auch die Musiker, die mit einem gewissen Duke zusammenspielen, der am Klavier zaubert. Und ich bin fasziniert von diesem Duke, wie seine Finger über die Tasten tanzen. Es scheint, dass er hier der Lokalmatador ist. Auch Alkohol gibt es. Als Feuerwasser rinnt der braune Schnaps meine Kehle hinunter. Die Türe zum Ausgang ist fest verschlossen und wird bewacht. Auf dem Heimweg läuft mir ein Schwarzer nach. Schneidet Fratzen. Lacht. Er fragt mich, ob ich einen *Buck* für ihn habe. Nur fünf, sage ich. Fünf nimmt er nicht. Das ist zu viel, nur einen. Er macht wieder Fratzen und Faxen und läuft davon.

Als ich zum Fluss komme, sehe ich einen alten Chinesen, der ein Gittergestell in das silbriggrün dahingurgelnde Wasser schleudert. Ich bleibe ein wenig stehen und beobachte ihn. Später zieht er mit seinem zerfransten Seil die Kiste wieder samt einem großen Krebs heraus. Der Chinese hält mir den Krebs hin.

»Ich ess zurzeit nur Rührei mit Zucker.«

Der Chinese lacht.

»Ich mag lieber Rühreier.« Ich übersetze: »Lühleiel.«

Wieder lacht der Chinese und versteht nichts und wir haben uns verstanden.

Ich laufe weiter, durch China Town, durch Little Italy. Soho, durch die Bouwer Street und weiter, weiter. Vor einem Laden in der Housten hat sich eine Menschenschlange gebildet. Gibt's da was umsonst? »Katz's Deli 1888« auf einem großen Schild über dem Eingang. Davon habe ich gehört. Gegründet in der Lower East Side von Manhattan. »Katz's« versorgt die jüdischen Einwanderer aus Russland und Polen mit vertrautem Essen aus *Old Europe*. Nun stehen auch viel deutsche Auswanderer in der Schlange. Katz's Deli, High Noon. Jeder, der den Laden betritt, bekommt ein Ticket ausgehändigt, auf dem Zahlenkolonnen abgedruckt sind. »Vorsicht! Verlieren kostet 50 $!« An der Theke bestellt man dann. Die Bediensteten machen mit Bleistift ihre Haken auf der Eintrittskarte, an den Preisen der Bestellungen. Beim Verlassen des Delis, am Ausgang, händigt man das Ticket der Frau an der Kasse aus und zahlt den Betrag, der angesagt wird. Ich werfe die Rühreier über Bord und esse ein Pastrami-Sandwich, denn dafür ist Katz's Deli berühmt. Das ist Rindfleisch, das erst gesalzen, dann getrocknet und mit verschiedenen Kräutern versetzt wird. Mit vollem Bauch geht es weiter.

Vor der Auslage eines Hutgeschäfts in der Fifth Avenue bleibe ich stehen, ein ganzes Schaufenster voll mit einem Modell, aber in unterschiedlichen Farben. Ich gehe hinein und kaufe mir den teuersten schwarzen Filzhut, einen Borsalino. Ich setze ihn auf und komme mir vor wie Al Capone.

Das ist also New York. Ich bin eigentlich glücklich. Und doch befällt mich eine große Traurigkeit, eine Angst, eine Vorahnung für das, was kommt, wenn ich in Los Angeles versagen sollte.

Alles, was ich im Leben erreicht habe, kommt ja eigentlich ja nur durch diese verflixten Weiber. Auch durch meinen Fleiß, aber an der Wurzel stehen doch die Frauen. In meinem Fall zwei. Die eine daheim, die andere hier.

Ach was, denke ich mir und erinnere mich an den Großvater, der sagte: »Bua, Weiber gibt's wie Mist. Und wenn eine geht, such dir eine neue, eine andre Mutter hat auch ein schönes Kind, die dir dann den wahren Frieden bringt – denn das Weib repräsentiert die Natur und alle sehen sich in den entscheidenden Punkten sehr ähnlich. Hauptsach', sie hat einen schönen Popo – und schon ist sie dein.«

Am nächsten Tag geht es weiter mit dem Zug. Und so einen großen Bahnhof habe ich noch nie gesehen, die Grand Central Station, größer als der Kölner Dom. Ein Palast. Zehn Kronleuchter hängen an der Decke mit über 100 Glühbirnen an jedem. Da hätte unser Page was zu polieren. Und auch Feli ist überwältigt, als sie die weltgrößte Uhr sieht, die einen Durchmesser von vier Metern zur Schau stellt.

Feli ist ganz entzückt: »Von Tiffany! Von Tiffany!«

Innen dann in der Bahnhofshaupthalle ein weiterer Zeitmesser. Die vier Ziffernblätter sind aus Opalen gefertigt und laut Sotheby's und Christie's Millionen wert. Ein berühmter Treffpunkt: *Let's meet on the clock*. Und Fremdenführer von Stein – alle verdrehen schon die Augen und trotzdem erfahren sie so etwas, denn nur der Ignorante bleibt dumm –, ja, von Stein erläutert: »Erbaut von Eisenbahnmogul Vanderbilt. Tja, da komm ich mir mit meiner kleinen Landbrauerei ganz winzig vor. Fast schon demütig.«

Im Zug nehme ich seit langer Zeit wieder eines meiner Notizbücher in die Hand und schreibe:

Zum Glück ist der Zug recht luxuriös ausgestattet im Vergleich zu Bahnfahrten in der Heimat, es gibt sozusagen eine Rundumverpflegung, aber nach einem Tag wird auch die schönste Zugfahrt langweilig, öde. Ich bin mir sicher, dass in ein paar Jahren die Erinnerung eine völlig andere sein und die Dreitagesfahrt von der Ost- zur Westküste vielleicht als das positivste und schönste Reiseerlebnis geschildert werden wird.

Wir haben die Black Hills verlassen und nähern uns den weiten Ebenen und Savannen und der Prärie, es wird es immer öder. Dieses platte Land, nirgends ein Hügel, nirgends ein Berg. Ab und zu ein Steinhaufen und sonst nichts. Nicht einmal eine Klapperschlange oder einen Skorpion habe ich gesehen. Geschweige denn einen Indianer. Irgendwann richtig große Rindviehherden, die sind schon ein wenig größer als bei uns, da in Amerika ja alles größer ist als bei uns. Und durch riesengroße Bahnhöfe rattert der Zug, wo sie die Rindviecher abtransportieren in die Schlachthäuser für ihre Steaks. Im Prinzip eine heruntergeschnittene Fleischscheibe in unterschiedlicher Dicke und Größe, die unterschiedlich lang auf einen heißen Grillrost gelegt und oft fast noch roh gegessen wird, nicht so wie unser Schnitzel, schön durchgebraten.

Ich kann jetzt schon kein Fleisch mehr sehen. Jeden Tag Rindfleisch, in allen Varianten, gegrillt, als Hack, dann gebraten und dann wieder als Hack und dann wieder gegrillt und dann gebraten. Dazu jeden Tag Bohnen und Bohnen und Kartoffeln und noch mehr Kartoffeln mit einer gebratenen Tomate. Und auch der Filterkaffee ist von einer Wässrigkeit, dass ich mich bald nach dem Muckefuck sehne, so wie wir ihn in Ermangelung von Kaffeebohnen nach dem Krieg gebrüht haben. Und wieder Rindviecher, wohin das Auge reicht. Früher sollen da mal Bisonherden gegrast haben. Hunderttausende Tiere. Ur-Rindviecher. Und die haben sie zum Spaß aus dem Zug heraus weggeschossen. Aus Langeweile. Aber in Wirklichkeit wollten sie diese Ur-Rindviecher mit ihren Rindviechern austauschen.

Endlich wird es bergiger und teilweise schaut es aus wie bei uns im Schwarzwald oder Bayerischen Wald, nur immer größer. Über gewaltige Eisenbrücken ruckelt der Zug, der von großen Elektroloks gezogen wird. Alle Brücken wurden von Vanderbilt gebaut, sagt von Stein. Wohin man schaut, Wald, nur Wald, stundenlang Wald. Auch das wird eintönig.

Dann Wüste. Und wie wir dahinrattern, wird es so heiß, dass wir bei jedem Halt aus dem Zug springen und uns gegenseitig mit kaltem Wasser abspritzen. Über drei Tage sind wir nun unterwegs und wir schwitzen und schwitzen. Aber morgen werden wir ankommen.

Gleich gibt es Abendessen. Eine Abwechslung. Es gibt wieder Rindfleisch mit Bohnen und eine Tomate. Zum Nachtisch Apfelkuchen, wie bei uns – daheim.

Die Straßen von Los Angeles sind mit Olympiafahnen und Wimpeln geschmückt, als wir vom Bahnhof in das olympische Dorf fahren, das erstmals in der Geschichte der Olympischen Spiele für die männlichen Athleten gebaut wurde. Bestehend aus 550 Fertighäusern aus Holz. Es mangelt dort an nichts, nur an Frauen. Die hat man im Chapman Park Hotel einquartiert und für die Vollpension zahlt man hier wie da zwei Dollar pro Tag. Ich habe die Hotelkosten für Helene übernommen.

Die Frauen sind nach wie vor benachteiligt: Sie dürfen in höchstens drei Disziplinen starten. Und als ich auf der Veranda der kleinen Wohnbaracke, auf der ein Tischchen mit zwei Stühlen steht, sitze, bringt mir ein schwarzer Gepäckträger meinen Schrankkoffer mit einer Sackkarre und stellt ihn auf die Veranda. Unheimlich kommt er mir erst vor, der Neger. Dass er aber faul ist, hinterlistig und dumm, wie ich im Radio gehört habe, kann ich nicht bestätigen, nein, das kann ich nicht. Er ist höflich und zuvorkommend.

»*Welcome*«, sagt er.

»*Thank you*«, sage ich.

Eigentlich gar nicht so schwer, die englische Sprache, einiges lässt sich von der eigenen Muttersprache ableiten. Ein paar Sachen muss man halt wissen. Ich heißt *I*. Ei heißt *egg*. Eck heisst *corner*. Und koana heißt *nobody*.

Da ist ja nichts dahinter, hinter dieser amerikanischen Freundlichkeit, heißt es immer wieder, und auch, dass das nicht ernst gemeint sei. Aber ist es nicht eine schöne Grundeinstellung, den Fremden zunächst mit ein paar freundlichen Worten zu begrüßen? Hier auf meiner Veranda, so kommt es mir vor, begrüßt gerade der Fremde den Fremden – und das ist gut so, denke ich mir. Und ich schreibe Marie eine Postkarte: »Liebe Marie, bitte bleib. Ich brauche Dich. Wer soll denn das Geschäft führen? Dein Josef!«

Wie wird es wohl Bruder Franz ergangen sein, der nun schon einige Zeit in Amerika ist? Zunächst ging seine Reise nach Buenos Aires, weil die Auswanderungsquoten nach Amerika voll waren und Argentinien sehr interessiert war an deutschen Auswanderern, wie der Fischlinger Max ja schon herausgefunden hatte. Die Schwester Anni ist dann nachgezogen, der Franz hat für sie gebürgt, dass sie nachkommen konnte. Über Argentinien, über Cordoba, haben sie es in die Vereinigten Staaten geschafft.

Weit über ein Jahr nach ihrer Auswanderung haben wir einen Brief von Anni bekommen, einen langen Weg hatte der hinter sich.

Nahezu ein Jahr ist verflossen, seit ich Abschied nahm, um mein fernes Glück in Amerika zu suchen.

Es geht mir immer gut und ich habe mich nun mit dem Maximilian Fischlinger verheiratet, um gemeinschaftlich mit ihm mein Leben zu bestreiten und bin ihm eine Stütze, wo es nur geht.

Man verlangt von uns, dass wir des Englischen mächtig sein müssen, und ich habe mich seit meinem Hiersein schon gleich damit vertraut gemacht. Den Metzger nennt man hier Butcher, ausgesprochen Buttscher. Die sind hier sehr gefragt, weil es so viele Rindviecher gibt, darum hat ein tüchtiger Mann immer Arbeit und man gibt ihm die Gelegenheit, vorwärts zu kommen. Unsere Butcher hier schlachten und verkaufen im Markte zugleich, schaffen meistens in den frühen Morgenstunden. Allerdings leidet augenblicklich das Geschäft an Sympathie und sie kämpfen nach dem Schaffen mit der allgemeinen Niedergeschlagenheit, da die viele Arbeit von so wenigen Leuten getan werden muss.

Insgesamt gibt es hier viele Widerwärtigkeiten, mit denen wir kämpfen, doch immer noch übt dieses große Land eine Anziehungskraft aus wie kein anderes, weil man hier anfangen kann, was man will.

Innerlich bin ich aber doch wie zerrissen. Ein Teil ist verbunden mit dem hier und will bleiben. Der andere Teil hat eine Sehnsucht und will weg. Manchmal bin ich so traurig und fühle mich ganz verlassen hier!

Wenn die Heimat so fern ist, sind unsere Herzen tausendfach enger mit ihr verknüpft. Es ist zwar schön im fremden Land, die Berge und Flüsse, alles ist größer, doch im Herzen, wo wir schon manchmal glauben, Amerika sei jetzt unsere Heimat geworden, klafft ein großes Loch. Amerika ist schön. Doch zur Heimat wird es nie.

Über 100.000 Zuschauer fasst das Sportstadion in Los Angeles und es ist bis auf den letzten Platz mit Menschen besetzt. Unter ihnen auch Charlie Chaplin und Marlene Dietrich. Man hat uns für die Eröffnungsfeier in einen weißen Anzug mit Hut gesteckt. Die Athletinnen im Kostüm.

Zum ersten Mal sollen die Siegerehrungen gleich nach den Wettbewerben stattfinden. Mit Flaggenzeremonie und Nationalhymne, ganz nach dem Geschmack Hollywoods. Außerdem wird das dreistufige Siegertreppchen eingeführt. Neu ist auch, dass die Zeit elektrisch gemessen wird, die Stoppuhr und auch das Zielfoto werden mit der Startpistole ausgelöst. Und der Box-Ringrichter steht nicht wie üblich außerhalb des Rings, sondern zwischen den Seilen. Alle großen Filmstudios haben die Kameras schon aufgebaut.

Am Abend folgen wir einer Einladung von Paramount. Marlene Dietrich hat eine Vorführung von »Shanghai Express« arrangiert. Auch der Regisseur Sternheim ist da. Hinterher geht's zum Empfang ins Beverly Wilshire Hotel, im Zentrum von Beverly Hills, wo sich Maximilian von Stein mit Feli und einigen Funktionären eingemietet hat. Und wieder danach werden wir in das Städtchen Malibu in der Bucht von Santa Monica gefahren.

Mit Feli stehe ich am Pier, wo die Wellen fast über das Holzgeländer schwappen und der Wind bläst. Und während wir uns die Hüte halten, segeln ein paar Möwen ungeniert, ohne Anstrengung, wie im Spiel mit den Naturgewalten gegen den Wind und lassen sich hin und her treiben. Ein toter, angeknabberter Hai liegt im Sand, ein paar Angler werfen ihre Köder aus. Ein Felsen ragt hervor. Eine Robbe hat sich faul darauf ausgestreckt.

Die Robbe ist doch ein treudummes, hundeartiges Tier, das nur durch Bestechung mittels toter Fische zu irgendetwas Blödem wie In-die-Flossen-Klatschen imstande ist und dafür aber sogleich seine Belohnung, einen weiteren toten Fisch, einfordert. Da reißen die Robben ihre treuen Glubschaugen auf. Sie können nicht einmal bellen, ihr gequetschtes Husten ist einmalig dumm im ganzen Tierreich. Erinnert eigentlich an einen Frosch. Sie riechen aus dem Maul wie ein Schwarm toter Fische. Und kein Wal ist weit und breit zur Abwechslung sichtbar, der seine Wasserluftfontäne hinausbläst. Auch kein weißer Hai, der auf einen Robbenhappen wartet.

Irgendwie fühlt sich Feli heute an wie ein toter Fisch, seltsam kalt, ohne Anziehungskraft. Seit der Überfahrt mit der ›Europa‹ ist alles anders. Je weiter wir uns von der Heimat entfernt haben, umso unnahbarer verhält sich Feli mir gegenüber. Wie ein Chamäleon hat sie hier in der Fremde alles Sympathische und Anziehende abgelegt. Gegen etwas für mich noch nicht ganz Greifbares eingetauscht. Eine kalte zweite Haut.

»Du weißt, dass es für mich ums Ganze geht«, versuche ich, sie auf mich einzuschwören, ja, ich brauche gerade jetzt ihre Zuneigung und ein warmes Gefühl.

»Ach, Josef«, erwidert sie und dreht den Kopf in den Wind. »Du kennst mich doch gar nicht.«

Auch als wir zusammen im Beverly Wilshire beim Dinner sitzen, ein paar Funktionäre wie Ritter von Halt mit am Tisch, ist die Stimmung so gar nicht rund. Später, als wir an der Bar noch ein paar Minuten totschlagen, ist Feli unpässlich und verabschiedet sich zur Nachtruhe - Migräne.

»Ja, die Migräne ist schon ein Zustand, mit dem man vieles entschuldigen kann. Die eine hat sie wirklich, die andere schiebt sie vor«, meint darauf der Herr Graf. »Ich werde mir noch ein kühles Glas genehmigen, trotz der Prohibition. Und Sie sollten doch besser ins Dorf gehen, in zwei Tagen ist doch Ihr großer Tag.«

So ist es nicht verwunderlich, dass ich mich am nächsten Morgen beim Training nicht ganz in Bestform einfinde, aber doch das Gefühl habe, dass sich schon alles einschaukeln wird. Rupperl fordert viel von seinen Zöglingen und treibt uns zu Höchstleistungen an.

Am Tag des ersten Wettkampfes gehe ich nach der Massage zu meinem Schrank und will mir noch einen Schluck Cognac genehmigen, doch mein Wettkampfelixier ist verschwunden.

»Sabotage!«, schreit einer beim übernächsten Spind. »Meine Schuhe sind weg.« Und einem anderen fehlt irgendetwas anderes. Anscheinend hat ein ganzer Raubzug in den Umkleidekabinen stattgefunden. Erst jetzt wird der Diebstahl bemerkt.

Verschwörungen werden ausgerufen. Der Abbruch der Wettkämpfe gefordert. Geflucht und gerannt. Leider lässt sich auf die Schnelle wegen der Prohibition nur Sekt als Ersatz für meinen Kraftspender auftreiben.

Ich bin in schlechter Verfassung, als ich zur Wettkampfhalle durch die Katakomben des Stadions gehe. Aber nicht nur wegen meinem fehlenden Aufwärmritual bin ich schlecht gestimmt. Nichts ist richtig im Lot.

Das scheint auch Rupperl aufzufallen: »Jetzt reiß dich zamm und schalt das Hirn aus. Nicht denken, heben!«

•

Radioreporter:

Der Wettkampf ist jetzt schon einige Zeit im Gange. Die ersten 140 Kilo hat Josef Straßberger erwartungsgemäß gekonnt gehoben und eine Marke gesetzt. Nur noch wenige Kontrahenten sind übrig, die mithalten können. Jetzt ist er wieder an der Reihe. Es werden weitere Kiloscheiben aufgelegt.

Straßberger reibt sich die Hände mit Magnesiumstaub ein. Angespannt tritt er an die Stange. In einem Moment höchster Konzentration verweilt er vor den Gewichten. Das Publikum hält gebannt den Atem. Wird der deutsche Favorit, der bei den letzten Spielen 1928 in Amsterdam Gold für Deutschland holte, auch hier die Nerven behalten?

Straßberger geht in die Hocke, seine Hände umschließen die kalte Stahlstange. Mit einem Schrei stemmt er das Gewicht auf die Brust und setzt gut um. Man sieht deutlich, wie die Adern an der Stirn hervortreten, Schweiß schießt aus den Poren – und – in einem übermenschlichen Kraftakt drückt er die Stange in die Höhe.

Zitternd kann er das Gewicht über seinem Kopf halten. Die linke Seite neigt sich nur um einen Zentimeter ... er drückt nach.

Er kommt ins Straucheln. Krachend donnern die Gewichtscheiben auf den Boden.

Der zweite Versuch – ein Fehlversuch. Straßberger hat jetzt noch einen Versuch, um sich von seiner Konkurrenz abzusetzen. Nach Straßbergers Vorlage von 140 Kilogramm können ihm nur noch die beiden Tschechen Václav Pšenička und Jaroslav Skobla gefährlich werden, der letzte hat bei 140 Kilo im zweiten Versuch geschmissen. Skobla, Angehöriger des Sportvereins Polizei SV Prag, war auch bei den Olympischen Spielen 1928 in Amsterdam am Start und gewann die Bronzene.

•

Rupperl ist wutentbrannt: »Du erhöhst jetzt mindestens auf 148,5 – das hast du im Training schon gehoben, du schaffst es. Josef, du hast im Training schon 148,5 gehoben! Erhöh mindestens auf 148,5, du schaffst es.«

Trotzig antworte ich ihm: »Jetzt schau dir doch die zwei Tschechen an. Die heben doch nichts mehr!«

Und Rupperl darauf: »Wie du meinst, aber beschwer dich hinterher nicht bei mir!«

Auf einer Tafel wird »140 Kilo« abgewischt und mit einer Kreide »145« aufgeschrieben.

Und die Kameras der Hollywoodstudios, die um die Wettkampfbühne aufgebaut sind, surren.

•

Der Reporter weiter:

Anscheinend sind sich Trainer und Schützling nicht einig, ob das Gewicht weiter zu erhöhen ist, und mit einer Handbewegung zur Wettkampfleitung hin lässt der Olympiasieger von Amsterdam es bei den aufgelegten Kilos für seinen dritten und letzten Versuch.

Und wieder geht Straßberger an die Gewichte. Wiederholt geht er in die Hocke. Setzt gut um. Und hält das Gewicht auf der Brust –

Was ist heute nur mit Josef Straßberger los? Ist es die Hitze, das fremde Klima? Wir werden es später erfahren …

Die Stange kommt in die Höhe, jetzt muss er sie halten. Halt sie, halt – Erfolg! Sein dritter und letzter Versuch gelingt.

Das Publikum applaudiert Straßberger. Sie sehen im Deutschen bereits den Goldmedaillengewinner. Triumphierend reckt Straßberger seine geballten Fäuste in die Höhe.

•

»Abwarten«, meint Rupperl, »ich sag immer: Olympische Spiele verlaufen anders, als man denkt.«

Und die schlagartige Ernüchterung kommt mit dem nächsten Kontrahenten. Der Tscheche Jaroslav Skobla legt 380 Kilogramm auf. Er geht zur Stange – und schafft es.

»Wenigstens die Silberne«, denke ich im Stillen.

Jetzt geht der zweite Tscheche, Václav Pšenička, an die Langhantel und lässt das gleiche Gewicht auflegen, das ich gestemmt habe. Er hat etwa mein Körpergewicht. Wenn er das schafft. Er hat noch nie so viel gehoben.

•

Und daheim saßen sie und lauschten gebannt.

Das Unglaubliche passiert. Václav Pšenička hat ebenso viel Gewicht aufgelegt wie Straßberger. Wenn er das hebt, wird das Körpergewicht der beiden Athleten entscheiden. Nach internationalen Wettkampfregeln: Dem Kämpfer mit weniger Kilos auf den Rippen wird der höhere Rang zugesprochen.

Und auch Pšenička geht in die Hocke, setzt mit einem Aufschrei um und kann – mit Mühe! – die Langhantel ausbalancieren und zwei Sekunden ausgestreckt halten. Er hat es gehoben! Er hat es gehoben! Ein Außenseiter, der sich erst ganz zuletzt qualifizieren konnte.

Nach den beiden ersten Übungen im Drücken und Reißen ist Josef Straßberger noch in Führung gelegen. Im Stoßen musste er sich von Skobla und Pšenička einholen lassen. Jetzt kann er nicht mehr kontern.

Gold für Jaroslav Skobla! Er bringt es auf insgesamt 380 gestemmte Kilogramm. Mit 377,5 Kilo liegen Straßberger und Pšenička gleich. Jetzt entscheidet das Gewicht. In einer Ecke ist eine Waage aufgebaut. Dort drängen sich Funktionäre, Trainer und Sportler.

Pšenička geht auf die Waage – 98,3 Kilo.

Straßberger geht auf die Waage – 106 Kilo.

Pšenička reißt die Hände hoch. Die Tschechoslowaken fallen sich um den Hals. Gold und Silber für die Tschechoslowakei. Nur Bronze für Deutschland. Josef Straßberger kann nicht den Erwartungen entsprechen und nur die Bronzemedaille für Deutschland erringen. Es ist fragwürdig, ob er bei Olympia 1936 in Berlin teilnehmen wird. Es wäre schön gewesen, wenn er seine Karriere in der Königsdisziplin noch einmal mit einer Goldmedaille gekrönt hätte.

Das Deutsche Reich muss eine bittere Bilanz dieser Spiele ziehen. Insgesamt kommen die deutschen Athleten nun auf nur drei goldene Medaillen, zwölf silberne und fünf bronzene und somit auf den neunten Platz in der Nationenwertung. Nur! Die Zielsetzungen des Sportbundes sind damit nicht erreicht und müssen in neue Bahnen gelenkt werden ...

Und in München stellte Marie den Volksempfänger aus. »Ja, dann gibt es diesmal halt keinen Sekt.«

•

Da steh ich nun, ich armer Tor, stumm, und nichts ist mehr wie zuvor. Um mich herum ist alles wie tot. Alles fällt zusammen. Alles weggewischt. Alles vorbei.

Ich bin allein.

Und langsam gehe ich in meine Baracke ins Olympiadorf zurück. Es ist wie auf einer Beerdigung, aber die Leiche lebt. Alle scheinen mir zu kondolieren und drehen dabei den Kopf schamvoll oder angewidert auf die Seite. Und irgendwann, spät am Abend, nach dem hundertsten halbgaren Händedruck und hundertsten unlustigen Gesicht, folgt der inneren Trauer auch eine gewisse Entspanntheit, und ein Trotz bemächtigt sich meiner. Es ist, wie es ist, sage ich mir, und zu ändern ist nichts mehr. Ich bin der stärkste Mann der Welt. Das heute war ein Ausrutscher. Bei der nächsten Welt- oder Europameisterschaft werde ich es allen wieder zeigen.

Die bronzene Medaille ist heute trotzdem eine Schmach und so kann ich das Glück von anderen deutschen Gewinnern nicht so recht teilen.

Lange dauert es, bis Feli zu mir kommt. Ich merke ganz schnell, dass alles noch einmal anders ist als vorher. Nein, ich will keinen Trost, keine Umarmung, aber diese Kühle.

»Ich möchte nur kurz *adieu* sagen«, meint sie.

Für mich bricht keine weitere Welt zusammen, ich habe das so kommen sehen. Aber nicht den Schmerz.

Und sie sagt: »Ich werde mit meinem Vater Geschäftsfreunde in den Südstaaten besuchen. Baron Liechtenberg wird uns begleiten.« Und weiter stößt sie ihre Sätze wie heiße, schmerzende Pfeile ab. »Das Märchen vom Bauernbuben und der Prinzessin ist vorbei. Das gibt es nicht. Nur in den Köpfen der Dummen.«

Ich kann gar nicht antworten, so benommen fühle ich mich.

»Nur Gleiches mit Gleichem wird sich verbinden. Ja, edles Blut zu edlem Stamm. Wir sind nicht füreinander bestimmt.« Und außerdem: »Es wird in der nächsten Zeit Großes geschehen.«

Sie demütigt mich, mir steigt die Zornesröte ins Gesicht. Ich bin Spielball einer Laune, ein gläsernes Gebäude, erbaut auf sandigem Grund.

Und obwohl sie mich in den Dreck hinabstößt, obwohl sich in meinem Kopf alles dagegen sträubt, falle auf die Knie und erniedrige mich weiter. Ja, ich bitte Feli, mich nicht zu verstoßen.

»Noch ist der Adel nicht am Ende. Noch sind wir nicht auf Kleinbürger wie dich angewiesen. Es beginnt eine neue Zeit und da werden wir ein Wörtchen mitzusprechen haben. Adel zu Adel. Pöbel zu Pöbel.«

7. KAPITEL

Da hilft auch kein freundliches Telegramm, das Oberbürgermeister Dr. Scharnagl an die deutsche Olympiadelegation in Los Angeles sendet: »München, die Stadt der meisten Olympiasieger, sendet seinen erfolgreichen Landsleuten herzlichste Glückwünsche.«

Blamiert, wie die Soldaten nach einer verlorenen Schlacht, kehren wir, die erfolgreichen Münchner Sportler Schleimkofer, Zigklarski, Straßberger, Wölpert, Ismayr und Ehr am 4. September in unsere Heimatstadt zurück. Fahren mit dem Zug in den Schlund des Hauptbahnhofes ein. Da steht zwar ein Empfangskommitee am Bahnsteig, aber das ist deutlich geschrumpft gegenüber der Menge, die uns noch vier Jahre zuvor hier empfangen hat. Keine Marie ist gekommen, keine Frieda und schon gar kein Reichspräsident aus Berlin, der gerade bei der Reichstagswahl für weitere sieben Jahre im Amt bestätigt worden ist. Zu verdanken hat er das dem Umstand, dass sich alle demokratischen Parteien, einschließlich der Sozialdemokraten und des Zentrums, hinter den überzeugten Monarchisten gestellt haben, um den Braunauer als Reichspräsidenten zu verhindern. Trotzdem sind die Nationalsozialisten die stärkste Kraft im Land und verhindern eine Regierungsbildung der Demokraten.

Drei Goldmedaillen im Gepäck. Tja, kein Wunder, dass kaum wer gekommen ist. Amerika hat alle anderen Nationen mit 41 Goldenen weit übertrumpft, das Land steht einsam an der Spitze vor Italien mit zwölf Goldmedaillen. Wo bleiben jetzt die Bolschewiken, um die Vormacht der Amis zu brechen?

Da hilft keine Goldene vom Ismayr im Mittelgewicht und auch keine Silberne vom Wölpert im Leichtgewicht und vom Ehrl im Federgewicht. Und noch zwei Silberne im Boxen vom Ziglarski im

Bantamgewicht und Schleinkofer im Federgewicht. Und meine Bronzene am allerwenigsten.

Auch Helene, unsere blonde He, unser Augenstern, hat gerade einmal den fünften Platz im Florettfechten gemacht und ist gleich in Amerika geblieben. Bei uns daheim heißt es jetzt, sich nichts anmerken lassen. Nach der Ankunft werden wir im Königssalon durch Vertreter der Stadt und der Sportverbände begrüßt. Anschließend formiert sich ein Festzug mit geschmückten Autos, mit vielen Fahnen- und Standartenabordnungen, der über den Marienplatz zum Löwenbräukeller führt. Hier findet im großen Saal der offizielle Festabend statt. Wenigstens hier sind die Sitzplätze gefüllt, der Saal birst sogar fast aus allen Nähten.

Mir ist nicht groß zum Feiern zumute, ich bringe es halt hinter mich. Und wie ich mich freue, als zuhause der Hotelpage die Schwingtüre des Münchner Hofs öffnet, aber erschöpft bin ich vor allem. Fast wie ein ferngesteuertes Wesen gehe ich an ihm vorbei.

»Grüßgott, Herr - schön, dass Sie wieder da sind.«

Ein Serviermädchen macht wortlos einen Knicks und verschwindet wieder. Der Kopf von Edwin, dem Österreicher, lugt aus der Küche heraus. »Trotzdem Gratulation zur Bronzemedaille.«

Ich nehme kaum etwas wahr. Eine Tür geht auf und durch einen Gang kommt Frieda gelaufen. Überrascht bleibe ich stehen und nehme meine Tochter in die Arme.

»Papa - da bist du wieder! Es macht auch gar nichts, dass du nur Dritter geworden bist. Weil du für mich mein größter Papa bist.«

Amalie steht da, verwundert frage ich sie, ob denn Marie ohne unsere Tochter abgereist ist. Doch Amalie ist verdutzt: »Ja, ich weiß gar nicht, was du meinst. Sie ist oben und erwartet dich.«

Und als ich in den Salon eintrete, steht Marie am Fenster, schaut hinaus und weint und fängt ohne Umschweife zu reden an: »Ich weiß nicht, warum ich noch hier bin.«

»Marie, vergib mir. Bleib bei mir.« Ich stammle.

Und Marie zeigt mir meinen Brief: »Hier – das hast du mir einmal geschrieben: Liebe Marie, über mir im Strauch singt eine Nachtigall. Wer ich bin, weiß ich nimmer, aber ich fühl mich stark dem Augenblick gegenüber. Über dem Feld steht die Sonne und ich denke fest an dich, an meinen süßen Traum.«

Und dann sage ich, was ich ihr noch nie gesagt habe: »Ich lieb dich, das weißt du.«

Und schweige, und stehe wie angewurzelt. Wie ein schüchterner Baum, und weiß nichts weiter.

Also falle ich auf die Knie und bitte sie, zu bleiben. Zwei Kniefälle in einer Woche, das ist viel.

Jahrelang habe ich in der Welt des Erfolgs gelebt. In einem Paralleluniversum. Einem Schein. Weder nach links noch nach rechts habe ich geschaut. Und ich ahne, dass ab jetzt ein anderer Wind weht. Wehen muss.

»Alles hab ich erreicht, alles ist jetzt vorbei. Alles geht weiter, aber es bleibt immer was über. Vom Alten. Es ist nie was ganz vergessen, auch wenn man es gerne so hätte. Was ist, das bleibt und kann nicht ausgelöscht werden. Aber, Marie ... es muss weitergehen. Weiter, weiter.«

Die Langhantel rühre ich nicht mehr an. Vorerst – so ist's gedacht. Dass daraus ein ganzes Jahr wird, bemerke ich kaum, ich habe schließlich genug mit meiner Gastronomie zu tun, aber allen anderen macht es Sorgen.

Und dann kommt die nächste Deutsche Meisterschaft. Da juckt's mich plötzlich wieder und ich fahre komplett ohne Training hin, nach Dortmund, und verweise alle auf die Plätze. Ha.

Danach wird alles aufs Neue schleifen gelassen. Monate vergehen und ich trainiere nicht. Nicht mehr, was dem Rupperl nicht gefällt, ich gehe nur noch meinen Geschäften nach und weil ich zuhause der Marie irgendwann mehr zur Last falle, als dass ich hilfreich bin, finde ich eine neue Arbeit, vielleicht mehr ein Hobby. Ich lege mir Trabrennpferde zu. Auch weil sie zum guten Ton in der höheren Münchner Gesellschaft gehörten. Mindestens ein Rennpferd sollte man schon trainieren. An den Renntagen trifft man sich auf der Bahn, führt Konversation und wettet.

•

Schon vor der Gründung des Deutschen Kaiserreichs, als Preußen viele Teile Europas mit Krieg überzog, hatten in München und Umgebung viele einen außerordentlichen Gefallen am Trabrennsport. Vor allem die Münchner Wirte, die einmal im Jahr einen eigenen Wirtecup auslobten. Draußen in Daglfing, in der Nachbarschaft der Riemer Galopper, war die Bahn der Traber. Das besondere an Daglfing: Dort wurde linksherum gefahren. Früher hatte man die Rennen ja noch auf der Theresienwiese abgehalten, doch mit der Gründung der Trab- und Galopprennsportvereine wollte man eine eigene Rennbahn.

Und von Stein, ein Geschäftsmann durch und durch, dachte sich: »Im Sport ist es wie im Leben. Einmal oben, einmal unten. Und der Straßberger ist leider unten. Der kommt nicht mehr rauf. Zu alt. Aber vielleicht sollte ich lieber mehr mit dem Fußball kokettieren. Wer will auch auf Dauer diesen Mastochsen zuschauen. Einen Ochsen gibt's von nun an höchstens in der Pfanne oder gegrillt, von der Lende.«

Gerade erst hatte der FC Bayern mit seinem 2:0 über Eintracht Frankfurt die Deutsche Meisterschaft gewonnen. Der erste Titelgewinn für die Münchner nach mehreren, zumeist enttäuschenden Anläufen. Ein großer Wurf. Eine Saison der Überraschungen. Der Titelverteidiger Hertha BSC erreichte die Meisterschaftsendrunde ebenso wenig wie Vorjahresfinalist TSV 1860. Fußball war die Zukunft!

Der Kaufmann Maximilian von Stein ließ Josef Straßberger, den Olympiasieger, wie eine heiße Kartoffel fallen. War der Kraftsport bis dahin populär gewesen, so wuchs die Attraktivität des Fußballsports täglich. Mit einer Goldmedaille in Los Angeles, tja, das wäre etwas anderes gewesen. Da hätte gewiss das Ruder nochmal herumgerissen werden können, aber nun ... In Gedanken sah von Stein schon die Schriftzüge seiner Brauerei auf den Trikots der Spieler prangen, wenn sie in das Stadion an der Grünwalder Straße einliefen zum Lokalderby 1860 gegen FC Bayern.

Vergessen waren die gemeinsamen nächtlichen Ausflüge in gewisse Münchner Etablissements. Ja, der Graf war kein Kostverächter. Und Josef hatte da durchaus des Öfteren partizipiert.

Von Stein pflegte vor einem Schäferstündchen immer zu seiner Auserwählten zu sagen: »Und jetzt, husch, husch ins Bad und säubern, vor allem untenherum, nicht dass ich mir noch was hole.«

Unter der Woche ging er seinem Kaufmannsberuf als Bierbrauer nach. Die Gewinne investierte er in Grundstücks- und Häuserkäufe, und so wuchs peu à peu sein Immobilienbesitz. Gefeiert wurden die Geschäftsabschlüsse dann im Salon Edith. Der Salon war am Isarhochufer gelegen und der Gesellschaftsreporter Kater hatte Hausverbot. Eine kleine Villa, sehr hübsch und luxuriös ausgestattet. An der Haustür wurde man von Madame Edith persönlich empfangen, die einen dann in den Salon, der mit Mobiliar aus dem Jugendstil eingerichtet war, begleitete, wo schon die Hausdamen in lasziver Pose warteten. Diese Damen waren gebildet, belesen und recht attraktiv, oft aus Paris oder St. Petersburg. Es wäre reine Verschwendung gewesen, wenn sie in irgendeinem Kontor oder Ministerialbüro für die Buchhaltung oder Terminierung hätten herhalten müssen.

Noch kurz vor der Abreise nach Bremerhaven und dann weiter über den großen Teich hatte von Stein ein letztes Mal in die Villa eingeladen. Auch sein Vorzeige-Straßberger sollte dabei sein – bei der feierlichen Einführung des Sohnes seines Geschäftsfreundes Pfaffinger in die honorige Münchner Gesellschaft. Quasi eine Initiation, wie sie in alten Bünden und bei Naturvölkern Brauch ist. Gleich an der Pforte verschaffte ihm Madame Edith rotglühende Wangen mit den Worten: »Jetzt bist du ja schon ganz schön gewachsen, jetzt darfst du auch zu uns und rein.«

Kurz darauf wurde er von der sehr attraktiven Russin Kristanova mehr oder weniger diskret ver-, ent- und eingeführt. Kristanova sprach perfekt Deutsch und war vor allem in der neueren russischen Literatur des goldenen Zeitalters von Puschkin, Gogol, Turgenev, Dostojevski, Nabokov bis Bulgakow und Scholochov firm. Aber auch in den Romanen von Thomas Mann und Lion Feuchtwanger hatte sie geschmökert. Wobei ihr Feuchtwanger mehr behagte. »Was meinen Sie, aus Feuchtwanger könnte ich schon auch etwas Anarchistisches, Russisches herauslesen?«

Pfaffinger junior schaute nur stumpf und nahm sich vor, als Nächstes etwas von Feuchtwanger zu lesen.

Zur Hurerei war Kristanova gekommen, weil ihr ein junger Literat und Bohemien in Schwabing einmal empfohlen hatte, doch mit diesem ältesten Gewerbe anzubandeln, da das Fräulein doch für andere Dienste zu intelligent und zu hübsch sei. Kristanova, die mit der Schauspielerei heimlich liebäugelte, überlegte nicht lange. Just ein halbes Jahr später trafen sich die beiden in einer Weinbar wieder und Kristanova sagte: »Du hast recht gehabt, ich bin jetzt eine Edelhure, eine Kokotte.« Und sie lachte schallend. »Und die Herren zahlen. Nur mein Vater, ein Kapitän a. D. der baltischen Rotbannerflotte, darf nichts erfahren, er wäre zutiefst getroffen.«

Er war, wie sie sagte, Kapitän der kaiserlich-russischen Marine auf dem Panzerkreuzer ›Aurora‹, der 1917 mit einem Platzpatronenschuss aus der Bugkanone das Signal für den Sturm auf das Winterpalais durch die Bolschewiki gegeben hatte.

•

In den letzten Monaten habe ich mich mit Marie zum zigsten Male zusammengerauft, das heißt, arrangiert. Ein jeder geht seiner Wege und geht den Dingen nach, die es zu bewältigen gibt. Hat sich Marie von Anfang an für mich um die Verwaltung aller Betriebe gekümmert und sie am Laufen gehalten, so führen wir jetzt endgültig eine reine Geschäftsbeziehung. So ist das halt. Sie ist aus dem Holz geschnitzt, wo es schon früh hieß, auf eigenen

Füßen zu stehen. Und einen modernen, unabhängigen Kopf hat sie dazu auf den Schultern, so lange ich zurückdenken kann. Als Tochter des Baders Fuss, dem die Frau ja bei ihrer Geburt verstorben ist, musste sie alsbald ihrem Vater zur Hand gehen. Sie hat vielleicht keine höheren Schulen besucht, doch durchschaut sie oft schneller als der sogenannte Gebildete, wie die Struktur und das Wesen einer Sache ist. Marie ist von einem angeborenen, selbstverständlichen Gerechtigkeitssinn durchzogen, was ihr bei der Führung des Hotelpersonals zugutekommt, mit der wachsenden Erfahrung von Jahr zu Jahr mehr. Und für die Finanzen hat sie eh immer schon ein Händchen gehabt.

Erst kürzlich hat sie festgestellt, dass im Münchner Hof der Wareneinsatz gegenüber dem Umsatz viel zu hoch ist. Da hat sie Edwin kommen lassen und gemeinsam hecken sie einen Beobachtungsplan aus. Und es kommt heraus, dass ein Koch ein falscher Fuchzger ist und mit einem Kellner und einer Kellnerin, die auch noch ein Verhältnis haben, zusammen ins eigene Portemonnaie wirtschaftet. Die Gastronomie ist eines der wenigen Gewerbe, wo es unter den Angestellten als besonderer Sport gilt, den Wirt zu bescheißen. Des Weiteren bringen Marie und Edwin heraus, dass der Koch vom Roastbeef immer die Enden weggeschnitten und sie zusammen mit seinen Spezln unter den Kellnern gefressen hat. Aus den Enden macht man Rindfleischsalat oder ein Haschee. So wird das ganze Filet verwertet und es gibt keinen Verlust. Die drei hat Marie dann fristlos entlassen und es wird für sie schwierig, in der Stadt eine neue Arbeitsstelle zu finden, da wir Wirte uns untereinander kennen und man sich austauscht, auch über Mitarbeiter.

•

In der letzten Ausgabe der Satirezeitschrift ›Simplicissimus‹ tauchte die Machtergreifung der Nationalsozialisten gerade noch als Treppenwitz der Geschichte auf, doch als im Mai, kurz nach Friedas siebtem Geburtstag am Königsplatz die Bücher brannten, wusste man, dass es ernst geworden war. 50.000 Münchner kamen und schauten zu, wie Papier und Wort und Gedanke in Flammen aufgingen. Und alle reichsdeutschen Rundfunksender berichteten darüber.

In dieser Zeit kam es dann schon vor, dass Vorstellungen im Apollotheater ausfielen, weil den Leuten nicht nach Heimattheater war, dieser rein der Unterhaltung verpflichteten Kunstform. Dazu buhlten auch die vielen neuen Lichtspieltheater mit den Volkssängerbühnen um die Gunst des Publikums. Oder das Publikum blieb gleich daheim sitzen und drehte an den Knöpfen der neuen Radiogeräte. Über 5.000 Lichtpielhäuser waren übers Land verteilt. Und das Gros der Volkssänger und Volkssängerinnen darbte. Auch bei Liesl Karlstadt und Karl Valentin gab es zahlenmäßige Einbrüche, aber ihre Vorstellungen waren meist noch ausverkauft. Sie spielten gewissermaßen in einer eigenen Liga, bedienten sich zwar der Merkmale der Volkssängerei, überragten das Genre aber weit. Ebenso konjunkturunabhängig war der Weiß Ferdl mit seiner Truppe im Platzl, auch hier blieb der Erfolg garantiert. Der Apollosaal stand schwer in Konkurrenz zum Platzl, wo es ziemlich krachert zuging.

•

Oft steht Frieda im Apollo heimlich hinter dem Vorhang, lugt aus ihrem Versteck heraus und beobachtet. Jeden Tag gibt es da die Familienmusik Schießl zu sehen. Schießl, der Kapellmeister, ist mit seiner kinderreichen Familie ungemein beliebt. Vier Madeln sind es und drei Buben, die schon fast ein ganzes Orchester stellen. Die Buben spielen Klarinetten und Geigen und die Töchter jodeln, jeden Tag von acht bis zehn, Konzerte nennt man das. Ein Bub hat sein Instrument am Trapp'schen Konservatorium lernen müssen, dass er dann mit Soloeinlagen brillieren kann, die anderen machen mehr oder weniger die Begleitung. Schießl schreibt die Arrangements.

Schießls Frau, die vorzüglich Violine spielt, ist Jüdin. Tagsüber arbeitet sie bei den städtischen Verkehrsbetrieben als Gleisreinigerin, weil das Geld trotz der Auftritte hinten und vorne nicht reichte. Aber ich kann ihnen beim besten Willen nicht mehr Gage zahlen, das gibt das Theater nicht mehr her. Also säubert sie mit einem Besen die Ritzen der Trambahnschienen.

Und wie sie einmal mit einer Schienenweiche am Rotkreuzplatz zugange ist, kommt eine Trambahn und bimmelt und bimmelt und der Fahrer schreit die Schießlin von der Plattform aus an: »Kannst du denn jetzt net raus gehen aus dem Gleis, du alte Gurgl?«

Darauf die Schießlin: »Ja, ich könnt scho, aber du net!«

Drüben im Platzl, da tritt die Ida Schuhmacher als Ratschkathl auf, eine Humoristin und Witzeerzählerin. Sie ist oft so besoffen, dass man sie in meinem Apollo, wo sie auch manchmal spielt, nicht auf die Bühne gelassen hat. Ihr Mann, der Schuhmacher, ist ein guter Komiker und Komödienschreiber, in Konkurrenz zum Weiß Ferdl. Und dem Schuhmacher hat der Schießl also die Geschichte von seiner Frau beim Schienensäubern erzählt. Daraufhin schreibt der Schuhmacher den Sketch von der Trambahnritzenreinigungsdame, mit dem die Ida Schuhmacher dann erfolgreich auftritt.

Ja, ihr Mann, der Schuhmacher. Er war ja eigentlich ein Kirchenmaler. Hat im Platzl immer mehr Vorhänge bekommen als der Weiß Ferdl und wundert sich dann, dass er nicht mehr Auftritte zugeteilt kriegt.

»Ich komm doch gut beim Publikum an«, hat er gejammert. Aber da ist der Weiß Ferdl schon längst Programmdirektor vom Platzl und will keine Konkurrenz im eigenen Haus neben sich aufkommen lassen.

Später, an einem heißen Tag im Sommer, ist der Schuhmacher zum Baden an einen bayerischen See gegangen und es hat ihn der Schlag getroffen. Da ist er ersoffen. Mit den Couplets von ihrem Mann wird die Schuhmacher aber berühmt.

Die Leute glauben immer, dass die Schuhmacher nur spielt, sie wäre besoffen, derweil ist sie's bis auf die Knochen, und wie, halleluja. In der Früh trinkt sie den Schnaps schon aus der Kaffeetasse.

Eines Tages, es ist ein 9. November, da muss die Amelie unsere Frieda vom Spielen wegholen: »Jetzt komm mal her, jetzt ziehen wir ein schönes Kleidchen mit einer weißen Schleife an. Der Herr Papa nimmt dich heut mit zum Stafettenlauf, Start ist in Grünwald, Ziel die Feldherrnhalle.«

Und die gesamte Münchner Nomenklatura ist, als es dunkel wird, zur Feldherrnhalle gekommen. Die Zuschauer stehen bis zum Siegestor und es ist schon ein erhebendes Gefühl, auf diese Masse herunterzuschauen, flankiert von den beiden Steinlöwen. Wir blicken auf ein Meer von Lichtern. Die kleine Frieda steht gleich drei Meter hinter mir, nicht neben mir, aber auch auf der Ehrentribüne, zusammen mit anderen Sportlergrößen, neben der Blaskapelle und den Uniformierten mit den Standarten und den vielen Fackeln. Der Wölpert ist da und auch der Ismayr Rudi. Die ganzen Sportvereine haben ihre Vertreter geschickt: 1860, MTV, Jahn und wie sie alle heißen.

Und immer, wenn ich »Pssst« mache, muss die Frieda zu mir, zum Papa, huschen und muss irgendwen begrüßen und einen Knicks machen.

Dumpf klingen die Marschtrommeln und dann kommen sie in Zwanzigerreihen, in großen Blöcken heranmarschiert. In der ersten Reihe die mit den Pokalen. Und die Leute applaudieren.

Da fängt Frieda zum Weinen an und läuft zu mir: »Warum schauen die Männer in den braunen Uniformen alle so finster?«

»Ja«, meine ich, »da gehst zur Partei dazu, kriegst jeden Tag was zum Essen, kriegst ein bisserl ein Taschengeld, kriegst eine braune Hosen, Stiefel und ein braunes Hemd und ein Kappi und musst finster dreinschauen, das ist halt so.«

Unter den Braunhemden habe ich auch den Koch und die Kellner gesehen, die von der Frau Mama entlassen worden sind, weil sie die Rinderfiletspitzen geklaut und auch sonst beschissen haben. Auch Herr von Liechtenberg ist da, er hat einen hohen Posten bekommen, wo er unter anderem die Aufgabe hat, die Olympischen Spiele von 1936 zu organisieren und die Gleichschaltung zu betreiben. Unter Gleichschaltung versteht man zum

Beispiel auch, dass der Sport arisch werden soll. Die Münchner Löwen – besonders in der Turnerschaft – haben schon seit Längerem eine große Nähe zum Nationalsozialismus, und zwar gleich so groß, dass der neue Vereinsleiter Ebenböck den 1860 München zu einem Vorzeigeverein machen will. Mit einer neuen Vereinssatzung, die die Beachtung des Arierparagraphen miteinschließt. Der besagt, dass ein jüdisches oder sonstwie nichtarisches Mitglied ausgeschlossen wird, ohne viel Federlesens.

Die Fußballer haben sich, im Gegensatz zur Turnerschaft, zuerst noch gewehrt. Und da hat der Ebenböck der versammelten Mannschaft verkündet: »Ja, wollts ihr auch so ein Judenclub wie der FC Bayern sein, mit einem Jud' als Präsidenten? Schamts euch.«

Ich kümmere mich strikt nur um die sportlichen Belange der Sechzger. Regelmäßig gehe ich zum Training, das tut mir wieder gut, auch wenn es oft an die körperliche Substanz geht. Die Leichtigkeit von einst ist dahin. Ich jage ihr nach und finde sie kaum mehr, auch wenn ich bei den Wettkämpfen gut mithalte, die Konkurrenz immer noch auf die Plätze verweise.

Aber ich sehe doch mit gerunzelter Stirn, wie die Nationalgesinnten die Mehrheit gewinnen. Überall.

•

Obwohl es ihnen nicht explizit aufgetragen worden war, betrieben sie in den Münchner und gesamtdeutschen Sportvereinen die Arisierung. Zwar gab es da die politischen Beschlüsse, aber es blieb jedem überlassen, sie auch umzusetzen. Vor allem in der Turnerschaft vollzog sich der Wandel sehr schnell. So musste der Direktor der Frankfurter Schillerschule, Dr. Klaudius Bojunga, den Brief eines Herrn Professor Schneider aus Dresden, der eine genaue Auskunft über die »rassische Abstammung« der ehemaligen Schülerin Helene Mayer wünschte, mit folgendem Wortlaut würdigen: »Auf Ihre Anfrage kann ich Ihnen antworten, dass Helene Mayer israelitischer Religion ist. Den wissbegierigen Schülern können Sie dabei vielleicht zugleich mitteilen, dass die

Zugehörigkeit zu dieser Religionsgemeinschaft für die Rassenzugehörigkeit wenig besagt, denn ein Blick auf ein Bild Helene Mayers zeigt jedem Kenner sofort, wie die Verhältnisse liegen. Wie bei Rassenmischung so manchmal, mendelt sie eben völlig nach der arischen Seite.«

Der blonden und blauäugigen Helene Mayer im Offenbacher Fechtclub wurde ein Stipendium aus rassischen Gründen entzogen. Sie war nach NS-Jargon Halbjüdin und wurde gedrängt, den Club zu verlassen. Vergessen war ihre Goldmedaille aus Amsterdam.

•

An Friedas erstem Schultag steht die Hotelbelegschaft Spalier. Und da kommt Frieda mit ihrer Zuckertüte mit der seidenen Schleife. Und jeder hat ihr etwas in ihre Schultüte getan, was ihr den Weg zur Luisenschule versüßen soll. Einen Apfel, einen Spekulatius, Bonbons, Pralinen, Buchstabengebäck, Datteln, auch ein Osterhase ist dabei, Feigen Apfelsinen, Törtchen, Waffeln und goldene Maikäfer.

Es ist eine gemischte Klasse von Mädchen und Buben, zirka 40 an der Zahl. Und nach einer kurzen Begrüßung des Schuldirektors heißt es schon »Heil Hitler, Herr Lehrer!«, als der hereintritt und seine Aktentasche und seinen Schlüsselbund aufs Lehrerpult knallt. Da müssen wir Eltern dann hinaus, jetzt sind unsere Kinder in anderen Händen.

•

Und der Deutschunterricht begann und ein neuer Geist zog ein. Frieda begriff noch nicht, warum Sophie Grünbaum ganz hinten, ganz allein an einem Tisch sitzen musste. Die Kreide kratzte über die Tafel und der Lehrer schrieb in großen Buchstaben seinen Namen – GERSTE – an die Tafel. Er erklärte die Herkunft seines Familiennamens, er entstammte einem nordfriesischen Bauerngeschlecht. Es folgte ein Exkurs in die Ursprungsgebiete der Gerste bis in den vorderen Orient und den östlichen Balkan. Weiter dozierte er darüber, dass sich die ältesten Nachweise von Gerste bis 15000 v. Chr. zurückdatieren ließen und dass Gerste die erste vom Menschen gezielt angebaute Getreideart sei, ein klassisches Getreide der Antike. Außerdem sei Gerste seit mehr als 8.000 Jahren im Zweistromland und am Nil kultiviert worden. Und Gerste sei eng verwandt mit der im Nahen Osten vorkommenden Wild-Gerste und gehöre zu den Selbstbefruchtern.

Von diesem Moment an konnten doch einige in der Klasse ihr Kichern und Räuspern nicht mehr unterdrücken, besonders der Hölzl Hans, der Konditoreisohn, stach hervor, bis Gerste sich abrupt umdrehte und krebsrot im Gesicht anlief. »Wer hat da gelacht?«

Niemand meldete sich, noch nicht einmal die Streber und Petzer. Eindringlich musterte Gerste jeden einzelnen und blieb lange vor dem Hölzl Hans stehen, doch der blickte nur stumm, starr und stur durch ihn hindurch.

Als Frieda schon im zweiten Schuljahr war, ging Gerste einmal zur Tafel und zeichnete die Umrisse von zwei Schädelformen auf. Dann teilte er sie ein: »Gut ist der nordische Schädel, höchstens noch der fälische, der andere schlechter, die dinarische oder gar ostische Rasse. Und jetzt die Hefte raus. Unser Aufsatzthema heute: Der Bauer und die Gerste in den Zeiten des Erstarkens.«

Zum Zwecke, sich dem Thema zu nähern, nahm er gleich die zwei wesentlichen Hilfsmittel durch, um die Aufgabe mit einer Gliederung zu bewältigen: Den BUWE- und den W-Fragenschlüssel. Gerste wischte die Tafel sauber und schrieb wieder mit Kreide in dicken Lettern: *B – Beschaffenheit, U – Ursache, W – Wesen, E – Ergebnis*. Und groß daneben: *W – Warum? Wieso? Weshalb? Wie? Was? Wo? Woher?*

Da platzte es aus Hans, der drei Reihen hinter Frieda saß, heraus: »Des is ja dann a ganzer Schlüsselbund!«

Cholerisch, mit hochrotem Kopf, kurz vor dem Zerplatzen, drehte Gerste sich um, nahm seinen Schlüsselbund vom Lehrerpult und warf ihn Hans dermaßen an den Kopf, dass gleich die Haut aufplatzte und Blut floss. Und Gerste beendete die Schulstunde, indem er seinen Schlüssel vom Boden aufhob, die Aktentasche vom Pult nahm und aus dem Klassenzimmer stürmte. »Das wird ein Nachspiel haben!«

Schlimm wurde es mit Gerste auch immer, wenn Schönschrift war. Und zwar in Sütterlin. Da stand er mit seinem Holzlineal dicht hinter Hans. Eine Zeile große Buchstaben, eine Zeile kleine Buchstaben und dann am Ende alle Ziffern von null bis neun. Buchstabe für Buchstabe, groß und klein, Zahl für Zahl, Glied in Glied musste Zeile für Zeile, musste jeder Buchstabe, musste jede Ziffer auf dem leeren Blatt, wie die SA-Männer bei einer Parteitagsparade, strammstehen. Fiel dabei einer aus der Reihe, dann holte Gerste mit dem Lineal aus. Da flossen die Tränen, die dann das Papier aufweichten und die Tinte verwischten, sodass es wieder Hiebe setzte und das Holzlineal in zwei Teile zerbrach und ein Teil meterweit durchs Klassenzimmer segelte. Oft tropfte noch die Tinte von der Feder auf das Blatt, sodass es wie auf einer Luftaufnahme der Chiemgauer Seenplatte ausschaute, und es setzte wieder Hiebe. Das Tintenfass war Zeuge.

An sich war Gerste aber ein bemitleidenswerter Mensch. Er war einschichtig, verdiente als Lehrer nicht allzu viel und war deshalb sehr unzufrieden mit sich und der Welt. Da ließ er dann seine nicht ausgelebte Libido als Aggression bei seinen Schülern ab. Einige steckten das ganz gut weg, andere aber, die von schwächerer Konstitution und von instabilerem Gemüt waren, wurden regelrecht gebrochen. Aus diesen gebrochenen Naturen wurden später dann die harten und scharfen, die nach unten traten und die Gewalt, die ihnen widerfahren war, weitergaben.

Ein ganzes Schulsystem, nur auf das Brechen des jungen Menschen ausgelegt, der funktionieren und in Reih und Glied stehen sollte, stumm und still. Eine beliebte Redewendung war: »Sei still, wenn du nicht gefragt bist.« Auf »Warum?« folgte mechanisch »Darum«. Überhaupt – Redewendungen in der kindlichen Erziehung: »Fass dich doch an deine eigene Nase.« »Die Schuld musst du schon bei dir selber suchen.« »Wie man in den Wald bellt, so schallt es heraus.« Und »Da liegt der Hund begraben« führte über

»Der ist nicht ganz koscher«, »In die Bresche springen«, »An den Pranger stellen« und »Den Löffel abgeben« bis hin zu »Ins Gras beißen«, was nur in der deutschen Sprache einen Sinn ergibt und dann im Russlandfeldzug und in Stalingrad auch praktisch eintrat. Wo war denn da die Schuld, die man bei sich selber zu suchen hatte? Wo waren die Felle hingeschwommen? Die Säue hatten die Perlen gefressen, das Buch mit sieben Siegeln hatte sich für immer geschlossen und wir hatten den Salat. Das führten sie im Schilde. Da lag der Hase im Pfeffer. Man konnte nur dafür oder dagegen sein. Dazwischen gab es nichts. War man dagegen, war man tot, und war man dafür, auch.

•

Die Schlüsselbundheldentat von Hans hat Frieda schwer imponiert, sodass die beiden jetzt ein Herz und eine Seele und die dicksten Freunde sind. Beide gehen gemeinsam zur Schule, gemeinsam wieder heim und machen die Hausaufgaben gemeinsam, wobei Amalie sie beaufsichtig. Eigentlich kennen Frieda und Hans sich ja schon von der Rundfunkspielschau her ganz gut, wo sie beide im Kinderchor singen. Die Frieda singt besser als der Hans, sie ist ein Naturtalent. Schon in der Singschule war sie die Beste der Klasse.

Vor der Oper findet jedes Jahr ein Konzert statt, wo der Kinderchor, der Jungmädchenchor und der Männerchor auftreten. Da fällt die Frieda einmal fast in Ohnmacht, weil sie so aufgeregt ist. Rudolf Kiermeier ist der Singspielleiter, er leitet auch den Rundfunkchor, und er beruhigt sie persönlich und kühlt ihr mit einer kalten Kompresse den Nacken. Und später beim Auftritt, wenn eine Stimmgruppe im Chor zu schwach daherkommt, packt er sie bei den Schultern und schiebt sie zur ersten, zweiten oder dritten Stimme hin, wo sie sofort in der entsprechenden Stimmlage einsteigt.

Bei vielen Kindersendungen des Rundfunks darf Frieda mitmachen, wenn eine junge Mädchenstimme gebraucht wurde, und bekommt dafür pro Satz Zweimarkfuchzig. Ihr erster Satz ist bei

»Da drüben am Karoler See, da wo die Fischlein schwimmen« und da muss sie sagen: »Und ich, ich möchte ein Steckerlfisch sein.« Zweimarkfuchzig.

Bis die Leitung des Rundfunks beschließt, dass keine Kinder bezahlt werden dürfen. Das Geld kommt dann in eine Kasse und wird für Reisen des Chors ausgegeben. Bei Propagandaauftritten müssen sie eine Uniform anziehen und am Rundfunkplatz haben sie das Marschieren lernen und dazu singen müssen: »In den Ostwind hebt die Fahnen, denn im Ostwind stehn sie gut«.

Heute ist Friedas großer Tag, in der Früh hat ein Bote schon die Eintrittskarten gebracht. Denn heute singt unsere Frieda im Odeon in der Ludwigstraße. Und Amalie, ich und Marie sitzen in der ersten Reihe, als sie im Chor auf die Bühne kommt bei der Märchenoper »Königskinder« von Engelbert Humperdinck, die auf die Geschichte der Gänsemagd von den Gebrüdern Grimm zurückgeht. Wo das listige Kammermädchen der Prinzessin erst das Pferd und dann den Prinzen wegnimmt. Und Frieda singt: »Oh du Falada. Der Prinzensohn, der ein Pferd war. Wo ihm der Kopf abgehaut worden ist. Fallet in den Dreck. Fallet in den Dreck.«

Oft kommen im Sendesaal 1 der Chor und das ganze Symphonieorchester unter dem Dirigenten Herbert Knappertsbusch, dem Leiter der Bayerischen Staatsoper und der Akademiekonzerte, zusammen. Am Nachmittag wird geprobt und am Abend alles live gesungen.

Und wenn Frieda gefragt wird, was sie einmal werden will, sagt sie immer: »Rundfunksprecherin.« Aber sie soll später das Hotel übernehmen. Es ist ja kein Brüderl und auch kein Schwesterlein da, das ihr diese Pflicht abnehmen kann. Deshalb kommt sie jetzt auch bald in die Hotelfachschule nach Heidelberg. Ihr Weg ist vorgezeichnet.

Als dann verboten wird, dass die Mitglieder des Rundfunkchors auch in den Kirchenchören der Stadt mitsingen, laufen sie heimlich vom Rundfunk aus im blauen Röckerl und im weißen

Blüserl die Karlstraße runter zur St. Bonifaz-Kirche. Auf dem Weg dorthin reißen sie sich das schwarze Schultertuch herunter und singen heimlich die Maiandacht. Der rothaarige Pater Hildebrandt greift dann in die Orgel zur lateinischen Messe. Aber am liebsten singen sie »Maria sitzt im Rosenhain und wiegt ihr kleines Kindelein« und die Leute weinen bei der Heiligen Kommunion. Marie auch.

Frieda und Amelie sind am nächsten Tag noch beim Frühstück, die Frau Mama sitzt im Kontor schon längst über ihren Büchern, denn so ein Gastronomie-Imperium wie das unsere will gut verwaltet sein. Neben der Stadionwirtschaft, die nur bei Sportveranstaltungen öffnet, betreiben wir immer noch zwei Gaststätten, in der Schützen- und in der Bayerstraße, und das Hotel mit dem Theatersaal. Die Rechnungen von der Brauerei Stein müssen bezahlt werden, das Fleisch vom Schlacht- und Viehhof, die Personalkosten erfordern neue Kalkulation und ständig ist irgendetwas kaputt und muss repariert oder erneuert werden. Gerade ist eine Lieferung mit maschinenfesten Biergläsern angekommen, direkt ab Fabrik, für die neue Geschirr- und Gläserspülmaschine. Und ein Monteur der Firma Linde wird erwartet, denn die neue Bierkühlung im Keller muss gewartet werden. Daneben haben wir aber immer noch die Eiskeller, für die von der Brauerei ganze Eisblöcke mit dem Fuhrwerk geliefert werden.

Und ich stehe vom Tisch auf und verabschiede mich, vielleicht auf die Rennbahn zu meinen Pferden, vielleicht zu einem kleinen Training im Kraftraum, das wird sich ergeben. Halb bin ich schon zur Türe hinaus, da fängt Frieda an, Amalie vom Singen zu erzählen, und ich bleibe heimlich im dunklen Flur stehen und höre zu. Ganz froh ist ihre Stimme.

»Da schickt uns der Kiermeier, unser Chorleiter, zum Orff, den nennen mir nur den Bimmbimm, er hat eine Wohnung im Rückhaus auf der Höhe vom Deutschen Theater. Und der Orff gibt uns Triangeln oder Löffel zum Schlagen und singt mit uns einen Kinderreigen. Wenn wir da zum Beispiel den Ton A singen, machen die einen *Bim* und die anderen *Dött*. Mir finden das alles für blöd und lachen. Mir, wo doch schon fertige Choräle oder Kanons singen. Dreistimmig und weiß Gott was! Und dann gibt uns der so eine Gabel oder so ein Papierl und mir sollen *Drrrt* machen. Den Orff solltst mal sehen, so ein dürrer, zerfahrener Kerl, und mir, mir sind nur am Lachen. Der Orff ist mit uns wahnsinnig gworden. Ich sing ja meistens nach dem Gehör, in allen Stimmlagen bin ich gut. Und wie jetzt der Kiermeier dirigiert und die zweite Stimme ist schwach, sagt er ›Da geh her‹ und spielt mir am Klavier schnell alles vor. *Didldum, didldum* – und ich sing's nach. Genauso schnell sing ich auch eine Überstimme.«

Musikalisch ist Frieda ja, nur mit den Noten hat sie es nicht so. Einfache Noten schon, die singt sie schon vom Blatt.

Und weiter erzählt sie: »Der Orff jedenfalls hat sich die Haare grauft mit uns, weil mir so glacht haben. Mir haben gesagt, der spinnt ja. Und dann sind s' draufkommen und haben Kinder gnommen, die noch in keinem Chor gsungen haben. Die von der Musik keine Ahnung haben. Verstehst? Wenn mir den Orff nur sehen, lachen mir schon. Und werden dann vom Kiermeier gschimpft. Er sagt, dass das ein neuer Komponist ist, der sehr gute neue Sachen macht – und dass der Kinderreigen für die Olympiade in Berlin ist – und mir haben glacht.«

Es ist das Jahr, in dem der Ton immer rauer wird und es bis zu den Olympischen Spielen 1936 nicht mehr so lange hin ist, als ich einen Brief von der Reichssportführung bekomme. Darin werde ich aufgefordert, ins Braune Haus zu kommen, zum Wohle des Reiches und des Vaterlandes. Unterzeichnet von Adolf Hitler.

Das Braune Haus ist nicht weit vom Münchner Hof gelegen und fußläufig gut zu erreichen. Gekauft haben sie es mit dem Geld des Industriellen Fritz Thyssen, nachdem die Räume in der Schellingstraße 50 für die Partei zu klein geworden sind. Auf dem Weg dorthin muss ich wie üblich viele Passanten begrüßen. Ich bin ja ein bekannter Mann, daran hat auch Los Angeles kaum etwas geändert, und Autogrammkarten muss ich mir immer noch machen lassen. Eine, die mich in Siegerpose zeigt, eine zweite mit der zweijährigen Frieda auf meinem Arm, im Trikot der Sechzger mit dem Löwen in Blau als Signet. Die gebe ich dann den Leuten und sie lassen mich unbehelligt weiterziehen.

Ich gehe also an den Wachen vorbei ins Braune Haus und werde auch schon erwartet und ins Zimmer des Führers eskortiert. Hinter seinem Schreibtisch sitzt er, eigentlich unscheinbar, hinter sich ein großes Porträt des Firmenpatriarchen Henry Ford, den er bewundert. Vor sich einen Teller mit Kuchen, den er mechanisch in sich hineinstopft.

»Für mich ist Essen nur reine Verpflegung«, sagt er und seine Stimme klingt ganz angenehm, nicht so, wie er bei seinen Reden schnarrt, »eigentlich Zeitverschwendung.«

Gedankenverloren kaut er an seinen Fingernägeln und zeigt auf das Bild hinter sich: »Ford hat mit seinem Fließbandautomobil mehr für den Sozialismus getan als alle anderen – er ist meine Inspiration. Er muss unbedingt nach München kommen und aus seinem Buch ›Der internationale Jude‹ lesen.«

Stumm und unsicher stehe ich vor ihm, als sich schneidend eine Stimme aus dem Hintergrund meldet: »Dieses Buch hat auf mich und meine Freunde einen großen Eindruck gemacht, wir lesen es und werden Antisemiten, wir werden Ford wie einen König empfangen.«

Es ist Liechtenberg und er fährt fort: »Wir machen nicht Geschichte, wir inszenieren sie, deshalb haben wir Sie zu uns gebeten, unser kleiner Disput auf der ›Europa‹ soll vergessen sein. Schwamm drüber, Straßberger! Das Blatt hat sich längst gewendet. In Los Angeles haben wir für das Deutsche Reich eine Schmach eingefahren. Das muss in Berlin anders werden. Die Welt schaut auf uns! Leider ist es sportlich ja bei Ihnen in den letzten Jahren nicht besonders gut gelaufen. Der Franke, Josef Manger, ist der neue Europameister im Gewichtheben. Ihm trauen wir zu, dass er in Berlin die Goldmedaille für unser Reich holt. Gestehen wir es uns doch ein: Nur Gold zählt! Er ist auch jünger.«

Ich weiß nicht, was ich entgegnen kann.

Dass ich doch letztens in München und Nürnberg zwei Weltrekorde im beidarmigen Drücken aufgestellt habe, ist anscheinend belanglos. In München mit 135,5 Kilogramm und gleich darauf in Nürnberg, noch um ein Kilo erhöht, mit 136,5 Kilo. Die Konkurrenz schläft natürlich nicht, sie ist mir dicht auf den Fersen. Dem Ismayr Rudi ist der junge Franke Manger vom SC Bamberg vor Jahren als erstes aufgefallen, er hat ihn zur Spielvereinigung Feising geholt. Unter Ismayrs Trainingsanleitung stiegen dann innerhalb von drei Monaten seine Leistungen so schnell, dass er 1934 vom Sportverband nach Genua zur Europameisterschaft geschickt wurde. Da hat er zwar nur den zweiten Platz hinter meinem alten Rivalen Pšenička belegt, mich aber auf den dritten verwiesen. Und bei der nächsten EM in Paris stand er schon vor Pšenička und dem Engländer Walker ganz oben auf dem Treppchen.

Zu diesem Zeitpunkt war dem Rupperl längst aufgegangen, dass dieses tiefe Loch, in das ich nach Los Angeles gefallen war, immer noch an mir saugte. Obwohl ich ja gleich darauf die Deutsche Meisterschaft gewonnen hatte. Erst einmal, dann noch ein zweites Mal. Nur wenn es mit mir auf internationalen Boden ging, blieb mir Gold verwehrt. Das war nicht aus der Welt zu schaffen.

Also hat er sich beim Training auch immer mehr um die Jüngeren gekümmert: »Sepp, das musst selber hinbiegen, ich kann dir da jetzt nicht mehr helfen, alt genug bist ja. Wir gehören jetzt halt zum alten Eisen.«

Das hat mich anfangs geschmerzt, aber solange Rupperl wenigstens noch dem Verein mit Rat und Tat zur Seite stand, geht's eben weiter. Nach wie vor dürfen auch alle Ringer und Gewichtheber bei mir zum Selbstkostenpreis in der Gastwirtschaft essen und bekommen obendrauf manchen wertvollen Rat für ihre Karriere. Geld hat ja keiner von ihnen. Auch wenn sie einem Beruf nachgehen. Da bringt mir ein jeder Respekt entgegen, ich bin der Straßberger Sepp, der Olympiasieger.

Und jetzt das.

Hitler ergreift das Wort: »Sie müssen nichts sagen. Ich wünsche, dass 1936 in Berlin bei der Eröffnungsfeier die deutsche Reichsfahne von dem Olympiasieger hereingetragen wird, der nach dem Schmachfrieden von Versailles die erste Goldmedaille für unser Deutsches Reich errungen hat. 1928, Amsterdam, Straßberger. Sie müssen gar nichts sagen. Für alles Weitere steht Ihnen Liechtenberg zur Verfügung.« Und fast väterlich beugt er sich zu mir und ich merke, was er für ein Menschenfänger ist, auch warum bestimmte Frauen seinem teuflischen Charme erliegen. »Deshalb habe ich Sie heute hergebeten, um Ihnen das zu sagen.«

Und ohne eine Verabschiedung steht er auf und verschwindet durch eine Tür mit einem kurzen: »Ich habe noch zu tun. Heil Hitler.«

Nun bin ich mit Liechtenberg allein.

»Eine große Ehre – also, Straßberger?«

Und als ich Liechtenberg in die Augen blicke, steigt eine Angst in mir empor. Dieser kalte, stechende Blick, berechnend. Sein Gesicht verändert sich, die Stimme, die ganze Gestalt. In Liechtenberg blitzt etwas Irres, Erschreckendes auf. Plötzlich springt er auf, aber nicht impulsiv, weil er die Geduld verliert, sondern ganz bewusst. »Vielleicht«, schreit er und schwenkt ein Blatt Papier, »hilft das der Entscheidung etwas nach!«

Er liest Namen vor. Wie Hiebe fallen sie, einer nach dem anderen. Alles Namen aus Maries Verwandtschaft. Alle haben den Ariernachweis noch nicht erbracht.

Ich zucke nicht zusammen, bin aber weiter sprachlos. Wie soll ich mich verhalten? Die Liste der Namen ist lang.

In diesem Moment merke ich, dass ich ein anderer werde, ein anderer bin als der, der mich da triumphierend anschaut. Ich bin keiner, der einen Buckel macht nach oben und strammsteht, wie es von ihm erwartet wird. Ich bin kein Unter, der vor einem Ober kuscht. Ich bin der Herr meines Lebens, will mich in Frieden um meine Sachen kümmern. Ich habe es zu Ruhm und Ehre gebracht. Was kümmert mich das ganze Bohei, das nun veranstaltet wird.

Die ganzen Aufmärsche und Platzkonzerte. Ohne Eintritt, damit die Leute auch recht dazuströmen. Wo des Öfteren Freibier ausgeschenkt wird. Und alle Wirtshäuser in der Stadt dann leer sind. Oder irgendein Wurstfabrikant, der zigtausend Bratwürste zur Parteizentrale schickt, um sich beliebt zu machen, wie der Holzmüller, ein Metzger in der Augustenstraße. Was kümmert mich das? Zum Konsul haben sie ihn ernannt. Runtergeschwommen war er, völlig pleite. Er geht zur Partei, bekommt Wehrmachtsaufträge und hat in Allach eine neue Fleisch- und Wurstfabrik gebaut, ein riesiger Betrieb. Ich weiß von seiner Bauernstube, wo im Eck ein wunderschönes großes Kreuz mit einem geschnitzten Heiland hängt. Aber da ist jetzt ein Vorhang davor. Am Tag kommen die Parteileute und holen ihre Brotzeit und nachts die Pater vom nahen St. Bonifaz. Da wird dann der Vorhang aufgemacht. Was kümmert mich das ganze Strammstehen und der Hitlergruß. Es wäre mir sogar unerträglich, für ihresgleichen gehalten zu werden.

Und als ob Liechtenberg meine Gedanken erahnen könnte: »Überlegen Sie sich's gut. Der Ober sticht den Unter. Und - fast hätt ich's vergessen - schöne Grüße von Felicitas, von Feli.« Er betont das ›e‹ so, als möchte er mir da noch mehr sagen. »Sie heißt jetzt Gräfin zu Liechtenberg von Stein. Fast hätten wir Sie zur Taufe unseres ersten Sohnes eingeladen. Sie wollte unbedingt, dass er den Vornamen Josef bekommt. Sie nennt ihn immer Sepperl. Er hat im April seinen dritten Geburtstag gefeiert. Ein richtiges Bummerl. Sie sagt immer: Sepperl, geh her zu mir, zeig mir mal deine Muckis. Und vor Kurzem erst hat sie mir erfreulicherweise noch Zwillinge geschenkt. Zwei Mädel. Elisabeth und Sophia, unsere zwei Prinzessinnen.«

Natürlich will er mich jetzt vorführen. Befehligen, wo einem keine Chance bleibt. Verletzen. Aber doch ist eine unglaubliche Wärme in seiner Stimme, als er über seine Kinder spricht, als beschützender und liebender Vater.

Und als ich aus dem Braunen Haus hinaus und die steinerne Treppe hinunter gehe, bin ich wie benommen. *Punchdrunked*, ein

Begriff aus dem Boxsport, von vielen Schlägen damisch im Kopf. In mich versunken spaziere ich über den Karolinenplatz und es bimmelt plötzlich laut und ich erschrecke. Die Trambahn fährt kreischend um die Kurve. Haarscharf ist's und ich springe zur Seite. Beinahe wäre ich vor die Bahn gelaufen. Kein schöner Tod, wenn einen die eisernen Räder vierteilen. Ich gehe am Regina-Hotel vorbei, die Brienner Straße entlang ins Café Luitpold. Liechtenberg also hat mir das eingebrockt. Und dann noch der »Sepperl mit den Muckis«. Zeitlich würde es passen.

Ich bestelle eine Tasse Kaffee und einen Cognac. Das Luitpold ist ein beliebter Treffpunkt: entspannte Plauderstimmung und Sonnenstrahlen auf der Nasenspitze. Für Normalsterbliche fast unbezahlbar – hier zeigt sich der Adel und das gehobene Bürgertum. So hat sich mein Bauernsamen doch veredelt. Seltsam ist es schon, wie es mich kaum berührt, dass es durchaus im Bereich des Möglichen liegt, eigentlich fast gewiss ist, dass ich noch ein zweites Kind gezeugt habe. Darum also hat sich das Fräulein so schnell abgewandt und standesgemäß richtig reagiert. Eine Liebesheirat war das gewiss nicht, aber die gibt es ja auch nicht wirklich. Das Sich-Verlieben ist ja doch eine ganz rationale Entscheidung und wird nur vorgeschoben. Herkunft, Status, vielleicht noch das Aussehen sind entscheidend. In den meisten Fällen. Und während ich so dahingrübele, fasse ich den Entschluss, dass ich darüber mit wem reden muss. Und da kommt mir eigentlich nur einer in den Sinn: Rupperl.

Und schon für den nächsten Tag vereinbaren wir ein Treffen und zwar draußen in Daglfing bei der Sulkyremise. In der Deckstation soll heute meine Stute dem Xiphisas, einem dunkelbraunen Hengst, zugeführt werden. In Gelsenkirchen hat er erst kürzlich seine Laufbahn als Klassepferd begonnen und sein erstes Rennen mit 30 Längen Vorsprung gewonnen. Das verspricht außergewöhnliche Nachkommen.

Xiphisas wird von Johannes Frömming, der nur 1,60 Meter misst, trainiert. Er ist mitgekommen. Ihn will ich als Trainer für meine Trabrennpferde gewinnen. Frömming ist ein sogenannter öffentlicher Trainer, der Pferde verschiedener Besitzer für einen bestimmten Tagessatz arbeitet. Im Gegensatz zu einem privaten, der von einem Rennstallbesitzer für ein festes Gehalt engagiert ist. Das Trainingshonorar für ein Traberpferd macht normalerweise sechs Reichsmark pro Tag. Bei Frömming müsste ich schon noch eine Kleinigkeit drauflegen. Da kommt dann einiges zusammen, da ich ja sechs Pferde in Daglfing habe. Plus die Miete für die Rennbahnstallungen, zwölf Reichsmark pro Monat und Pferd. Dann das Futter, der Hufschmied, Tierarzt, Arzneien und Verladekosten. Auch müssen Nenn- und Startgelder bei den Wettrennen bezahlt werden. Assistenten, Lehrlinge und Stallpersonal bekommen ihr Gehalt. Von den Renngewinnen der Pferde gehören dem Trainer gewöhnlich zehn Prozent. Frömming kann es sich aber erlauben, eine extra Frömming-Quote zu fordern. Eine ganze Wettgemeinde legt auf seiner aktuellen Stammbahn gerne eine Platzwette auf Frömming ein, die oft eine gute Kapitalanlage ist. Frömming selber wettet nicht, aber in Berlin soll es viele kleine Spieler geben, denen er durch seine Beständigkeit so etwas wie eine Wochenrente verschafft. Besonders Platzschieber, das heißt Wetten quasi im Abonnement auf ein Pferd, haben schon manchen Frömmingwetter glücklich gemacht. Doch als ich ihm vorschlage, ob er in Daglfing glücklich werden möchte, lehnt er höflich ab. Zu tiefer Süden. Er will lieber in Berlin bleiben, wo er auf der Trabrennbahn Ruhleben Sieg um Sieg im Sulky einfährt. Und nach Hamburg ist es auch nicht weit.

Nach der Besamung sitze ich dann mit Rupperl zusammen auf der Holztribüne.

Mit einer Stoppuhr in der Hand verfolge ich das Training der Gespanne. Die Zeiten notiere ich mit einem Bleistift, so wie ich es bei meinem eigenen Training auch gemacht habe, nur waren es da die verschiedenen Gewichtscheiben, die ich auf die Hebestange gehängt habe und die vermerkt wurden.

»Schön, Rupperl, dass du gekommen bist. Da schau, meine Neuerwerbung, Champion heißt er, schau, wie der geht.«

»Aber deswegen hast mich nicht sehen wollen«, meint Rupperl.

»Nein, deswegen nicht. – Ich hab immer Sport gemacht. Nichts anderes. Und ich bin immer dafür, dass Sport und Politik auseinandergehalten werden müssen.«

Und Rupperl: »Du weißt, dass du ausgnutzt wirst. Und du hast auch gut davon profitiert. Versteh doch. Dieses Olympia ist die Propaganda vor einem Krieg. Du kannst die Augen nicht zumachen. Nimm deine Scheuklappen runter. Sogar das Verbot für nichtarische Sportler ist für Berlin aufghoben worden. Die brauchen Medaillen! In Oberwiesenfeld haben sie eine Sportflugstaffel gegründet, die wird von Piloten trainiert, die schon im letzten Krieg gflogen sind. Flugstaffel ›Condor‹. Offiziell dürfen wir Deutschen keine Militärflugzeuge haben seit dem verlorenen Krieg.«

Und als unten das Gespann vor der Tribüne hält, gehen wir beide schweigend hinunter und ich kraule meinem Champion die Mähne.

»Da schau, Rupperl. Bei meinem Champion ist auch ein Araber mit drin im Blut. Siehst, warum ich die Pferde lieber hab wie die Menschen? Bei de Ross' gibt's keine Rassenschande und keinen Krieg.«

Und Rupperl sagt: »Weißt, ein jeder muss das mit sich selber ausmachen. Mit seinem Gwissen, mit dem er dann mal vor dem Herrgott steht. Und wenn alle reinen Gwissens sind, ist die Welt gut.«

Und ich anworte ihm: »Weißt – ich sehn mich zrück nach Kolbermoor auf den Hof meiner Großeltern. Da haben wir auch schwierige Zeiten ghabt und trotzdem ist alles federleicht gwesen. Das denk ich mir zumindest heut. Ich denk an meinen Großvater, der sich aufghängt hat, ich denk an seine Prophezeiungen, wie er mir vorausgsagt hat, dass ich berühmt sein und mit einem großen Schiff über einen großen Teich fahren werd. Seltsam, meine Großmutter ist ganz aus meinem Gedächtnis verschwunden, an sie hab ich keine Erinnerung. Sie ist gstorben, da war ich noch so klein, dass ich's gar nicht verstanden hab. Ich weiß nur noch, dass bei ihrer Beerdigung ein großer Regen kam, und ich kann mich an den Totengräber erinnern, der in einem kleinen, blauen Leitz-Schulheft genau vermerkt hat, wer aus der Gemeinde in welchem Grab im Gottesacker liegt. Sein Grundbuch sozusagen. Domini hat er gheißen, er kam immer nach der Beerdigung zur Totensuppe und hat sich sein ›Sarggeld‹ gholt, so hat er zu seinem Trinkgeld gsagt.«

Ganz klein komme ich mir vor. Ja ich spüre, dass meine Menschenwürde angegriffen ist. Ich spüre in diesem Augenblick auch, dass es eine Menschenwürde gibt, die es zu verteidigen gilt. Wie oft wird über Menschenwürde gesprochen – und es bedeutet nichts. Mit diesen braunen Kerlen, vor denen ich da stehe, habe ich nichts zu schaffen, aber ich weiß nicht, wie es möglich sein soll, sich dieser neuen Macht zu widersetzen, die sich wie ein Geschwür über das Land legt.

•

Mit dem Druckmittel von Liechtenbergs war es zu Olympia 1936 vorbei, als Leni Riefenstahl einschritt. Sie wollte lieber den jungen, schlanken und muskulösen Diskuswerfer Fritsch als Fahnenträger, nachdem sie mit ihm Probeaufnahmen gemacht hatte. Leni drehte ihren Olympiafilm, der Maßstäbe in der Sportfotografie setzte. Sie war eine glühende Anhängerin des ›Führers‹ und seines Buches »Mein Kampf« – und seine gute Freundin.

Hans Fritsch machte als erfolgreicher Diskuswerfer beim Einmarsch der Nationen ins Berliner Olympiastadion mit der Fahne in der Hand wirklich eine gute Figur und die Reichssportleitung glücklich. Außer Acht wurde gelassen, dass Straßberger zwischenzeitlich noch einmal die Weltmeisterschaft gewonnen hatte, bei der er mehr als die beiden erstplatzierten Tschechoslowaken von Los Angeles gehoben hatte. Einen neuen Weltrekord hatte er dazu gerade noch aufgestellt. Im Wettbewerb gab der Gewichtheberverband trotzdem dem jüngeren Josef Manger den Vortritt.

Mit den Komponisten Richard Strauss, Carl Orff und Werner Egk wurden die Spiele eröffnet und Josef schrieb auf der Ehrentribüne schnell, während die Hymne von Strauss erklang, eine Postkarte für daheim: »Ich musste nicht die Fahne tragen!«

Hunderte von Athleten marschierten zu den Strauss'schen Fanfarenklängen ins Stadion und die Massen huldigten mit erhobenem Arm dem System, begeisterter als je zuvor. Noch nie waren so viele Zuschauer zu Olympischen Spielen zusammengekommen. Noch nie hatten weltweit so viele Menschen die Ereignisse am Rundfunkgerät verfolgt. Auch zuhause im Münchner Hof hingen Marie, Frieda und das gesamte Personal wie schon 1928 und 1932 am Volkempfänger. Die gesamte Organisation der Spiele wurde mit deutscher Gründlichkeit und Präzision durchgeführt. Und selbstverständlich war das Olympiastadion mit Platz für 100.000 Menschen die größte Sportanlage der Welt.

In Berlin sollten Medaillen her, um jeden Preis. So war im Vorfeld auch das Sportverbot für Nichtarier aufgehoben worden, auch da wegen internationaler Proteste das IOC der Reichsregierung vorgeschlagen hatte, jüdische Sportlerinnen und Sportler zu benennen, die für die deutsche Mannschaft an den Spielen teilnehmen sollten. Es drohte ein Olympia-Boykott der USA. Natürlich war eine äußere Einflussnahme unvorstellbar, man sah sich selbst nach geeignetem Material um.

Helene Mayer, die blonde He, war nach Amerika emigriert, nachdem ihr das Stipendium des Akademischen Austauschdienstes »aus rassischen Gründen« entzogen worden und sie aus dem Offenbacher Fechtclub ausgeschlossen worden war. Die Reichssportleitung auf der Suche nach einer Alibi-Jüdin frohlockte: Groß, blonde Zöpfe, blauäugig, siegreich mit der Waffe – man brauchte die blonde He, wen sonst.

In der ›Anhaltischen Rundschau‹ wurde der Olympiasiegerin von Amsterdam daraufhin eine Ode gewidmet:

Und, denkt euch, sie trägt blonde Zöpfe
Und schlingt darum ein weißes Band.
Ein blaues Aug', ein deutscher Schädel,
der Jugend Anmut im Gesicht,

ein gut gewachsen rheinisch Mädel
und ficht, als wie der Teufel ficht.

Man erinnerte sich der verstoßenen Tochter. Und verabschiedete fast zeitgleich auf dem Reichsparteitag der NSDAP die ›Nürnberger Gesetze‹. Sie besiegelten den Ausschluss der Juden aus allen öffentlichen Arbeitsverhältnissen sowie ihre gesellschaftliche Isolierung. Erst nachdem die Mutter Helene in einem Telegramm mitgeteilt hatte, dass auch ihre Brüder im festen Besitz der deutschen Staatsbürgerrechte seien, entschloss sie sich, mit viel Heimweh und Ehrgeiz, in Berlin für Deutschland zu starten – quasi als ›Ehren-Arierin‹.

Am Ende war Deutschland führende Sportnation der Welt. Goebbels wies am letzten Tag der Spiele die Presse an, kein Triumphgeschrei anzustellen, und schrieb in sein Tagebuch: »Deutschland steht mit 33 Goldmedaillen weitaus an der Spitze. Die erste Sportnation. Das ist herrlich.«

Aber er notierte auch anderes in seinem Büchlein: »Die USA haben an einem Tag drei Goldmedaillen gewonnen, davon zwei durch Neger. Das ist eine Schande. Die weiße Menschheit müsste sich schämen. Aber was gilt das dort unten in diesem Lande ohne Kultur.«

Jesse Owens, der Leichtathlet und Weltklassesprinter, gewann allein vier Goldmedaillen und war der erfolgreichste Teilnehmer der Spiele.

Helene Mayer errang nicht das erhoffte Gold. Sie holte nur Silber, worüber sie sehr enttäuscht war. Den ersten Platz belegte die ungarische Jüdin Ilona Elek, den dritten die österreichische Jüdin Ellen Preis. Bei der Siegerehrung auf dem Podest führte Helene Mayer den ›deutschen Gruß‹ aus, was bei einigen ihrer Anhänger Irritationen auslöste.

Als die Spiele endeten und das olympische Feuer langsam erlosch, zauberten zahlreiche rundum postierte Flakscheinwerfer einen Lichtdom über das Stadion in den Berliner Nachthimmel. An der Anzeigentafel dazu der Satz: »Möge die olympische

Flamme leuchten durch alle Geschlechter, zum Wohle einer immer höher strebenden, mutigeren und reineren Menschheit.«

Da schnürte es wohl einigen den Brustkorb zusammen. Es war eine andere Atmosphäre als in Los Angeles. Dort hatte sich alles beschwingt und leicht und frei angefühlt. In Berlin warf die Ehrentribühne mit den Parteigrößen einen unheimlichen Schatten. Es waren ja Durchschnittsmenschen. Hier erschienen sie merkwürdig überhöht und mit ihnen der Abgrund, in den sie die ganze Welt hinabzerren wollten. Wer genau hinsah, konnte vielleicht sogar beobachten, wie sich das verheerende Allmachtsgefühl in ihnen breitmachte. Mit einem Fingerschnippen entschieden sie über Leben und Tot.

Für zwei Wochen war der Welt ein friedliches und tolerantes Land vorgespielt worden. Mit dem Abschluss der Spiele aber ging alles weiter wie zuvor.

Und Goebbels schrieb ins Büchlein: »Führer möchte gern in Spanien eingreifen. Aber Situation noch nicht reif. Vielleicht kommt das noch. Erst Olympiade glücklich zu Ende führen.«

Etwa zur Zeit der Eröffnungsfeier der Spiele waren, nur wenige hundert Meter vom olympischen Dorf entfernt, schon Flugzeuge der ›Legion Condor‹ von Tempelhof aus als Vortrupp gestartet. Ihr Ziel: Spanien – Guernica.

Und für die Architekten des olympischen Dorfes war von Anfang an klar gewesen: Olympia war für das Dorf des Friedens nur eine Zwischennutzung. Es wurde nach den Spielen seiner eigentlichen Bestimmung übergeben – als Kaserne und Ausbildungsstätte der Wehrmacht. Und der Dorfkommandant holte die olympische Fahne vom Mast und tauschte sie gegen das Hakenkreuz aus.

8. KAPITEL

Gerne wäre ich noch ein paar Tage in Berlin geblieben, denn im Vergleich zu München ist diese Stadt schon etwas anderes. Der Bayerische Hof ist nicht das Adlon. Und grad so schöne Wirtsgärten wie in München gibt es ebenfalls in Berlin. Und auch eine Isar gibt es, die heißt Spree, mit vielen Nebenarmen. Fast wie in Amsterdam. Auch Opernhäuser und Theater finden sich zuhauf. Und Etablissements ohne Ende.

Stolz empfindet sich der Münchner als Nabel zur Welt, aber er ist eben nur der Nabel, das kleine Loch am großen Bauch. Ehemalige Bauernlackel sind es, die vom Land in die Stadt gegangen sind und sich durch buckeln bei Hofe und in der Beamtenschaft ein wenig Reichtum angeschafft haben - wenn sie wussten, wen man in der Beamternschaft und am Hofe wie schmieren musste. In Paris hat niemand gebuckelt, dort haben sie dem König den Kopf abgeschlagen und sich genommen, was ihnen zustand. Darum wird es in der Stadt an der Isar auch nie eine Revolution geben. Ganz andere geben den Ton an. Ich kann das ja sagen, ich komme ja auch vom Land. Wenn man, wie ich, aus der Provinz kommt und ist dazu noch aus einfachen Verhältnissen, da weiß man zuerst überhaupt nicht, wo es in der Gesellschaft langgeht. Aber zum Glück habe ich nun doch schon ein wenig von der Welt gesehen. Im Grunde ist München ein verschnarchter Haufen und ein bisschen Berlin täte gut. Hier noch ein zweites Leben anfangen - ich weiß nicht.

Doch nach der Abschlussfeier muss ich schnell zurück in die Heimat. Die Tante Resi ist mit einem Magenleiden ins Krankenhaus eingeliefert worden. Magenleiden - ein Magenkrebs ist es halt und das Wasser steht ihr schon in der Lunge und bis zum Hals. In der Heimat wird gestorben. Und doch freue ich mich auf daheim. Entfernung ist der Liebe nützlich. Und es wird einem wohliger, je näher man dem Zuhause kommt.

Sieben Jahre hat die Tante Resi jetzt schon leiden müssen. Wenn die Marie und die Frieda sie besucht haben in Kolbermoor, haben sie die Tante Resi schon drei Straßen davor jammern gehört. Und als es gar nicht mehr ging, haben sie sie nach München in das Krankenhaus in die Ziemsenstraße gebracht und dort wollten sie die Tante Resi letztens besuchen, aber sie war nicht mehr da. Da haben sie die arme alte Frau in die Psychiatrische drüben in der Nußbaumstraße, in einen großen Saal zu lauter Narrische, gesteckt, weil sie eine Morphinistin ist.

Und das ist vielleicht eine Gaudi, bis ich die Tante Resi wieder rausgekriegt habe. Das arme Bauernfrauli weiß doch gar nicht, was ein Morphium ist, die nimmt, was ihr der Hausarzt verschrieben hat.

Da hole ich einen Stammgast aus dem Münchner Hof, den Franz, einen Gewürzhändler. Der zieht sich seine SA-Uniform an. Und wir sind wieder rüber in die Nußbaumstraße und in die Psychiatrische rein und packen die Tante Resi, schieben sie aus dem Saal, rein ins Taxi und auf und davon.

Da flattern die ganzen Ärzte daher. »Halt, halt, was machen Sie da!«

Und der Gewürz-Franz schaut streng und sagt: »Im Namen vom Gauleiter Wagner muss ich die Frau abholen!«

Und die Sache ist geritzt.

•

Zur gleichen Zeit etwa spazierte Frieda mit Hans die Luisenstraße hinunter auf dem Weg in die Dachauer Straße. Hans war anders als sonst, zerfahren. Ihren insistierenden Fragen wich er aus. Er druckste herum und erst als das Zuhause schon ins Blickfeld kam, rückte er langsam mit der Sprache heraus. Pater Hildebrandt hatte Hans zu sich auf die Orgelempore gebeten und ihn gefragt, ob er ihm etwas vorspielen solle. Hans war ganz schön mulmig zumute gewesen, als der Pater Variationen zu »Sah ein

Knab ein Röslein stehn« spielte, denn ihm war noch nie von einem Pater mit der Orgel etwas vorgespielt worden. Nach dem Privatkonzert hatte ihn der Pater Hildebrandt noch eingeladen, eine Tasse Tee mit ihm zu trinken.

Da saß der Hans mit dem Pater in dessen Mönchszelle und der Tauchsieder erhitzte das Teewasser, bis es kochte. Eine schier unendliche Zeit dauerte das. Pater Hildebrandt holte noch eine Blechdose aus einem Hängeschrank, der neben dem Bett mit dem Kreuz an der Wand angebracht war. In der Dose bewahrte er Plätzchen auf, die er das letzte Weihnachten geschenkt bekommen hatte und die er nun zum Tee reichte. Staubtrocken und hart waren diese Plätzchen und Hans biss sich fast einen Zahn aus. Dann nahm Pater Hildebrandt die Bibel und las lange aus dem Matthäusevangelium vor. Langweilig war das, aber dann kam er zu einer Stelle, die damit endete, dass »der Geist willig ist, aber das Fleisch schwach«.

Und Hildebrandt blickte auf und streichelte Hans ganz leicht über seine Haare, dass es dem Begehrten ganz heiß und kalt den Rücken hinunterlief. Da zog Hans die Notbremse und sich aus der Affäre, indem er log: »Ich muss heim in die Konditorei, beim Kirschenausstechen helfen.«

Deshalb hatte er nun ein schlechtes Gewissen, weil doch der Pater Hildebrandt so nett immer zu ihm war und ihm beim Hinausgehen noch ein Heiligenbild mit der schmerzerfüllten Maria und einen Daumenrosenkranz gegeben hatte.

»Kommst du nächstes Mal wieder zur Chorprobe?«, hatte er ihm noch hinterhergerufen, »dann les ich dir wieder aus dem Matthäusevangelium vor.«

»Ja, ja«, hatte Hans geantwortet, stockend, schon am Treppenabsatz.

Darum jetzt das schlechte Gewissen, weil er gegen das achte Gebot – »Du sollst kein falsches Zeugnis von dir geben wider deinen Nächsten« – verstoßen hatte.

Frieda beruhigte ihn: »Eine kleine Notlüge ist manchmal besser als die brutale Wahrheit.«

Somit war die ganze Sache zunächst ad acta gelegt. Hans ging auch nie wieder zur Chorprobe und auch nicht mehr in den Rundfunk, worüber die Frieda in der ersten Zeit traurig war, aber so gut hatte er auch nicht gesungen, dass er abgegangen wäre.

Da war aber noch etwas, was den Hans schon ein wenig länger quälte und was er der Frieda verheimlichte, nämlich dass er in der Schule, immer wenn die Naturkundelehrerin Frau Unfug vorne am Pult stand, so ein drängendes Gefühl bekam und dann heimlich, unter der Bank, in seinen Hosenschlitz griff und sein Glied umfasste. Da durchfuhr ihn so ein wohliger Krampf. Frau Unfug hatte rotblondes Haar und Sommersprossen im Gesicht. Im Winter weniger, im Sommer mehr. Immer wieder setzte Hans an und wollte es Frieda erzählen und traute sich nicht. Er merkte den Unterschied zwischen Mann und Frau.

Letztes Mal, als er mit Frieda im Müllerischen Volksbad schwimmen war, da traute er sich am Schluss nicht mehr aus dem Wasser heraus und blieb lange am Beckenrand, weil in der Badehose etwas angeschwollen war. Und auf dem Pausenhof stand Hans nun immer häufiger in Ecken, rauchte selbstgedrehte Zigarren und schaute den Mädchen nach und auf die Pullover, unter denen sich langsam die Brüste abzeichneten.

•

Im ›Bratwurstglöckl‹ hinter dem Dom sind die Stammtische voll besetzt. Rauchig ist es und laut. An manchen Tischen wird hitzig diskutiert und an manchen geht es distinguierter zu, da, wo die Münchner Kaufleute sitzen.

Der Gauleiter Wagner hält heute hinten am Teutonia-Stammtisch Hof, wo die alten Herren den jungen Studenten, den Füchsen in ihren bunten Uniformen, den Weg für die Karriere ebnen. Viel Schnaps wird bestellt und auf die »Hauptstadt der Bewegung« angestoßen: »Zur Mitte, zur Titte, zum Boden, zum Hoden, zum Sack: Zack Zack!« Und dann wird auf ex weggekippt. Es ist die Zeit des Mensurfechtens, wenn immer besonders viel gesoffen wird und blutigrote Schmisse die Gesichter der jungen Fechter zieren, die dann langsam zu einer Art Orden vernarben. Dabei geht es nicht um Sport, aber auch nicht um Leben oder Tod, sondern um einen halbgaren Zweikampf Mann gegen Mann, bei dem es darauf ankommt, nicht zurückzuweichen und eine mögliche Verwundung diszipliniert und ohne äußere Anzeichen von Furcht oder Schmerz durchzustehen.

Nach fünf Runden Schnaps werden die Trinksprüche vulgärer und im Chor rülpsen sie: »Morgens wollte sie ihn spüren / mit den Lippen zart berühren / zum Blasen an den Mund hinführen / heiß floss es dann in sie hinein / ja, so ein Kaffee, der ist fein. Prost! Prost! Prost!« Zu späterer Stunde, im Delirium, wird dann das großdeutsche Reich herbeigeträumt.

Mein Stammtisch hat nichts mit dem aufgeblasenen Getue einer studentischen Burschenschaft gemein, er tagt jeden Donnerstag. Dabei sitzt auch der Eis-König Pankofer, der zwei Geschäftspartner mitgebracht hat, die Schöller Buben, die auf den Nürnberger Sportplätzen sein Steckerleis verkaufen wollen. Die Nürnberger hatten gerade eine Lizenz des Münchners erworben, um »JOPA Eiskrem« in eigener Regie herstellen und in Nordbayern vertreiben zu können. JOPA wegen des Erfinders, Josef Pankofer. Vier Sorten dürfen sie in zwei Formen ziehen: Schokolade, Vanille, Erdbeere und Zitrone, rund oder rechteckig. Der Eis-Pionier Pankofer hat nämlich erkannt, was in das mit der neuen Kühltechnik gefrorene, süße Eis gehört: ein Steckerl – und somit ist das Steckerleis erfunden. Mit der JU 52 müssen die Schöller Buben gleich am nächsten Tag nach Berlin, um mit der UFA eine Zusammenarbeit anzubahnen. Die beiden Brüder sind sich einig, dass die Eisproduktion in der für den Kinobetrieb lauen Sommerzeit Zukunft hat.

Mit am Stammtisch sitzt auch der Unternehmer Meiller. Der Kommerzienrat ist heute ein wenig missmutig, kein Wunder, denn er wurde – wie viele Chefs von Münchner Familienunternehmen – gebeten, in die Wohnung des Führers am Prinzregentenplatz zum Teetrinken zu kommen. Was tut man da, auch oder gerade wenn man nicht will?

Und eine Geschichte beschäftigt hartnäckig die Stammtischgemeinde, die vom jungen Glöckl-Wirt, der vor zwei Jahren auf ungeklärte Weise umgekommen ist. Die Umstände seines Todes und die Hintergründe sind immer noch im Dunkeln.

Und als die Schöller Buben gegangen sind, sagt Pankofer: »Am Stammtisch vom Röhm hinten hat er sich öfters mal dazugesetzt. Und nach der Verhaftung vom Röhm haben sie auch ihn festgenommen und wenige Stunden später hat man den Buam bei Dachau tot aufgefunden.«

»Sehr ominös«, darauf Kommerzienrat Meiller und er setzt nach: »Hier sieht man, dass es gefährlich sein kann, wenn man am falschen Stammtisch sitzt.«

Und wir heben die Krüge und stoßen darauf an und sind uns einig, dass es am Stammtisch vom Gauleiter Wagner leicht gefährlich sein könnte.

Wie es heißt, sind vor zwei Jahren alle mit dem Röhm-Putsch in Verbindung gebrachten Personen ohne Prozess sofort standrechtlich erschossen und irgendwo verscharrt oder abgelegt worden, darunter auch völlig Unbeteiligte, die aus anderen Gründen störten, zum Beispiel Rivalen. Die Anzahl der Opfer ist ein Staatsgeheimnis. Für die hinterbliebenen Witwen wurde aber ein Sonderfonds eingerichtet, aus dem sie auf Staatskosten versorgt werden.

Was kümmern uns die Braunen und die Monarchisten, die versuchen, das Ruder für sich in Stellung zu bringen. Alle stammen wir aus dörflichen Gemeinschaften und sind durch unseren Erfolg in die Münchner Gesellschaft hinauf katapultiert worden. Der eine, weil er eine pfiffige Geschäftsidee umgesetzt oder eine innovative Erfindung gemacht hat, der andere, weil er es geschafft hat, sich nach seiner sportlichen Karriere eine bürgerliche Existenz mit einem Hotel aufzubauen, ohne sich politisch anbiedern oder als Nazi mitlaufen zu müssen. Es ist nicht unser Krieg, der da an anderen, gefährlicheren Stammtischen und in Hinterzimmern vorbereitet wird.

Zu später Stunde kommt dann noch Gunther Kater an den Stammtisch und hängt sein Ohr in die Runde, um eine verwertbare Geschichte aufzuschnappen. Sein Spitzname ist mittlerweile »Goebbels' Kater«. Er hat hervorragende Kontakte zu Prominenten und Politikern nebst Gattinnen, die er gerne allesamt in die Pfanne schlägt, und taucht meist unangemeldet bei Gesellschaften auf, ob geschlossener oder öffentlicher Natur.

Ich schwöre, demnächst hat der Mann bei mir Hausverbot.

•

Für Kater lief es unter den neuen Herren gut, fast besser als je zuvor. Sein Kalender war stets gut gefüllt, die Menge der Einladungen beeindruckend. Häufig hatte er mehrere Termine an einem Tag zu absolvieren, zu denen er mit einem eigenen Auto fuhr, das ihm ein Rüstungsprofiteur zur Verfügung gestellt hatte. Zeitweise gingen ihm gleich zwei Sekretärinnen zur Hand und er legte sich mehrere Pseudonyme zu, um gleichzeitig für verschiedenste Zeitungen arbeiten zu können. Durch die geschickte Zuarbeit eine Kollegin schien es sogar so, als wäre er oft auf mehreren Veranstaltungen gleichzeitig präsent gewesen. Kater, der Tausendsassa.

Mit Bleistift und Journalistenblock sah man ihn in einem Eck, er war ständig am Kritzeln und füllte seine Geheimdatei mit Beobachtungen und Vermutungen auf, die er gegen Spesen zur Verfügung stellte. Sein Giftschrank, mit dem er drohte, wenn er einmal wieder wegen einer seiner dümmlichen und anmaßenden Schriften angegriffen wurde und man von ihm oder dem Zeitungsverlag Schadenersatz forderte.

Dabei war Kater keineswegs immer begeistert von seinem beruflichen Alltag. Man sagte, dass er einer sei, der in jedem System zurechtkomme – sogar unter so einem wie Joseph Goebbels. Aus unerfindlichen Gründen wurde ihm in letzter Zeit aber des Öfteren speiübel und er kotzte sich die Seele aus dem Leib. Er ging deshalb zum Arzt, der nichts fand und meinte, dass das wohl eine chronische, berufsbedingte Krankheit sei. Stressreaktion. Belastung.

Nicht, dass Kater deswegen zumindest abseits seines Berufs eine ehrliche Haut geworden wäre – er betrieb nebenher auch ein

Weinhaus, wo er die Einnahmen direkt in seine Taschen wandern ließ und nichts versteuerte. Nach einem Griff in die Kasse sah man ihn dann bei einem teuren Schneider in der Theatinerstraße, wo er sich gleich mehrere Anzüge anmessen ließ, selbstverständlich edelstes Tuch. Kater hatte außerdem ein Lichtspieltheater, wo er die Mieten schuldig blieb und kurz vor der Insolvenz unterverpachtete, um sich so über Wasser zu halten. Das ging eine Zeit lang gut, bis alles doch unweigerlich im Fiasko endete. Endlich klebte der Skandal an Kater selbst. Die Zeitungsverleger, für die er eine Zeit lang ein Umsatzgarant gewesen war, ließen ihn fallen und erteilten ihm Hausverbot.

»Das Leben kann so schön sein, muss aber nicht.«

Wenigstens war Gunther Kater kein Carl von Ossietzky, der monatelang hinter Gitter wanderte – so etwas passierte nicht wegen Schmutzeleien, dafür musste man sich schon der Wahrheitsliebe schuldig gemacht haben.

•

Und es ist gleich nach dem Anschluss Österreichs, da wird vom Rundfunkchor ein Singspiel einstudiert: »Wir sind die guten, wir sind die braven, wir sind die lieben Kinderlein.« Mit drei Omnibussen ist die Frieda mit dem Chor nach Salzburg gefahren, alle in Uniform. Im Kurhaus soll dann nachmittags die Aufführung stattfinden.

Und wie die Frieda wieder zuhause ist, erzählt sie, immer noch ganz aufgeregt, wie sich hinterher jeder ein Souvenir kaufen will, zum Beispiel Mozartkugeln. Und auf einmal kommen als Krampusse verkleidete Männer mit eisernen Fahrradketten aus den Gassen gelaufen. Die sind ihnen nach und haben ihnen die Ketten um die Haxen gehaut. Da ist der ganze bayerische Rundfunkchor aber gerannt und schnell wieder in das Kurhaus rein. Und dann ist auch schon die Polizei gekommen, aber die Krampusse, die sich gegen den Einfall der Nationalsozialisten nicht weiter zu helfen wissen, als jungen Mädeln auf die Füß zu schlagen, waren schon weg.

Und genau an diesem Tag geht die Hoteltüre auf und Franz aus Amerika steht in der Empfangshalle. Der Auswanderer-Franz. Im Arm den knapp zehnjährigen Sohn Otto, der am Vater zerrt und laut verkündet, dass er jetzt einen Hunger hätte – natürlich auf Englisch. Mitten in der Hotelhalle und der Franz fragt, wo denn sein Bruder ist.

Schnell wird für die beiden ein Hotelzimmer bereit gemacht und ein Mittagessen und später erzählt er, dass er geheiratet hat, Helene heißt sie, ist aber daheim geblieben – gerade hat sie eine Tochter, Elfriede, zur Welt gebracht. In Troy, im Staate New York am Hudson River gelegen, sind sie nun. Viele Auswander, vor allem Deutsche, haben dort in der Textilindustrie Arbeit gefunden. Franz nicht, er ist zusammen mit dem Fischlinger Max bei Leica in der optischen Entwicklungsabteilung untergekommen, was ihnen jetzt aber Schwierigkeiten bringt, weil diese Firma für die U.S. Army arbeitet, Objektive für Kameras baut und Spionageflugzeuge ausrüstet, die aus 3.000 Metern ihre Stereofotos machen. Das FBI interessiert sich für die beiden Einwanderer, denn die Deutschen sind zurzeit verdächtig. Vor allem, weil sie sich in »deutschen Klubs« organisieren und Aufmärsche in nachgeschneiderten SA-Uniformen machen. Alle gehen sie am Wochenende in den deutschen Park, da treffen sie sich und singen deutsche Lieder, essen gesottenes Schweinefleisch und Würstel mit Sauerkraut. Zunächst ist ja alles mehr oder weniger unpolitisch, bis einige plötzlich Kniebundhosen anhaben und neben der amerikanischen Flagge die deutsche Hakenkreuzfahne hochziehen. Und es ist ihnen egal, dass J. Edgar Hoover vom FBI diese Zusammenkünfte observieren lässt.

Franz erzählt, dass er ab da nicht mehr zu den Treffen gegangen ist. Doch die Aufregung ist groß, als das FBI trotzdem vor der Tür steht, das Haus durchsucht und die Uniform findet, die er leider nicht weggeworfen, sondern fein säuberlich zusammengelegt und aufbewahrt hat. Auch bei Max waren sie.

»Beide haben sie uns mitgenommen«, sagt Franz, »und die Personalien aufgenommen. Mich haben sie dann heimgeschickt.

Den Max aber haben sie nach Ellis Island gebracht und dort interniert.«

Der Max, der mitten in Amerika am Sonntag und an den Feiertagen am liebsten in der Lederhose und im Lodenjanker mit Trachtenhut umherläuft und sich deutschnational gibt, aber noch viel mehr bayerisch. Auf Ellis Island wird er dann vom FBI verhört, vor allem glauben sie, dass er ein Spion ist und Geheimnisse aus seiner Arbeit bei Leica über den großen Teich hinweg verrät. So harmlos, wie der Max ist, müssen sie ihn bald wieder heimschicken. Und schon ist er wieder ein *citizen*, ein echter Amerikaner, und kann das Geld, das er verdient, auf die Bank tragen. Denn nur wenn man eingebürgert ist, darf man ein Konto haben.

Und je länger Franz erzählt, umso mehr rückt er auch mit dem Beweggrund heraus, warum er die lange Reise zurück in die Heimat, die ja nicht umsonst ist, sondern sündteuer, unternommen hat. Es ist furchtbar simpel: Das Heimweh hat ihn hergetrieben. Denn drüben ist bei Weitem nicht alles rosarot und voller Milch und Honig. Und er druckst herum und windet sich und schlägt mir schließlich vor, ob er nicht in meine gastronomischen Unternehmungen einsteigen kann. Quasi als Teilhaber. Und da bin ich in eine familiäre Zwickmühle gekommen. Auf der einen Seite will ich ihm das ermöglichen, auf der anderen muss ich aber auf meine Geschäfte in diesen unsicheren Zeiten aufpassen.

Und so entscheide ich mich gegen das Blut, das ja bekanntlich dicker als Wasser sein soll, und man kann sich vorstellen, dass Franz nach diesem Abend nicht glücklich ist und auch bald wieder abreist, nachdem ich ihm Bescheid gebe: »Ja, du hast ja nix, womit du dich einkaufen kannst - eine Arbeit kann ich dir schon geben, du bist dann halt ein Angestellter wie alle andern, aber das wirst ja bestimmt nicht wollen.«

•

Als Franz einige Tage später mit dem blond gelockten Otto auf dem Weg zum Hauptbahnhof war, von wo der Zug nach Bremerhaven abfuhr, hielt ein Mercedes-Benz Typ 630 neben ihnen. Aus dem Wagen stieg der Führer mit seinem Leibfotografen, Heinrich Hoffmann. Er tätschelte dem jungen Otto den Kopf, gab ihm hochoffiziell die Hand, es blitzte und bald erschien das Foto im ›Völkischen Beoachter‹. Ja, der Führer war sehr kinderlieb, wenn es sich um blond gelockte, germanische Jünglinge handelte.

Als Vater und Sohn dann mit dem Schiff wieder im New Yorker Hafen ankamen, standen sie am Zoll, weil Franz gleich noch einen Volkswagen mit einschiffen hatte lassen. Da lief der Otto in seinem Matrosenanzug zu einem Hafenpolizisten, schlug die Hacken zusammen und hob die Hand und sagte: »Heil Hitler!«

Ein fragwürdiges Souvenir aus der väterlichen Heimat. Die Polizisten aber lachten.

In München wachte Frieda mitten in der Nacht auf, weil draußen so ein Lärm war, und stürzte zum Fenster, doch die fürsorgliche Hand der herbeigeeilten Amalie hielt sie von dem, was auf der Straße zu sehen war, zurück. Eine rohe Bande von SA-Schlägern war gerade dabei, das Fenster des Geschäfts gegenüber einzuschlagen, am liebsten hätten sie den ganzen Laden abgefackelt, aber das ging nicht, weil sonst das Haus mitverbrannt wäre und sich der bereits auserkorene, spätere Besitzer gewiss nicht gefreut hätte.

Das Signal zum Losschlagen war aus dem Alten Rathaus gekommen, wo Goebbels, Hitler und Heydrich im Kreis hochrangiger brauner Kumpane den Jahrestag des Hitlerputsches von 1923 feierten. Blutrot leuchteten die Hakenkreuzfahnen zu diesem Anlass überall in der Stadt. Zwei Tage zuvor hatte ein polnischer Jude in Paris auf den Legationsrat Ernst vom Rath Schüsse abgefeuert und Propagandaminister Goebbels gab dem gesamten Judentum in einer Hetzrede dafür die Schuld. Geschäfte und Kaufhäuser, auch unzählige Privatwohnungen, wurden zerstört und geplündert und die Feuerwehrzüge rückten aus, weil die Synagoge brannte.

Am Morgen danach waren die Straßen ungewöhnlich leer, rauchig und grau, und die Luft wurde immer dicker vor lauter Ruß, je näher man zur Herzog-Rudolf-Straße kam. Auch der Betsaal in der Reichenbachstraße war verwüstet. Und mancher Münchner tat entsetzt, freute sich aber insgeheim, wobei auch nicht so arg. Man war nicht allzu gut auf die Juden zu sprechen.

In der Lindwurmstraße hatte es einen Toten gegeben: Joachim Both, der mit seiner Frau gerade von einem Kinobesuch nach Hause kam, als die SA-Männer die Scheiben seines Geschäfts einschlugen, worauf sie ihn in seine Wohnung im ersten Stock schleppten und erschossen. Sogar die jüdischen Altersheime in der Kaulbach- und Mathildenstraße waren gewaltsam gestürmt und Geld und Einrichtungsgegenstände gestohlen worden. Eine Heimbewohnerin ging zu einem SA-Mann und fragte ihn, wo sie denn nun hingehen solle, sie habe keine Verwandten mehr. Und der antwortete: »Der Starnberger See hat genug Platz für euch alle!«

•

Von der Wohnung aus können wir im Hinterhof in das Wohnzimmer von den Grünbaums schauen, die sich nicht mehr hinaus trauen. Hinter dem Vorhang stehen sie und winken herüber.

Da sage ich zur Frieda: »Deut ihnen rüber, ob sie was zum Essen wollen.«

Nein, nein, machen sie.

»Und dass du heut auf d'Nacht um zehn rüberkommst und ihnen was zum Essen bringst.«

Und wieder machen sie nein, nein, vor lauter Angst.

Und ich habe ein Packerl hergerichtet mit Brot, Butter, Fleisch und Wurst, was man halt so braucht. Die Grünbaums sind keine orthodoxen Juden und essen auch nichtkoschere Speisen. Nur zum Pesachfest nehmen sie es genau. Und dann gehe ich mit Frieda in den Keller, die Treppe runter und mit dem Bieraufzug wieder rauf in den Hof. Dort hat es neben dem Lastenaufzug eine Wellblechhütte, wo die leeren Fässer drin gestapelt sind. Und ringsum die Rückgebäude, wo die anderen Leute wohnen, auch die Nazis, die sich freuen, dass der Weltgeist nun ein anderer wird und die Veränderung die Welt in Angst und Schrecken versetzt. Vor mir aber haben sie Respekt. Ich wiege ja schon über 100 Kilo und kann, wenn ich ärgerlich werde, furchteinflößend sein. In gespielter Wut gehe ich also auf den Hof und werfe mit leeren Bierfässern um mich, fluche, plärre und schreie laut herum, dass Frieda ganz ängstlich blickt. Und ich halte ein und schaue prüfend zu den anderen Fenstern des Innenhofes. Nichts rührt sich. Und ich gebe Frieda das Päckchen in die Hand und flüstere ihr ins Ohr: »Das ist jetzt unser Geheimnis, schwör, dass du niemandem davon erzählst!«

Und Frieda: »Ich schwöre!« Und sie läuft schnell rüber und rauf in ersten Stock und reicht den Grünbaums das Fresspaket durch den Türspalt hindurch.

Die Hände küssen sie ihr. Und Frau Grünbaum sagt leise: »Shalom. Shalom.«

An Weihnachten haben die Grünbaums dann für die Puppen was geschneidert. Für die Dora ein Kleidchen und aus einem Hasenpelzerl eine Pelerine, ein Heuberl und einen Muff. Dem Fritzi haben sie einen kleinen, grünen Burschenhut mit Adlerflaum verpasst und eine Lederhose.

Am Eck von der Schützenstraße, da ist der Hut-Löwenthal. Das sind zwei Brüder, die führen ein gutes und schönes Geschäft. Die ganzen Schaufenster haben die SA-ler mit Holz vernagelt und außen einen Zettel hingehängt mit der Aufschrift, dass, wer hier bei den Juden einkauft, ein schlechter Deutscher ist. Mit der Mama ist die Frieda dann in den nächsten Tagen hineingeschlichen und die armen Leute stehen verängstigt drinnen und weinen. »Wir haben doch gar nichts gemacht«, sagen sie.

Viele, die sich eine Schiffspassage leisten können, emigrieren nach Amerika und verkaufen ihre Häuser unter Wert, und das freut die neuen Besitzer. Ganze Straßenzüge in Bogenhausen oder in der Ludwigvorstadt werden so judenfrei. Und viele von ihnen, ob sie nun bleiben oder gehen, können gar nicht verstehen, was vor sich geht. Sie fühlen sich als aufrechte Deutsche, viele haben im letzten Krieg gekämpft und Ehrenkreuze für ihre Tapferkeit in Verdun oder am Isonzo bekommen.

In der kleinen Gasse, gleich hinterm Kaufhaus Dietz, ist der Jud' Seliger mit seiner kleinen koscheren Metzgerei. Eine deutsche Freundin hat er und ist immer zum Stammtisch gekommen. Auf einmal ist er weg. Hat sich aufgehängt. Und vom Toten sagen sie, dass er ein Mädchenschänder gewesen sei, obwohl die Frau doch schon über 40 ist.

Viele wissen nicht einmal, wer oder was ein Jude genau ist. Vielen ist es ein Buch mit sieben Siegeln. Vielen ist es egal. Ein Unrechtsbewusstsein gegenüber dem, was passiert, scheint auch niemand zu haben.

»Mei, dann warn s' halt auf einmal weg.«

Und die Zeiten werden immer düsterer und dunkler und es wird vom großen europäischen Krieg gesprochen, wo es gegen die Bolschewiki gehen soll. Doch die sind hinten in Russland und dazwischen liegt Polen. Und der Führer sagt: »Scheiß auf den Nichtangriffspakt, alle Abmachungen mit Polen haben nur vorübergehenden Wert. Ich denke gar nicht daran, auf nach Danzig.«

So entfällt die Frage, Polen zu schonen, und der Überfall beginnt an einem Tag, an dem dichte Schauer auf München herabprasseln und Frieda mit ihrer Firmpatin Kessler, die beim Juden Brandeis arbeitet, in den Grusel- und Lachkeller vom Karl Valentin am Färbergraben mehr oder weniger aus Zufall hineinstolpern, weil sie vor den Regenmassen Schutz suchen. Denn der Münchner geht partout nicht hinunter, keine alte Sau. Keine Reichsmark verdiente der Valentin damit. Wer geht auch schon gerne in einen Keller zum Lachen, zumal er im Finstern über eine quabblige Wasserleiche steigen oder durch ein Eisengitter einen verhungerten Sträfling sehen oder an Folterknechten vorüberschleichen muss. Viele haben für diese Art des Humors nichts mehr übrig. Schon gleich gar nicht, wo so etwas in Dachau an der Tagesordnung ist.

Und in der Hotterstraße, wo der Bunker ist, da sind die Frieda und die Frau Kessler dann unterwegs, als es wieder zu regnen aufgehört hat, und tatsächlich kommt doch der Valentin persönlich daher. Und die Frau Kessler sagt: »Jetzt warten mir, schau, der geht in den kleinen Kramerladen und kauft sich vielleicht 50 Gramm Leberkäs oder sonst was. Lässt er es halt aufschreiben. Hat ja kein Geld nicht, der Valentin. Zaundürr ist der Mensch.«

Und dann gehen die beiden hintendrein: »Schreiben S' des bei uns mit drauf.«

•

Zwei Jahre lang hielten sich die Amerikaner nach dem Überfall auf Polen zwar noch heraus und die amerikanische Bevölkerung war im Allgemeinen pazifistisch gestimmt. Zu kurz lag der letzte große Krieg zurück. Das änderte sich aber schlagartig, als die kaiserlich-japanischen Marineflieger auf Geheiß des Tenno – er war an diesem Tag glänzend gelaunt und hatte seine Marineuniform angezogen – den Flottenstützpunkt Pearl Harbour auf Hawaii am 7. Dezember 1941 angriffen und acht Schiffe, darunter den Stolz der Flotte, das Schlachtschiff ›Arizona‹ mit 1.100 Matrosen, versenkten. Da schwang das Pendel um. Amerika erklärte dem Land der aufgehenden Sonne mit seinem Kaiser den Krieg. Deutschland und Italien, Verbündete Japans, erklärten vier Tage später den Vereinigten Staaten retour den Krieg.

Die Rache der Amerikaner ist fürchterlich. Von der Luft- und See-Schlacht bei den Midwayinseln würde sich Nippon nicht mehr erholen – und es hieß »Auf nach Tokio« und die Piloten luden ihre tödliche Fracht ab und wenn es wolkig war, diente der heilige Berg Fuji mit seiner schneebedeckten Kuppe als Orientierung.

In München bekam die Frau Schießl einen Brief mit der Ankündigung ihrer Deportation, den sie heimlich abfing und versteckte. Sie packte dann einen Koffer, küsste die Kinder und ging auf Konzertreise und ein Jahr lang hörte der Schießl nichts von seiner Frau und machte sich Sorgen. Bis er eine Postkarte aus

Auschwitz bekam. Darauf stand: »Mir geht es gut, habe eine Stelle im Orchester, komme bald.«

Der Schießl wunderte sich, setzte sich in den Zug und wollte sie dort besuchen. Ja, gewundert hat er sich nur, das hat gereicht, dass er sich in den Zug setzte. Ganz verändert kam er zurück, hatte weiße Haare bekommen und wusste, was los war.

Die Familienmusik Schießl brach auseinander, weil der Schießl sein Instrument nicht mehr anrührte.

•

Eine neue Familienmusik muss her für das Apollo, denn wir stehen im dritten Kriegsjahr und die Leute haben das bisschen heile Welt auf der Bühne bitter nötig. Die Familienmusik Ott wird engagiert, auch eine reich mit Kindern gesegnete Familie, diesmal sieben Mädel und acht Buben. Die Mutter hat drei, vier Abgänge gehabt, bis die Besetzung zusammen war. Die Leute lieben es, auf der Bühne eine Großfamilie zu bestaunen, es ist wie im Tierpark. Ursprünglich kommen die Otts aus einem Dorf im Altaigebirge und sind mit nichts nach Deutschland gekommen, außer damals neun Kindern. Außerhalb von München wohnen sie auf einem kleinen Hof. Vater Ott ist nebenher Kleinbauer mit zwei Kühen und zwei Schweinen. Mutter Ott kümmert sich um den großen Garten mit den Obstbäumen und kocht aus den Früchten Marmelade ein, die es im Münchner Hof zum Frühstück für die Hausgäste gibt. Der Bühnenschlager von der Familienmusik Ott ist die München-Hymne, das Volkslied »Solang der alte Peter am Petersbergl steht«, das im Original eigentlich »Solang der alte Steffel am Stephansplatz noch steht« heißt und sich auf die Domkirche St. Stephan zu Wien bezieht. Gesungen wird es von Grinzing bis St. Pauli. Die Spezialität der Familienmusik Ott aber ist es, das Lied als Zugabe zu intonieren, und zwar zuerst im vermeintlichen Münchner Original, dann auf Französisch, Italienisch, Russisch, Arabisch und Chinesisch, was das Publikum jedes Mal zu Beifallsstürmen hinreißt. Ab und zu aber singen sie einige Textzeilen auf Jiddisch. Da weiß dann der ganze

Saal oft nicht, wie er reagieren soll und alles endet in einer großen Irritation.

Irgendein Zeitungsschmierfink behauptet einmal, dass meine Otts gar nicht aus dem Altaigebirge stammen würden, sondern sesshaft gewordene Zigeuner wären und über Südtirol eingewandert seien. Heraus kommt dann, dass sie ein Komiker bei der Reichskulturkammer angeschwärzt hat, der auf die Otts neidisch ist, weil sie so viel Beifall bekommen und er weniger Engagements. Da muss die Zeitung eine Gegendarstellung bringen, und die Otts erhalten als Wiedergutmachung von einem königlich-bayerischen Hoflieferanten zwölf Monate lang umsonst ein Kondrauer Mineralwasser, geliefert frei Haus.

Und der Ott daraufhin: »Also, wenn es schon ein Hoflieferant sein soll, wären mir viel lieber Schuhe vom Eduard Meier, Handschuhe vom Roeckl oder ein Jahr lang Delikatessen von Dallmayr – jede Woche ein Kilo Kaffee ist auch in Ordnung. Oder Schokolade von der Confiserie Rottenhöfer. Aber Mineralwasser.« Das Wasser jedenfalls hängt der Familienmusik Ott dann bald aus dem Halse heraus, denn eine Abwechslung sollte, wie in allen Dingen, schon sein. Auch beim Mineralwasser.

Was man aber daran auch sehen kann, ist, dass es mit der Münchner Gemütlichkeit nicht mehr weit her ist, nein, da wird angeschwärzt und denunziert. Und wehe, man weckt den Neid in einem andern.

Da setzen Marie und ich uns zusammen und reden lange – und dann versuchen wir, mit Franz in Amerika Kontakt aufzunehmen, doch es kommt keine Verbindung zustande, die Leitungen sind gekappt.

•

Vor den Wohnungen der Deutschen in Troy hatten da bereits die Armee-Lkws vom Justizminsterium gehalten und Franz, seine Frau Helene, Otto und seine kleine Schwester Elfriede, Anni und den Fischlinger Max allesamt nach Crystal City in Texas geschafft und zusammen mit anderen deutschstämmigen Familien, Italienern und Japanern in ein Lager gesteckt. Schlimm war, dass auch ihr ganzer Besitz und das Wenige, das sie sich bisher erarbeitet hatten, konfisziert wurde. Und hätte die Familie in der Heimat davon gewusst und helfen wollen, so hätte sie nicht einmal Geld schicken können, denn auch ihre Bankkonten waren aufgelöst worden. Sie mussten bis nach dem Krieg warten, um ein zweites Mal einen Neuanfang zu wagen.

Hätten sie sich das vorher ausmalen können, sie wären wohl nicht gegangen. Aber wie hätten sie den Wahnsinn der Welt auch ahnen können.

•

Ich sitze jetzt oft mit Marie in der Wirtewohnung zusammen und wir überlegen, wie wir die Frieda, die mit der Handelsschule abgeschlossen hat, am besten raushalten können aus der Stadt. Die Geschäfte laufen auch während des Krieges nicht schlecht. »Gegessen und getrunken wird immer und die Leute brauchen einen Ausgleich.«

Wir beschließen, dass Frieda zu befreundeten Wirtsleuten, die einen Landgasthof bei Wasserburg betreiben, verschickt wird. Wir nennen es Sommerfrische. Wer weiß, vielleicht läuft sich der Krieg über die nächsten Monate tot und wir haben hier endlich wieder ein bisschen Ruhe.

Und so kommt es, dass Frieda zusammen mit Rosemarie, einer Schulfreundin, und vier Koffern in die Sommerfrische, in den kleinen Weiler Obing reist und so für eine Zeit nichts von dem mitbekommt, was in der Stadt passiert. Zum Landgasthof gehört auch ein Moorsee, der Griessee, der zu den wärmsten der Chiemgauer Seenplatte zählt. Dort schiebt Frieda einmal ein Ruderboot ins Wasser, das ein Badegast ausgeliehen hat. Auf einmal spürt sie keinen Boden mehr unter den Füßen und japst und schnauft und schlägt um sich und schluckt schon ungefähr ein paar Liter Wasser. Zum Glück springt ein Hotelgast vom Badehaus aus ins Wasser und rettet sie. Nachdem die Nachricht bei uns ankommt, setzen wir sofort alles daran, dass sie schwimmen lernt. Marie gibt das Hotel für ein paar Tage in die Hände von Edwin und fährt raus nach Obing. Da schwimmt sie mit Frieda Huckepack im Griessee, bis die eigenständig die ersten Schwimmzüge machen kann. Im Müllerschen Volksbad hat Frieda dann, nach ihrer Rückkehr, den Freischwimmerschein gemacht.

Frieda ist nun in einem Alter, wo sie gerne gerettet werden möchte, nicht nur aus Moorseen, aber da ist nur der Hölzl Hans, der ihr den Hof macht. Mit ihm zusammen muss sie bei der Feuerwehr einen Löschkurs machen und als beide fragen, warum, heißt es: »Darum – ihr machts jetzt den Löschkurs, weil man nie weiß, für was man den vielleicht brauchen wird können, außerdem gibt es einen Aufruf von der Branddirektion, dass in jedem Haus ein Löschmeister sein soll, weil so viele Feuerwehrmänner im Krieg sind.«

Das ist wohl das erste Mal, dass die beiden merken, dass es in der Stadt nicht mehr so sicher ist und der Krieg näher kommt und mit ihm die Fliegerangriffe. Eine Handvoll haben sie auf München schon geflogen, den ersten die Franzosen, danach die Briten. In Hamburg hat es gerade erst wieder einen Luftangriff gegeben und das ausgerechnet, wo ich dort ein Pferd für 25.000 Mark gekauft habe, das gerade mit dem Güterwaggon nach München transportiert werden sollte.

Mit meinen Rennrössern in Daglfing verdiene ich bereits mehr als in der Gastronomie. Und das geht so: Ich kaufe die Fohlen von Rössern mit einer guten Abstammung, keine Mulis. Und in Niederbayern lasse ich sie gut füttern, dass sie schön stämmig werden. Als Jährlinge kommen sie dann nach Daglfing. Dort werden sie von den Trainern eingebrochen und lernen das Traben. Beim ersten Rennen gewinnen sie meistens und auch beim zweiten. Und dann werden sie mit Gewinn verkauft. Und der Champion verdient das Futter für die anderen mit, er läuft fast bei allen Rennen.

Der Güterzug fährt also mitten durch diesen Fliegerangriff und an meinem Stammtisch sitzen die Trainer von Daglfing und freuen sich, dass alles gut gegangen ist und der Stallbursche zusammen mit dem Pferd noch lebt. Erst nach acht Tagen sind sie angekommen.

Beim nächsten Luftangriff in München ist es leider in Daglfing nicht so glücklich verlaufen. Dort trifft es den Ausnahmetraber Iltis, der bis dato von Hänschen Frömming trainiert wurde, zwei Tage nach dem Gewinn des »Goldenen Pferdes« und außer der Trophäe bleibt von dem Ross nichts übrig.

Wenn Marie und Frieda im Alltag etwas vom Krieg spüren, dann lassen sie es sich nicht anmerken. Es hat fast etwas Trotziges, wie sie weiter aus dem Haus marschieren, nur in die nobelsten Geschäfte gehen, zum Einkaufen oder Nachmittagskaffee. Vor allem Frieda: in den Sarotti-Laden, in das Café Fürstenhof mit seinen roten Lederstühlen, den Sofas und dem großen Kristalllüster. Dort spielt jeden Tag eine Kapelle. Das können sich nur wenig Leute leisten – teuer. Dann in das Café Farek mit seinem Podium und der Konzertmusik. Am Nachmittag mit der Frau Mama ins Café Reber, wo sie sich mit der Schneiderin treffen. Mit ihr geht's dann zum Eichengrün in die Ettstraße zum Stoffkaufen, ein wunderschönes Stoffgeschäft. Dann vielleicht noch am Bahnhof in das Café-Hotel ›Stadt Wien‹, auch da mit einer schönen Musik immer von vier bis sechs Uhr.

16 Jahre ist Frieda alt. An bestimmten Tagen besucht sie von zwei bis vier bei den Klosterschwestern in der Herzogspitalstraße den Schreibmaschinenkurs. Und hinterher im Café Luitpold sitzen. Im Palmengarten ist der Tisch schon reserviert. Zwei Freundinnen nimmt sie mit, dass es nicht langweilig wird, die Rosemarie und die Vroni. Und da wollen sich einmal fesche Gebirgsjäger hersetzen. Da kommt gleich der Herr Direktor und sagt: »Hier nicht.« Er ist gut mit dem Papa befreundet.

Da sitzen die Mädels und schauen dumm aus der Wäsche, denn es sind wirklich fesche Burschen. Die Frieda, in eine Reithose gequetscht, die ihr in Lyon gemacht worden ist. Und wenn sich die Frieda schwarze Spitze einbildet, wird von Frankreich aus die schwarze Spitze geschickt. Alles unter dem Krieg. Oder Stiefel aus Italien. Nach dem Pariser Chic ist sie angezogen und die verrücktesten Hüte hat sie. Mei, sie hat halt Geld, andere nicht.

Im Apollosaal sitzen immer mehr verwundete Soldaten im Parkett, die eine Freikarte bekommen haben. Ein süßlicher Geruch nach verwesendem Fleisch gepaart mit stechendem Arzneiduft, liegt in der Luft, wenn sie nach der Vorstellung gegangen sind. Zuvor haben stumme, leere, tote Augen aus jungen Gesichtern hinauf zur Bühne geblickt, die wieder zuvor im Stellungskrieg aus den Gräben heraus und ins Artilleriefeuer geschaut haben. Soldaten, die oft nur ihr junges Leben zurückgebracht haben und sich dafür schämen, weil ihre Kameraden mit zerfetzten Körpern auf dem Schlachtfeld geblieben sind. Manche müssen, kaum dass sie notdürftig wieder zusammengeflickt sind, wieder zurück an die Front in den wüsten Totentanz. Ganze Hotels werden daheim zu Notlazaretten umfunktioniert. Mein Apollo spielt da auch eine Rolle, hier wird durch Unterhaltung rekonvaleszíert - bis diese Veranstaltungen für die Wehrmacht eingestellt und stattdessen auch die Krankenbetten reingeschoben werden.

Und da bin ich zu einem hin, der da auf dem Bett liegt, nicht älter wie zwanzig ist er, jung, ein Leutnant, und ich frage ihn, wie er heißt, nachdem ich mich vorgestellt habe.

Flüsternd bringt er über die Lippen: »Schönbeck. Schönbeck Hans.«

Er liegt auf dem Bauch, denn sein ganzer Rücken ist eingebunden und er erzählt: »Wir waren verraten und verloren. Monatelang waren wir im Kessel von Stalingrad. An Weihnachten '42 war uns bewusst, dass es keine Rettung geben würde. Heiligabend hab ich in meinem Ledersack ein weißes Hemd gefunden. Ich hab mich rasiert, trocken. Den Schnee haben wir ja nicht mehr zu Wasser machen können, weil wir nichts zum Befeuern hatten. Eine Krawatte hab ich umgelegt und bin von Loch zu Loch gegangen, in der Steppe, da drin haben meine Männer gehaust.«

Und seine Erzählung, leise, eindringlich, ist wie eine Wiederholung meiner Erlebnisse an der Front im letzten großen Krieg. Ich danke stumm allen Heiligen und meinem bisschen Lebensglück, weil ich als Wirt mit dem Hotel und der Gastronomie als kriegswichtig eingestuft worden bin, als an der Heimatfront unabkömmlich. Meine Beziehungen habe ich außerdem spielen lassen. Und seit ich nicht mehr regelmäßig im Trainig bin, zeigt der Körper auch so seine Schwächen, sogar die alte Verletzung aus dem Krieg spüre ich wieder. Es gab natürlich einen Haufen Personen, die unabkömmlich gestellt worden sind. Ein bekannter Fall ist der Nationaltrainer Sepp Herberger, der kämpft gerade darum, dass auch seine Spieler unabkömmlich sein dürfen.

Schönbeck nimmt mein Schweigen als Aufforderung, er erzählt weiter, will seine Geschichte loswerden, selbst wenn die Stimme bricht: »Wir haben das Vaterunser gebetet und ›Stille Nacht, heilige Nacht‹ gesungen. Danach haben wir geweint und geweint. Viel später in der Nacht bin ich allein rausgegangen, hab ins Firmament geguckt und den Mond gesehen, der fast voll war. Da dachte ich: Verdammt nochmal, dein Vater, deine Mutter, deine Geschwister sehen doch jetzt daheim den gleichen Mond. Uns allen ist bewusst geworden, dass wir nicht mehr nach Hause kommen. Wir haben so eine Wut bekommen, weil wir verraten und verloren waren. Vom Nordkap bis Afrika gab es '42 diese Weihnachtssendung im Radio, hat man mir erzählt. Darin wurde gesagt, dass ›unsere tapferen Soldaten in Stalingrad im Angriffskampf stehen, bald ist der Sieg nahe‹. Der Sieg! Aber ich wusste, dass all die armen Kerle, die in den Häuserkämpfen in der Stadt standen, verloren waren. Sie haben umsonst gekämpft.

Eine Verzweiflung und ein Zorn sind in die gesamte Armee gekommen, das kann man sich nicht vorstellen. Die Männer haben Hitler verflucht. Aber die Offiziere, ich war ja auch Leutnant, griffen nicht mehr ein. Wir wussten, dass ein harter Kampf kommen würde. Wir waren ja kampferprobt. Wir haben gedacht: Das machen wir schon. Aber Stalingrad ... das haben wir nicht wissen können.

Durch den Ausfall vorgesetzter Offiziere war ich sogar für eine Panzerkompanie verantwortlich. In meinem zweiten oder dritten Panzergefecht saß ich in einem Panzer II an der Kanone.

Ich musste aus der Klappe rausgucken und den Abstand der feindlichen Panzer abschätzen: Ich hab das beherrscht, ich hab sehr schnell schießen können. Das hat im Gefecht etwas Sportliches – du musst schneller sein als dein Gegner, sonst gibt es dich nicht mehr. Wie bei der Jagd, daheim in Schlesien, da hab ich im Gefecht drangedacht. Ich bin mit Jagdwaffen groß geworden ... Ich wusste nicht, dass ich irgendwann auf Menschen schießen muss.

Schnell sind wir eingerückt in Stalingrad, schnell in die Stadt, hieß es, vorrücken. Wenn 50 Panzer anrollen, läuft jeder weg. Meine Abteilung hat den Südbahnhof eingenommen. Der wurde zwar heftig verteidigt, aber das war für uns trotzdem nur eine Sache von eineinhalb Tagen. Dann wurde befohlen, dass wir uns zurückziehen sollten, weil ein Panzer ja in der Enge einer Stadt kaum manövrierbar ist. Und die Rote Armee hat dann Ende November '42 den Spieß umgedreht und uns eingekesselt. Innerhalb von drei Tagen, das war für uns alle eine schreckliche Überraschung. Die Russen hatten einfach die klügere Strategie, exzellente Taktik. Von da an hat jeder von uns anders gedacht. Da hat es nicht mehr geheißen: Haltet aus, der Führer haut uns raus. Mein Gott, hab ich gedacht. Wie viele arme Kerle, die in die Gefangenschaft gingen, hab ich gesehen, als ich auf meinem Panzer saß. Die in langen Zügen an uns vorbeigehen mussten. Mein Gott, hab ich gedacht, jetzt bist du dran, jetzt bist du bald der arme Kerl.

Mein Gott.

In meinem ersten Gefecht stand mein Panzer plötzlich still. Das war noch lang vor Stalingrad. Mein Fahrer ist ausgestiegen und weinend davongelaufen, vielleicht Richtung Heimat. Ein Gefreiter, der bereits das Eiserne Kreuz hatte. Der ist durchgedreht, weil er beobachtet hat, wie die Russen mit ihren T-34 unseren Panzern die Kuppeln abschießen, wo der Kopf des Kommandanten drinsteckt.

Einen einzigen Menschen hab ich ganz bewusst getötet. Bei einem Panzerangriff in den großen Stoppelfeldern, noch in der

Ukraine. Das Getreide war geerntet und stand über das ganze Feld verteilt in Bündeln zusammen. Wir haben die Bündel mit Leuchtspurmunition in Brand geschossen, weil wir wussten, dass darin die Russen überall versteckt waren. Plötzlich stand in zwanzig Meter Entfernung ein von oben bis unten brennender Russe. Vor mir. Mit erhobenen Händen. Und geschrien hat er. Wir konnten während des Gefechts weder aussteigen noch ihn in irgendeiner Form löschen. Da hab ich befohlen: Feuer frei. Er ist von dem Maschinengewehr meines Panzers zerfetzt worden.

Dann kamen Kälte und Schnee, die Motoren sprangen nicht mehr an. Mindestens die Hälfte der Panzer war reparaturbedürftig oder ausgefallen. Wir haben sie schließlich im Schnee eingebuddelt und vorne etwas hochgestellt, sodass wir zumindest auf die Wolga schießen konnten, denn über den Fluss hat die Rote Armee ihre Verstärkungen herangeschafft.

Es kam so, wie es mein Vater vorausgesagt hat: Wir sind untergegangen.

Im Kessel von Stalingrad hatten wir Minustemperaturen von bis zu 40 Grad, da ist die Lage dann immer verzweifelter geworden. So viele hatten Familie daheim, Kinder, Verlobte. Das waren die wirklich armen Schweine. Wir hatten keine Munition, keine laufenden Panzer, nichts zu essen, starre, erfrorene Hände. Ich hab einen Trupp angeführt - Köche, Schuster, Friseure, jeder, der noch kämpfen konnte. Ohne Kraft, von einem Schneeloch ins nächste, gegen die Russen, die in den Kessel eingebrochen waren, mit preußischem Hurra.

Ein Schrapnell hat mir den Rücken zerfetzt. Der Aufprall hat mich herumgeworfen. Ich habe mich auf den Bauch gewälzt und das ganze Blut im Schnee gesehen, hellrot. Mir war klar, dass auch meine Lunge dran war. Sie haben mich in einen großen Lazarettbunker zurückgeschafft, der Assistenzarzt meines Regiments hat operiert und er hat so viele Uniform-, Pelz- und Knochenreste aus mir rausgeholt wie möglich. Ohne Betäubung, ohne Sterilisation, bei Petroleumlicht. Ich wurde dann in ein Loch gebracht, in dem auch der Hauptfeldwebel meines Trupps war. Da dachte ich ans Sterben. Die Russen beschossen unsere Stellung mit ihrer Artillerie. Die Erde rieselte an der Wand herunter. Am zweiten Tag kam der Hauptfeldwebel zu mir. Er hat mir eine Pistole mit einem Schuss drin in die Hand gedrückt und gesagt, dass sie mich, wenn der Russe unsere Stellung überrennt, nicht mitnehmen können.

Ich war so dankbar für den Schuss.

In der Nacht vom 21. auf den 22. Januar landete eine Heinkel 111 unmittelbar über unserem Loch. Ich wurde ausgeflogen. Das war ein Wunder. Dieser fabelhafte Hauptfeldwebel hatte für mich alle Stempel besorgt, um ausfliegen zu können, ich weiß nicht, wie. Ohne den Schein wäre ich nie in ein Flugzeug gekommen. Ich wäre in dem Loch verreckt.«

Wenn Brandschutzübung ist im Münchner Hof, müssen beim Ertönen der Sirenen alle in den Keller flüchten, die Gasmaske aufsetzen und üben, durch das Brandloch in der Mauer von einem Keller in den anderen zu steigen, bis die Flucht nach draußen geschafft ist.

Was den Luftschutzkeller des Münchner Hofs von anderen unterscheidet, ist, dass die Regale gefüllt sind mit feinen Speisen. In Konserven Rindsrouladen und Gulasch, Trockenbrot, Essiggurken, Tomaten und von der Decke hängen Würste. Fast wie im Schlaraffenland. Durch die Brandlöcher in der Kellerwand sind dann aber irgenwann die Nachbarn durchgestiegen zum Schauen, da habe ich die Mauer zugemacht. Wohl ist mir dabei zwar nicht ganz, aber bestehlen lasse ich mich noch nicht.

Ist man in der Stadt unterwegs und es gibt Fliegeralarm, muss man schnell den nächstgelegenen Bunker erreichen. Fürchterliche Verliese, sehr eng. Am Eingang stehen zwei Personen, die mit einer Handpumpe für die Luftzufuhr sorgen und beten. Erreicht man den Bunker nicht rechtzeitig, so ist es erlaubt, an jedem Haus zu läuten, um im Keller Schutz zu finden.

Frieda, die mit dem Hölzl Hans im Häuserbrandschutz eingeteilt ist und dazu eine Feuerwehruniform trägt, schaut bei jedem Alarm auf die Frau Mama und immer, wenn Marie sich die Ohren zuhält und den Kopf senkt, weiß sie, gleich fallen die Bomben. Wem es das Schicksal bestimmt hat, die Kriegsjahre in der Stadt verbringen zu müssen, der wird bald zum unsteten Wanderer zwischen Wohnung und Luftschutzraum. Bestimmen im normalen Leben der Wechsel von Tag und Nacht, Arbeit und Freizeit den Rhythmus, übernehmen das die Luftschutzsirenen.

•

Waren die ersten Bombentrichter im Englischen Garten noch Sonntagnachmittagsattraktionen für Spaziergänger, nahmen die Amerikaner und vor allem Briten die »Hauptstadt der Bewegung« ab 1943 massiver unter Beschuss - bald auch bei Tag und mit stetig wachsender Häufigkeit und Dauer, wobei die einzelnen Angriffe und die fortschreitende Zerstörung der Stadt ab einem gewissen Zeitpunkt keiner Logik mehr zu folgen schienen.

Die Bayerische Krone warf da schon kaum mehr etwas ab und wurde in einem der alliierten Bombenhagel zerstört. Noch ein zu verschmerzender Verlust, im Großen und Ganzen betrachtet.

•

Wolkenloser Himmel. In der Natur schöner Frühlingsanfang. Kurz nach acht Uhr morgens, gerade erst drei Stunden seit der Entwarnung nach dem letzten Angriff. Da ertönt kleiner Alarm, bald darauf Vollalarm. Als die Arbeit beginnen soll, schon vor halb neun Werkalarm. Um zehn Uhr dann der Angriff.

Stark mitgenommen sind die Münchner Stadtteile, ungeheure Rauchwolken ziehen über die Stadt. Über Giesing, Schwabing, die ganze Innenstadt. Die Kirchtürme der Frauenkirche im dicken Qualm.

Um halb elf Vorentwarnung. Marie bringt noch schnell die Einkommenssteuererklärung für das letzte Jahr ins Finanzamt. Dann nachmittags wieder kleiner Alarm. Dann Vollalarm.

Um halb drei Uhr am nächsten Morgen kleiner Alarm. Die meisten Leute laufen in den Bunker, wir hinunter in den Keller.

Gegen fünf Uhr Vorentwarnung, bald darauf Vollentwarnung. Es war ein Verband, der über die Alpen eingeflogen ist. Flakschießen, doch anscheinend nur geringer Bombenabwurf.

Aber die Nerven liegen blank bei diesen häufigen Alarmen und nächtlichen Störungen. Doch was ist das schon, wenn man an die Städte im Rheinland und in Westfalen denkt. Und schon tut es wieder einen Kracher. Eine Brandbombe landet im Nebenhaus in der oberen Etage, im Bett einer alten, kranken Frau, die dort noch mittendrin liegt. Zusammen mit Marie zieht Frieda sie aus dem Qualm heraus und das Feuer wird mit dem Federbett erstickt. Der Hans kommt auch gelaufen, immer ein bisschen spät ist er dran. Aber Geduld hat der Bursche, das muss man ihm lassen. Beim Feuerlöschen nämlich ist er Frieda endlich nähergekommen. Lange hat's gedauert, aber mir soll's recht sein mit den beiden.

Dann kommt die Entwarnung. Ein durchdringender Ton, der sich ins Hirn bohrt. Für Marie ist es nach jedem Bombenalarm wichtig zu sehen, ob die Türme der Frauenkirche noch stehen und der Alte Peter. Sie läuft aufs Dach und schaut und sieht die Kinder, wie sie Bombensplitter auf den Straßen aufsammelen, die stehen hoch im Kurs.

Der Apollosaal wird dann für den Glasereinsatz bestimmt. Dort werden die ganzen Glaser aus Bayern einquartiert, um die Fensterscheiben, die bei den Bombenangriffen zu Bruch gegangen sind, durch neue zu ersetzen. Eine Sisyphusarbeit. Wie in einem Lager der HJ werden im ganzen Saal Stockbetten aufgestellt, sogar auf der Bühne. Und es kommen Jünglinge, fast noch Kinder, oder alte Männer, denn alles, was kriegsverwendungsfähig ist, befindet sich an irgendeiner der vielen Fronten. Dieser Krieg wird gegen die ganze Welt geführt.

Es kommt der Tag – und ich stehe vor dem Regal mit den unzähligen Pokalen. Zum Führergeburtstag wurde nochmal zu einer Metallspende aufgerufen und ich kann mich da schwer raushalten. Außerdem ist es eine gute Möglichkeit, die Dinger loszuwerden, die ständig nur abgestaubt und poliert werden müssen. Zusammen nehmen wir also die Trophäen vom Regal, Marie und ich, und sortierten sie in einen großen Leiterwagen. Und ich hole den letzten schönen großen Pokal und halte ihn in der Hand.

»Willst dir nicht wenigstens einen behalten?«, meint Marie.

Da ziehe ich ein kleines, ledernes Etui aus meiner Westentasche und zeige Marie die Goldmedaille von Amsterdam. »Die behalt ich mir.«

Hinter einem Fenster ihres Zimmers steht Frieda und schaut zu, wie ich den Leiterwagen mit den Siegestrophäen durch die Dachauer Straße ziehe. Gewaltige Schutthaufen säumen meinen Weg.

An der Metallsammelstelle werde ich von Uniformierten und Vertretern der Presse erwartet. Ein Fotograf mit Blitzlicht dokumentiert die vorbildliche Haltung von Straßberger! Für den Leiterwagen voller Pokale erhalte ich ein Zertifikat mit dem Stempel des Dritten Reiches. Ich will mir nicht nachsagen lassen, kein aufrechter Deutscher gewesen zu sein.

9. KAPITEL

Der Krieg war verloren, als sich im Nordosten von England die Kampfpiloten für einen der letzten großen Angriffe auf die deutschen Städte bereit machten. Vom Meer aus gesehen lag der englische Militärflugplatz in der glutroten Abendsonne. Vor dem Hangar standen die Lancasterbomber, mit 250 Pfundbomben beladen. Im Wind flatterte der Union Jack. Air Marshall Arthur Harris, genannt Bomber-Harris, ließ es sich als ehemaliger Kommandeur der 5. Bomberflotte nicht nehmen, persönlich zum Fliegerhorst Mildenhall zu kommen, und schrieb mit einem Farbpinsel die Worte »*BYE, BYE HITLER*« auf eine der Bomben.

Arthur Harris hielt den Londoner ›Daily Telegraph‹ in die Höhe: »*Boys, today is the day that we will bring these nazis to the last fight. We will bomb them back to the Stone Age. Dantes inferno will break over them. They will fry and roast in hell. Germany is on the ground. We will make history, we will determine how history will be rewritten. When we're done today, Germany will be a desert. God save the King!*«

Und hunderte Maschinen vom Typ Lancaster donnerten in einer eisig kalten Aprilnacht über die Landmarke hinaus, über den Ärmelkanal in Richtung Deutschland – die todbringende Fracht im Laderaum.

Die 5. Bomberflotte flog, kaum beachtet, in breiter Front über Südfrankreich ein. Über dem Annecy-See, in den französischen Hochalpen südlich von Genf, sammelten die Piloten sich zu einem geschlossenen Bomberkordon, brausten über das Fürstentum Liechtenstein hinweg, über das neutrale Gebiet der Schweiz nach Tirol und weiter zum direkten Anflug auf München. Als man die Luftflotte entdeckte, waren die Abfangjäger der Deutschen über Karlsruhe. Man drehte bei, aber es war sinnlos. Als die

Bomber über dem Starnberger See auftauchten, mussten sich die deutschen Jäger mangels Benzin abmelden – die Tanks waren leer.

•

In Ingolstadt sind schon die Amerikaner. Kalt ist es. Ein Wintereinbruch hat den Frühling vertrieben. Die Apfelblüten sind vereist. Und es heißt:

Du kennst, mein Lieber, deine Pflicht,
die heißt: Zur Nacht ist nirgends Licht!
Und hörst du die Sirene heulen,
dann heißt es, in den Keller eilen.
Fügt sich der Ordnung Klein und Groß,
dann geht die Sache reibungslos.

Laut schreie ich ins Treppenhaus: »Schnell, in den Keller! Schnell! Die Amerikaner. Sie fliegen auf München zu. Hunderte.«

Und neugierig, wie sie ist, lugt Frieda aus dem Küchenfenster. Zu sehen sind nur die Lichtkegel der Scheinwerfer, die den Nachthimmel nach feindlichen Flugzeugen absuchen. Da – schräg über mir: ein Bomber.

»Frieda, komm, mach schnell!« Und Marie packt Frieda und die bereit gestellten Koffer, die mit dem Allernötigsten gepackt sind.

Im Haus schlagen die Türen, das gesamte Personal stolpert die Treppe herunter. Auch die Hunde und der Hauskater kommen in den Keller.

Fast auf der letzten Stufe angekommen, höre ich ein Krachen und Bersten, als ob im Haus etwas eingeschlagen wäre. »Ich glaub, es ist was reingfalln!«

Gott sei Dank haben wir für den Ernstfall vorgesorgt: Sand und Wasser stehen in jedem Stockwerk bereit. Wir rennen und löschen, spülen die zähflüssige, grün schimmernde Masse von den Türen, die im zweiten und dritten Stockwerk damit bespritzt sind. Einige Minuten später und das Phosphorgemisch hätte das Haus in eine Flammenhölle verwandelt.

Alle schwitzen trotz der Kälte und haben wilde, weit aufgerissene Augen. Ich dirigiere sie wieder hinunter in den Keller. Endlich stürmen die Letzten durch die Eisentür, die luftdicht schließt.

Wir setzen uns auf die grob gezimmerten Bänke zwischen den Regalen mit den Lebensmittelkonserven. In den Einmachgläsern Tomaten, Gurken, Sauerkraut und Marmelade. Die Würste und Schinken an ihren Schnüren. Es sind weniger geworden und Nachschub gibt es keinen mehr.

»Gasmasken anziehen!«

Ängstlich blicken alle an die Gewölbedecke. Sie warten auf die ersten Einschläge. Graf Knox liegt eingekrümmt neben Frieda auf der Bank. Amalie sitzt ängstlich in der Ecke, hält einen Rosenkranz in den Händen. Max und Moritz haben sich unter ein Regal gedrückt und zittern. Da packe ich die Hunde, zerre sie die Kellertreppe hinauf und binde sie oben an den Türknauf.

»Unsere Gasmelder!« Sollte im Keller unten der Sauerstoff knapp werden, wird es die Hunde als erstes erwischen.

Und die Detonationen kommen immer näher.

Edwin, der eigentlich von robuster Natur ist, hält wohl die Stille nicht mehr aus und kommentiert das Geschehen: »Zuerst werfen sie Sprengbomben. Die reißen das Dach weg. Dann kommen die Brandbomben und hinterher der Phosphor.«

Und Hugo: »Ich darf gar nicht daran denken«

Unter den Gasmasken versteht man beide kaum. Ich ziehe mir meine Maske für einen Augenblick vom Gesicht, schaue in die Runde. »Jetzt beruhigt euch. Bis jetzt steht das Haus noch.«

Da sitzen wir nun. Mit angsterfüllten Augen.

Frieda drückt fürsorglich Graf Knox an sich. Und das Dröhnen der Flugzeugmotoren und die Bombeneinschläge kommen immer näher. Ruhelos wandern die Augenpaare unter den Gasmasken umher. Ein gewaltiger Knall! Ein naher Einschlag bringt das alte Gemäuer zum Erzittern. Zischend, krachend, pfeifend sausen die Bomben nieder und streuen Brand und Schrecken in die Straßen, sprengen Häuser auseinander. Putzbröckchen rieseln von der Decke. Ein metallisches Knarzen ist zu hören. An der Abzweigung eines Wasserrohres zerreißt es eine Muffe. Scharfkantige Metallteile schießen durch den Kellerraum, ein armdicker Wasserstrahl ergießt sich auf den Boden. Von einem Rohrteil getroffen, sinkt Hugo blutend auf den Boden.

»Hugo!«, schreit Edwin und: »Schnell, den Verbandskasten!«

Im Nu steigt das Wasser bis auf Wadenhöhe an. Alle waten durch die kalte Brühe, Marie verarztet den Verwundeten notdürftig. Auch Graf Knox rettet sich strampelnd.

»Ich hab Angst.«

Und ich nehme Frieda wie ein Kind auf den Arm und versuche, sie zu beruhigen.

Gebannt warten wir auf die nächste Angriffswelle, stehen still wie Statuen, die Augen an der Decke. Frieda zittert. Da nehme ich ein Lederetui aus meiner Westentasche und ziehe die Goldmedaille heraus, studiere einen Augenblick das Emblem der Olympischen Spiele von 1928 in Amsterdam – und drücke sie Frieda in die Hand. »Da schau, pass darauf auf.«

Fest hält Frieda die Medaille in der Hand, als das Dröhnen der feindlichen Fliegerwalzen wieder lauter wird, und es ist tatsächlich fast ein Wunder, dass sie nicht länger vor Angst zerfließt, sondern immer ruhiger wird im Angesicht der Gefahr.

Die zweite Angriffswelle rollt heran. Immer näher kommen die Einschläge, die Wände zittern, Mörtelstaub fällt, das Notstromlicht flackert. Die Einweckgläser tanzen in den Regalen.

Und Edwin beginnt zu erzählen, wie in einem Nebenhaus eine Brandbombe explodiert ist und unten im Keller wurden alle geröstet. »Da haben sie welche rausgezogen, die waren zusammengeschrumpft wie Trockenobst. Wegen der Hitze.«

Und plötzlich springt Hugo auf und rennt zur Eisentüre. »Ich will hier raus, ich will hier raus!«

Nur mühsam können wir ihn beruhigen.

•

Oben, im Himmel über München, zieht in einem Alliiertenflugzeug der Kanonier den Hebel. Schmoren sollt ihr in der Hölle! *BYE, BYE HITLER.* Die Bombe fliegt pfeifend durch die Luft und trifft den Münchner Hof, schlägt durch das Dach und bohrt sich in das Haus. Eine Explosion. In Sekundenbruchteilen steht das Gebäude in Flammen. Unaufhaltsam frisst sich das Phosphorfeuer durch die Stockwerke.

•

Mit einem ohrenbetäubenden Krachen reißt die Druckwelle die Kellertüre aus den Angeln. Eine Feuerwalze schießt herein. Die Hunde jaulen. Alle drücken sich in eine Ecke auf den Boden. Es wird heißer und heißer, alles ist dunkel. Die Wege nach oben sind versperrt – diese unbeschreibliche Hitze.

Erbarmen. Vor dem höchsten Gericht ein Grollen, ein Fauchen. Aus des Drachens Rachen speit er Gift und Eiter aus. Und lässt die Welt in Urschlamm und in Blut ersaufen. Feuerbrand und Eisessplitter sausen durch die Luft. Und schafft aus der Menschheit Stätten öde Trümmerhaufen. Entstellte Krüppel, unbegrabenes Menschenaas. Und wo Mauern und Städte standen, ist nun trostloses Geröll. Aus dem Himmel funkeln Blitze und reißen die Welt in Höllenqual.

»Lang werden wir hier nicht mehr durchhalten. Durch die Tür können wir nicht. Da brennt alles. Das ist das Ende.« Marie bekreuzigt sich.

»Hinter dem Regal mit den Konserven! Hinter dem Regal mit den Konserven!«, schreit Hugo.

Und ich: »Ja was, so red halt! Was ist da?«

Aber Hugo sackt nur auf den Boden, rührt sich nicht mehr.

Und ich packe ihn an den Schultern, da erinnert sich auch Edwin, dass hinter dem Regal mit den Lebensmitteln ein Außenluftschacht ist, der mit einer Eisentüre verschlossen ist.

Und ich stürze zum Regal und reiße es um. Die Lebensmittel fallen zu Boden. Hinter dem Regal ist tatsächlich eine Eisentüre, die den Luftschacht zur Straße hin verschließt. Ich rüttele und ziehe an der Tür, doch sie bewegt sich nicht. Und ich nehme eine Eisenstange, die in einer Mauerecke steht. Mühsam schlage und stochere ich den Mauerputz weg und schreie Edwin an: »Jetzt schau nicht so blöd – hilf, lang zu, allein schaff ich's nicht!«

Noch einmal muss ich meine ganze Kraft zusammennehmen, um meine Familie zu retten. Das loyale Personal. Langsam öffnet sich die Eisentüre, Zentimeter um Zentimeter ringen wir ihr ab, roter Roststaub rieselt zu Boden. Ein Lichtstrahl von oben erhellt ein wenig den Keller. Im staubigen Schacht sind eiserne Steigleitersprossen angebracht.

Ich klettere hinauf. Meine Hände umgreifen das Schachtgitter. Ein kräftiger Ruck und es fliegt beiseite. Die eisige Nacht ist fast taghell erleuchtet von den brennenden Häusern. Ein seltsames und klares Licht. Immer noch explodieren Bomben.

Und ich klettere zurück in den Keller. »Einer nach dem anderen, nur raus, schnell raus aus dem sicheren Grab! Zuerst die Frauen. Marie, schnell. Frieda hinterher!«

Panisch krabbeln alle aus dem Kellerloch. Von gegenüber, von der Konditorei Hölzl, laufen sie auch schon zum Helfen herbei.

Keine Zeit, um zu verschnaufen, nirgends ist es sicher, aber noch steht das Haus.

Wir schauen uns an, keiner sagt was, aber wir raffen unsere Kräfte zusammen, wagen uns noch einmal hinein und retten, was zu retten ist: Bettwäsche, Silberbesteck, Kaffeekannen, die Couchgarnituren aus der Hotellhalle schleppe ich mit Edwin ins Freie, Stühle, Friedas Puppen. Alles hilft zusammen. Marie bringt einen Arm voll Bücher und die Tränen laufen ihr übers Gesicht, ohne dass sie es merkt. Ein Feuerwehrauto der Ortsgruppe kommt angefahren. Der Hölzl Hans ist auch dabei. Sie holen den Schlauch und wollen ihn am Hydranten anschließen. Vergeblich. Wir schauen zu, versuchen, nach dem vielen Qualm im Haus zu Atem zu kommen.

Währenddessen bemerkt niemand, dass Frieda verschwunden ist. Ich sehe mich um und kann sie nicht entdecken. Ist sie noch einmal zurück ins brennende Haus? Der Kater fehlt auch. Rennt sie auf der Suche nach Graf Knox allein durch das Inferno?

»Frieda – wo ist Frieda? Sie muss im Haus sein. Die Katz'. Die verdammte Katz'!«

Und ich stürze in das Haus, kämpfe mich durchs Treppenhaus, der beißende Rauch schnürt mir den Hals zu, schwarze Schwaden, überall Trümmer. Unter einem Mauervorsprung, da sitzt Frieda, verschreckt mit dem Kater im Arm, und weiß nicht mehr, wohin.

»Raus, schnell raus!«

Ich packe Frieda, nur raus, raus. In den Händen hat sie immer noch die Goldmedaille, wie einen Glückbringer. Als das Treppenhaus um uns herunterkracht, reißt sie verschreckt die Arme hoch und die Münze fliegt in hohem Bogen ins Feuer.

Wie wir unseren Weg ins Freie finden, Frieda fest in meinem Arm, kann ich nicht sagen. Sie ist gerettet. Und das Haus stürzt in sich zusammen, als wir aus den Flammen stolpern.

Wir tasten uns ab, prüfen, ob noch alles dran ist, ob wir vollzählig sind. Ob wir unter dem ganzen Ruß in unseren Gesichtern noch dieselben sind.

Frieda schaut mich groß an: »Ich hab die Medaille verloren.«

Die goldene Münze, mit der Siegesgöttin Nike, die erhobenen Hauptes und mit wallendem Mantel aus dem Tempel tritt. Geradezu furchteinflößend hat sie ausgesehen. Ihr Tempel ist nun eine Ruine.

Mit Schweiß und Tränen habe ich darauf hingearbeitet, sie um den Hals tragen zu können. Jetzt liegt sie in den Flammen, geschmolzen im Heimatboden. Das Heimatgold verloren.

Nach einem letzten Angriff einiger US-Bomber am nächsten Tag stehe ich in den Trümmern. Die verkohlten Balken qualmen noch, Glutreste glimmen orange. Und inmitten der Asche unseres stolzen Lebens stochere ich mit einer Stahlstange im Schutt umher und suche nach der Medaille. Vielleicht ist sie noch irgendwo – ich kann sie nicht finden.

Marie und Frieda warten neben dem Trümmerfeld. »Josef, komm. Du wirst sie nicht mehr finden.«

Und ich darauf: »Eine Erinnerung nur noch - mein Leben ist Vergangenheit.«

Widerwillig lasse ich das Eisen fallen, gehe zu den beiden und umarme die Familie inmitten des Nichts.

Fast ganz München ist zerstört, nur 13 Abschüsse kann die Flak melden. 70.000 Menschen sind obdachlos. Hunderte sind dem Angriff zum Opfer gefallen. Tausende sind verletzt, davon 500 schwer. Besonders schlimm sind die Augenverletzungen.

•

Am 30. April erschoss sich der ›Führer‹. Und ein bleierner Schleier legte sich auf das Land. Die Schuld blieb und hallte aus der Vergangenheit als unseliges Echo in die Zukunft. Und die Gegenwart stand still und schwieg und wollte von nichts mehr wissen.

Die ganzen Vorhänge, Matratzen, Daunen, das Geschirr, alles, was man noch aus dem brennenden Hotel gerettet hatte, kam ins Schloss zum Grafen von Stein, der einen alten Schuppen als Lager zur Verfügung stellte.

Dann die Kapitulation.

Während die Alliierten einmarschierten, wurden Uniformen und Parteiausweise versteckt, verbrannt und vergraben. Parteiabzeichen tanzten über dem Flussgrund der Isar in Richtung Schwarzes Meer. Nach nur zwölf Jahren war das Tausendjährige Reich für immer zu Ende. Das Dritte Reich aber bohrte sich wie ein Krebsgeschwür in die neue Zeit.

10. KAPITEL

Ausgebombt. Der Münchner Hof ist nicht mehr und so sind wir wieder runter nach Kolbermoor zur Schwester Babette, die das Milchgeschäft betreibt. Mit dem Leiterwagen holt sie in Pang die Milchkübel von den Bauern mit dem Leiterwagen ab und verkauft den Inhalt. Die ganzen Vorhänge, Matratzen, Daunen, die noch gerettet wurden, sind nach Maxlrain gekommen, auch das ganze Hotelgeschirr.

Das Tausendjährige Reich liegt am Boden zerstört. Der Onkel André ist in Russland geblieben. Der Onkel Franz und die Tante Anni sind in Amerika mit dem angeheirateten Onkel Max.

Uns geht es aber auch nach dem Krieg nicht schlecht. Geld ist ja genug da. Und einiges an Gastronomie wird mir angeboten, was zu übernehmen wäre. Da sind die Söhne tot oder in Gefangenschaft oder die Familie sieht keine Zukunft mehr in unserem Land.

Und so fahre ich zum Herzog Max, der in Gmund das Gut Kaltenbrunn verkaufen will, das einmal den Benediktinern von Tegernsee gehört hat. Der Herzog Max hat es von Herzog Ludwig Wilhelm geerbt, der an einer Herzlähmung gestorben ist. Den ganzen Gebäudekomplex, einen Vierseithof aus dem 15. Jahrhundert mit Königshaus und anschließendem Salettl, könnte ich haben. Am Wallberg ist auch noch eine Almhütte mit dabei.

Aber ich sage: »Was mach ich mit einer Alm, wo ich nicht raufkomm mit meinem Gewicht.«

•

Am Tegernsee, dem Lago di Bonzo, tanzte jetzt das alte Geld mit dem neuen. Das Naherholungsgebiet von Parteibonzen und Kriegsgewinnlern wurde nun zum Rückzugsgebiet für Neureiche und solche, die es gerne sein wollten. Sie kauften Grund und ließen sich von Lüftlmalerarchitekten ihre Alpenvillen im Führerstil bauen. Anscheinend war jeder Dachwinkel im Tal genormt, überall die gleichen Fensterholzkreuze, die gleichen Holztüren, mit denen man einen Bombenabwurf abhalten konnte, so massiv war die meisterliche Schreinerkunst. Wahrscheinlich war es sogar Pflicht gewesen, ein und denselben Schreiner zu beauftragen, aber gut war das für das dortige Handwerk und das Geld blieb im Tal.

Was alle neu Zugereisten verband, war, dass sie eine Hecke um ihre Grundstücke zogen, hoch, man wollte nicht mit dem Nachbar in Kontakt treten, sich vor irgendetwas oder irgendwem verstecken. Viele Persönlichkeiten schätzten die Annehmlichkeiten des heilklimatischen Kurortes: Die habsburgischen Kaiser und die russischen Zaren waren hier einst in der Sommerfrische gewesen und was für die gut genug gewesen war, taugte nun den Schriftstellern und Dichtern, die hier ihr Feriendomizil hatten oder eine zweite Heimat fanden; des Weiteren Unternehmer, Großjournalisten und Erbschleicher.

Ludwig Ganghofer ließ sich am Tegernsee nieder und hatte von seinem Haus am Leeberg aus keinen weiten Weg zu Ludwig Thoma. Auch der Tenor und Schauspieler Leo Slezak, der an der Metropolitan Opera in New York als Wagner- und Verdisänger gefeiert wurde. Und eine Slezak-Anekdote hielt sich hartnäckig: dass er Cosima Wagner bei einem Probevorsingen in Bayreuth auf dem Podium den Froh aus »Rheingold« vorsingen durfte; und Generalmusikdirektor Kniese geht zum Klavier. Und Slezak soll die Stelle: »Zur Burg führt die Brücke« singen, die sich nur in der Tiefe und tieferen Mittellage bewegt. Und er öffnet seinen Mund und der tiefe Ton gleicht nichts als einem gehauchten Luftstrom. So entlässt man ihn mit der Bemerkung, dass seine stimmliche Begabung denn doch etwas zu dürftig sei.

Erst als Slezak beim Kurkonzert daheim am Tegernsee den Donauwellen-Walzer des rumänischen Militärkapellmeisters Iosif Ivanovics hörte, war die Welt wieder in Ordnung. Ruhig lag der See wie ein breiter Pfannkuchen – und linderte die Bayreuther Schmach.

•

Da man immer gerne dahin geht, wo man wen kennt, übernachte ich nach meiner Besichtigung von Kaltenbrunn im Weißach-Hof, wo ich den Besitzer mit Vornamen anrede. Über ihn sind mir auch einige Segler bekannt, die hier gerne mit ihren Booten unterwegs sind, weil man am Tegernsee mit den unterschiedlichen Strömungen und Fallwinden zurechtkommen muss und Gegegebenheiten vorfindet, denen man auch an der Kieler Förde oder am Gardasee beim Wettsegeln begegnet. Ein schönes Restaurant mit Caféterasse und eigenem Strandbad hat der Weißach-Hof, direkt am See, mit bodenständiger und feiner Küche. Auf dem Geschirr ist der Name des Hotels eingeprägt, wie bei guten Gastronomien so üblich. Bei mir war auch das Besteck graviert, mit dem Zusatz »Olympiasieger«.

Karl-Heinz, der Sohn des Hauses, bohrt im Strandbad gerne kleine Löcher in die Trennbretter der Badekabinen und beobachtet heimlich die jungen Damen beim Umziehen. Und wenn sie mit einem Verehrer darin verschwinden. Sie nennen ihn »Charlie«, weil jetzt alles Amerikanische modern ist. Und so sicher wie das Amen in der Kirche entwickelt er sich bald zu einem ausgewachsenen Hallodri, der aber doch irgendwann seine Herzdame findet, der er ewiglich treu bleiben will. Wie das halt so geht.

Und als die Gäste gegangen sind, nimmt mich sein Vater mit ins Bootshaus. Und eine Melancholie überfällt ihn, wie ich sie nur von denjenigen kenne, die an den raren schönen Orten dieser Welt leben, denn auch die Schönheit fordert ihren Tribut. Er stellt eine Flasche Obstbrand auf den Tisch und sagt: »Ich muss dir was zeigen, was mich beschäftigt.«

Und in einem Schrank kramt er aus einem Geheimfach zwei in Leder gebundene Gästebücher hervor und legt sie mir in die Hände. Darin haben sich die Sommergäste verewigt, die hier ihren Urlaub verbracht haben. Lauter Einträge geschmückt mit lustigen Stabreimen, kleinen Bildchen und darin mit Fotoeckenkleber befestigten Urlaubs- oder Porträtaufnahmen. Auffallend viele Familien aus dem Ruhrgebiet sind immer wieder gerne gekommen. Die Väter mit höheren Posten in der Eisen- und Stahlindustrie, alle haben sie hier die Sommerfrische genossen. Sie sind baden, rudern, segeln, wandern gegangen und haben die frische Bergluft eingeatmet. Und selbst wenn ihnen ein verregneter Sommer die Schönwetterfreude verdrießt hat, haben sie den vorzüglichen Braten mit den Knödeln gelobt und den Zwetschgendatschi und den Bohnenkaffee am Nachmittag in ihrer Herberge.

Als ich die beiden Büchlein so durchblättere, fällt mir auf, dass die Gedichte sich verändern. Frönten sie zuerst der Schönheit der Natur und dem bayerischen weiß-blauen Himmel, ein wenig im Turnvater-Jahn-Ton und dem der Wandervogelbewegung, wechselt abrupt nach der Machtübernahme der Braunen die Stimmung und die Verse handeln nun vom reinen, höheren und völkischen Wesen und enden mit »Heil dem Führer«. Trugen sie vorher auf den Fotos noch Lederhosen oder was immer sie für die passende Tracht im Tal erachteten, die Frauen und die Kinder auch, sind sie nun in SS-Uniform abgebildet und die Frauen haben ihre Haare zur Gretchenfrisur gesteckt.

»Ja, was meinst denn, soll ich die Gästebücher verbrennen, nicht dass ich noch als Mitläufer oder Nazi eingestuft werd. Oder soll ich sie behalten, eine Erinnerung sind sie ja doch?«

Und ich rate ihm: »Versteck s' und behalt s', vielleicht kommt ja in ein paar Jahren mal ein Schriftsteller vorbei, dem zeigst die Bücherl, vielleicht macht er was draus.«

Und mit einem »Wenns d' meinst« beendet er diesen vertrauensvollen Vorgang, wir trinken noch ein paar Stamperl und gehen zu Bett.

So sind die Nachkriegsjahre ein Suchen nach einem neuen Anfang. Und viele werden auf einmal zu Widerstandskämpfern, wenn sie vor Gericht sitzen und keine Nationalsozialisten gewesen sein wollen. Im Oktober '46 bin ich um neun Uhr in der Früh ins Spruchkammerverfahren gegangen, manche sind da seit sechs Uhr angestanden. Dann haben sie den Ferdinand Weisheitinger reingeführt, gleich zwölf Schutzmänner, und ein Haufen

Fotografen waren da und die Wochenschau. Mei, er war halt in der Partei, egal, wie viele Witze er über den Göring und die anderen gerissen hat. Da haben sie ihn als Mitläufer eingestuft und ins Gericht bestellt. Und auch wenn nichts herauskommt, ist der Ruf doch beschädigt.

Es ist ein schwieriges Suchen, in einer Stadt, die gerade erst wieder aufgebaut wird. Kein Stein liegt mehr auf dem andern. Und es macht das Gerücht die Runde, man wolle München am Starnberger See neu hochziehen. Sachen gibt's. Aber das ist schnell vom Tisch. Bürgermeister Thomas Wimmer ist die treibende Kraft hinter dem Wiederaufbau. Viele alte Hausfassaden werden original restauriert, in all ihrer historischen Pracht – und obendrauf kommt ein Notdach. Vorne hui, hinten pfui. Aber München soll wieder glänzen. Der Aufbau findet überall statt und alle helfen zusammen, es ist fast wie ein Wunder. Aber auch Scham liegt in der Luft. Und während in der Möhlstraße mit allem geschachert wird, was nicht festgewachsen ist, und die neue Währung bald amerikanische Zigaretten sind, wird die Todesstrafe für Wucherhändler gefordert.

Dann siedelt Ernst von Siemens mit seinem Unternehmen von der Spree an die Isar über, weil er gern in den Bergen wandern geht, und andere folgen oder sind sogar schon da. Der erste Funke für den wirtschaftlichen Aufschwung ist entfacht. Ein Glücksfall für München ist, dass Berlin aufgeteilt wird und dadurch schwer an Bedeutung verliert. Siemens eröffnet seine Konzernzentrale am Wittelsbacherplatz.

Viele Flüchtlinge und Vertriebene siedeln sich an. Ihnen wird auf den ehemaligen Schießplätzen vor der Stadt Grund zu günstigen Konditionen angeboten und es entstehen komplett neue Siedlungen, neue Stadtviertel.

Einiges könnte ich kaufen, für unsere neue Existenz, vieles außerhalb der Stadt, auch das Gestüt Achselschwang. Aber immer ist ein Haken dabei. Das eine Haus ist zu hoch am Berg, beim anderen ist die Haustür im Westen, wo doch die Sonne im Osten aufgeht. Am Berghang ist das nichts, den Tag nur im Schatten sitzen. Und dann die Heizkosten. Nichts passt und so lange suche ich herum, bis die Währungsreform da ist. Da haben wir nichts mehr. Außer ein jeder 40 Mark auf der Hand.

Und dann wird auch die Verlobung von der Frieda mit dem Hölzl Hans aufgelöst, weil kein Geld mehr da ist. Ein paar Tage vor der Hochzeit. Seine Mutter hat so lange in den Hans hineingebenzt, bis er nachgegeben hat. Vier Jahre waren die Frieda und der Hans ein Paar. Es hätte ja gepasst, wenn die Gastronomie mit dem Bäcker- und Konditorenhandwerk via Heirat fusioniert hätte. Das Brautkleid ist bestellt. Die Wohnung im Rückgebäude der Konditorei ist im Rohbau, da hätte das junge Paar einziehen sollen. Zuletzt wurden die Böden verlegt, von den Brandschäden war nichts mehr zu sehen.

Da kommt seine Cousine daher, weint ein bisschen und sagt: »Einen schönen Gruß vom Hans. Auf Heirat brauchst nicht mehr hoffen. Er heiratet eine andere.«

In der Früh waren die Frieda und der Hans noch beisammen. Da ist dann aber gleich Schluss. Da hat die Frieda auch ihren Stolz. Und sie sagt seiner Cousine, dass sie ihm ausrichten soll, dass er sich nur ja nicht mehr blicken lassen soll. Denn Schluss ist Schluss.

Und so muss Frieda eine Heimarbeit annehmen. Pro Woche ein Angorapullover, fein gestrickt, für den sie sieben Mark bekommen soll.

•

Frieda hat aber nicht einmal einen einzigen Pullover geschafft, weil die Mama zu diesem Zeitpunkt schon krank war und sie sich um sie kümmern musste. Es ging ganz schnell: Als Marie eines Morgens aufstand, bemerkte sie einen Knoten in der Brust, und der wurde immer größer und größer. Der Arzt stellte Brustkrebs fest und schickte Marie in die Uniklinik in der Ziemsenstraße zu einem Professor, der mit einer neuen Senfgastherapie dem Krebstumor den Kampf angesagt hatte. »Das Senfgas ist das Symbol der chemischen Kriegsführung gegen Krebs.«

Nach der Dosis von zehn Senfgas-Injektionen waren die Krebszellen tatsächlich verschwunden. Als hätte sich der harte Panzer im Körper mit einem Mal aufgelöst. Das Experiment war also insgesamt erfolgreich und eine kleine Sensation. Wäre da nicht der Gegenangriff der Krebserkrankung gewesen. Die weich gewordenen Krebszellen verhärteten sich aufs Neue, wuchsen und traten heftiger auf als zuvor. Die Folge: Vier Wochen dauerte es, dann war Marie gestorben. Und die alte Hölzl schickte auch noch einen Beileidsbrief.

•

Vier Wochen hat Marie leiden müssen, bis ihr das Wasser das Herz abdrückte. Und wie bei der Tante Resi geben sie ihr dann Morphium, dass die Schmerzen nicht so groß werden. Im Sterbekammerl liegt Marie und verliert von Tag zu Tag an Gewicht.

Schweigend schaut sie mich an und sagt eine Zeit lang nichts. Und dann: »Weißt was, einen Hunger hätt ich auf etwas Süßes. Holst mir ein Eis?«

Und ich gehe raus aus dem Krankenhaus, hole ein Eis und bin gleich wieder zurück. Nicht einmal zehn Minuten dauert das und in der Zeit ist sie gestorben. Und in den Händen hält sie den Brief mit meinem Gedicht: *Wenn Nachtigallen singen.*

Von da an reizt mich eigentlich nichts mehr so richtig. Wenigstens hat Frieda ein Auskommen, sie hilft im Tal, in einem Möbel- und Teppichhaus, beim Verkauf. In der Woche bekommt sie 25 Mark und das Mittagessen, nur bei der Krankenkasse hat man sie nicht angemeldet, so nützt man ihre Situation aus.

Viele, die ausgewandert waren, kommen da wieder auf einen Zwischenstopp zurück nach München und kaufen dann Möbel, die nach Israel geschickt werden müssen. Die Schlafzimmer in hochpoliertem Mahagoni. »Sarah, willst du haben dies oder willst du haben das?«

Alles wird sofort und in bar bezahlt. Die ganzen Möbel werden auseinandergeschraubt und in Ölpapier verpackt und dann geht es mit dem Zug nach Hamburg oder Bremerhaven. Dort werden dann die Kisten aufs Schiff verladen und alles zusammen nach Übersee geschickt. Zuerst die Menschen, dann die Möbel.

Eine schöne Geschichte, die ich irgendwo aufgeschnappt habe, ist die vom Kautz und vom Silberstein: Die beiden hatten sich zusammengetan, um Baumaterial zu verkaufen. Einer war ein Jude, der andere nicht. Da hat der Silberstein dem Kautz beizeiten das Geschäft verkauft und ist in die Schweiz emigriert. Als er dann zurückgekommen ist nach dem Krieg, ist er wieder ins Geschäft eingestiegen. Der Kautz hatte ihm die Hälfte des Gewinns auf die Seite gelegt. So ging's auch, aber davon hörte man selten. Überhaupt hörte man einiges über diese Zeit, aber alles blieb seltsam vage, vernebelt, ein vollgeschriebenes Blatt Papier, auf dem man vor lauter Zeichen keinen Satz mehr erkennt, das am besten ganz zuunterst in den Archiven verwahrt bleibt.

Und Frieda verrät mir insgeheim: »Wenn mir früher einer gesagt hätte, dass ich arbeiten gehen muss, ich hätte ihn für verrückt erklären lassen – im eigenen Hotel natürlich schon.«

Frieda träumt von früher. Wie sie in den vornehmen Geschäften in der Kaufinger- und Neuhauser Straße, wo die Straßenbahn durchfuhr, einkaufen gegangen ist, in der Theatiner- oder Maximilianstraße sowieso.

Aber so wie früher ist nichts mehr.

Frieda wechselt dann die Arbeit und geht in den Augustiner Keller ans Buffet, in der Gastronomie kennt sie sich aus.

Und die Sportschule in Grünwald wird gebaut, wo ein Wirt dafür gesucht wird. Und da wird mir die zugehörige Wirtschaft angeboten. Sogar der Oberbürgermeister Wimmer befürwortet das: A – weil ich Münchner bin. B – weil ich Hotelier und Gastronom bin. Und C – weil ich der Straßberger Sepp bin, der Olympiasieger. Die ganzen Sportverbände sind dafür.

Aber da taucht das Problem auf, dass ich nicht verheiratet bin, man will ja die Gastronomie, wie so oft, eigentlich nur in die Hände eines Wirtehepaars geben. Ich bin verwitwet und meine Tochter, die ist auch nicht verheiratet. Da heißt es, dass einer von uns an diesem Zustand etwas ändern soll. Also bin ich raus zum Josef Krauss, dem Wirt vom Augustiner Keller – man kennt sich ja.

Und nachdem ich ihm die Sache geschildert habe, sagt der Krauss: »Überhaupt kein Problem. Die Frieda soll meinen Sohn, den Beppi, heiraten und der Fall hat sich.«

Und dann pfeift der Krauss seinen Beppi, der im Keller in der Metzgerei arbeitet, herein und die Frieda vom Buffet dazu und verkündet ihnen, nachdem er ihnen die Hintergründe geschildert hat: »Ihr heiratet!«

Frieda erwidert zwar: »Ich mag den doch gar nicht!«

Aber dann sieht sie es ein und auch der Beppi stimmt zu. Dem Beppi hat die Frieda nämlich gleich gefallen. Und er kapiert, dass die Heirat für ihn die eine große Chance sein könnte, aus sich etwas zu machen. Der Beppi ist ein uneheliches Kind. Meiner Frieda hat er immer leidgetan, der ledige Sohn vom Krauss, der ihn bis heute verleugnet hat. Metzger hat er lernen müssen und nicht einmal Gummistiefel kriegt er für die Arbeit. Barfuß muss er in der Metzgerei stehen. Der Krauss, der niederbayerische Büffel!

Vor Zeugen muss ich meiner Tochter versprechen, dass sie, wenn sie den Beppi heiratet und die Ehe nichts taugt, sich nach einem halben Jahr wieder scheiden lassen kann. Darum wird dann auch nur standesamtlich geheiratet. Das geht ganz geschwind und die Sache ist amtlich.

Chancen hätte Frieda immer noch genug gehabt, eine andere Partie zu machen. Denn was ihr jetzt an Geld fehlt, das macht sie selber wett. Aber die neue Existenz ist wichtiger. Es ist halt üblich, dass Geschäftskinder Geschäftskinder heiraten. Eine Liebe oder so etwas braucht es dazu nicht.

Und Schwiegerpapa Krauss ist stolz. Denn Frieda ist auch nach der Hochzeit eine begehrte Frau, der Babyspeck ist weg. Wenn sie beim Hausball im Augustiner in einem schicken Abendkleid steckt und eine tolle Frisur hat, die sie sich beim Frisör Jumel hat machen lassen, dann drehen sich die jungen Männer schon um, die alten auch. Der Jumel hat in einem zerbombten Schacht an der Lindwurmstraße seinen ersten Salon mit einer Partnerin eröffnet und immer mehr expandiert. Alles will zum Jumel.

Und im Augustiner kommen dann die Hausgäste und umwerben die Frieda: »Darf ich Sie zu einem Glas Sekt einladen?«

Und sie antwortet: »Nein, nein, ich trink schon eine Flaschn.« Und lacht. Wenn sie dann merkt, dass sie ein bissel zu viel hat, verschwindet sie raus auf die Toilette: Finger rein – und spülen. Vielleicht eine Gulaschsuppe hinterher. Ein alter Trick. Und wenn es was zu feiern gibt, wird, wie bei uns früher, Champagner getrunken, aber aus dem Keferloher Masskrug, damit die Leute nichts merken. Hinterher in das Maxim oder in die Bongo Bar.

Es geht wieder aufwärts. Das Wirtschaftswunder ist da.

Alles geht ein wenig zu schnell, so kommt's mir vor.

Und an manchen Orten, da wachsen aus dem Boden Widerstandskämpfer hervor: Der Bücherschrank wird neu sortiert. Vorne stehen wieder die gerade noch verfemten Dichter und Literaten. Viele sind tot.

Die Sportschule Grünwald südlich von München auf den Isarhängen wird eine Parade- und Vorzeigeinstitution. Bei ihrer spektakulären Eröffnung beteiligen sich über 10.000 Sportler aus ganz Bayern mit einem Sternlauf. Aus Mitteln des neu eingerichteten Bayerischen Fußball-Totos entsteht, wie der Festredner sagt, »ein Ort, geschaffen für die kommenden Generationen, die nach den Verfallserscheinungen im letzten Jahrzehnt wieder festen Boden unter die Füße bekommen müssen«. Vier Unterkunftshäuser und ein Gästehaus, 158 Betten für Lehrgangsteilnehmer. Zum Tagessatz von 25 Mark gibt es Frühstück, Mittagessen, Abendessen und wenn sie wollen, am Nachmittag einen Kaffee und Kuchen. »Da heißt es kalkulieren«, hätte Marie gesagt.

Und wenn der Sportlerkongress bei uns stattfindet, werden 600 Wurstplatten am Abend rausgehauen. Sind die Nationalmannschaften bei uns im Training, wird alles, was auf den Teller kommt, mit dem Trainer abgesprochen. Die Schwerathleten haben wir da, die Ringer. Und die meisten kennen mich natürlich aus meiner aktiven Zeit und freuen sich, dass ich und die Frieda eine Existenz haben. Nur ich freue mich nicht, weil ich sehe, dass Friedas Mann, der Beppi, nichts taugt, dass der Beppi nicht spurt.

Wenn ein Gast den Beppi fragt, was es zum Essen gibt, zuckt er mit den Schultern, druckst herum oder sagt lapidar: »Es gibt a Kaibe, a Rind und a Sau. Jetzt müssen S' halt sagen, von welchem Viech Sie was mögen.«

Mit dieser Einstellung ist auf die Dauer keine Wirtschaft zu führen, wo der Gast doch gehegt und gepflegt werden möchte.

Dann ist da noch eine Bedienung, die er eingestellt hat. Beim Krauss auf der Wiesn hat sie im Festzelt den Herzerlstand gehabt, so ein Mistvieh. Die fängt etwas mit dem Präsidenten des Sportverbandes an, obwohl der verheiratet ist, und setzt sich immer wieder zu ihm hin, was für eine Bedienung nicht geht. Sie ist halt eine Matz, die sich einen geldwerten Vorteil über die nähere Bekanntschaft mit einem Gwappelten erhofft und dabei nicht allzu gschamig sein darf.

Da sitzen sie zusammen am Stammtisch, die Frieda ist in der Küche und der Beppi spielt den Herrn: »Die Wirtin in der Küche, der Herr im Lokal.«

Und die Bedienung wird immer frecher. Aber Frieda lässt sich nichts gefallen. Denn sie ist ja die Chefin, also nimmt sie sich das Luder zur Brust: »Wer zahlt, schafft an. Und wenn's Ihnen nicht passt, dann können S' sich fei glei schleichen!« So geht es eine Weile wieder etwas gesitteter zu bei uns.

Ein anderes Mal sitzt der Beppi mit dem Verwalter und zwei Sportlehrerinnen am Stammtisch und spielt wieder den Herrn. Wenn der Sportlehrer- und Sportlehrerinnenverband tagt, werden zu später Stunde gern sämtliche Türen abgesperrt. Jeder mit jedem, in jedem Winkel. Sodom und Gomorrha. Aber noch saufen sie nur.

Dann kommen die Bestellungen: »Nochmal vier Wein, vier Cognac.«

Und da sagt die Frieda zum Schankburschen: »Jetzt tust fünf Wein rauf.«

Und als der Kellner das Tablett abstellt, fragt dann der Beppi: »Für wen ist denn der fünfte Wein?«

Da ist die Frieda hin zur Türe, die aus der Küche in die Gaststube führt, und ruft hinaus: »Ja für mich!«

Und Beppi grinst recht blöd und frech und sagt: »Seit wann ist denn das Personal im Lokal?«

Meine Frieda bleibt ganz ruhig und sagt zu ihm: »Jetzt komm mal mit.« Mit einem Ton in der Stimme, der keine Widerrede duldet. Ganz klar.

Und Beppi wackelt wie ein Dackel hinterher. Und Frieda gibt ihm Bescheid: »Weißt, die Zeiten sind vorbei. Noch einmal redst du mich so an, nur noch ein einziges Mal, und ich reich die Scheidung ein.«

Das hat gesessen, aber da ist ja immer noch die eine Bedienung. Mit ihrem Herrn Präsidenten. In manchen Fällen entwickeln sich diese amourösen Zweisamkeiten gar bis zu einer Heirat und die Männer verlassen ihre Frauen.

In diesem Fall aber nicht, eher wächst sich alles zu einem Skandal aus, der sich gewaschen hat. Rausschmeißen will der Beppi sie jetzt nämlich – endlich, aber sie geht einfach nicht. Versucht es mit Schmeichelei, tut ihm schön. Und als das nichts hilft, schreit sie und wird handgreiflich. Und weil Beppi, der Depp, die Grünwalder Polizei holt, wird so die ganze Geschichte publik. Und es ist ein Eklat, der in allen Stadtblättern ausgewalzt wird. Groß ist dann die Überschrift in der Abendzeitung: »Sportschule Grünwald, ein Sündenpfuhl« – wo verheiratete Männer verkuppelt werden.

Das ist mir dann alles zu viel und ich gehe auf mein Zimmer. Ich gebe Bescheid, dass ich mich auf dem Kanapee auruhen möchte. Ein wenig schwindelig ist es mir schon ein paar Tage lang und ich lege mich nieder. Und plötzlich wird's mir ganz schwarz vor den Augen. Und ein Licht tut sich auf.

Ich sehe einen Feldweg, wo mir Marie in ihrem geblümten Kleid entgegenläuft und mich auf die Wange küsst. Es wird mir ganz leicht und ich fühle mich stark. So stark, dass ich noch ein paar Gewichte mehr auflegen könnte.

•

In den nächsten Tagen erhielt Frieda einen Brief von der Landeshauptstadt München und sie riss ihn auf und las:

Die Nachricht von dem plötzlichen Tode Ihres Vaters, des langjährigen Münchner Gastwirts und des wohl erfolgreichsten Münchner Sportlers im Gewichtheben, Herrn Josef Straßberger, hat mich, von einer Dienstreise zurückkehrend, nicht nur überrascht, sondern mit aufrichtiger Teilnahme erfüllt, hatte ich doch vor nicht allzu langer Zeit Gelegenheit, mich mit dem Verstorbenen aus Anlass der Inbetriebnahme der Gaststätte in der neu errichteten Landessportschule Neu-Grünwald persönlich zu unterhalten.

Ich möchte nicht verfehlen, Ihnen zu diesem unerwarteten und schweren Verlust im Namen des Stadtrates wie persönlich mein herzlichstes Beileid zum Ausdruck zu bringen. Herr Straßberger war ein angesehener Münchner Geschäftsman und führte neben anderen Betrieben zur allgemeinen Zufriedenheit mehrere Jahre lang mit sichtlichem Erfolg die Gaststätten ›Zur Bayerischen Krone‹ und ›Münchner Hof‹. Er hat es verstanden, diese Betriebe zu zweien der bekanntesten Treffpunkte weiter Kreise unserer Bevölkerung zu machen. Seine persönliche Liebenswürdigkeit hat ihm bei der Ausübung seines Gewerbebetriebes allgemeine Wertschätzung eingetragen und sichert ihm für alle Zeiten ein ehrendes Angedenken.

Ich beschränke mich darauf, an dieser Stelle nochmals darauf hinzuweisen, dass Herr Straßberger in den Jahren 1919 mit 1935 beachtliche und einmalige sportliche Erfolge im Gewichtheben für unsere Stadt erzielt hat. Neben den vielen Einzel- und Mannschaftserfolgen erhielt er in Anerkennung seiner einmaligen Leistungen auf diesem Gebiete für die Stadt München nicht weniger als zwölf Mal den Ehrenbrief verliehen, ist Inhaber von drei Welt- und sechs deutschen Rekorden und konnte im Jahre 1928 aus Anlass der Olympischen Spiele in Amsterdam die höchste Auszeichnung, die olympische Goldmedaille, für unser Volk erkämpfen.

Ich hätte diesem biederen Geschäftsmann und erfolgreichen Sportler einen schönen, ungetrübten und langen Lebensabend gewünscht. Wenn es das Schicksal anders bestimmt hat und diesem erfolgreichen Leben im besten Mannesalter ein rasches Ende gesetzt wurde, so wollen wir uns demselben beugen und des Verstorbenen in Ehren gedenken.

In Anteilnahme!

Thomas Wimmer, Oberbürgermeister.

EPILOG

Den ›Münchner Hof‹ in Starnberg haben Frieda und Beppi dann vom alten Krauss bekommen und der liebe Schwiegervater hat von seinem unehelichen Sohn und von seiner Schwiegertochter zehn Prozent vom Umsatz verlangt, das waren für sie die goldenen 50er Jahre.

Und jeden Tag spielt der Beppi dann gegenüber im Café Skat. Das Aug' eine Mark, der Block 20, und wenn hoch gespielt wird, kommen sie in die eigene Wirtschaft und spielen sie die ganze Nacht durch.

Im Nachthemd geht die Frieda runter und schmeißt die ganze Bagage raus, doch die Schulden werden immer größer und größer.

Mit dem Wirtsgeschäft, mit einem Wirtsgarten ist es nämlich so: Wenn du drei verregnete Saisonen hast, dann wird es eng. Die zwei Osterfeiertag' muss das Wetter schon stimmen. Und Pfingsten muss es schön sein, dann machst du einen Reibach. Und dann der Starnberger. Der Starnberger nämlich ist eine degenerierte Gesellschaft, die ineinander einheiratet und sagt:

Mir san die Starnberger!

Mir san die Fischer!

Mir san die Schützen!

Nur ja keinem, der nicht aus Starnberg ist, ein Geld zukommen lassen. Nur wenn's ein Verwandter ist oder eben ein Hiesiger – ein Starnberger. Einen, der kein Starnberger ist, den lässt man nicht hochkommen.

Da sind s' lieber am Wochenende mit ihrem Auto nach Meran gefahrn. Keine Mark hat man vom Starnberger verdienen können. Im Winter nix los, rein gar nix.

Die Frieda hat dann zum Beppi gesagt, dass der mit dem Spielen aufhören soll, und hat das Geld von der Wirtschaft an sich genommen. Da ist er halt zur Bedienung und hat sich von der einen Fuchzger geholt, der Herr.

Ja – und dann hat die Kreissparkass' angerufen und hat gefragt, wann die Frieda rüberkommen kann.

Eine Hypothek soll Frieda unterschreiben auf ihr Haus, das sie in Kolbermoor mit dem Lastenausgleich bekommen hat. Der Beppi hat die Schulden gemacht und hat ihr Haus ein- und ihre Unterschrift druntergesetzt. Zwei Stunden hätte sie Zeit, bis die Polizei käme wegen Scheckbetrug und nähme den Beppi mit. Und weg wäre er gewesen auf ein paar Jahre.

Da hat Frieda den Kardinalfehler gemacht und hat den Schuldschein unterschrieben.

Dann war aber gleich Schluss.

Frieda ist zu einem Staranwalt in Schwabing und innerhalb von drei Wochen geschieden. Die ganzen Schulden musste sie nun abzahlen.

Ein schönes Leben hat sie gehabt. Keinen Mann mehr, kein Geschäft mehr, keinen Champagner mehr.

Und ein paar Jahre später hat Frieda den Franz kennengelernt. Er ist einfach zu ihr hin und hat gesagt, dass er sie da sitzen gesehen hat und dass er sich gedacht hat, die heirate ich. Er war Steinmetz und aus Stüdtirol optiert.

Das ist dann ganz schnell gangen: Kolbermoor hat Frieda verkauft und mit dem Geld ein Geschäft in der Herzogspitalstraße erworben. Rauch- und Schreibwaren.

Schon zu Beginn hat sie gesehen, dass hier nichts zu verdienen ist.

Eine Feder sieben Pfennig, die andere drei Pfennig. Es ist die reinste Pfennigfuchserei.

Da hat sie zwei Verkäuferinnen hinter der Ladenbudel. Und wenn sie am Abend 350 Mark in der Kasse hat, müssen sie sich halb darennen, so ein Pfennigfuchsergeschäft.

Zwei Jahre nach der Eröffnung ihres Ladens ist Frieda in andere Umstände gekommen und hat einen strammen Buben geboren – mich – eine Sturzgeburt. Und nach nochmal zwei Jahr' ist ein Mädchen gekommen, meine Schwester.

Alle zwei Kinder werden in ein teures Heim zu den englischen Fräuleins gegeben, sonst hätte sie das Geschäft verkaufen müssen. Der Vater ist unterwegs für eine Landmaschinenfabrik aus Kiefersfelden, als Vertreter.

Und jedes Wochenende besuchen sie die Kinder im Heim in Nymphenburg. Oft, wenn irgendeines der Kinder die Masern hat, eine Grippe oder sonst etwas, ist Besuchsverbot. Manche weinen dann und die Schwestern bringen eine Banane oder sonst etwas als Bestechung. Ein Haufen Geld geht so pro Monat an die englischen Fräuleins, ein halbes Vermögen ist da draufgegangen.

Eigentlich ging es der Familie nicht schlecht, aber Reichtümer können nicht gesammelt werden. Ein Haus anschaffen und 30 Jahre abzahlen oder so etwas, nein.

Und was sollen mir mit einem Einfamilienhaus, wenn mir zwei Kinder haben? Das müsst schon ein Zweifamilienhaus sein, dass später einmal ein jedes von den Kindern eines hat. Und dann die Schulden.

Ich kann das nicht. Da gäb's ja jeden Tag nur mehr Kartoffeln oder geröstetes Brot.

Wie das Schwesterlein dann in die Schule gekommen ist, haben die Eltern sie aus dem Heim geholt. Wie mich vorher. Und da liegt das Schwesterlein in ihrem Kinderbett und will gestreichelt sein, aber dann schreit sie wie am Spieß und bekommt einen hochroten Kopf. Der Streichler erschrickt – und schon fliegt die Mutter herein und es setzt eine Tracht Prügel. Noch schlimmer ist aber, dass seit diesem Tag keine Bruderschwesterliebe mehr funktioniert, bis zum heutigen Tag – aber das ist eine andere Geschichte.

Franz stirbt dann am Leberkrebs, obwohl er doch kaum einen Tropfen Alkohol angerührt hat. Tragisch: Ein verseuchtes Blutplasma haben sie ihm gegeben, als er einen Herzinfarkt hat, und er hat eine Hepatitis C bekommen, so geht das.

Und Frieda liegt Jahrzente später im gleichen Krankenhaus, wo die Oma verstorben ist, im Sterbezimmer in der Ziemsenstraße, weil die Kinder sich das Sterben daheim nach dem Franz nicht mehr antun wollten.

Ein 3c-Karzinom hat sich um die Eierstöcke gelegt. Und der Professor aus Großhadern operiert, obwohl es in dem Stadium heißt: »Aus ist die Maus.«

Im Sterbezimmer in der Ziemsenstraße liegt sie, das Kreuz mit Christus im Blick, an der gegenüberliegenden Wand, und hängt an unterschiedlichen Schläuchen. Katholischer wird sie dennoch nicht. Auch sie bekommt ihr Morphium wie früher die Tante und fängt dann zu fantasieren an.

Mensch, ist heut mein Fuß heiß.

Wenn die Frau Doktor kommt, möcht ich schon genau wissen wo ich meine Metastasen hab, hab ich sie an der Lunge, am Rippenfell oder sonst wo? – Ja.

Jetzt würd ich so gern aufs Häusel gehen, ich mein immer, es ist was, ich muss, und dann ist doch nichts.

Die Schüssel!

Die Schüssel!

Aber jetzt mag ich dann nicht mehr, jetzt machen wir es aus.

Ich bin ja in einem Sterbeverein, also Feuerbestattung, den billigsten Sarg, aber ein schwarzes Tücherl über den Sarg.

Dreimal eine schöne Musik, aber eine bärige.

Dann soll ein Sprecher kommen.

Der soll sagen, dass sich die Leute eine Minute erheben sollen.

Der Pfarrer von St. Peter soll eine kleine Ansprache halten über das Leben und Sterben, aber nichts Persönliches.

Die Blumen kann man gleich ans Grab legen, so, das wär's eigentlich.

Es wird schon werden.

Wo kommen denn die ganzen Fliegen daher?
Und da oben hängt das Kruzifix und der Heiland schaut mich an.
Und die ganzen Fliegen um ihn herum.
Ich glaub doch gar nicht an den lieben Gott.
Da – jetzt hat er mir die Zunge rausgestreckt!
Wo kommt denn auf einmal das ganze Licht daher.
Mir wird ja ganz anders, ich flieg und da hinten –
Da winkt mein Herr Papa.
Oh, mein Papa – ich komm.
Da ist ja meine Frau Mama,
die Großmutter,
der Großvater Alois,
der Onkel André,
der Onkel Hans,
der Onkel Franz,
die Tante Anna,
die Tante Frieda,
da hinten der Großonkel Biermeier.
Und ein Haufen Enten und Gäns'.
Wie sie schnattern.
Und der Valentin mit 50 Gramm Leberkäs' in der Hand – zaundürr.
Und der Jud' Brandeis mit der Frau Kessler, meiner Firmpatin.

Der Eichengrün von der Ettstraß', der mit seinem schönen Stoffgeschäft.

Der Jud' Seliger, der die kleine koschere Metzgerei gehabt hat, der sich aufghängt hat, und die zwei Brüder Löwenthal, die das Hutgeschäft gehabt haben.

Und die Familie Grünbaum sagt: Schalom.
Kinder, eine Tafel Schokolade hätt ich jetzt gerne!

Josef Straßberger
1894 - 1950